그대를 위한 꽃다발 그 꽃

그꽃 2

지은이 | 최윤정
펴낸이 | 권순남
펴낸곳 | 도서출판 동행

등록 | 2008년 1월 7일(제310-2008-00001호)

초판 인쇄 | 2015년 11월 27일
초판 발행 | 2015년 12월 2일

주소 | 서울시 노원구 상계1동 1049-25 신영산업BD 602호
전화 | 02-2091-0291
팩스 | 02-2091-0290
이메일 | marubooks@hanmail.net

ISBN | 978-89-280-6536-3
ISBN | 978-89-280-6534-9 (세트)
정가 | 9,000원

잘못된 책은 교환하여 드립니다.
저자와 협의하여 인지를 붙이지 않습니다.

그대를 위한 꽃다발 그꽃 2

한정 장편소설

동행

21. 오늘만, 잠시만, 조금만 더 … 7
22. 잔혹 동화 … 27
23. 줄다리기 … 46
24. 꿈인 듯, 꿈이 아닌, 꿈같은 … 67
25. 그 남자의 속사정 … 86
26. 각자의 사랑법 … 106
27. 고맙습니다 … 127
28. 각자의 최선 … 147
29. 카이와 겔다 … 169
30. 그녀만 모르는 이야기 … 188
31. 진실과 마주하는 법 … 209
32. 빗나간 진심 … 229
33. 엇갈린 고백 … 249
34. 괜찮기는 개뿔 … 272
35. 사랑해, 사랑해, 사랑해 … 289
36. 그럼에도 불구하고 … 310
37. 선물 같은 사랑 … 332
38. 그대 안의 봄날 … 353
에필로그 … 379

21. 오늘만, 잠시만, 조금만 더

진득하게 달라붙는 어둠을 밀어내며 차에서 내린 진하가 멀거니 서서 어둠에 잠긴 카페를 바라보았다.

잠이 올 것 같지 않은 밤, 무작정 정원이 보고 싶었다. 그의 심장을 다시 뛰게 만든 사람. 그에게 과거에서 벗어나 앞으로 나아갈 용기를 준 사람. 그녀가 같은 건물에 있다는 사실만으로도 왠지 위로가 되었다.

이제는 정원의 숙소가 된 직원 휴게실을 잠시 바라보던 진하가 계단을 지나쳐 카페로 향했다. 순간 그의 입가에 자조어린 실소가 스쳤다.

"하, 미친놈."

그녀와 조금이라도 더 가까운 곳에 잠시나마 머물고 싶었다. 이토록 간절한 마음이라니. 브레이크가 고장 난 것처럼 저 혼자 대책 없이 깊어지는 마음이 기막히도록 솔직하다.

정원을 떠올리는 것만으로도 무겁게 가슴을 짓누르던 어둠이 어느새 조금씩 옅어지고 있었다. 그 이상 무엇이 더 필요할까. 사랑은 사랑 그 자체로 완전하다.

"?"

주방을 통해 카페로 들어서던 진하가 희미하게 어른거리는 불빛에 걸음을 멈췄다. 그리고 살짝 열린 문틈으로 새어 나오는 불빛을 홀린 듯 바라보며 조심스럽게 손을 뻗었다.

카운터 바 안쪽에만 켜둔 몇 개의 핀 조명이 짙은 어둠을 은은하게 밀어내고 있었다. 끈질기게 그를 잡고 늘어지는 어둠을 쫓아내듯 따스한 불빛이었다.

조용히 한 걸음 더 안으로 들어서자 작은 음악 소리와 함께 카페 안 어디선가 바스락거리는 움직임이 느껴졌다. 진하의 시선이 인기척을 찾아 조용히 움직였다. 바 안쪽 구석에 쪼그리고 앉은 작은 어깨가 보였다.

도대체 이 밤에 어두운 카페 구석에서 무얼 하고 있는 것일까. 정원의 뒷모습을 망연히 바라보던 진하가 무심코 입을 열었다.

"거기서 뭐 합니까."

"엄마야!"

화들짝 놀라 엉덩방아를 찧은 정원이 홱 돌아보며 인상을 썼다.

"아, 진짜! 기척 좀 하고 다니시라니까요!"

"지금 뭐 하는 거냐고 물었습니다."

엉덩이를 툭툭 털며 어물쩍 일어서던 정원이 돌연 미간을 모으며 진하를 빤히 쳐다봤다.

"응?"

이유를 알 수 없는 반응에 진하도 멀뚱히 그녀의 시선을 마주 보았다. 놀라는 것도 잠시, 정원은 기묘한 기시감에 진하를 새삼 뜯어보았다.

까만 셔츠에 까만 바지, 가볍게 걸친 버버리 트렌치코트가 멋스럽게 잘 어울린다. 날카로운 인상의 하얀 얼굴, 까만 눈동자, 까만 머리칼. 순간 뭔가 떠오를 듯 머리 한구석이 간질거렸다. 하지만 정원의 생각은 길게 이어지지 않았다.

"뭡니까."

그제야 퍼뜩 정신을 차린 정원이 손에 든 걸레를 들어 보였다.

"아, 청소하고 있었어요."

"내가 오전에 다 확인했는데 뭘 또……."

"그냥요. 가끔 뭔가 막 하고 싶어질 때가 있거든요. 그럴 땐 청소가 최고죠. 구석구석 먼지를 닦아내면 덩달아 기분도 좋아지니까."

펄펄 뛰는 현성을 억지로 돌려보낸 정원은 왠지 심란한 마음에 청소를 했다. 혹 떼려다 되레 혹 붙인 기분이랄까. 안 그래도 복잡한 머리가 현성 덕분에 묵직하게 무거웠다.

정원은 평소처럼 웃어 보였지만 진하는 이제 그 웃음에 속지 않았다.

"뭐, 기분 안 좋은 일이라도 있었습니까."
"아니요."
냉큼 대답하던 그녀가 돌연 고개를 갸웃했다.
"아니, 그건 아닌가."
당최 알 수 없는 소리에 진하의 눈매가 슬쩍 가늘어졌다. 정원이 삐죽 웃으며 말을 이었다.
"왜, 그냥 그런 거 있잖아요. 딱히 기분이 나쁜 건 아닌데 그렇다고 좋지도 않은……. 좋고 나쁘고 그런 게 아니라, 그냥 좀 무겁다고 해야 하나. 아무튼 그래서요. 하. 하."
진하는 멋쩍게 웃는 정원을 보며 내심 고개를 저었다.
'잔소리는 그렇게 잘하면서…….'
어째 설명을 할수록 오히려 더 모호해진다. 그럼에도 진하는 무슨 뜻인지 굳이 묻지 않았다. 말로 하지 않아도 알아지는 마음이 깊다.
"현성이는 만났습니까."
정원이 가타부타 설명 없이 냅다 웃었다.
"덕분에 얘기 잘 끝냈어요. 걱정 안 하셔도 돼요."
"걱정은……."
"하긴, 마스터가 걱정할 이유는 없죠. 하하."
진하의 말은 끝까지 듣지도 않고 넙죽 넘겨짚은 정원이 어색하게 웃으며 딴소릴 했다.
"그나저나 마스터야말로 이 시간에 웬일이세요?"
현성이 아니라 그녀를 걱정했지만 그야말로 몰라도 되는 일.

말똥말똥 바라보는 정원의 눈빛이 한 점 의심 없이 반짝거렸다. 진하가 피식 가볍게 웃었다.

"그냥……."

"어…… 맞다. 저녁은 드셨어요?"

"?"

"아, 저녁 먹을 시간은 벌써 지났나?"

난데없는 그의 미소에 당황한 정원이 손에 쥔 걸레를 주물럭거렸다. 그 모습을 오해한 진하는 늦은 밤 갑작스러운 마주침이 그녀에겐 당황스러울 수도 있겠다고 생각했다. 그저 반가운 것은 그 혼자만의 감상이리라.

그래도 좋았다. 이 밤, 예기치 못한 만남이 그녀는 불편하겠지만 그에겐 무엇보다 큰 위로가 되었다. 그것만으로도 충분히 고마웠다. 진하가 다시금 가볍게 웃으며 대답했다.

"생각 없습니다."

"응? 그 말은 지금까지 식사도 안 하셨다는 거예요?"

잠깐 사이 정원의 말이 빠르게 이어졌다.

"잠시만 기다리세요. 그러잖아도 엄마가 반찬 많이 싸 줬거든요."

"아니, 괜찮……."

"괜찮기는요, 다 먹고 살자고 하는 짓인데. 끼니 거르면 기운 없어 안 돼요."

"그게……."

"에이, 금방 된다니까요? 먹을 거죠?"

진하의 대답은 듣지도 않고 정원이 냅다 주방으로 향했다. 하지만 그녀의 예상과는 다르게 진하는 더 이상 거절하지 않았다. 솔직히 거절할 생각도 없었다.

저녁을 거르긴 했지만 딱히 밥이 먹힐 것 같지는 않았다. 하지만 왜일까. 그냥 그렇게 두고 싶었다. 오늘만. 잠시만. 조금만 더. 마음이 그랬다.

"국수 괜찮죠?"

말처럼 금방 상을 차린 정원이 눈을 반짝이며 물었다. 그리고 설명을 덧붙였다.

"밥을 새로 하려면 아무래도 시간이 좀 걸리고, 늦은 시간이라 가볍게 먹는 게 좋을 거 같아서요."

예상치 못한 메뉴에 진하가 멀거니 식탁을 보았다. 멸치 육수로 깔끔하게 맛을 낸 잔치국수가 소박하게 담겨 있었다.

간단한 찌개와 있는 반찬으로 상을 차리는 것 정도야 그러려니 했다. 하지만 준비도 없이 순식간에 뚝딱 만들어 낸 국수는 의외였다. 도대체 이런 건 어디서 배운 것일까.

"마침 엄마가 잘 익은 새 김치도 싸 줬거든요. 같이 먹으면 완전 맛있어요."

말없는 진하의 시선을 오해한 정원이 슬쩍 눈치를 봤다.

"아……, 국수 싫어하세요?"

"아닙니다."

자리에 앉으려던 진하가 2인분이 차려진 식탁에 멈칫 정원을 보았다.

"혼자 먹으면 맛없잖아요."

"억지로 먹을 필요는 없어요."

"아니에요. 저도 저녁을 일찍 먹어서 좀 허전했거든요."

순순히 자리에 앉는 진하를 보며 정원이 활짝 웃었다.

도대체 뭐가 저리도 좋은 것일까. 늦은 밤, 번거롭게 남의 끼니까지 챙겨가며 좋을 일이 무언가 싶었다. 그럼에도 진하는 그녀의 호의를 굳이 거절하지 않았다. 때로 주는 대로 받는 것도 마음의 부담을 덜어 주는 방법이 될 수 있었다.

진하는 그렇게 애써 평계를 대며 말없이 수저를 들었다. 빈 속을 따스하게 채워 주는 온기에 굳었던 마음이 덩달아 아릿하게 풀어지는 기분이었다.

진하를 멀뚱히 바라보던 정원이 불쑥 물었다.

"마스터는 쉬는 날 뭐 하세요?"

"그냥 이것저것……."

"이것저것 뭐요? 아, 너무 사적인 질문이에요?"

천천히 국물을 마신 그가 고개를 들고 정원을 보았다.

"원두 로스팅도 하고, 밀린 일도 좀 하고……."

"일? 집안일요? 진짜?"

정원이 눈을 동그랗게 뜨고 되물었다. 소소하게 집안일을 하는 그의 모습이 도무지 상상이 되지 않은 까닭이었다. 국수 가락을 넘기던 그가 피식 가볍게 웃었다. 시도 때도 없이 눈앞에 불쑥 다가드는 그의 미소에 당황한 정원이 삐죽 토를 달았다.

"아, 왜 웃어요?"

"그냥……."

그가 부드럽게 웃으며 나직이 중얼거렸다.

정원은 순간 숨이 멈추는 줄 알았다. 놀란 심장이 쿵, 순식간에 바닥까지 떨어진다.

사르르 가늘어지는 눈매가 너무 따스하고 아련해서 오히려 현실 같지가 않았다. 무채색으로 가라앉아 차갑게 빛나던 까만 눈동자가 언제 그랬냐는 듯 봄날 아지랑이처럼 아른거린다.

차마 믿기지 않는 기분에 정원이 눈을 깜빡이며 재차 진하를 바라봤다. 항상 먹먹하게 가라앉은 눈으로 세상에 벽을 치고 자신을 드러내지 않는 사람이었다. 가끔 스치듯 보이는 미소조차도 숨 막히게 신기할 정도로 감정 표현에 인색한 사람이기도 했다.

그나마 요 근래 많이 부드러워지고 종종 웃음도 보였지만 오늘처럼 경계 없이 확 풀어진 모습은 처음이었다. 왠지 모르게 아릿한 미소 끝자락에 옅은 한숨이 묻어나는 것도 같았다.

현성이 말로는 저녁 약속이 있어 나갔다고 했다. 그런데 이 시간까지 식사도 않고 어디서 무얼 하다 온 것일까. 대체 무슨 약속이었기에 저렇게 하릴없이 웃는 것일까.

'왜 그래요? 무슨 일 있어요?'

정원은 문득 왜 그렇게 따스한 눈으로 자신을 바라보는지 묻고 싶었다. 왜 그렇게 가슴이 아프도록 아릿하게 웃는 것인지 알고 싶었다. 하지만 차마 물을 수 없는 자신의 처지에 괜스레 서글퍼졌다.

저 사람이 무슨 생각을 하는지, 무얼 좋아하고 싫어하는지, 어떤 사람인지 알고 싶었다. 하지만 정작 그녀는 아무것도 할 수 없었다. 눈앞에 있으면서도 현실은 그렇게나 먼 사람이었다.

말없는 정원의 시선에 그가 여전히 웃는 얼굴로 부드럽게 물었다.

"왜요?"

하다하다 이젠 딱딱하기 그지없던 목소리마저 녹아날 듯 달콤하게 들렸다. 눈으로도 모자라 귀까지 이상해진 것일까. 당황한 정원이 절레절레 고개를 저었다.

"아니, 아니에요. 그냥……."

"그냥?"

그가 돌연 장난스럽게 웃으며 눈을 맞춰왔다. 이건 또 무슨 조화인 것일까. 따스한 눈빛, 부드러운 음성, 아른거리는 미소까지. 순간 이유도 없이 왈칵 눈물이 날 것만 같았다. 무섭게 떨리는 가슴을 애써 다잡은 정원이 어색하게 마주 웃었다.

'갑자기 뭐니. 뭐가 이러니.'

지금 대체 무슨 일이 벌어지고 있는 것일까. 순간 머릿속이 하얗게 지워지며 아무 생각도 할 수가 없었다. 그가 무슨 말을 했는지, 자신이 뭐라고 대답했는지도 모르겠다. 그저 눈앞의 현실이 차마 꿈처럼 멀게만 느껴졌다.

이유도 없이 가슴 한구석이 아릿하게 울컥거렸다. 정원이 혼란스러움이 가득한 눈으로 멀거니 진하를 보았다. 하지만 그는 아무렇지도 않은 얼굴로 언제나 그랬다는 듯 씩 웃으며 국수를 먹고 있었다.

'이 아저씨가 미쳤나. 갑자기 왜 저렇게 웃는 건데.'

더없이 따스한 눈빛과 미소가 오히려 불안할 정도로 아슬아슬했다. 차마 감당하기 어려운 변화에 정원의 생각이 엉뚱한 곳으로 향했다.

'드디어 헛것이 보이는 건가.'

이유도 모른 채 이 이상 더 깊이 생각하면 머리가 터질지도 모른다. 어차피 그녀로선 다른 방법이 있는 것도 아니었다. 멀거니 진하를 바라보던 정원이 문득 고개를 기울였다.

'생긴 거랑 다르게 참 잘 먹는단 말이지.'

굳이 표현하지는 않았지만 그는 지금까지 그녀가 차려 주는 밥을 군소리 없이 잘도 먹어 줬다. 그동안 거절했던 것이 무색하도록 기분 좋게, 맛있게, 남김없이. 그래서 그와 함께하는 식사 시간이 자꾸만 기다려지는 정원이었다.

순간 떨리는 가슴 한구석이 간질간질 부풀어 올라 무슨 말이라도 하고 싶었다. 고백까지는 끝내 못 하더라도 그 마음은 조금이나마 표현해도 되지 않을까. 이어지는 그녀의 행동에 놀란 진하가 멈칫 고개를 들었다.

"?"

정원이 덩달아 멍하니 눈을 깜박였다. 어느새 그의 젓가락 앞에 김치를 턱하니 올려놓은 자신의 손이 보였다.

"아, 저, 그……."

화들짝 놀란 정원이 차마 말을 잇지 못하고 제멋대로 움직여 사고를 친 미친 손가락을 노려보았다. 이건 꿈일 거다. 절대 꿈이어야 했다. 하지만 눈앞에 떡하니 벌어진 일은 절대 사라지지 않았다.

지그시 입술을 깨문 정원이 천천히 고개를 들고 샐쭉 웃었다.

"저는 같이 밥 먹어 주는 사람이 제일 좋아요. 하. 하."

이건 또 불쑥 무슨 소린지. 정원은 차마 생각하기를 포기했다. 정신 놓고 저지른 사고가 어디 한두 번이던가. 이쯤 되면 그도 익숙해지지 않았을까 싶었다. 멀뚱멀뚱 바라보는 그의 시선에 정원이 얼굴에 철판을 깔고 다시 배시시 웃었다.

"그냥 그렇다고요. 하. 하."

그런데 이 남자 오늘 제대로 이상했다. 말없이 마냥 웃으며 고개를 끄덕인다.

'뭐, 뭐야. 왜…….'

정원은 정말 눈뜨고 꿈을 꾸는 기분이었다. 그게 아니라면 이 상황을 어떻게 설명해야 할까. 순간 정신을 놓은 그녀가 묻지도 않은 말을 주절주절 늘어놨다.

"어릴 때부터 혼자 밥 먹을 일이 많았거든요. 아빠가 일 나가면 밤에나 들어오시니까."

말없이 듣고 있던 그가 문득 물었다.

"어머니는?"

"어, 그게……."

정원이 잠시 말을 끊고 그를 멀거니 보았다. 덤벙덤벙 두서

없이 뱉어내는 말속에서도 핵심을 똑바로 짚어내는 사람이었다. 그 깊은 눈이 지금 그녀를 향하고 있었다. 그제야 차분하게 마음을 가다듬은 정원이 천천히 말을 이었다.

"안 계세요. 네 살 때 돌아가셨어요."

"아, 미안……."

"마스터가 왜요. 미안하고 말고 할 문제는 아니잖아요."

예상치 못한 대답에 놀란 듯 그의 눈매가 설핏 가늘어졌다. 정원이 똑바로 고개를 들고 아무렇지도 않게 이어 말했다.

"모르셨구나. 하긴 현성이도 쉽게 말할 수 있는 부분은 아니죠. 저 부모님 안 계세요. 엄마는 네 살 때, 아빠는 이 년 전에 암으로 돌아가셨어요."

말없는 그의 시선에 정원이 어색하게 웃으며 중얼거렸다.

"뭐 그렇다는 거죠."

"그럼 전에 뵀던 분들은……."

"아, 큰아버지, 큰엄마세요."

사뭇 진지해지는 그의 시선에 정원이 급하게 말을 이었다.

"어, 저 아무렇지도 않거든요? 신경 쓰지 않으셔도 되는데. 괜히 말했나?"

"아닙니다."

"죄송……."

"아니, 마찬가지로 은 매니저가 사과할 문제는 아니죠."

덥석 정원의 말을 끊은 진하가 이어 담담하게 말했다.

"나도 부모님이 안 계십니다."

"네? 아, 네."

"그러니까 나도 괜찮습니다. 신경 쓰지 말아요."

"그, 그렇죠? 그런 거죠. 하하."

놀랍고 당황스러운 와중에도 정원은 왠지 시린 가슴 한편이 따뜻해지는 기분이었다. 굳이 말로 하지 않아도 알아지는 마음이 아릿하게 아프다. 그럼에도 먹먹하게 무겁거나 슬프지는 않았다.

왜일까. 모든 것을 감싸주듯 포근한 그의 눈빛에 새삼 가슴 한구석이 왈칵거렸다. 눈물인지, 웃음인지 모를 감정이 한데 뒤섞여 아른아른하다. 마치 꿈처럼 차마 알 수 없는 감정들이 어지럽게 일렁이는 밤이었다.

결국 밤새 잠을 설친 정원은 일찌감치 일어나 부스스한 얼굴로 텃밭 앞에 쪼그리고 앉아 있었다. 머리가 베개에 닿는 순간 잠이 드는 그녀로선 참으로 생경한 경험이었다. 숨 가쁘게 바쁜 일상에 쫓겨 종종거리느라 항상 녹초가 되어 쓰러지기 바빴던 것이다.

'참, 오래 살고 볼 일이다. 강철 신경 은정원이 잠을 다 못 자고……'

머릿속이 복잡하면 그만큼 열심히 움직이는 정원이었다. 하지만 이건 그런 식으로 해결되는 문제가 아니었다. 그녀가 한숨처럼 나직이 중얼거렸다.

"사람 좋아하는 게 쉬운 일이 아니네."

언제나 현실적인 문제에 부딪쳐 쫓기듯 살아온 정원에게 눈에 보이지도, 손에 잡히지도 않는 감정의 충돌은 낯설고 어렵기만 했다. 분명히 자신의 마음인데도 알아지지 않는 것들이 너무나 많았다.

꿈처럼 달콤하다가 아릿하게 아프고, 눈앞이 어지럽도록 설레다가 숨 막히게 답답해진다. 극과 극으로 치닫는 감정의 파고에 정신이 하나도 없었다.

"하아, 그래도 좋은 걸 어쩌냐고."

아프고 힘들면 그만두어도 상관없는 일이었다. 하지만 그조차도 마음이 마음대로 되지 않았다. 좋아하는 사람 하나가 머릿속을 가득 채우다 못해 굳건하게 뿌리를 내리고 무럭무럭 자라난다. 도둑처럼 소리도 없이 멋대로 들어왔는데 쫓아낼 수도 없었다.

"순 날강도 같으니라고. 뭐가 이러니. 쳇!"

"뭐 합니까."

"엄마야!"

멍하니 앉아 삐죽거리던 정원이 화들짝 놀라 버럭 소리를 질렀다.

"아, 쫌!"

"뭘 그렇게 매번 놀랍니까."

그런데 이 남자 이젠 얼굴색 하나 변하지 않고 느물거리기까지 한다. 차마 감당하기 어려운 변화에 당황한 정원이 낮게 투덜거렸다.

"마스터가 자꾸 놀라게 하잖아요."

하지만 그녀가 아무리 타박을 해도 진하는 빙글빙글 태연하기만 했다.

'진심, 정상이 아니야.'

정원이 어이없는 얼굴로 커다란 눈을 깜빡거렸다. 이제 정말 무슨 일인지 차마 알고 싶지도 않았다. 솔직히 눈앞에 보이는 모든 것들이 객관적이고 분명한 사실이라고 장담할 수가 없었다. 무엇보다 그녀 자신부터가 정상이 아니었다. 날강도라고 투덜거린 것이 무색하게 그를 보는 순간 이유 불문 반가움이 앞서는 마음이란. 하물며 버럭 신경질을 내는 와중에도 삐죽 웃음이 새어 나온다.

복잡하게 얽혀들던 생각들이 그를 보는 순간 흔적도 없이 사라졌다. 사기도 이런 사기가 따로 없었다. 도대체 뭐가 잘못된 것일까. 바보처럼 그저 좋았다.

'뭐 어쩌겠어. 사실이 그런걸.'

밑도 끝도 없는 단 한 가지 이유가 당장 눈앞의 수만 가지 현실적인 고민을 앞선다. 백 번, 천 번 생각해도 답은 똑같았다. 엉덩이를 툭툭 털고 일어난 정원이 활짝 웃으며 뒤늦은 인사를 했다.

"오늘은 일찍 내려오셨네요."

"정원 씨도 일찍 나왔네요."

"네?"

흠칫 놀란 정원이 번쩍 고개를 들었다. 하지만 그는 자신이

한 말을 의식하지 못하는 모양이었다.

"왜요."

"아니, 아니에요."

당황한 정원이 황급히 고개를 저었다. 덜컥 내려앉은 심장이 순간 꼼짝도 하지 않았다.

'지금 내 이름 부른 거 맞지?'

처음이었다. 그가 처음으로 그녀의 이름을 그저 이름만으로 불러 주었다. 딱딱하게 은정원 씨도 아니고, 무심하게 은 매니저도 아니고, 그냥 자연스럽게 '정원 씨'라고 말이다.

그에겐 의식조차 하지 못할 만큼 아무 일도 아니겠지만 듣는 정원의 입장은 전혀 달랐다. 불쑥 튀어 오른 심장이 두근두근 빠르게 요동쳤다. 잔뜩 부푼 가슴이 간질간질 웃음이 터질 것만 같았다.

정원이 움찔거리는 입술을 지그시 깨물며 불쑥 물었다.

"아, 내려오신 김에 아침 드실래요?"

"그럴까요?"

밑져야 본전이라는 생각으로 가볍게 던진 말에 그가 넙죽 고개를 끄덕인다. 지레 놀란 정원이 진짜 헛것이라도 본 양 빠르게 눈을 깜빡거렸다. 하지만 눈앞에서 빙글거리는 낯선 남자가 사라지는 일은 없었다. 그 익숙한 듯 낯선 남자가 고개를 기울이며 물었다.

"왜요?"

정원이 차마 말을 잇지 못하고 멍하니 고개를 저었다.

잠이 모자라 눈뜨고 꿈이라도 꾸는 것일까. 차마 믿어지지 않는 현실에 정원은 다시금 진지하게 고민을 했다. 이러다 진짜 심장마비로 죽을지도 모르겠다.

'왜요, 라니! 그걸 지금 몰라서 묻니?'

"아우, 정신없어."

후다닥 아침을 해치우고 테라스로 피신을 나온 정원이 크게 한숨을 쉬었다. 나사 하나 빠진 사람처럼 내내 웃고 다니는 진하 덕분에 정원은 정신이 하나도 없었다. 밥이 입으로 들어가는지 코로 들어가는지도 모를 지경이었다.

사실 그가 잘못하는 것은 하나도 없었다. 고분고분 말도 잘 들었고, 넙죽넙죽 대답도 잘했다. 내내 웃으면서 인상 한 번 쓰지 않는다. 찬바람 쌩쌩 부는 차가운 얼굴도, 무감하게 가라앉는 눈빛도 언제 그랬냐는 듯 말끔히 지워져 있었다. 마치 사람이 바뀐 것처럼.

"완전 이상해. 진짜 무서워지려고 한단 말이지."

확연히 달라진 그의 분위기에 정원은 혼란스러움을 느꼈다. 그렇다고 확 꼬집어 이렇다 할 행동의 변화가 있는 것은 아니었다. 눈빛이, 표정이, 목소리가 그렇게 느껴질 뿐이었다. 설명할 수 없이 미묘하다.

"아, 몰라. 나랑 무슨 상관이람."

정원이 복잡한 머릿속을 털어내며 눈앞의 꽃들에게 시선을 돌렸다. 활짝 만개한 꽃들이 유월의 짙은 햇살에 화사하게 하늘거린다. 상품 가치는 떨어지지만 아직까지는 멀쩡해 보이는 꽃들이었다. 새삼 그냥 처분하기엔 너무 아깝다는 생각이 들었다.
"비싼 돈 들여 꽃 장식을 하는 것도 아니고, 잘 팔리지도 않는 걸 왜 이렇게 많이 들여놓는 거야."
심플하고 차분하다 못해 살짝 가라앉은 카페 분위기를 생각하면 테라스 가득 하늘거리는 꽃들은 그 자체로 충분히 포인트가 되었다. 하지만 가격 대비 수명이 너무 짧았고, 입구만 화사하게 장식할 뿐, 카페 내부와는 단절된 느낌이 드는 것도 사실이었다.
"아무튼 돈 버리는 방법도 쓸데없이 창의적이라니까."
그럼에도 꽃은 언제 봐도 예쁘다. 싫은 티 팍팍 내며 정원을 밀어내던 그의 행동에 답답하고 서러울 때마다 유일한 위안이 되어 준 꽃들이기도 했다.
항상 여유 없이 쫓기는 그녀의 일상에서 꽃이야말로 먼 나라 이야기처럼 낯선 세계였다. 예쁘기는 해도 딱히 좋아하지는 않았다. 간혹 전시에서 꽃다발을 받아도 처치 곤란의 애물단지라고 투덜거리기 일쑤였다.
그런데 어느새 꽃을 돌보는 일이 하루의 일과처럼 자연스러워졌다. 하물며 그 일을 즐기다 못해 적잖은 위안을 얻고 있었다. 이 또한 카페 〈그꽃〉에서 일하며 알게 된 소중한 일상이었다.
눈앞의 현실은 여전히 막막하고, 답 없이 갑갑했지만 정원은 언제부턴가 그 안에서 여유를 찾아가고 있었다. 더 이상 나빠

질 일도 없었고, 당장 해결해야 할 문제가 있는 것도 아니었다. 이제 정말 앞만 보고 스스로를 위해 살아가면 되는 것이다.

정원은 지금의 이 작은 행복을 절대 깨고 싶지 않았다. 매일같이 이어지는 소소하고 작은 일상이 그저 고마울 따름이었다.

"으아, 날씨 한번 약 오르게 좋네."

한껏 기지개를 켜며 자리에 주저앉은 정원이 눈부신 하늘에 눈살을 찌푸렸다. 폐기할 꽃들을 빼놓고 테라스를 정리한 후에도 그녀는 차마 카페 안으로 들어가지 못하고 멍하니 마당을 바라보고 있었다.

살랑살랑 봄바람 같은 그는 찬바람 쌩쌩 부는 얼음마스터와 다른 의미로 부담스러웠다. 무감하고 차가운 그에게 어렵사리 익숙해졌건만 이건 대체 어떻게 반응해야 할지 모르겠다.

무엇보다 웃는 그의 얼굴을 마주하면 가슴이 뛰어서 생각이란 걸 할 수가 없었다. 진퇴양난. 산 너머 산이랄까.

"에휴, 내 팔자야. 아무튼 쉬운 게 없다니까."

너무 좋아도 문제가 될 줄이야. 기막힌 마음에 팔자 소리가 절로 나왔다.

"어? 안녕하세요."

멍하니 앉아 있던 정원이 후다닥 일어나며 어색하게 인사를 했다. 아직 꽃이 올 시간이 아니건만 윤주가 예고도 없이 불쑥 카페 안으로 들어서고 있었다.

정원을 일별한 윤주가 싸늘하게 말했다.

"진하 씨 안에 있죠."

"네? 아, 네."

"차 문 열려 있으니까 꽃은 정원 씨가 가져와 주세요. 그래 줄 수 있죠?"

가타부타 설명도 없이 일방적인 그녀의 태도에 정원은 갑자기 무슨 일인가 싶었다. 하지만 그 와중에도 좋지 않았던 마지막 모습이 떠올라 우선 사과부터 했다.

"저번엔 죄송······."

"나 지금 정원 씨랑 얘기하고 싶은 기분 아니에요. 할 말 있으면 다음에 하죠. 그럼 부탁해요."

차갑게 말을 자른 윤주가 성큼 카페 안으로 사라졌다. 뒤늦게 정신을 차린 정원이 멀거니 중얼거렸다.

"뭐니? 갑자기 왜 저런데."

낮게 투덜거린 정원이 걱정스러운 눈으로 카페 안을 쳐다봤다. 두 사람 사이에 무슨 일이 있는 것일까.

언제나 그림처럼 차분하고 도도하게 우아함을 잃지 않던 윤주의 눈빛이 오늘은 건드리면 베어질 듯 불안하게 예리했다. 싸가지도 예의바르게 없을 만큼, 고아한 분위기도 간데없이 창백한 안색이 당장이라도 부서질 것처럼 버석거린다.

여전히 빈틈없이 단정하고 고운 모습이었지만 커다랗게 열린 동공이 까맣게 죽어 있었다. 마치 세상이 끝나기라도 한 것처럼. 눈앞에서 지옥이라도 본 사람 같았다.

22. 잔혹 동화

 활짝 열어놓은 테라스 너머 꼼지락거리는 정원의 뒷모습이 이젠 너무나 당연한 일상 같았다. 오픈 시간도 아니고 딱히 할 일도 없었지만 진하는 위층으로 올라가지 않고 카페에 남아 있었다.
 이젠 더 이상 피하지도 외면하지도 않을 것이다. 그녀에게 그 어떤 이유도, 의미도 될 수는 없겠지만 지켜보는 것은 가능했다. 진하도 그 이상은 욕심내지 않았다.
 멍하니 앉아 해바라기를 하던 정원이 갑자기 벌떡 일어났다. 예고도 없이 찾아온 윤주가 카페를 가로질러 안으로 들어오고 있었다.
 '그렇게까지 했는데 기어코……'
 당황한 정원이 고개를 숙이는 것이 보였다. 그 모습에 괜히 울컥 감정이 상했다. 잘못한 사람은 따로 있는데 왜 그녀가 매번 고개를 숙이는지 모르겠다. 윤주를 바라보는 진하의 눈가에 매서운 바람이 일었다.

"진하 씨."

그녀가 채 자리에 앉기도 전에 차가운 진하의 음성이 날아들었다.

"손님, 아직 오픈 전입니다."

"진하 씨!"

"다시 볼 일 없을 거라고 했을 텐데."

"진짜 나 죽는 꼴 보고 싶어요? 왜 이래요, 정말!"

윤주가 파랗게 질린 얼굴로 비명처럼 소리를 질렀지만 진하는 절대 물러설 생각이 없었다. 그런 식으로 해결될 수 없는 문제라는 것을 이젠 누구보다 그가 가장 잘 안다.

"처음부터 이랬어야 했어."

"정말 꼭 이렇게까지 해야겠어요?"

설명도 했고, 거절도 했고, 그의 잘못을 인정하고 사과도 했다. 이 지경이 되도록 방치한 것은 분명 실수였지만 처음부터 분명히 아니라고, 가능하지 않은 일이라고 못 박지 않았던가. 그럼에도 고집을 부리는 것은 윤주 자신이었다.

진하는 더 이상 사정하고 싶지 않았다. 사정하고 설명한다고 해결될 일이 아니었다. 여기서 다시 물러난다면 값싼 연민과 동정심밖에 되지 않으리라. 그가 흔들림 없이 단호하게 말을 잘랐다.

"꽃도 직원을 통해 보내 주시죠. 아니면 다른 곳을 알아보겠습니다."

"진하 씨!"

주먹을 꼭 쥐고 꼿꼿하게 버티던 윤주의 어깨가 무너질 듯 흔들렸다. 하지만 이미 마음을 정한 진하의 태도는 변함이 없었다. 그의 시선이 문득 창밖에 있는 꽃들에게 닿았다. 그리고 마지막까지 끝끝내 하지 않았던 말을 천천히 입에 올렸다.

"그 사람을 위한 꽃이야. 윤주 넌, 그런 마음으로 어떻게 저 꽃들을 가져올 수가 있지? 어떻게 그게 가능해? 저 꽃들이 누구를 위한 것인지 니가 가장 잘 알면서."

"그런……!"

현화도 누구보다 꽃을 사랑하는 플로리스트였다. 결혼을 하고 미국에 가서도 꽃을 공부했고, 미친 듯이 바쁜 그에게 항상 한 아름의 꽃을 안겨 주며 잠깐의 휴식을 선물하던 사람이었다. 꽃을 다루느라 거칠어진 손으로 매일 그에게 선물할 꽃다발을 만들고, 사람들에게 꽃을 전해 주며 꽃보다 더 예쁘게 웃는 그런 사람이었다.

카페는 그 사람과 함께 그렸던 부서진 꿈의 조각이었다. 사랑하는 사람들과 좋아하는 것들에 둘러싸여 유유자적 함께하는 삶. 언젠가는 그렇게 평범하고 한가로움이 가득한 삶을 살고 싶었다. 하지만 시간은 그의 마음처럼 기다려 주지 않았다.

싸늘하게 가라앉은 진하의 시선에 윤주가 지그시 입술을 깨물었다.

"알아요. 아는데……, 그래서 나도 현화를 위해……, 현화는 내가 가장 사랑하는……."

"친구였지. 그때도, 지금도, 앞으로도 변함없는 사실이야."

윤주가 차마 말을 잇지 못하고 하얗게 질린 얼굴로 쓰러질 듯 휘청거렸다. 선뜩하니 칼날 같은 침묵이 무겁게 내려앉았다. 잠시 심호흡을 하며 떨리는 가슴을 진정시킨 윤주가 파르라니 날 선 눈으로 진하를 보았다.

"알았어요. 앞으로는 손님으로 오죠. 대신 내가 언제 오든, 뭘 하든 상관하지 마세요."

"……."

"손님으로 오겠다니까요? 그것도 안 돼요?"

"……."

"좋아요. 꽃도 직원을 통해 보내죠. 됐나요?"

"손님, 아직 오픈 전입니다. 나중에 다시 오시죠."

일말의 감정도 없이 말을 마친 그가 무심하게 등을 돌렸다.

"진하 씨!"

온 힘을 다해 버티고 섰던 윤주가 끝내 탄식처럼 간절하게 진하를 불렀다. 하지만 그는 한 치의 망설임도 없이 단호하게 멀어져 갔다.

"하아!"

윤주가 뒤늦게 숨을 몰아쉬며 가슴을 쳤다. 그럼에도 순간 놓쳐 버린 호흡은 쉽게 돌아오지 않았다. 그가 그렇게 모질고 잔인하게 밀어내다니 차마 믿을 수가 없었다. 너무나 끔찍하고 무서워서 오히려 머릿속이 시리도록 투명하게 비워진다.

"저기……, 괜찮으세요?"

어느새 곁으로 다가온 정원이 걱정스러운 눈으로 윤주를 보고 있었다. 잠시 멀거니 정원을 바라보던 윤주의 눈가에 순간 사나운 바람이 일었다.

"왜요. 지금 내 꼴이 우스워요? 동정하는 건가요? 당신이 뭔데!"

"아니, 그냥 안색이 많이 안 좋아 보여서 물이라도 좀……."

조심스레 물컵을 내밀던 정원이 다짜고짜 날아든 화살에 놀라 움찔 뒷걸음질 쳤다. 그제야 정신을 차린 윤주가 벌떡 일어서며 날카롭게 말을 잘랐다.

"됐어요."

차갑게 돌아서 나가는 윤주를 보며 정원이 어이없는 얼굴을 했다.

"칫, 괜히 나한테 성질이야."

사실 정원은 두 사람 사이에 무슨 일이 벌어졌는지 알지 못했다. 심상치 않은 분위기에 윤주의 부탁(?)대로 꽃을 가져왔을 뿐, 그녀가 돌아왔을 때 진하는 이미 자리에 없었다.

그리고 텅 빈 카페에 창백하게 질린 윤주가 혼자 석상처럼 앉아 있었다. 정원은 당장이라도 쓰러질 듯 위태로운 그녀의 안색에 놀라 물 한 잔 내민 것이 다였다. 그런데 이 무슨 날벼락인지 모르겠다.

들고 있던 물을 훌쩍 마신 정원이 씁쓸하게 입맛을 다셨다.

"내가 동네북이니?"

진하는 한동안 다시 내려오지 않았다. 어차피 오픈 시간은 오후였고, 그가 카페에 다시 내려올 이유는 없었다. 그럼에도 정원은 오전 내내 보이지 않는 그에게 신경이 쓰였다.

'무슨 일이 있긴 한 거 같은데······.'

윤주의 태도로 보아 두 사람 모두에게 그리 기분 좋은 일은 아니란 생각이 들었다. 그래서 정원은 윤주와는 다른 의미로 그가 걱정됐다. 다시 예전처럼 무뚝뚝하고 차가운 얼음마스터로 돌아가지 않을까 괜히 심란해진다.

당황스럽기는 해도 정원은 내심 그의 변화가 싫지 않았다. 심장이 미친 듯 널을 뛰어 애써 피해 다녔지만 서늘하고 어두운 것보다 따뜻하고 환한 모습이 백만 배는 좋았다. 너무 좋아서 문제였지, 싫을 수가 없었다.

복잡한 마음에 정원은 어느 때보다 바쁘게 움직였다. 모자란 비품을 체크하고, 이틀에 한 번씩 오는 부자재와 식료품을 받아 깨끗하게 다듬고 정리했다. 그러고도 시간이 남아 매일 쓸고 닦는 카페를 다시금 꼼꼼하게 돌아보았다.

"뭐, 더 할 거 없나."

곰곰이 생각하던 정원은 하다하다 지하 와인 저장고까지 걸레를 들고 진출했다. 비밀번호를 누르고 창고 안으로 들어선 그녀가 새삼 주변을 휘휘 돌아보았다. 와인 보관에 최적화된 시스템을 완벽하게 갖춘 지하 저장고는 볼 때마다 감탄이 절로 나온다.

"다른 건 몰라도 와인 창고 하난 볼수록 참 대단하단 말이지."

사실 정원은 그동안 와인 저장고까지 들어올 일이 많지 않았다. 지하에 보관하는 식료품을 꺼내러 가끔 내려왔을 뿐, 그 안쪽 깊은 곳까지 제대로 보기는 이번이 처음이었다. 와인은 진하가 관리하는 까닭에 신경 쓸 이유도 없었다.

건물 면적이 있어서 지하도 생각보다 꽤 넓었다. 그 넓은 공간 가득 빼곡히 와인이 쌓여 있었다. 얼핏 봐도 창고엔 리스트에 올라 있지 않은 와인이 더 많은 것 같았다.

섣불리 손대기 어려운 분위기에 정원은 와인은 그대로 두고 셀러와 상자에 쌓인 먼지들을 조심스럽게 닦아냈다. 그리고 가장 깊숙이 은밀하게 감춰진 상자들을 발견하고 고개를 기울였다.

"응? 이건 또 뭐야."

창고 가장 깊숙이 가지런히 쌓인 상자들은 와인이 아니었다. 낯선 이질감에 정원은 단단히 포장된 상자 하나를 조심스레 풀어 보았다.

"와우, 예쁘다."

얼핏 모습을 드러낸 상자 속 물건을 확인한 그녀가 무심코 감탄사를 뱉었다. 상자 안엔 용도를 알 수 없는 예쁜 그릇들이 고운 천에 꼼꼼히 포장되어 있었다.

"이렇게 예쁜 걸 왜 이런 구석에 박아둔 거야. 아깝게."

빈틈없이 단단하게 포장해 놓은 모양이 일부러 방치한 것은 아닌 듯했다. 그것도 비밀번호가 걸린 와인 창고의 가장 깊숙하고 은밀한 곳에 말이다. 다시금 조심스럽게 포장을 되돌린 정원이 낮게 고개를 저었다.

"아무튼 별나."

카페 <그꽃>은 여전히 알 수 없는 것들이 너무나 많았다.

'그만 좀 하지.'

말없이 눈으로 정원을 쫓던 진하가 무심코 한숨을 내쉬었다.

그 사이 또 얼마나 쓸고 닦았는지 톤다운 된 실내가 반짝반짝 빛이 나는 것만 같았다. 그럼에도 끝없이 뭔가 할 일을 찾아 종종거리는 정원의 뒤통수가 눈앞에 아른거린다.

오픈 전에 내려와 같이 점심을 먹고, 커피를 마시고 진하는 똑같은 하루라고 생각했다. 하지만 그녀는 그리 생각하지 않는지 내내 그의 주변을 맴돌고 있었다. 보다 못한 진하가 먼저 입을 열었다.

"별일 아닙니다. 신경 쓰지 말아요."

그제야 진하와 시선을 맞춘 그녀가 머뭇거리며 눈동자를 굴렸다. 그러고는 오전 내내 입안에 맴돌던 말을 불쑥 던졌다.

"어떻게 신경을 안 써요. 저 때문에……."

"전에도 말했지만 정원 씨 때문이 아닙니다."

"그래도……."

역시나 예상했던 반응에 진하가 덥석 말을 잘랐다.

"윤주와 내가 풀어야 할 문젭니다. 은 매니저와는 아무 상관없는."

"아, 누가 뭐래요."

정원이 저도 모르게 쏘아붙이고 홱 등을 돌렸다.

 그녀에게 뭐라 하는 것도 아닌데 왜 이런 기분이 드는 것일까. 오전 내내 걱정한 것이 무색할 만큼 단호하고 매정한 그의 말에 이유도 없이 불쑥 마음이 상했다. 못내 서운한 마음에 돌아선 정원이 후다닥 마당으로 나섰다.

 정작 진하는 정원이 왜 화를 내는 것인지 알 수가 없었다. 그녀 때문이 아니라고, 신경 쓰지 말라는 의미였다. 그런데 이 반응은 또 뭐란 말인가. 마당에 물을 뿌리고 있는 그녀를 멀거니 바라보던 진하가 문득 쓴웃음을 지었다.

 '하, 서진하. 이러지 말자.'

 사랑이든 집착이든 윤주는 자신의 모든 것을 걸고 절실하게 매달렸다. 그 마음이 오죽했을까. 그럼에도 진하는 잔인하게 돌려보낸 윤주보다 눈앞의 정원에게 더 마음이 쓰였다.

 사람이 참으로 이기적이다. 사랑 앞에서는 잔인하도록 솔직해진다. 정원을 바라보는 진하의 눈가에 찬란한 유월의 햇살처럼 애잔하고 애틋한 미소가 스쳐 지났다.

 아릿한 봄날의 끝자락이 그렇게 소리 없이 스러져 가고 있었다.

 마감을 한 시간 앞둔 카페엔 일찌감치 손님이 끊긴 상태였다. 주방을 정리하고 쓰레기를 모아 묶어놓은 정원이 카페로 나오며 슬쩍 인상을 썼다. 중앙 테이블 한가운데 예의 진상 손님 1호가 느물느물 뭉개고 있었다.

흐트러진 테이블을 정리하고 손님 앞에 털썩 마주 앉은 정원이 대뜸 타박을 했다.
"넌 안 가냐."
"아직 시간 안 됐잖아."
"요즘은 안 바빠? 왜 초저녁부터 와서 개기니?"
드로잉 북을 펼쳐 놓고 뭔가를 끼적거리던 현성이 얄밉게 삐죽 웃었다.
"안 보여? 드로잉 하고 있잖아. 이거 의외로 잘 되네."
"야!"
"왜."
"너 진짜……!"
정원이 버럭 성질을 내는데 마침 카페 문이 열렸다.
딸랑!
"어서 오세요. 어?"
넙죽 인사를 하던 정원이 놀라 눈을 동그랗게 떴다. 아침에 정신을 쏙 빼놓고 갔던 윤주가 여전히 파리한 얼굴로 들어오고 있었다. 그리고 다짜고짜 진하 앞으로 다가가 선전포고를 하듯 비장하게 말했다.
"당신에게 다른 사람이 생기면 그때 포기할게요. 그전엔 나도 절대 포기 못 해요."
하지만 진하는 아무 소리도 들리지 않는 것처럼 들고 있던 와인잔을 천천히 닦고 있었다. 말보다 앞서는 거절에 윤주가 날카롭게 핏대를 세웠다.

"일방적으로 이게 뭐예요. 진하 씨가 나한테 이러면 안 되는 거잖아요. 이번만큼은 나도 양보 못 해요."

다 닦은 와인잔을 제자리에 걸어 놓은 진하가 그제야 윤주를 시린 눈으로 잘라냈다.

"대체 내가 뭘 어쨌다는 거지?"

"진하 씨!"

"이제 여기 오지 마. 그만 좀 하라고!"

급기야 진하의 목소리도 싸늘하게 높아졌다. 선뜩하게 가라앉은 눈빛이 베일 듯 날카롭다. 하지만 윤주는 쉽게 물러서지 않았다.

"싫어요."

"정윤주!"

바를 두 손으로 짚으며 내려다보는 진하의 동공이 한 점 빛도 없이 까맣게 가라앉았다. 주변의 공기마저 얼려 버릴 듯 시린 눈빛이 순간 숨이 멈출 만큼 위압적이다. 하지만 윤주도 만만치 않았다.

"내가 그렇게 싫으면 어디 끌어내 보시던가요. 그럴 수 있어요?"

"너, 정말!"

"손님으로 오라면서요. 아닌가요? 나 지금 손님이에요."

윤주를 날카롭게 일견한 진하가 대뜸 정원을 불렀다.

"은 매니저, 여기 주문 받으세요."

폭풍 전야 같은 분위기에 숨죽이고 지켜보던 정원이 놀라 후다닥 일어섰다.

'에고, 내 팔자야.'

애먼 불똥이 왜 이쪽으로 튀는지 모르겠다. 하지만 어쩌랴. 미적미적 걸음을 옮기는 그녀의 입에서 낮은 한숨이 새어 나왔다. 어째 팔자타령이 날로 늘어만 간다.

윤주가 주문을 기다리는 정원에게 불쑥 질문을 던졌다.

"어떤 와인이 좋아요? 매니저가 추천 좀 해 주세요."

"네? 아, 그게……."

당황한 정원이 커다란 눈을 깜박거렸다.

사실 정원은 난해하고 복잡한 와인 리스트를 제대로 읽어보지도 않았다. 그냥 부르는 대로 주문을 받아 적거나, 진하가 꺼내 놓은 하우스 와인만 근근이 외우는 정도였다. 와인은 전적으로 진하가 관리한다는 것을 현성과 윤주도 익히 알고 있는 사실이었다. 그제야 현성이 자리에서 일어나며 가볍게 끼어들었다.

"누나, 오늘은 그만하지."

동시에 앞으로 나선 진하가 정원의 손에서 와인 리스트를 받아들었다.

"취향을 말씀해 주시죠. 최대한 맞춰 보겠습니다."

"아, 형까지 왜 이래."

재빨리 물러난 정원이 자못 험악해지려는 분위기에 앞으로 나서는 현성의 옷자락을 잡아끌었다. 정원은 그제야 상관하지 말라던 진하의 말을 이해할 수 있었다. 이건 누구도 관여해선 안 되는 지극히 개인적인 문제였다.

현성이 두 사람과 제아무리 막역한 사이라도 달라질 것은 없었다. 당사자가 아닌 이상 타인이 끼어들어 봐야 복잡하게 꼬일 뿐이다. 정원의 손에 잡혀 카페 구석으로 자리를 옮긴 현성이 짓궂게 중얼거렸다.

"와우, 둘 다 장난 아니네. 무섭다, 무서워."

"인간, 말하는 거 봐라."

"내가 뭘?"

정원이 이런 상황에도 내내 빙글거리는 현성을 보며 다시금 세 사람의 관계를 조심스레 가늠해 보았다.

'희한하네. 뭐니, 이거?'

귀찮은 것을 질색하는 강현성은 남의 일에 절대 관여하지 않는다. 그럼에도 망설임 없이 나서는 그가 순간 낯설게 느껴질 정도였다. 자못 진지한 정원의 시선에 현성이 가볍게 말을 돌렸다.

"왜 그렇게 봐? 다시 봐도 참 잘생겼지? 눈이 막 호사스럽지?"

세 사람 사이에 그녀가 모르는 이야기가 분명히 더 있었다. 하지만 현성은 여전히 말해 줄 생각이 없어 보였다. 내심 결론을 내린 정원은 더 이상 캐묻지 않기로 했다. 굳이 말하지 않는 것은 그만한 이유가 있으리라. 그녀가 샐쭉 눈을 흘기며 저녁 내내 뭉개고 있는 현성을 추궁했다.

"그나저나 너, 나 감시하니?"

"응."

"뭐?"

농담처럼 던진 말에 돌아온 대답이란 것이 기막히게 어이없었다. 하지만 현성은 아랑곳하지 않았다.

"은정원 사고 치면 안 되잖아."

"하! 내가 지금 사고 칠 여력이 있어 보이니?"

"니가 언제는 사고 친다고 예고하고 쳤냐."

"그런……! 그게 또 그런가?"

차마 아니라고 말할 수 없는 자신의 단순함이 새삼스러울 지경이다. 불만 가득한 정원을 보며 현성이 빙글빙글 말을 돌렸다.

"짝사랑 그거 내가 해 봐서 아는데……."

"뭐? 니가 짝사랑을? 천하의 강현성이 정말?"

성큼 다가드는 정원의 반응에 흠칫 물러나 앉은 현성이 설핏 인상을 썼다.

"뭐냐, 이 반응은……."

"길가는 사람 잡고 물어봐라. 니가 짝사랑 같은 걸 하게 생겼나."

"그러는 그댄 짝사랑을 하게 생겨서 하시나?"

"음……, 내가 짝사랑인가?"

"그럼 뭔 줄 알았는데?"

멀뚱히 현성을 바라보던 정원이 돌연 배시시 웃었다.

"그냥…… 좋아한다? 사랑한다?"

"으이그, 이 꼴통."

현성이 들고 있던 연필로 정원의 이마를 툭 쳤다.

"그놈의 손모가지 얌전히 못 두냐. 아무튼! 강현성이 언제 짝사랑을 해 봤데? 진짜, 정말이야?"

차마 믿기지 않는 사실에 정원이 재차 확인을 했다. 그만큼 현성의 주변엔 여자가 많았고, 그녀가 알고 있는 연애사도 적지 않았다. 그럼에도 그의 짝사랑은 금시초문이었다. 정원이 고개를 갸웃하며 의심스러운 눈으로 현성을 빤히 보았다.

"너한테 목매는 여자들 많잖아. 연애는 뭐 말할 것도 없지 않나? 내가 아는 것만도 몇 번인데……. 한동안 좀 뜸하긴 했지만 솔직히 강현성이 여자 없는 게 더 이상한 일이지."

현성은 불쑥 터져 나오려는 한숨을 지그시 삼켰다.

'왜 뜸한지는 생각 안 하냐.'

말 그대로 현성의 주변엔 항상 여자가 많았다. 쉽게 만나고 쉽게 헤어지는 관계에 익숙한 것도 사실이었다. 정원에 대한 감정이 깊어지기 전까지는 부담 없이 가벼운 연애를 즐기기도 했다. 하지만 그뿐, 쉬운 관계는 그만큼 쉽게 깨지기 마련이다.

현성이 아는 세상은 모든 것이 너무 쉬워서 믿을 수가 없었다. 그만큼 진짜 마음을 줄 수 있는 사람도 지극히 드물었다. 그래서 현성은 누구도 쉽게 마음에 들이지 않았고, 쉽게 믿지도 않았다. 그렇게 언제부턴가 더없이 차가운 눈으로 세상을 바라보고 있었다.

그를 향한 정원의 말간 눈빛이 더없이 따스하게 느껴졌다. 저 눈을 온전히 그의 것으로 만들고 싶었다. 다른 누구도 아닌 강현성으로 가득 채우고 싶었다. 그런데 방법을 알 수가 없다.
 말없는 그의 시선에 정원이 지그시 고개를 기울였다. 현성이 피식 낮게 웃으며 천천히 입을 열었다.
 "연애와 사랑은 다른 거란다."
 "별, 사랑 없는 연애도 있니?"
 아이처럼 단순한 정원의 논리에 현성이 짓궂게 말을 꼬았다.
 "연애는 바야흐로 썸이지. 썸으로 시작해서 썸으로 끝나는 감정놀음. 모르나?"
 "됐거든? 당최 말이 되는 소릴 해야 들어주지."
 가볍게 던진 연애론에 그의 짝사랑에 대해선 홀랑 까먹은 정원이 삐죽거렸다. 그 단순함이 마냥 좋으면서도 현성은 새삼 답답함을 느꼈다.
 "어린애는 모르는 어른들만의 세계가 있단다."
 돌연 현성을 빤히 보던 정원이 냅다 한마디 했다.
 "지. 랄."
 "야! 넌 대체……."
 "뭐?"
 그녀가 일고의 가치도 없다는 듯 뻔뻔한 얼굴로 현성을 보았다. 그 해맑은 시선에 현성이 자못 의미심장하게 중얼거렸다.
 "아무튼 연애보다 어렵고 무거운 것이 사랑이란다. 짝사랑은 더더구나."
 "궤변 늘어놓지 마. 사랑이 사랑이면 됐지 뭐가 더 필요해? 그리고 세상에 쉬운 일이 어디 있니? 어렵고 무겁고 그런 거

피해가며 할 수 있는 일이 있기는 하고? 나한텐 세상 모든 일이 죄 어렵고 무겁단다. 아이야."

비실비실 가볍게 웃는 정원의 눈동자가 단단하고 맑았다. 그에겐 항상 너무나 쉬워서 믿을 수 없는 세상을, 누구보다 치열하게 살아내는 정원이었다. 그만큼 언제나 어렵고 무거운 세상 앞에서 그녀는 항상 너무나 담담하고 당연하게 웃었다.

그 막연한 미소에 현성은 다시금 답답함을 느꼈다. 그가 넘치게 가진 모든 것들이 정작 그녀 앞에선 아무 소용이 없었다.

현성은 사랑이 세상에서 제일 어려운 것 같았다. 눈에 보이지도, 손에 잡히지도 않는 사랑 하나가 그를 쥐고 흔들었다. 아무리 애를 써도 닿지 않는 눈먼 사랑에 숨이 막혔다.

사랑은 아름답다. 사랑은 세상에서 가장 좋은 것이다. 사랑은 가장 바람직한 인간관계다. 사랑은 무엇과도 비교할 수 없는 가치를 지닌다. 사랑은 모든 것을 이겨낼 수 있는 유일함이다. 사랑은 절대적이다.

사랑을 표현하는 미사여구는 수도 없이 많았다. 그 모든 말들이 그저 화려하기만 한 미사여구가 아니라, 부인할 수 없는 진실이기도 했다.

그럼에도 사랑은 아프다. 사랑은 잔인하다. 사랑은 이기적이다. 때로 사랑함으로 더 깊은 슬픔과 절망의 나락에 빠지기도 한다. 그 모든 것이 오로지 하나뿐인 사랑인 까닭이었다. 정원을 바라보는 현성의 눈가에 안타까운 한숨이 짙게 묻어났다.

누구나 사랑을 할 수 있지만 그 사랑이 모두 아름답고 완벽

한 것은 아니었다. 마치 한 편의 잔혹 동화처럼.

현성의 말장난에 피식 웃어 보인 정원이 문득 진하와 윤주를 돌아보았다. 어떻게 결론이 났는지 윤주는 와인을 마시고 있었고, 진하는 돌아서서 마감 준비 중이었다.

언뜻 아무 일도 일어나지 않은 것처럼 평소와 다르지 않은 그림이었다. 하지만 감미로운 재즈 선율이 무색하리만치 숨 막히도록 무거운 침묵이 왠지 위태로워 보였다. 정원이 혼잣말처럼 나직이 중얼거렸다.

"살얼음판이 따로 없네. 참 난해한 사람들이야."

"저쪽은 신경 끄지?"

현성이 카운터를 힐끔거리는 정원의 이마를 튕기며 브레이크를 걸었다.

"아야. 너 자꾸! 그리고 이 상황에 신경이 꺼지니?"

"응."

"헐. 간단해서 참 좋으시겠어요."

두 사람에 대해 잘 아는 현성이야 가볍게 넘어갈 수도 있겠지만 정원은 아무래도 신경이 쓰였다. 이유 불문 좋아하게 된 사람의 일이었다. 그럼에도 그녀가 할 수 있는 일은 아무것도 없었다.

그저 지켜보는 것조차도 조심스러울 만큼, 정원은 그에게 현성보다도 먼 사람인 것이다.

"아무튼 형한테 신경 꺼. 내가 감시할 거야."

"그게 마음대로 되니?"

정원이 현성의 말을 가볍게 묵살하며 짓궂게 중얼거렸다.

"흥, 너처럼 소위 썸 타는 감정놀음은 불가능하니까, 나 홀로 사랑이나 실컷 하련다. 말리지 마."

"은정원."

현성이 정색을 했지만 역시나 통할 리가 없었다.

"왜, 또 뭐?"

"너 진짜!"

"너야말로 저번부터 왜 이렇게 예민해? 이건 친구라는 게 도와주지는 못할망정 훼방이나 놓고. 강현성이 언제부터 이렇게 쩨쩨하셨나?"

사람 마음도 모르고 저 홀로 당당한 정원의 태도에 현성이 급기야 버럭 소리를 질렀다.

"으이그, 이 미련 곰탱아!"

엇갈린 마음들이 그렇게 대책 없이 깊어가는 밤이었다.

23. 줄다리기

'으아, 이 짓도 조금 있으면 끝이다.'

드디어 주말, 마감을 한 시간 남겨둔 정원이 저도 모르게 깊은 한숨을 내쉬었다. 지난 일주일을 어떻게 보냈는지 새삼 까마득했다. 정원의 시선이 살벌한 침묵이 감도는 카운터로 향했다.

'아무튼 강철 신경들이셔. 안 피곤한가.'

지난 일주일 윤주는 매일같이 늦은 시간에 카페를 찾아와 와인을 주문하고 마감 직전까지 말없이 앉아 있었다. 시선조차 마주치지 않고 끝끝내 무시하는 진하의 등을 바라보면서.

'징하다, 징해.'

덕분에 중간에서 죽어나는 것은 정원이었다. 문외한인 그녀에게 매번 와인을 추천해 달라는 통에 진하가 대신 주문을 받고 있었던 것이다. 그것만으로도 정원은 신경이 닳을 것만 같았다. 그런데 한술 더 떠 현성까지 난리였다.

'저 웬수.'

 정원이 카페 한가운데 진을 치고 있는 현성을 매섭게 노려보았다. 카페가 붐비는 저녁 시간이 지나면 어김없이 찾아와 마감 시간까지 개기다 윤주와 함께 퇴근을 하는 현성이었다. 처음엔 며칠 저러다 말겠거니 했건만 이젠 일거리까지 잔뜩 싸들고 와서 뻗댄다.

 농담처럼 흘린 감시한다는 말이 아무래도 진심인 모양이었다. 정원은 정말이지 기가 막혀 할 말이 없었다.

 일반(?) 손님들이 모두 빠진 시간, 카운터 끄트머리에 앉아 눈치를 보던 정원은 슬그머니 주방으로 도망을 쳤다. 그리고 여느 때보다 공을 들여 천천히 청소를 했다. 하지만 언제까지 주방에 박혀 있을 수도 없는 노릇이었.

 "으이그, 은정원. 이러지 말자. 너까지 이러면 마스터는 어쩌니."

 윤주도 윤주였지만 정원은 사실 진하가 걱정이었다. 지켜보는 사람도 숨이 막히는데 당사자는 오죽할까. 그럼에도 너무나 멀쩡하게 아무렇지도 않아서 오히려 더 불안했다.

 겉으로 보기에 변한 것은 없었다. 정확하게는 예전으로 돌아갔다고 하는 것이 맞았다. 정원은 정말이지 꿈이라도 꾼 기분이었다. 그가 언제 그렇게 환하게 웃었는가 싶은 것이 괜히 서운하기까지 했다. 그래서 집요하게 밀어붙이는 윤주가 영 반갑지 않았다.

 심란한 마음을 다잡은 정원이 다시 홀로 나섰다. 역시나 무거운 침묵 속으로 재즈 선율이 나직이 흐르고 있었다.
 진하가 마감을 준비하며 와인잔을 닦고 있었다. 조용히 그 옆으로 다가간 정원이 린넨 천을 들고 그를 도와 묵묵히 남은 잔을 닦았다. 아무 일도 없는 것처럼 평소와 똑같이 행동하는 것이 그나마 정원이 할 수 있는 최선이었다.
 윤주가 정원을 보고 배시시 웃었다. 이런 상황에서조차 웃어 보이는 그녀의 마음이 어떨지 정원은 차마 가늠이 되지 않았다.
 '아무튼 정상은 아니지 싶다.'
 물론 사랑을 한 가지로 정의할 수는 없을 것이다. 하지만 이제 처음 사랑을 시작한 정원의 눈에도 윤주는 너무 힘들고 아파 보였다. 서슬 퍼런 슬픔, 그게 전부인 사랑 같았다.
 사람이 사람을 사랑하는데 왜 저렇게 아프고 힘든 것일까. 사랑하는 사람이 그 사랑 때문에 힘들어하는데, 그 사랑이 싫다고 하는데 왜 저렇게 매달리는 것일까. 사랑이 꼭 가져야만 완성되는 것일까. 윤주를 보고 있으면 답 없는 물음이 난무했다.
 '그럼 난 뭐야.'
 정원이 다 닦은 와인잔을 걸며 흘깃 진하의 안색을 살폈다. 가슴 설레는 첫사랑임에도 그녀는 고백은커녕 표현조차 해 보지 못했다. 바라보는 것 외엔 할 수 있는 일이 없었다. 그럼에도 정원은 그저 사랑하는 것만으로도 충분히 넘치게 좋았다.
 그가 알든 모르든 정원은 사랑이었다. 가질 수도, 말할 수도 없었지만 그조차도 문제되지 않았다. 그를 생각하면 가슴이 설렜고, 그를 볼 수 있는 것만으로도 마냥 행복했다.

정원에게 사랑은 사랑 그 자체로 모든 것이었다. 아프면 아픈 대로, 슬프면 슬픈 대로 그저 사랑이어서 좋았다. 이제 사랑을 시작한 정원이 아는 것은 그게 다였다. 그래서 정원은 사랑하는 사람도 행복하기를 바랐다. 사랑하는 사람이 웃으면 세상도 덩달아 웃는 것 같았다. 하여 그가 웃을 수 있으면 그것으로 좋다고 생각했다.

'아빠, 이 사람들 좀 이상하지? 내가 이상한 거 아니지?'

정원은 부쩍 아빠 생각이 많이 났다. 평생 사랑하는 것만으로도 충분히 행복했던 아빠 선환이 눈물 나게 보고 싶어졌다.

선환을 보고 자란 정원이 아는 사랑은 무조건이라는 전제가 붙어 있었다. 그래서 사랑은 머리가 아닌 가슴으로 하는 것이 아니던가. 하고 싶다고 할 수 있는 것도, 피한다고 피해지는 것도 아니었다.

와인잔을 다 닦은 진하가 커피머신을 정리하기 위해 안쪽으로 자리를 옮겼다. 정원도 슬그머니 자리를 피해 흐트러진 테이블을 마저 정리했다. 그리고 묵묵히 자리를 지키고 있는 현성의 맞은편에 털썩 주저앉았.

"아, 숨 막혀 돌아가시겠네. 저 두 사람 대체 언제까지 저럴 거라니."

"모르지."

학생들의 리포트를 검토하는 현성의 입에서 무성의한 대답이 흘러나왔다.

"넌 또 언제까지 이럴 건데."

"글쎄."

일말의 고민도 없이 너무나 느긋한 미소에 정원이 버럭 인상을 썼다.

"너까지 정말 왜 이래."

"내가 뭘 어쨌다고 난리셔. 방해 안 하고 얌전히 앉아서 일하잖아."

현성이 테이블 위의 리포트들을 툭툭 치며 빙글거렸다.

"그러니까 그 일을 왜 여기서 하냐고!"

"내 맘이지."

지난 일주일 내내 이 모양이었다. 나름 회유도 하고, 화도 내고, 온갖 신경질을 다 부려 봤지만 무슨 마음인지 현성은 꼼짝도 하지 않고 웃으며 버티고 있었다.

정원이 테이블 위로 풀썩 엎어지며 긴 한숨을 내쉬었다.

"하아, 내가 말을 말아야지."

도대체 다들 왜 이러는지 모르겠다. 투덜거리는 정원을 잠시 내려다보던 현성이 불쑥 물었다.

"내일 뭐 하셔?"

"뭐하긴, 집에 가지."

그녀가 고개도 들지 않고 웅얼거렸다. 현성이 다시 물었다.

"집에 갔다 언제 오는데?"

"알아서 뭐하게."

"나한테도 시간 좀 내지?"

엎어진 자세 그대로 고개만 삐죽 든 정원이 현성을 지그시 노려보았다.

"강현성."

"응?"

"니가 정녕 욕이 고프지?"

"뭐?"

싱글거리며 되묻는 현성을 바라보던 정원이 벌떡 몸을 세웠다.

"일주일 내내 지겹게 봐놓고 시간 내서 또 보자고? 미쳤니?"

"이 얼굴이 지겨울 리가 없는데."

"됐거든? 나도 좀 쉬자. 응?"

"그러니까 하는 말이지. 나를 보는 것만으로도 힐링이 되지 않나?"

"니가 진정 매가 그립구나."

"훗."

"어쭈, 웃어? 지금 웃음이 나오니? 너 정말 왜 이래."

"정말 몰라서 묻냐."

하루 이틀도 아니고, 이쯤 되면 그도 마냥 좋을 리 없었다. 하지만 현성은 끝까지 인상 한 번 찡그리지 않았다. 오히려 나사 하나 빠진 모양 싱글거리며 정원의 기운을 뺐다. 그녀가 참지 못하고 냅다 짜증을 냈다.

"모르니까 묻지. 매번 같은 소리 지겹지도 않아? 너 이러려고 카페 소개해 줬니?"

"응."

"뭐?"

밑도 끝도 없이 간결한 대답에 정원이 벌떡 일어나 앉았다. 순간 웃음기가 사라진 현성의 눈가에 낯선 바람이 일었다. 그 바람이 이유도 없이 가슴에 턱 걸렸다. 내심 당황한 정원이 고집스레 인상을 썼다.

"나 정말 화낸다."

"그 정도로 물러날 거 같았으면 시작도 안 했어."

버럭 성질을 내려던 정원은 더없이 진지한 현성의 눈빛에 멈칫 숨을 죽였다. 그리고 저도 모르게 그의 시선을 피하며 눈동자를 굴렸다. 대체 무슨 뜻으로 하는 말일까. 진짜 뭔가 다른 의미가 있는 것일까.

'미쳤어. 내가 지금 무슨 생각을······.'

정원은 불현듯 떠오른 생각을 황급히 눌러 삼켰다.

'아니야. 아닐 거야. 그럴 리가 없잖아.'

단 한 번도 의심해 보지 않았다. 그런데 왜 갑자기 이런 생각이 드는 것일까.

애써 마음을 다잡은 정원이 똑바로 현성을 마주 보았다. 평소와 다름없는 얼굴이었다. 여전히 짓궂게 빙글거리는 눈빛이 얄밉도록 멀쩡하다. 왠지 모를 안도감에 정원이 냅다 쏘아붙였다.

"웃지 마. 정들어."

그럼에도 쉬 가라앉지 않는 마음에 정원이 자리에서 벌떡 일어났다. 도무지 그대로 앉아 있을 수가 없었다. 왜 이런 기분이

드는 것일까.

'잘못 본 거야. 아무렴, 천하의 강현성인걸.'

실없는 소리야 어디 한두 번이던가. 무엇보다 정원이 지금까지 지켜본 현성의 연애사가 모든 것을 말해 주고 있었다. 그의 여자 취향은 그녀가 가장 잘 안다.

머릿속이 복잡해서 순간 과부하가 걸린 모양이었다. 잠시나마 떠올렸던 생각에 정원은 어이없는 웃음이 나왔다.

'이 무슨, 진부한 신데렐라 드라마도 아니고……. 은정원, 오버다. 오버야.'

극과 극으로 다른 환경에 처한 상황까지, 접점이 없는 두 사람이었다. 하여 강현성과 은정원은 처음부터 지금까지 친구, 그 이상도 이하도 아니었다. 너무 달라서 다른 무엇이 끼어들 여지조차 없었다. 그 하나만큼은 의심의 여지없이 분명한 사실이었다.

무엇보다 현실은 동화가 아니다. 하지만 정원은 언제나 설마가 사람을 잡는다는 증명된 사실을 간과하고 있었다.

다음 날. 정원은 말한 것과 다르게 숙소에 남아 빈둥거리고 있었다. 큰아버지 부부가 오랜만에 막내 정연이도 볼 겸 계획하지 않은 나들이에 나선 것이다. 하여 정원은 오랜만에 혼자 느긋한 시간을 보내기로 마음먹었다.

카페에서 생활한 지 이제 한 달여, 생각해 보니 그동안 단 하루도 마음 편히 쉰 날이 없는 것 같았다. 집에 가도 이것저것 챙겨 주려는 식구들의 과한 친절 덕분에 뭔가 인사를 다녀오는 기분이었다.

한참을 뭉그적거리던 정원이 늘어지게 하품을 하며 이불 밖으로 고개를 내밀었다.

"으아함, 좋다. 이제 뭐 하지."

미적미적 몸을 일으킨 정원이 침대 옆 창문을 열고 하늘을 보았다. 쨍쨍한 아침 햇살이 다가올 여름을 예고하듯 눈부시게 반짝거렸다.

"으아, 하긴 뭘 또 해. 오늘은 그냥 종일 떼굴거릴 테다."

장하게 기지개를 켜며 중얼거리던 정원이 문득 천장을 쳐다봤다.

"아저씨는 오늘 뭐 하려나."

내내 신경이 쓰였지만 지난 일주일, 정원은 말 한마디 제대로 건네지 못하고 진하의 주변을 맴돌았다. 사실 말하고 말고 할 분위기가 아니어서 괜히 혼자 종종거리는 것이 다였다.

"밥은 제대로 챙겨 먹나 모르겠네."

그나마 그녀가 할 수 있는 일이라고는 식사를 챙기는 것뿐이었다. 무슨 생각을 하는지 알 수는 없었지만 다행히 밥은 주는 대로 말없이 먹어 주었다. 한 입으로 두말 않는 분명한 성격이 이럴 땐 좋았다.

그래서 정원은 나름 더 열심히 식사를 챙겼다. 안 그러면 그조차도 왠지 건너뛰고 말 것 같은 얼굴이었다. 사실 그것 말고는 그녀가 해 줄 수 있는 일도 없었다.

"그런데 왜 항상 배고픈 얼굴이냐고. 신경 쓰이게……."

진짜 배가 고프다는 것이 아니라 그냥 느낌이 그랬다. 감정을 지워낸 무심한 표정이, 고저 없이 서늘하게 가라앉은 목소리가, 깜깜하게 죽어 있는 눈빛이, 그 모든 것들이 이유 없이 허허롭게 마음에 걸려서 자꾸 신경이 쓰였다.

곱게 자라 어렵지 않게 성공한 사람의 여유로운 분위기가 자연스럽게 몸에 배어 있는 사람이었다. 현실 따위 걱정하지 않아도 될 만큼 모자람 없이 넘치게 가진 사람이라는 것도 이젠 알겠다. 지금은 카페를 하고 있지만 본업은 따로 있는 것도 같았다.

그런데 왜일까. 그럼에도 왠지 내내 마음이 쓰였다. 자꾸 뭔가 해 주고 싶었다. 그녀가 딱히 해 줄 것도 없고, 뭔가 해 주기를 바라는 것도 아닌데 마음이 그랬다.

"주제 파악 좀 하지? 니가 지금 남 걱정할 때니?"

입술을 삐죽거리며 낮게 투덜거린 정원이 자리에서 벌떡 일어났다.

"밥이나 먹자. 배가 고파서 쓸데없는 생각이 많아지는 거야."

밥을 먹겠다고 카페로 나온 정원은 정작 텃밭 앞에 쪼그리고 앉아 이층으로 향하는 계단을 노려보고 있었다.

"음, 위에 있을까? 있겠지?"

그동안 신경 쓰지 않아도 무럭무럭 자란 모종들이 제법 그럴듯했다. 텃밭을 이상하게 바라보던 그에게 자랑이라도 하고 싶은 마음이었다.

상추와 몇 가지 쌈 채소를 앞치마 가득 담은 정원이 다시 위층을 바라보며 중얼거렸다.

"싫어하겠지? 분명 싫어할 거야. 그치?"

슬그머니 자리에서 일어난 정원이 카페 주방문이 아닌 계단 앞에 섰다. 그리고 또다시 슬그머니 이층을 올려다봤다.

"뭐, 하루 이틀이야. 일단 질러보고, 아님 마는 거지."

뒤편 주차장엔 항상 두 대의 차가 세워져 있었다. 중후한 세단과 4륜 구동 랜드로버. 둘 다 완전 비싸 보이는 외제 차였다. 두 대 모두 카페 소속, 그러니까 마스터의 차라는 것도 최근에 알게 된 사실이었다. 아무튼 날이 갈수록 수상함만 늘어간다.

"혼자 먹기엔 쌈 채소가 너무 많잖아? 이런 건 같이 먹어야 더 맛있단 말이지."

앞치마 가득 담긴 쌈 채소를 보며 씩 웃은 정원이 마음을 다잡고 계단을 올랐다. 답도 없이 앉아서 머리 싸매고 고민하느니 차라리 부딪쳐 보는 것이 속 편했다. 깨지면 깨끗이 포기라도 할 수 있으니까.

"아니, 이놈의 집엔 왜 인터폰이 없는 거야."

이층 문 앞에 선 정원이 코끝을 찡그리며 인상을 구겼다. 이층은 이번이 두 번째였다. 처음 올라왔을 때도 인터폰을 찾다가 포기하고 문을 두드렸던 기억이 떠올랐다. 잠시 머뭇거리던 정원이 앞치마를 한 손으로 그러쥐고 문을 두들겼다.

쿵쿵.

"저기요. 계세요?"

낯설 정도로 크게 울리는 소리에 흠칫 긴장한 정원이 숨을 죽이고 귀를 기울였다. 서울 한복판이 맞나 싶게 고요하게 가라앉은 사위가 흡사 딴 세상 같았다. 괜히 멋쩍어진 정원이 고개를 갸웃했다.

"없나?"

하지만 여기까지 올라와서 이대로 물러설 수는 없었다. 애써 만든 핑계가 가상하지 않은가 말이다.

쿵쿵쿵.

"마스터! 안에 있는 거 다 알거든요? 문 좀 열어 보죠?"

정원이 지그시 입술을 깨물었다.

"진짜 없나? 이상하네."

정원이 급기야 발로 쿵쿵 문을 찼다. 어차피 사람도 없는데 무슨 상관이랴.

"쳇, 말도 없이 어딜 간 거야."

거절당할 각오를 하고 올라왔건만 그럼에도 왠지 심술이 났다. 그가 어딜 가든 그녀와 상관없는 것을 알면서도 삐죽 심사가 꼬였다.

"간다, 가. 내가 치사해서 다신 오나 봐라."

버럭 성질이 난 정원이 마지막으로 힘차게 문을 걷어찼다.

쾅!

띠리링.

동시에 도어 락이 해제되며 문이 벌컥 열렸다.

"뭡니까."

어느새 열린 문 앞에 그가 소리도 없이 나타나 인상을 쓰고 있었다. 기절하게 놀란 정원이 휙 돌아서며 눈을 질끈 감았다.

'으아, 내가 미쳐! 이건 꿈일 거야. 분명 내가 잘못 들은 거야.'

그런데 이상하게 조용하다. 예의 무심하고 차가운 '무슨 일이냐고 물었습니다.'라는 말이 따라붙지를 않았다. 진짜 헛것이라도 본 것일까. 뭔가 이상한 기분에 정원이 슬며시 뒤를 돌아보았다.

'망할.'

아니나 다를까, 눈 아래 예의 쭉 뻗은 긴 다리가 보였다. 올려다보면 싸늘하게 굳은 얼굴도 보일 것이다. 차마 고개도 들지 못하고 천천히 돌아선 정원이 지그시 입술을 깨물었다.

'죽자, 죽어.'

결과를 뻔히 알면서도 왜 매번 일을 치고야 마는 것일까. 문득 감시한다는 현성의 목소리가 귓가에 쟁쟁 울렸다. 이 정도면 감시가 아니라 감금이 필요할지도 모르겠다. 예의 침묵에 당황한 정원이 더듬더듬 입을 열었다.

"에, 저기…… 그게요."

풀썩.

"엄마야!"

갑자기 머리 위로 툭 떨어지는 그림자에 놀란 정원이 짧게 비명을 질렀다. 그리고 옴짝달싹 못하게 내리누르는 낯선 무게에 휘청거리며 팔을 내밀었다.

무슨 일이 일어난 것인지 정원이 잠시간 멍하니 눈을 깜빡거렸다. 그리고 이내 정신을 잃고 쓰러진 진하를 부둥켜안은 채 흔들어 보았다.

"어, 저기…… 마스터? 사장님? 아저씨!"

160을 간신히 넘기는 정원이 180이 훌쩍 넘는 남자를 옮기는 방법은 많지 않았다. 어떻게 해도 질질 끌리기는 매한가지. 커다랗고 기다란 진하에게 푹 파묻혀 간신히 버티고 서 있던 정원이 꿈지럭거리며 간신히 돌아섰다.

"으쌰!"

어렵게 그를 등에 멘 그녀가 기다란 팔을 앞으로 당겨 잡고 질질 끌었다.

"우씨, 어지간히 무겁네."

몇 발짝 떼지도 않았는데 어깨에 턱하니 걸린 그의 머리가 스르륵 흘러내렸다. 순간 열에 들뜬 뜨거운 숨결이 훅하고 밀려들었다.

"엄마야."

당황한 정원이 후다닥 놀라 휘청거렸다. 한술 더 떠 정신을 잃은 진하의 머리가 좁은 어깨를 타고 목덜미로 파고들었다. 빈틈없이 밀착해 오는 따끈한 머리통과 후끈 새어 나오는 숨결에 정원은 정말이지 기절할 것 같았다.

"아니, 그……, 이봐요!"

흠칫 놀라 진하를 돌아봤지만 정신을 잃은 그에게선 아무런 반응도 없었다. 오히려 뜨거운 숨을 뱉어내는 그의 얼굴이 눈앞을 가득 메우며 당혹스러움을 더했다.

"우왓!"

저도 모르게 놀라 비명을 지른 정원이 후다닥 고개를 돌렸다. 그리고 순간 기운이 풀려 휘청거리는 다리에 힘을 줬다.

"그래, 앞만 보고 가는 거야. 앞만······."

시원하게 기다란 기럭지가 오늘만큼은 절대 흐뭇하지 않았다. 군살이라고는 하나도 없이 늘씬한 남자였지만 정신을 잃은 그는 겁나게 무거웠다.

가장 가까운 소파에 진하를 어렵사리 내려놓은 정원이 참았던 숨을 내쉬며 주변을 둘러보았다.

"하아, 이건 또 뭐니?"

침실을 찾던 정원의 눈가에 어이없는 기색이 떠올랐다. 그리고 답 없는 질문이 연이어 튀어나왔다.

"여기서 산다며? 아니야?"

이건 일반적인 집의 구조가 아니었다. 과연 집이 맞는지조차 잘 모르겠다. 우선 카페와 똑같이 휑한 시멘트벽과 나무로 된 바닥이 시선을 끌었다. 카페와 다른 부분은 테라스 쪽은 벽으로 막혀 있고, 소품 액자가 걸려 있는 방향에 커다란 창이 있는 정도였다.

그리고 뻥 뚫린 공간에 있는 거라고는 미니바와 덩그러니 놓인 소파가 전부였다. 미니바 옆에 있는 것은 아마도 로스팅 기계이리라. 그리고 나머지 휑하니 넓은 공간에 커다란 책상과 용도를 알 수 없는 모니터가 줄줄이 늘어서 있었다.

당황한 것도 잠시, 정원은 다시금 주변을 꼼꼼히 돌아보았다.

출입문 옆에 위층으로 올라가는 계단이 있었다. 주변에서 뭔가 찾기를 포기한 정원은 조심스레 위층으로 올라갔다.

"여긴 그나마 좀 낫네."

2층보다 좀 나을 뿐, 3층도 거친 벽과 바닥은 마찬가지였다. 전체 면적의 2/3 정도 되는 공간에 정면이 1층 카페처럼 개폐 가능한 유리문으로 되어 있었다. 하지만 카페와는 반대 방향이어서 직접 올라와 보지 않으면 알기 어려운 구조였다.

시원하게 트인 창 너머 제법 널찍한 옥상에 햇살이 쨍쨍하다. 그럼에도 북쪽으로 낸 창으로는 빛이 들어오지 않았다. 건물 뒤편이라 딱히 보이는 풍경도 없었다. 구름 한 점 없이 환하게 빛나는 하늘이 낯설 지경이었다. 정원이 저도 모르게 인상을 썼다.

"뭐가 이러니. 이 아저씨 왜 이러고 사는데……."

너른 거실에 달랑 커다란 소파와 오디오, 책장뿐이었고, 2층 미니바와 별다를 것 없는 주방이 보였다. 아무런 장식도 없이, 고급스러운 가구들과 어울리지 않는 삭막하기 그지없는 공간이었다. 그리고 세 개의 문 중 하나가 빼꼼 열려 있었다.

"저기가 침실인가."

아무래도 그가 내려오면서 열어놓은 것 같았다. 쓰러진 남자를 여기까지 끌고 올라올 능력은 없다. 정원은 고민 없이 성큼 안으로 들어갔다.

하지만 침실도 삭막하기는 매한가지. 넓은 방 한가운데 커다란 침대가 덩그러니 놓여 있었다. 그 옆에 사이드 테이블이 하나, 심플한 스탠딩 조명이 전부였다. 드레스 룸과 함께 욕실이 딸려 있을 뿐, 아늑함이라고는 눈 씻고 찾아봐도 없었다.

"거참, 심플하기도 하지."

낮게 중얼거린 정원이 침대 시트를 덥석 잡아당겼다. 어디 이상한 점이 한두 가지던가. 우선은 아래층에 쓰러져 있는 남자부터 해결하고 볼 일이었다.

시트와 베개를 가지고 내려온 정원은 진하를 편하게 눕히고 필요한 것을 찾아 빠르게 움직였다. 냉장고를 뒤져 얼음을 꺼내고 욕실에서 수건을 찾아오고, 그리고 아무것도 없었다.

"어쩜, 있는 게 하나도 없니."

체온계는커녕 간단한 구급상자조차 보이지 않았다. 냉장고엔 물과 우유가 전부였고, 3층 주방에도, 2층 미니바에도 커피와 와인 말고는 아무것도 없었다. 이건 예상했던 것보다 훨씬 나쁘다.

"대체 뭘 먹고 사는 거야."

정원은 열이 펄펄 끓는 진하의 이마에 물수건을 올리고, 얼음주머니를 만들어 목 뒤와 팔 사이에 받쳐 놓았다. 그리고 마른 입술을 조심스레 축여 주며 얼굴과 손, 발을 물수건으로 닦아 주었다.

그가 갑자기 쓰러지는 바람에 놀란 것 치고는 차분하고 능숙한 움직임이었다. 아버지 병수발에 익숙한 정원에겐 당연한 일이기도 했다. 이마의 물수건을 갈아 주며 손으로 다시 열을 체크한 정원이 낮게 중얼거렸다.

"멀쩡한 척은 혼자 다 하더니 쓰러지기나 하고……. 뭐니, 정말."

무엇 하나 부러울 것 없어 보이는 사람이 왜 이렇게 삭막하고 외롭게 홀로 견디는 것일까. 자꾸 마음이 쓰여서 모른 척 그냥 둘 수가 없었다. 오늘도 마음먹고 용기 내어 올라오지 않았다면 홀로 앓고 지나갔으리라.

"다 큰 어른이 말이야. 왜 이러고 있냐고, 속상하게."

사랑하는 사람이 혼자 아프다. 그래서 그녀도 이유 없이 마음이 아팠다. 정신을 못 차리는 진하를 물끄러미 바라보던 정원이 자리에서 벌떡 일어났다.

"우선 응급처치는 됐고, 약 사오고 죽 끓여야지."

"안 돼! ……화야, 안 돼."

그가 갑자기 꿈이라도 꾸는 듯 몸을 뒤채며 잔뜩 인상을 썼다. 정원이 걱정스러운 얼굴로 진하를 흔들어 깨웠다.

"마스터! 정신이 들어요?"

"으윽! 안 돼! 안……!"

무슨 꿈을 이리도 지독하게 꾸는 것일까. 간절하게 허공을 가르는 그의 손을 잡은 정원이 열이 좀 떨어졌는지 얼굴을 만져 보았다. 그리고 조용조용 달래듯 말을 이었다.

"괜찮아요. 꿈이에요. 눈 좀 떠 봐요."

가위라도 눌리는지 잔뜩 움츠러든 그의 눈가에 갑자기 진한 눈물이 맺혔다. 그리고 이내 꽉 다문 입에서 잔뜩 억눌린 흐느낌이 새어 나왔다. 놀란 정원이 털썩 주저앉으며 그의 어깨를 흔들었다.

"왜 그래요? 숨 쉬어요, 숨! 꿈이라니까?"

"하아."

그가 갑자기 몸을 뒤채며 정원의 손을 움켜쥐었다. 그리고 차마 뱉어내지 못한 숨을 내쉬더니 굵은 눈물을 흘렸다. 심상치 않은 분위기에 정원이 다시 진하를 흔들어 깨우며 목소리를 높였다.

"아저씨! 눈 좀 떠 봐요!"

"헉!"

그가 갑자기 숨을 몰아쉬며 눈을 떴다. 그리고 흐릿한 눈으로 정원을 물끄러미 보았다.

"당신이 여기 왜……?"

"정신이 좀 들어요? 아까 문 앞에서…… 엇!"

진하가 갑자기 정원의 손을 확 끌어당겼다. 난데없는 그의 행동에 놀란 정원이 짧게 숨을 들이쉬었다.

"무, 무슨……!"

무방비하게 진하 위로 쓰러진 정원이 반사적으로 몸에 힘을 줬다. 하지만 어느새 두 팔로 그녀를 꼭 끌어안은 진하는 꼼짝도 하지 않았다. 그리고 그대로 그녀를 품에 안은 채 꽉 잠긴 목소리로 낮게 웅얼거렸다.

"가지 마. 내 옆에 있어."

정원은 너무 놀라 생각이 제대로 이어지지가 않았다. 널따란 그의 품이 너무나 단단해서, 머리맡에 닿는 숨결이 아찔하도록 뜨거워서, 순간 아득하게 어지럼증이 일었다.

부릅뜬 눈을 천천히 깜박이며 애써 숨을 고른 정원이 고개를 들어 진하를 보았다. 그가 언제 몸부림을 쳤냐는 듯 한결 편안해진 얼굴로 깊은 숨을 토해내고 있었다. 눈가에 채 마르지 않은 눈물이 비쳤다. 아무래도 꿈결에 눈을 떴다 다시 잠이 든 것 같았다.

그제야 정신을 차린 정원이 나직이 한숨을 쉬며 몸을 틀었다. 하지만 그럴수록 그는 더욱 깊이 단단하게 그녀를 품안으로 끌어당겼다. 졸지에 진하의 가슴에 푹 파묻힌 정원은 정말 꼼짝도 할 수가 없었다. 당황한 그녀가 맥없이 중얼거렸다.

"얼라리여, 가지가지 한다."

정원이 다시금 고개를 들어 진하를 보려고 했다. 하지만 너무 깊이 파묻힌 탓에 이번엔 그의 얼굴이 제대로 보이지 않았다. 반듯한 쇄골과 단단한 목덜미, 날카로운 턱선. 그녀가 확인할 수 있는 것은 그게 다였다.

조심스레 이리저리 몸을 뒤채던 정원이 꼼짝도 않는 그의 팔에 기막힌 한숨을 쉬었다.

"내가 미쳐."

그나마 고르고 깊은 숨소리가 호전된 그의 상태를 말해 주고 있었다. 품에 꼭 안겨 있으니 따로 열을 잴 필요도 없었다. 솔직히 이제 열은 그녀가 나는 것 같았다. 당장이라도 튀어나올 것처럼 거칠게 뛰는 자신의 심장 소리에 그가 잠에서 깰까 걱정이 될 지경이었다.

소파와 진하 사이에 끼어 꼼짝없이 안겨 있자니 뜨겁고 낯선 남자의 향기에 머릿속에 불이 붙은 듯 정신이 하나도 없었다. 그에게선 기분 좋은 나무 냄새가 났다. 정상적이지 않은 상황임에도 모든 것을 잊을 만큼 따뜻하고 든든하다.

진하의 가슴팍에 파묻혀 눈을 깜빡이던 정원이 지그시 입술을 깨물었다.

'아, 몰라. 난 아무 짓도 안 했거든?'

그녀는 쓰러진 사람 간호한 것밖에 없었다. 먼저 끌어안은 것도, 놓아주지 않은 것도 진하였다. 의식이 있든 없든 이 모든 것은 그가 벌인 일이다.

애써 마음을 가라앉힌 정원이 바짝 긴장한 어깨에서 조심스레 힘을 뺐다. 그리고 떨리는 가슴을 진정시키며 단단한 그의 팔이 풀어지기를 기다렸다. 열이 좀 더 내리고 상태가 안정되면 그녀를 꼼짝없이 얽어맨 힘도 자연스럽게 약해지리라.

24. 꿈인 듯, 꿈이 아닌, 꿈같은

-현화야, 안 돼! 안 돼. 현화야.

눈앞에 현화가 분명히 보이는데 움직일 수가 없었다. 앞으로 무슨 일이 일어날 것인지 뻔히 알면서도 발이 땅에 붙은 듯 꼼짝도 하지 않았다. 하지만 진하는 포기할 수 없었다. 결국 끝없이 반복되는 악몽인 것을 알면서도 포기가 되지 않았다.

-현화야!

목이 터져라 외쳤지만 제대로 소리가 되어 나오지를 않았다. 새카만 어둠이 발목을 잡고 저 아래 나락으로 무참히 끌어당긴다. 순식간에 온몸을 옭아매며 덮쳐오는 익숙한 어둠에 숨이 막혔다.

이대로 똑같은 악몽이 반복되리라는 불길한 예감과 함께 차마 어쩌지 못하는 절망감이 진하를 무참하게 만들었다. 오랜만에 다시 찾아온 악몽은 여전히 옴짝달싹할 수 없는 공포심과 함께 끔찍한 핏빛 어둠을 몰고 왔다.

진하는 이토록 무력한 자신도, 결코 떨쳐낼 수 없을 것 같은 악몽도, 꿈이란 것을 알면서 벗어나지 못하는 스스로도 차마 용서할 수가 없었다.

-미안……해요.

하지만 이번엔 그가 익히 알고 있는 참혹한 장면이 이어지지 않았다. 한 아름 가득 꽃을 든 현화가 저 너머에서 슬프도록 환하게 웃고 있었다. 아릿하게 빛나는 얼굴로 그녀가 이어 말했다.

-사랑해요.

악마처럼 사납게 달려드는 시커먼 자동차도, 시린 눈물처럼 흩날리는 핏빛 꽃잎도, 사랑하는 사람의 피에 잠겨 무력하게 앉아 있는 자신도 더 이상 없었다. 그의 품안에서 식어가는 사랑하는 사람의 체온도 느껴지지 않았다.

그저 눈부신 빛 속에서 환하게 웃는 현화가 그 빛 속으로 하염없이 멀어져 갔다.

-행복해야 해요.

-현화야! 현화야!

나오지 않는 목소리를 쥐어짜 그녀를 불러 보았지만 그를 둘러싼 어둠만이 더욱 짙어질 뿐, 진하가 할 수 있는 일은 여전히 아무것도 없었다. 꼼짝도 하지 않는 몸을 비틀며 그가 온 힘을 다해 소리를 질렀다.

"안 돼!"

눈앞을 까맣게 물들이는 짙은 어둠에 진하가 입술을 질끈 깨물었다. 저릿한 통증과 함께 끝내 흘리지 못한 눈물이 아프게 차올랐다. 사랑하는 사람이 눈앞에서 식어가는 순간에도 차마 흐르지 않던 눈물이었다.

아픈 눈물 대신 끔찍한 악몽이 매일같이 반복됐다. 그리고 꿈에서조차 그는 아무것도 하지 못한 채 무력하게 바라만 보고 있었다. 그렇게 말라 버린 눈물이 환하게 웃으며 멀어지는 사랑 앞에서 뒤늦게 흘러내렸다.

"안 돼……!"

꿈속이었지만 알 것 같았다. 이제 정말 마지막이라는 것을. 아프게 흘려낸 눈물과 함께 이제 정말 그녀를 떠나보내야 한다는 사실을. 사랑하는 사람의 미소처럼 슬프도록 아름다운 빛이 어둠을 밀어내며 시린 가슴을 어루만지듯 아련하게 내려앉았다.

"현화야……."

진하는 다시 한 번, 사랑하는 사람의 미소를 바라보며 제대로 안녕을 말하고 싶었다. 순간 눈앞이 시리도록 환하게 열렸다.

"헉!"

그리고 그 앞에 환영처럼 정원이 나타났다. 그의 아픈 마음을 다 아는 것처럼 걱정 가득한 얼굴로.

"당신이 여기 왜……?"

꽉 잠긴 목소리가 누구의 것인지 낯설게 신경을 긁었다. 그녀가 무슨 말인가 하고 있었다. 하지만 진하는 아득한 꿈에 취해 아무 소리도 들리지 않았다.

꿈이리라. 꿈이 분명했다. 그렇지 않고서야 그녀가 그의 앞에 있을 이유가 없었다. 아프게 보낸 사랑을 다시 추억할 수 있게 만들어 준 여자. 그리고 그의 심장을 다시 뛰게 만든 사람. 끝없는 절망 끝에 찾아든 희망 같은 사랑. 언제나 햇살처럼 환하게 웃는 그녀였다.

끝날 것 같지 않은 악몽에서 벗어난 지금, 떠나간 사랑이 보내 준 선물처럼 정원이 눈앞에 있었다. 꿈이어도 반가웠다. 아니, 꿈이라서 더 반가운지도 모르겠다. 꿈이 아니라면 차마 잡을 수 없는 사람이기에.

행여 놓칠까 진하는 눈앞에 나타난 정원을 덥석 붙잡았다.

"가지 마. 내 옆에 있어."

꿈에서라도 그녀를 마음껏 품에 안고 싶었다. 꿈에서나마 차마 소중한 사랑을 곁에 두고 싶었다. 잃어버린 사랑은 하나로 충분했다.

숨결조차 얼어붙는 매서운 겨울이 지나가고 황폐함만 가득하던 가슴에 따스한 바람이 불었다. 막연하게도 진하는 끔찍한 악몽이 이제 끝났다는 사실을 알 수 있었다. 더 이상의 악몽은 없으리라.

그렇게 진하는 꿈처럼 다시 찾아온 가슴 벅찬 사랑을 품에 꼭 안고 아주 오랜만에 깊고 편한 잠 속으로 빠져들었다.

'꿈이…… 아니야?'

오랜만에 달콤한 숙면에서 깨어난 진하는 자신이 여전히 꿈을 꾸고 있는 것은 아닌지 잠시 고민했다. 그렇지 않고서야 꿈에 나타난 그녀가 아직도 그의 품에 안겨 있을 리가 없었다.

하지만 그럼에도 불구하고 점점 또렷해지는 의식은 꿈이 아닌 현실임을 분명하게 말해 주고 있었다.

'이게 대체…….'

어떻게 된 일일까. 품안에 잠든 정원이 행여 깰까 꼼짝도 하지 않은 채 진하는 혼미한 머릿속을 뒤져 보았다. 마음 한구석이 아릿하게 아팠던 느낌만이 어렴풋이 남아 있었다. 그 어디에도 지금의 상황을 설명할 만한 기억은 없었다.

아련하게 슬픈 꿈의 끝자락에 환영처럼 나타난 그녀를 덥석 잡은 것뿐이었다. 모든 것이 꿈이었기에 가능한 일이었고, 꿈이어서 마음껏 취할 수 있었다.

잃어버린 사랑을 어렵게 보낸 순간 찾아온 소중한 사람이었다. 그래서 더 놓을 수가 없었다. 그런데 그 모든 것이 다 꿈은 아니었던 모양이다.

진하는 조심스레 주변을 둘러보았다. 그리고 머리맡에 떨어져 있는 물수건을 발견했다. 더불어 열에 들떠 한동안 뜸했던 악몽 속에서 끝없이 헤매던 지난밤을 떠올렸다. 정신이 혼미한 와중에 깨질 듯 아픈 머릿속을 꽝꽝 울려대던 굉음도.

지진이라도 난 것처럼 어지럽게 울리는 소음을 멈춰야만 했다. 그리고 세상이 조용해지는 순간 아득한 어둠속으로 빠져들었다.

'정신을 잃었던 건가.'

차분하게 생각을 정리한 진하는 다시금 그의 품에 잠든 정원을 살펴보았다. 그럼에도 불구하고 이 상황은 대체 어찌된 일인지 차마 가늠이 되지 않았다.

세상이 뒤집어진 것처럼 난폭하게 울리던 굉음은 그녀의 소행이 분명했다. 정신을 잃은 그를 소파까지 옮겨놓은 것까지는 어렵지 않게 짐작이 되었다. 머리맡의 물수건도 바닥의 얼음주머니도 그의 추측을 뒷받침해 주고 있었다. 하지만 그의 품에서 곤히 잠이 든 그녀는 도무지 설명이 되지 않는다.

'거참, 대책 없네.'

순간 일없이 웃음이 났다. 모든 상황을 차치하고서라도 어떻게 낯선 남자의 품에 안겨 잠이 들 수 있는지, 진하는 두 눈으로 보면서도 믿기지가 않았다. 그리고 그 난감하도록 무방비한 모습에 덜컥 가슴이 뛰었다. 차마 깨고 싶지 않은 꿈처럼 품안의 그녀를 놓고 싶지 않았다.

'위험해.'

순간 진하의 눈빛이 서늘하게 내려앉았다. 입가에 떠올랐던 작은 미소도 씻은 듯 지워졌다.

그에게 허락된 사랑이 아니었다. 욕심내어서도 안 되는 사랑이었다. 무엇보다 아무것도 남아 있지 않은 황량한 빈 가슴으로 사랑해서는 안 되는 사람이었다. 천형처럼 따라다니는 깊은 외로움과 상처만 가득한 가슴으로 사랑할 수 있는 사람이 아니었다.

모든 것을 놓아 버리고, 본래 자신의 모습조차 까맣게 잊어

버린 채 빈껍데기만 남은 지금, 그가 할 수 있는 일은 많지 않았다. 기막히게도 현실이 그랬다.

어쩌다 이렇게 되었을까. 순간 꿈속에서 보았던 현화의 슬픈 미소가 떠올라 새삼 가슴 한구석이 아팠다. 잃어버린 사랑을 이유 삼아 자기연민에 허우적거리며 보낸 시간들이 뒤늦은 후회가 되어 가슴을 친다.

조심스레 팔을 풀고 조용히 자리에서 일어난 진하가 소파 앞 탁자에 걸터앉아 곤히 잠든 정원의 얼굴을 물끄러미 바라보았다. 한 점 불안감도 없이 편안한 얼굴이었다. 자신이 어디에서 잠들었는지 제대로 알고는 있는지 의심스러울 만큼.

'아무튼, 무슨 생각인 건지······.'

눈앞의 여자는 절대 생각 같은 건 안 하고 사는 것이 분명했다. 그러니 이런 사태가 벌어지지 않았겠는가. 버릇처럼 한숨이 나왔다.

차마 가지고 싶지만, 절대 가질 수 없는 꿈같은 사랑이었다. 꿈이 아닌 현실이 난감할 정도로. 그럼에도 존재 자체로 위안이 되는 사람이었다.

그래서 진하는 햇살처럼 맑고 따뜻한 그 모습 그대로 소중하고 예쁘게 지켜 주고 싶었다. 그가 할 수 있는 최선을 다해서. 그것이 그가 할 수 있는 유일한 일이라고 생각했다.

"으음?"

왠지 모를 허전함에 문득 눈을 뜬 정원은 눈앞에 펼쳐진 풍경에 배부른 고양이처럼 배시시 웃었다. 순간 굉장히 기분 좋은 꿈이라는 생각을 했다. 사랑하는 사람이 꿈처럼 홀연히 나타나 바로 코앞에서 따스한 눈으로 그녀를 바라보고 있었다.

말없이 빤히 정원을 바라보던 그가 돌연 빙긋 마주 웃는다. 꿈이라 그런지 비현실적일 만큼 따뜻하고 아릿한 미소에 가슴이 뛰었다. 꿈에서나 마음껏 마주 볼 수 있는 사랑하는 사람의 미소였다.

"힛!"

왠지 몸이 배배 꼬이는 간지러운 기분에 정원이 이불을 꼭 끌어안았다. 그리고 잠시 뭔가 이상하다는 생각을 했다. 꿈치고는 뭔가 좀 심하게 리얼한 느낌. 그리고 이내 눈을 굴려 주변을 둘러보았다. 여기는 그러니까…….

"우왓!"

기겁해서 벌떡 일어난 정원이 이불을 끌어안고 정신없이 주변을 돌아보았다. 그리고 꼭 쥐고 있던 이불에 얼굴을 파묻고 소리 없는 비명을 질렀다.

'으아, 내가 미쳐! 미쳤어!'

꿈이, 꿈이 아니었다. 오히려 꿈같은 현실이 악몽처럼 눈앞에 펼쳐져 있었다. 테이블에 걸터앉아 바로 앞에서 웃고 있는 그를 차마 돌아볼 엄두가 나지 않았다. 그렇다고 언제까지 이렇게 고개를 처박고 모른 척할 수도 없었다.

현실은 언제나 잔인한 법. 이대로 땅으로 꺼지는 것도, 하늘로 솟는 것도, 연기처럼 흩어져 사라지는 것도 불가능했다. 자근자근 입술을 깨물던 정원이 마음을 다잡고 천천히 눈을 들었다. 그리고 어렴풋이 보이는 그의 얼굴을 힐끔거렸다.

생각보다 놀라지 않은 듯, 담담한 그의 표정이 그제야 희미하게 읽혔다. 그리고 그림처럼 단정한 입가에 걸린 짓궂은 미소까지.

"일어났으면 어떻게 된 일인지 설명을 해 줬으면 좋겠는데."

아무 일도 아닌 것처럼, 항상 그랬던 것처럼 변함없이 담담한 그의 목소리에 정원은 순간 안도의 한숨을 내쉬었다. 무심하고 서늘해서 사람을 주눅 들게 만드는 목소리라고 생각했던 것이 무색할 만큼, 이젠 왠지 안심이 된다.

진하의 시선을 피해 잠시 마음을 다잡은 정원이 천천히 입을 열었다.

"어, 그게……."

그런데 뭘 어떻게 설명해야 할까. 난감하기가 이를 데 없었다. 폭풍 같은 당황스러움이 걷히자 이젠 머릿속이 폭탄 맞은 양 어지러웠다. 그럼에도 진하는 흔들림 없이 담담한 눈으로 그녀를 바라보고 있었다.

정원은 새삼 참 이상한 사람이라는 생각을 했다. 이 기막힌 상황에 어쩜 저렇게 차분하게 아무렇지도 않은 얼굴로 설명을 기다릴 수가 있는 것일까. 정말 몰라서 묻는 것일까, 순간 의심이 들었다.

어차피 둘러댈 핑계도 없고, 설명이 가능한 상황도 아니었다. 정원이 되는 대로 덥석 말을 뱉었다.

"아까 정오쯤 같이 밥 먹자고 올라왔거든요. 그런데 마스터가 문 열어 주고 쓰러졌어요. 아, 맞다. 열은 괜찮……!"

생각보다 앞서 나간 정원의 손이 말 없는 그의 시선에 허공에서 멈칫 움츠러들었다. 조심스레 손을 제자리로 내려놓은 그녀가 넙죽 고개를 숙였다.

"죄송……."

"괜찮습니다."

"아, 그……!"

퍼뜩 고개를 들었던 정원이 냅다 튀어나가려는 말을 가까스로 잡아 세웠다.

'괜찮다는 말 좀 하지 말지? 퍽도 괜찮겠다. 어떻게 된 사람이 괜찮다는 말밖에 할 줄을 모르니!'

목 아래 우르르 차오르는 말을 꿀꺽 삼킨 정원이 불만어린 눈으로 짧게 말을 끊었다.

"다행이네요."

저 남자는 지금 자신의 얼굴이 어떤지 정말 알지 못하는 것일까. 속상한 마음을 행여 들킬까 정원이 지그시 눈을 내리깔았다.

솔직히 더 이상 다가갈 용기도 나지 않았다. 안 그래도 너무 많이 온 것 같아서 마음이 불편해지고 있었다. 깊어지는 마음만큼 헛된 욕심이 부득부득 고개를 든다.

불쑥 튀어나오려는 깊은 한숨에 정원은 끌어안고 있던 이불을 맥없이 주물럭거렸다. 그리고 다시 복잡해지는 머릿속을 비우듯 덥석 물었다.

"저기…… 밥 먹어야죠?"

밑도 끝도 없는 결론에 진하가 멀거니 그녀를 보았다. 하지만 정원은 아랑곳하지 않았다. 이 마당에 뭘 더 가릴까 싶었다. 어차피 저지른 일, 수습할 능력도 없는데 붙잡고 있어 봐야 머리만 아프다.

"종일 굶었잖아요. 냉장고 보니까 아무것도 없던데……."

"아, 괜……."

"쌈 채소가 많이 자라서 아까 뜯어 놨거든요. 강된장도 만들었어요. 맛있겠죠?"

진하가 말릴 틈도 없이 그녀의 말이 빠르게 이어졌다.

"아니다. 아프니까 죽을 끓여야 하나?"

"괜찮습니다."

"뭐가요? 아픈 거요? 밥? 죽?"

"그냥, 다 괜찮아요."

빠르게 말을 잇던 정원이 잠시 그를 멀뚱히 바라보았다. 그녀는 더 이상 그의 '괜찮다'는 말을 믿을 수도 없었고, 듣고 싶지도 않았다. 정원이 웃음기 없이 말간 얼굴로 다시 물었다.

"정말 괜찮은 거 맞아요?"

그가 하얗게 웃으며 나직이 고개를 끄덕였다. 아득한 그 미소에 가슴 한편이 묵직하게 아프다.

똑똑.

가타부타 말없이 이층에서 내려온 정원은 마음대로 약을 사 오고, 마음대로 죽을 끓이고, 또다시 벨 없는 이층 문 앞에 서 있었다. 그런데 노크 소리에도 여전히 인기척이 들리지 않았다. 들고 있던 쟁반을 난간 위에 조심스레 올려놓은 정원이 다시 문을 두드렸다.

콩콩.

"안 계세요?"

여전히 조용한 문짝을 바라보며 정원이 슬며시 인상을 썼다.

"그새 어디 갔나?"

혹시 착하게 약이라도 사러 나간 것일까. 정원은 그가 이번엔 정말 약을 먹거나, 병원을 가거나, 뭐가 됐든 스스로를 위해 최소한의 노력이라도 하기를 바랐다.

왜 그렇게 미련하게 참는 것인지, 왜 그렇게 자기 자신을 함부로 방치하는 것인지 이젠 알고 싶지도 않았다. 그저 남들 하는 만큼만, 그도 아니면 겉으로나마 흉내라도 내고 살았으면 싶었다. 그녀가 해 줄 수 있는 것도 없는데 자꾸 눈에 밟히지 않게.

잠시 문 앞에서 고민하던 정원이 낮게 한숨을 쉬며 쟁반을 바라보았다.

"뭐, 눈에 띄면 먹든지 버리든지 하겠지."

말은 그리했지만 정원은 그가 분명히 먹어 줄 것이라 믿었다. 안 그런 듯 보여도 사람의 마음을 함부로 외면하지 못하는 사람이었다. 겉으로는 한겨울 시린 바람처럼 날카롭고 차갑게 행동해도 실상은 정반대였다.

정원이 쟁반을 문 앞에 조심스레 내려놓을 때였다.

띠리리, 철컥.

"엄마야."

갑작스러운 인기척에 놀란 정원이 멈칫 고개를 들었다.

"무슨 일……?"

"어? 계셨네요?"

반쯤 열린 문틈으로 여전히 창백한 그의 얼굴이 먼저 보였다. 그 사이 씻고 옷을 갈아입었는지 하얀 린넨 셔츠에 느슨한 미색 슬랙스가 말끔했다. 하지만 안 그래도 작은 얼굴을 반쯤 덮은 젖은 머리칼 덕에 심하게 핏기가 없어 보인다.

반가운 마음도 잠시, 정원이 설핏 인상을 쓰며 물었다.

"정말 괜찮아요?"

"괜찮다고 했을 텐데요. 신경 쓰지 않아도 됩니다."

그의 대답은 듣는 둥 마는 둥 쟁반을 다시 난간 위에 올려놓은 정원이 불쑥 손을 뻗었다.

"무슨……!"

난데없는 그녀의 행동에 놀란 진하가 흠칫 뒤로 물러났다. 그에 아랑곳하지 않고 그의 이마를 덥석 짚은 정원이 코끝을 찡그렸다.

"내가 이럴 줄 알았어. 괜찮기는 개뿔."

뒤늦게 정신을 차린 그가 이마 위에 있는 정원의 손을 거칠게 낚아챘다.

"이게 뭐하는 짓……!"

"봐요. 이렇게 열이 나는데 웬 고집이에요."

진하가 손목을 움켜쥐고 인상을 썼지만 정원은 오히려 기세등등하게 몰아붙였다.

"애도 아니고, 떼쓰지 말죠? 아프다고 봐줄 거 같아요?"

"이봐요, 은정원 씨."

"왜요? 내가 틀린 말 했어요? 지금 아픈 거 맞잖아요. 아프면서 괜찮다고 뻥은 왜 쳐요? 그런 건 애들이나 하는 짓 맞거든요?"

제법 긴 머리칼에 반쯤 가려진 그의 눈매가 지그시 가늘어졌다. 하지만 작정을 한 정원은 진하에게 쟁반을 들이대며 그대로 밀어붙였다.

"여기, 죽 먹고, 약 먹고, 쉬세요."

"아니……."

"왜요? 뭐 더 필요한 거 있어요?"

정원이 매서운 눈으로 진하를 빤히 노려보았다. 그가 무슨 말을 하든, 어떻게 나오든 이제 상관하고 싶지 않았다. 도대체 괜찮지가 않은데 뭐가 괜찮다는 것인지 모르겠다.

잠시 정원을 물끄러미 바라보던 그가 한숨처럼 낮게 말했다.

"필요한 거 없습니다."

"먹을 거죠? 사람 성의를 생각해서 좀 먹죠?"

진하가 억지로 손에 들린 쟁반을 낯선 눈으로 바라보았다. 말없는 그의 시선에 정원이 짐짓 으름장을 놓았다.

"제가 옆에서 지켜봐야 먹을 거예요? 아님, 먹여 드려요?"

"아니, 아니. 먹습니다. 먹어요. 됐습니까?"

흠칫 당황한 진하가 쟁반을 꽉 쥐고 한 걸음 뒤로 물러섰다. 정원이 짓궂게 웃으며 스치듯 종알거렸다.

"진작 그럴 것이지. 쓸데없이 고집은……. 그리고 이따 저녁에……."

"아니, 이제 정말 내가 알아서 합니다."

진하가 더 이상 물러설 수 없다는 듯 단호하게 그녀의 말을 막아섰다. 정원이 미심쩍은 얼굴로 그를 빤히 보았다.

"정말요?"

"이걸로도 충분합니다. 정말 별거 아니에요."

정원은 문득 어정쩡하게 쟁반을 들고 서 있는 그가 덩치만 커다란 아이 같았다. 평소 가까이 다가서기도 어려운 분위기의 서늘한 어른 남자는 어디로 갔는지, 오늘은 숫기 없는 소년처럼 어설퍼 보인다.

낮게 한숨을 내쉰 정원이 짐짓 가볍게 말을 이었다.

"걱정이 되니까 그러죠. 아까 갑자기 쓰러지는데 제가 얼마나 놀랐는지 아세요? 다 큰 어른이 말이야, 어떻게 쓰러질 때까지 버텨요? 내가 지금 걱정 안 하게 생겼냐고요."

"아, 그건……!"

"이건 사적인 관심 아니거든요? 엄연히 공적인 걱정이란 말이죠."

진하의 말을 덥석 끊은 정원이 틈을 주지 않고 다짜고짜 몰아붙였다.

"정말 모르세요?"

"?"

"제 밥줄이 달린 일인데, 지금 걱정 안 하게 생겼냐고요. 마스터에게는 제 밥줄을 책임져야 하는 막중한 의무가 있다는 걸 명심하세요. 절대 홀몸(?)이 아니란 말이죠. 아시겠어요?"

진하가 못 말리겠다는 듯 정원을 보며 피식 낮게 웃었다.

"아, 왜 웃어요? 난 지금 완전 심각하거든요?"

"어때요, 맛있죠? 웬만한 죽집의 죽보다 낫죠?"

아무래도 못 믿겠다며 급기야 죽 쟁반과 함께 무작정 안으로 밀고 들어온 정원이었다. 마지못해 죽을 뜨던 진하가 아무렇지도 않게 생글거리는 그녀를 어이없는 얼굴로 바라보았다.

"직접 만들었습니까."

"그럼요? 설마 사왔을까 봐요? 적당히 식어서 먹기도 편할 거예요. 어여 드세요."

소파 위에 양반다리를 하고 앉은 정원이 어서 먹으라는 듯 고갯짓을 하며 이어 말했다.

"제가 다른 건 몰라도 죽 하나는 끝내주게 잘 끓여요."

"?"

"울 아빠가 좀 오래 아프셨거든요. 링거로는 한계가 있고, 소화력이 떨어지니까 먹을 수 있는 음식도 많지 않고. 그래서 웬만한 영양식, 보양식, 죽이란 죽은 죄다 섭렵했죠. 나름 죽의

달인이라니까요? 하하."

멈칫 고개를 든 진하가 너무나 아무렇지도 않게, 너무나 해맑게 웃는 정원을 멀거니 보았다. 이 여자는 왜 이다지도 무작정 씩씩하기만 한 것일까. 자칫 듣는 사람마저도 아무 일이 아닌 듯 넘어갈 만큼 담담하고 밝아서 오히려 더 무겁게 가슴을 친다.

말없는 그의 시선에 정원이 고개를 갸웃했다.

"왜요?"

"아니, 아닙니다."

진하는 불쑥 올라오는 감정을 꾹 누르며 다시 죽으로 시선을 돌렸다. 새삼 주변을 두리번거리던 정원이 그러잖아도 가장 눈에 띄는 것을 물었다.

"근데 웬 모니터가 이렇게 많아요?"

"일 때문에……."

"카페 말고 다른 일도 하세요?"

"그냥……."

문득 고개를 든 진하가 애매하게 말을 흐렸다. 하지만 그가 그러든 말든 정원은 새로운 사실에 동그란 눈을 반짝거렸다.

"오호, 투 잡. 그래서 걱정 말라고 큰소리 땅땅 쳤구나."

"그런 게……."

"아니면, 뭔데요?"

정원이 기다렸다는 듯 그의 말을 덥석 끊으며 물었다. 그제야 정신을 차린 진하가 입을 꾹 닫았다.

"아닙니다."

"칫, 대체 뭐가 아니라는 거야."

"그……!"

"네. 그러니까 뭐냐고요."

정원의 까만 눈동자가 호기심을 가득 안고 반짝거렸다. 하지만 이번엔 진하도 쉽게 넘어갈 생각이 없었다.

"됐습니다."

"맨날 뭐가 됐다는 건지……."

천천히 숟가락을 내려놓은 진하가 웃음기 없는 눈으로 정원의 말을 막았다. 찔끔한 그녀가 그제야 순순히 고개를 끄덕인다.

"아, 네. 죽이나 마저 드세요."

"다 먹었습니다."

"약……."

정원의 말이 채 끝나기도 전에 물컵을 내려놓은 진하가 눈앞에 빈 약봉지를 흔들었다.

"이제 진짜 쉬어야겠습니다. 이만 가 주시죠."

"아, 가요. 간다고요. 더 있어 달라고 해도 갈 거거든요?"

더 이상 빌미를 찾지 못한 정원이 미적미적 자리에서 일어났다. 쟁반을 들고 돌아서는데 한 박자 늦게 그의 목소리가 따라붙었다.

"고마워요. 잘 먹었습니다."

멈칫 놀란 정원이 어느새 마중하듯 같이 일어선 진하를 멀뚱히 바라보았다. 하지만 평소의 얼굴로 돌아간 그에게선 아무런 감정도 읽을 수가 없었다.

껌뻑껌뻑, 진하의 안색을 살핀 정원이 넙죽 인사를 했다.

"그럼 쉬세요."

진하는 후다닥 도망치듯 사라지는 정원의 뒷모습을 말없이 바라보았다. 그리고 문이 닫히는 동시에 채 잡히지 않은 열 기운에 떠밀리듯 털썩 주저앉았다.

"하! 아무튼 못 말려."

진하가 쓱 마른세수를 하며 나직이 한숨을 쉬었다. 집요하게 밀어붙이는 것도 잠시, 정작 중요한 순간엔 고집부리지 않고 조용히 물러난다. 진하도 이제 어느 정도 정원을 파악하고 있었다.

은정원은 조용히 물러날 때 더 위험하다. 되도 않는 일에 억지를 쓰는 경우는 없었지만, 꼭 필요하다고 생각하면 절대 물러서지 않는다.

지금도 그랬다. 왜 그의 품에서 잠들었는지 제대로 설명도 않고 얼렁뚱땅 도망을 치더니, 바로 언제 그랬냐는 듯 멀쩡한 얼굴로 죽 그릇을 들고 나타난 것이다.

도무지 방심할 수가 없는 여자였다. 눈앞에 있어도 차마 어쩌지 못해서 불편하고, 보이지 않으면 무슨 사고를 칠지 몰라 더 불안하다. 지금도 당장은 말없이 물러났지만, 시간이 되면 분명히 또 죽 쟁반을 들고 문 앞에 나타나리라. 버릇처럼 한숨을 내쉰 진하는 어쩔 수 없이 마지막 방법을 떠올렸다.

25. 그 남자의 속사정

정원이 카페로 내려가고 몇 가지 일을 처리한 진하는 침실에서 링거를 맞고 있었다. 링거를 놓은 간호사도 돌아가고 뒤에 남은 노신사가 담담하게 입을 열었다.

"괜찮으십니까."

"보시다시피. 아시잖아요."

진하가 괜찮다는 듯 낮게 웃어 보였다. 하지만 남자는 가타부타 말없이 진하의 안색을 살폈다. 말끔한 슈트 차림이 멋스럽게 어울리는 노신사는 진하의 유일한 가족이었다. 부모도 아니고, 가까운 친척도 아니었지만 단 한 명뿐인 가족.

어느 날 갑자기 잠수해 버린 대표 자리를 진하 대신 말없이 떠맡아준 사람. 김 비서, 김 실장, 이제는 미국계 투자회사 S&S의 김동수 총괄이사. 그럼에도 그는 여전히 진하의 개인적인 일은 누구에게도 맡기지 않고 직접 나서서 해결했다.

처음 만난 순간부터 그는 바쁜 조부모님을 대신해 어린 진하의 보호자였고, 수행원이자 비서였으며, 집사이면서 유일한 가족이었다. 때로 형처럼, 듬직한 삼촌처럼, 그리고 기억조차 희미한 아버지처럼 가장 가까운 곳에서 그를 지켜 주고 이해해 준 사람이기도 했다.

어릴 때 부모를 잃은 김 이사는 죽은 진하의 아버지와 형제처럼 함께 자랐다. 누구나 다 어려웠던 시절, 먼 친척이었던 진하의 집안에서 거두어 주지 않았다면 그의 인생은 어떻게 되었을지 아무도 모른다.

그런 그에게 진하는 처음부터 진짜 아들과 다름없는 소중한 존재였다. 같은 이유로 김 이사는 누구보다 진하의 외로움과 상처를 가슴 깊이 이해하고 있었다.

두 사람이 처음 만났을 때 진하는 사고로 부모를 잃은 5살 어린아이였고, 김 이사는 취업을 준비하던 사회 초년생이었다. 최고의 학력과 능력을 갖추고 고작 5살 아이의 수행원 노릇을 하게 되었지만, 그는 어린 진하를 지키는 일에 누구보다 헌신적이었다.

김 이사가 결혼을 하고, 아이를 낳고, 또 다른 가족이 생겼어도 두 사람은 여전히 서로에게 가장 가까운 혈육이자 자기 자신보다 더 믿을 수 있는 우군이었다. 익숙한 손길로 진하의 자리를 정돈한 그가 나직이 말했다.

"얼마만인지 아십니까."

"글쎄요."

무슨 말인지 알면서도 진하는 가타부타 대답하지 않았다.

어린 시절에도 진하는 가끔 이렇게 온몸으로 앓고 지나가는 일들이 있었다. 새로운 환경에 적응할 때면, 과도기를 넘기고 마침표를 찍듯 2-3일 호되게 앓고 나서야 모든 것이 말끔하게 정리되었다. 그렇게 통과의례처럼 진하는 성인이 되어서도 수많은 인간관계에 끝없이 소모될 즈음이면 한 번씩 고열에 시달리곤 했다.

그만큼 진하는 어린 시절부터 뭐든지 혼자 해결하고, 혼자 터득하는 것에 익숙했다. 언제 어디서나 뛰어난 능력으로 주변을 매혹시켰고, 솔직하고 반듯한 성품으로 누구와도 잘 어울렸다. 일견 모자랄 것 없이 넘치게 많이 가진 사람처럼 보이는 것도 사실이었다.

하지만 천형처럼 주어진 뿌리 깊은 외로움은 무엇으로도 해결되지 않았다. 아무리 겪어도 익숙해지지 않는 상실에 대한 두려움도 컸다. 주변에 언제나 사람이 넘쳐났어도 결국엔 혼자였다.

겉으로 잘 드러나지 않는 만큼 홀로 풀어야 할 문제도 많았다. 그래서 진하는 몇 되지 않는 지인들을 자기 자신보다 더 아꼈다. 그런 그가 하물며 사랑하는 사람을 잃고도 끝내 무너지지 않았다. 끝까지 눈물 한 방울 흘리지 않고 그 사랑을 정리한 것이다.

'이제 정말 제자리로 돌아오시는 겁니까.'

링거를 확인하고 다시 열을 재 본 김 이사의 눈빛이 미미하게 흔들렸다.

사고가 있던 날 그 참혹했던 순간을 김 이사는 어제 일처럼 선명하게 기억하고 있었다. 절대 잊을 수도 없고, 잊히지도 않을 그런 날이었다.

사랑하는 사람의 피를 뒤집어 쓴 진하가 차갑게 식어가는 시신을 끌어안고 넋 나간 사람처럼 비명과 사이렌이 난무하는 현장 한가운데 앉아 있었다. 오열은커녕 눈물 한 방울 흘리지 않고, 사랑하는 사람을 품에 안은 채 꼼짝도 하지 않았다.

뒤늦게 도착한 구급대원들이 두 사람을 떼어놓으려 애를 썼지만 진하는 아무 소리도 들리지 않는 것 같았다. 결국 진정제를 놓아 그를 억지로 재우고, 죽은 아내를 품에서 떼어낼 수밖에 없었다. 정신을 잃은 상태에서도 끝끝내 잡고 있던 그 간절한 손을 김 이사는 잊을 수가 없었다.

얼마 후 정신이 돌아온 진하는 빠르게 장례를 치르고 바로 회사에 복귀했다. 애끓는 통곡도, 소중한 사람을 떠나보내는 애도의 시간도 없었다. 아무 일도 없었다는 듯 일상으로 돌아간 그는 미친 듯이 일에 매달렸다.

그런 일을 겪고도 단 한 번의 실패도 없이 승승장구했다. 그렇게 흔들림 없이 잘 이겨 내는 것처럼 보였다. 하지만 김 이사는 겉모습에 속을 사람이 아니었다. 진하에 대해서라면 그 자신보다 더 잘 아는 사람이 김 이사였다.

그 어느 때보다 크게 앓아도 시원치 않을 상황이었다. 앓는 것으로 부족해 끝없이 무너져도 이상하지 않았다. 하지만 진하는 끝끝내 겉으로나마 멀쩡하게 그 시간들을 묵묵히 버텨냈다.

그래서 김 이사는 더 걱정이 되었다. 그럼에도 차마 아는 척을 할 수가 없었다. 진하가 어떤 마음으로 그 시간들을 견뎌내고 있는지 누구보다 잘 알기에 지켜보는 수밖에 없었다.

김 이사가 아는 진하는 강한 사람이었다. 그래서 처음엔 그저 말없이 기다렸다. 충격이 지나가고 현실을 받아들이면, 스스로를 추스르고 다시 제자리로 돌아오리라 믿었다. 하지만 그의 믿음은 오래가지 않아 덧없이 무너졌다.

믿을 수 없는 현실을 외면하고 숨어 버린 진하는 마치 길을 잃은 사람처럼 그대로 멈춰 버렸다. 그리고 아무도 모르게 단단한 벽을 만들고 세상으로부터 멀어졌다. 다시는 그 누구도 잃지 않아도 되는 자신만의 세상에 스스로를 고립시켰다.

그렇게 세상과 담을 쌓은 진하는 급기야 모든 대외 활동을 접고 한국으로 돌아왔다. 처음 사랑을 만났던 그 자리에서 시간을 멈추고, 세월을 지우며 자신마저 잊어버린 채 그렇게 고여 있었다.

그런 진하가 삼 년 만에 처음으로 앓아누운 것이다. 그리고 또 삼 년 만에 처음으로 스스로 김 이사를 찾았다. 무엇이 그를 다시 움직이게 만든 것일까.

무엇이 되었든, 그 어떤 이유든 김 이사는 그저 반갑고 고마웠다. 마치 죽은 사람처럼 모든 것을 뒤로하고 멈춰 있던 진하에게서 드디어 변화의 바람이 느껴졌다. 잠시 생각에 잠겨 있던 김 이사가 한숨처럼 나직이 중얼거렸다.

"다행입니다."

"제가 아픈 게 좋으신가 봅니다?"

"그런 뜻이 아닌 건, 도련님이 가장 잘 아실 텐데요."

"그 소리 오랜만이네요."

웃음기를 지운 진하가 진지한 눈으로 나이 지긋한 김 이사를 보았다. 진하에겐 이제 유일한 가족이자 아버지 같은 그였지만, 두 사람의 관계는 변함이 없었다. 그 부분만큼은 김 이사가 끝까지 물러서지 않은 까닭이었다.

상하관계를 떠나서 김 이사 나름 진심의 표현이기도 했다. 그렇게라도 끝까지 지켜 주고 싶은 그의 마음을 진하는 누구보다 잘 알고 있었다.

"도련님 소리가 듣기 싫으시면 이제 그만 털고 일어나셔야죠."

"어리광부리지 말아라?"

"반댑니다."

"하, 이 나이에 정말 그러길 바라십니까."

"도련님은 처음 만났던 그 어린 나이에도 어리광 같은 건 모르셨습니다."

"그랬나요."

작게 웃어 보인 진하가 뒤늦게 약기운이 도는지 천천히 눈을 감았다. 그가 잠들기까지 옆을 지키던 김 이사는 그제야 낮게 한숨을 쉬었다.

진하가 가장 행복했던 시간들은 그에게도 잊지 못할 만큼 아름다운 기억으로 남아 있었다. 하지만 믿을 수 없게도 그 행복은 너무나 짧았다.

진하의 집안은 대대로 유서 깊은 금융가였다. 조부는 국내 유수 은행의 은행장을 재임했고, 아버지는 가업을 이어받아 투자 회사를 운영했다. 해서 진하는 어릴 때부터 가족을 따라 유럽과 미국을 오가며 지냈고, 미국에서 학업을 마쳤다.

어린 나이에 부모를 잃고 혼자 자랐지만 그는 타고난 능력으로 남들보다 빠르게 모든 과정을 밟았다. 중, 고등학교 과정을 3년에 모두 마치고, 열일곱 어린 나이에 대학에 진학한 진하는 MBA/JD 과정까지 일사천리로 끝내 버렸다.

그때 그의 나이 스물셋. 서른은 되어야 간신히 패스하는 과정을 고작 대학 졸업할 나이에 끝낸 것이다. 타고난 머리도 좋았지만 사실 공부밖에 할 일이 없기도 했다.

졸업을 하고도 진하는 굳이 취직을 서두르지 않았다. 남들보다 빠른 성취로 단축한 시간만큼 천천히 하고 싶은 일을 찾아볼 생각이었다. 하지만 사람 일은 계획대로 되는 것이 아니었다. 그의 재능을 눈여겨 본 은사의 추천으로 월스트리트에 입성할 기회가 생긴 것이다.

눈앞에 펼쳐진 새로운 도전과 매력적인 조건은 그의 마음을 사로잡기에 충분했다. 진하는 역사 깊고 평판 좋은 투자은행의 법인 영업을 시작으로 세계에서 가장 치열하다는 생존 정글에 발을 들였다. 그야말로 아무런 준비도 없이 무시무시한 생존 경쟁에 뛰어든 것이다.

월스트리트에 발을 들여놓는 순간, 수명이 개하고 비슷해진다는 말이 있다. 정신적, 육체적 압박이 크기 때문에 그곳에서의 1년이 바깥세상에서의 7년에 해당할 만큼 사람이 빨리 늙어 버린다는 비유였다.

그만큼 월스트리트의 경쟁은 보통 사람들이 상상하는 차원을 넘어설 만큼 잔인하고 치열했다. 엄청난 압박과 스트레스, 믿을 수 없을 만큼 긴 업무 시간, 비열하고 이기적인 동료에 이르기까지 사람을 힘들게 만드는 모든 요소를 총망라해 놓은 곳이기도 했다.

하지만 진하는 그런 뉴욕과 자신의 직업을 사랑했다. 그렇게 하루하루를 전쟁 치르듯 전투적으로 정신없이 바쁘게 앞만 보고 살았다.

그 결과 진하는 고작 서른의 나이에 연간 수억 달러 이상의 수익을 올리는 명실상부한 월스트리트의 최연소 특급 세일즈맨으로 이름을 올렸다. 소위 '빅 프로듀서'로 각종 금융기관과 헤드 헌터들의 스카우트 표적으로 급부상한 것이다.

그가 젊은 나이에 빠르게 성공할 수 있었던 것은 한국인이라는 점도 무시할 수 없었다. 집안 내력과 배경 탓에 한국 시장에 대한 지식과 이해가 깊었고, 짧은 기간 아시아, 그것도 한국 전문가가 되어 있었다.

그런 이유로 진하는 기업 방문 일정으로 한국 출장이 잦았다. 그때 만난 사람이 현화였다. 두 사람의 만남은 길지 않았지만 사랑에 빠지기엔 충분했다. 운명처럼 첫눈에 사랑에 빠진 진하는 망설일 것도 없이 바로 결혼을 마음먹었다.

사랑하는 두 사람은 온 세상의 축복 속에서 아름다운 결혼식을 올렸다. 꽃보다 아름답던 신부 현화와 사랑하는 사람 옆에서 환하게 웃던 진하는 세상 누구보다 행복해 보였다. 더 이상의 행복은 없을 것 같았다.

악몽 같은 그날은 그 해 마지막 날이었고, 새로운 회사의 최연소 이사로 영입된 진하를 위한 파티가 있었다. 연봉은 물론 모든 면에서 파격적인 조건으로도 모자라, 이례적으로 연말의 가장 큰 파티에 그를 위한 자리까지 준비한 것이었다.

파티가 끝나고 다음 날 새벽, 새로운 마음으로 새해를 맞이하며 현화와 오붓하게 집으로 돌아가는 길에 그 '사고'가 일어났다. 술에 취한 운전자가 신호를 무시하고 그대로 돌진해 들어온 것이다. 최고급 리무진이 반파될 만큼 큰 사고였다.

현화가 앉은 쪽으로 충돌이 있었고, 아이러니하게도 진하는 충격으로 인한 타박상 외에 큰 부상 없이 살아남았다. 하지만 그는 무참하게 부서진 잔해 속에서 사랑하는 사람이 숨을 거두는 모습을 끝까지 지켜봐야만 했다.

눈 깜빡할 사이, 찬란하게 빛나던 천국에서 지옥의 나락으로 떨어진 것이다.

진하의 행복이 참혹하게 깨진 그 순간, 김 이사는 처음으로 하늘을 원망했다. 행복하게 웃는 두 사람이 너무 아름다워서 하늘이 시샘을 부리는 것만 같았다. 진하가 사랑하는 사람들은 왜 그리도 허망하게 떠나가는지 악몽 같은 현실을 차마 믿고 싶지 않았다.

 그렇게 일 년이 지나고, 진하는 승승장구하던 회사를 돌연 그만두었다. 그리고 개인 투자회사였던 가업을 이어 받아 본격적으로 경영에 뛰어들었다.

 탄탄하게 구축해 둔 그의 인맥은 짧은 기간 진하의 성공에 날개를 달아 주었다. 보기 드문 공격적인 투자의 잇따른 성공으로 큰 이슈가 되었고, 그는 월가의 주목받는 신예에서 새로운 강자로 떠올랐다.

 세상이 그의 성공을 주목하며 찬탄을 쏟아냈다. 하지만 진하는 전혀 행복해 보이지 않았다. 언제부턴가 차갑고 냉정한 얼굴로 주변에서 일어나는 모든 일들을 무심하게 지나쳤다. 일하는 기계처럼 바쁘게 돌아가는 일상을 이어가고 있을 뿐이었다.

 그러던 어느 날 갑자기 김 이사에게 대표 자리를 위임한 진하는 미련 없이 일선에서 물러났다. 대외적인 역할을 김 이사에게 모두 떠맡기고 먼저 찾는 일도 없어졌다. 최대 주주로 전체적인 보고를 받고, 큰 흐름을 지시하는 것은 여전했지만 외부로 노출되는 일은 철저히 차단했다.

 그렇게 어느새 진하는 억지로 핑계를 만들어 찾지 않으면 얼굴도 보기 어려운 사람이 되어 있었다.

 '그때처럼 환하게 웃는 모습을 다시 볼 날이 있을까요.'

 그때 진하는 모든 것을 다 가진 사람처럼 세상 무서울 것이 없었다. 김 이사 또한 그 행복이 영원하리라 믿어 의심치 않았다.

잠든 진하의 얼굴을 하염없이 바라보던 김 이사의 눈가에 설핏 잔 경련이 일었다.
'하늘도 무심하지. 어떻게 그 사람마저 그렇게 데려갈 수가 있나.'

분명히 거절당할 것을 알면서도 정원은 시간이 되자 또다시 이층 문을 노려보고 있었다. 하도 당하다 보니 이젠 'No'가 'Yes'로 느껴질 지경이었다. 그럼에도 가차 없는 그의 거절엔 여전히 용기가 필요했다. 싫다는 사람에게 안하무인 들이대는 것도 하루 이틀이지, 정말 적성에 맞지 않는다.
'어?'
문틈으로 빛이 새어 나오고 있었다. 정원의 미간에 슬쩍 금이 갔다.
'그냥 좀 쉬라니까 말도 어지간히 안 들어.'
새어 나오는 불빛에 정원은 혹시나 하고 손잡이를 돌렸다. 그런데 문이 잠겨 있지 않았다. 순간 기분이 확 좋아진 정원이 노크도 없이 문을 홱 열었다. 그리고 전혀 예상하지 못한 광경에 멈칫 굳어 버렸다.
"누구세요?"
커다란 책상 앞에 떡하니 낯선 사람이 앉아 있었다. 말끔한 정장을 멋스럽게 차려 입은 초로의 노신사가 놀란 눈으로 정원을 보았다. 그리고 그녀의 손에 들린 쟁반을 보며 정중하게 물었다.

"그러는 아가씨야말로 누구십니까?"

마침 위에서 내려오던 진하가 문 앞에 서 있는 정원을 보고 나직이 한숨을 내쉬었다.

'내 이럴 줄 알았지. 사람 말 참 안 들어.'

문이 잠겨 있으면 또 소란스레 두드릴까 싶어 아예 잠금을 해제해 놓은 진하였다. 그런데 김 이사에게 미처 정원에 대해 설명을 하지 못하고 잠이 들었다. 솔직히 다른 사람도 아니고 김 이사인 까닭에 그녀의 존재를 어떻게 설명해야 할지 고민스럽기도 했다.

진하는 우선 급한 불부터 끄기로 마음먹었다. 김 이사에게는 천천히 설명을 해도 되지만 그녀는 불쑥 나타난 낯선 사람 앞에서 무슨 짓을 할지 아무도 모른다.

"내가 며칠 좀 쉬어야 할 거 같아서 오셨습니다."

의문 가득한 두 사람의 시선이 이번엔 진하에게 날아들었다. 천천히 계단을 내려와 쟁반을 받아든 진하가 소파에 앉으며 정원에게 들어오라는 듯 손짓을 했다. 그리고 아무렇지도 않게 이어 말했다.

"인사하세요. 김동수 지배인이십니다. 김 지배인님, 여기는 이번에 같이 일하게 된 매니저 은정원 씨."

"네? 진짜 지배인님이 있었던 거예요?"

역시나 하라는 인사는 않고 엉뚱한 소리다. 물을 마시던 진하가 멈칫 그녀를 보았다. 그제야 정신을 차린 정원이 멋쩍은 듯 머리를 긁적였다.

"아니, 한 번도 뵌 적이 없어서 진짜 계신 줄은 몰랐거든요."
"앞으로도 내가 자리를 비우게 되면 김 지배인이 대신할 겁니다."
"저기……."
"?"
"역시, 많이 안 좋으신 거예요?"
"아닙니다. 그냥 오랜만에 겸사겸사 며칠 쉴까 해서……."
"그럼요! 진작 그랬어야죠. 정말 잘 생각하셨어요."

진하는 불쑥 터져 나오려는 한숨을 꾹 눌러 삼켰다. 인사 한 번 시키기 정말 어렵다. 뒤늦게 그의 시선을 느낀 정원이 눈을 동그랗게 떴다.

"아, 맞다."

그리고 한 박자 늦게 김 이사를 돌아보았다. 이미 자리에서 일어난 김 이사는 정원의 옆에 다가와 있었다. 화들짝 놀란 그녀가 넙죽 고개를 숙였다.

"안녕하세요. 매니저 은정원이라고 합니다. 잘 부탁드려요, 지배인님."
"나야말로 잘 부탁합니다."

김 이사가 정중하게 손을 내밀었다. 얼떨결에 악수를 나눈 정원이 호기심 어린 눈으로 김 이사를 빤히 보았다.

"말씀 편하게 하셔도 되는데……."
"마스터와 같이 일하시는 분인데 그럴 수는 없지요."
"아, 네."

풀죽은 얼굴로 대답하던 정원이 문득 떠오른 생각에 고개를 붕붕 저었다.
"아, 저기! 저랑 마스터는 아무 사이도 아닌데요?"
"압니다."
순간 김 이사의 입가에 엷은 미소가 떠올랐다. 지레 당황한 정원이 맥없이 중얼거렸다.
"아, 아시는구나. 하. 하."

정원이 방정맞은 자신의 입술을 쥐어 패며 카페로 내려가고 자리에 남은 두 사람 사이에 가벼운 정적이 흘렀다. 묵묵히 죽을 뜨는 진하를 바라보는 김 이사의 눈매가 한 뼘 더 깊어졌다.
'설마……'
김 이사는 비죽 기어 올라가는 입꼬리를 애써 다잡고 천천히 생각을 정리했다.
지금까지 진하의 주변에 그가 모르는 사람은 없었다. 그럼에도 모르는 사람이었다. 그에게 아무런 설명 없이 사람을 옆에 둔 것도 처음이었다.
더구나 진하는 지난 삼 년간 김 이사는 물론 누구도 곁에 두지 않았고, 다가오지도 못하게 철저히 차단했다. 그런데 낯선 아이가 아무렇지도 않게 웃으며 그의 옆에 있었다. 난데없이 불쑥 튀어나온 저 아이는 대체 누구일까.
놀라는 것도 잠시, 김 이사는 무작정 반가운 마음이 앞섰다. 적막하던 진하의 옆에 누군가가 있다는 사실 하나만으로 그저 고마웠다. 더구나 그가 그 낯선 아이의 질문에 대답을 하고 대화를 이어갔다. 철저히 차단된 그만의 공간에 문을 열고 들여놓았다.

'진하야…….'

주책없이 울컥 눈시울이 아렸다. 짧은 순간 섣부른 희망이 걷잡을 수 없을 만큼 커진다. 하지만 김 이사는 애써 묻지 않았다. 언제나 그랬듯 말없이 기다렸다. 그가 아는 서진하는 자신의 변화조차 모를 만큼 미련한 사람이 아니었다.

깊이 상처입고 많이 달라졌다고 해도 타고난 본성이 어디 갈까. 서진하는 누구보다 스스로에게 솔직한 사람이었다. 명쾌하고 반듯한 성품에 거짓말도 못한다. 무엇보다 부족함 없이 넉넉한 성격에 언제나 누구 앞에서도 기죽지 않는 당당함이 진하의 가장 큰 재산이었다. 그러니 기다리면 되는 것이다.

천천히 죽을 다 비운 진하가 수저를 내려놓으며 짧게 말했다.

"궁금해 하지 마세요."

가타부타 설명도 없이 단호하게 끊어내는 눈빛이 진심을 말하고 있었다. 예상치 못한 대답에 놀란 김 이사가 멈칫 진하를 보았다.

"도련님."

자리에서 일어나 빈 그릇을 치운 진하가 고집스레 입을 닫았다. 하지만 이번만큼은 김 이사도 절대 물러날 수 없었다. 지난 삼 년을 하루같이 노심초사 얼마나 기다려온 순간인지 모른다.

그에게 진하는 친자식보다 더 애틋하고 가슴 아픈 아들이었다. 아무것도 모르는 25살 청년이 5살 어린아이를 마음으로 거두어 지켜왔다. 그렇게 항상 진하의 가장 가까운 곳에서 보필하며 지금 이 자리까지 온 세월이었다. 세상 그 어떤 아비가 아들의 행복을 외면할까.

"다른 사람은 다 속여도 제 눈은 못 속입니다. 정말 아닙니까?"

"모르는 척하세요."

"그럴 수야 없지요. 아시면서 그러십니까."

나무라듯 꼿꼿한 김 이사의 목소리에 서릿발 같은 질책이 묻어났다. 진하가 더 이상 외면하지 못하고 김 이사를 똑바로 마주 보았다. 그리고 지금껏 꺼내 보지 못한 마음을 아프게 꺼내 놓았다.

"현성이가 마음에 둔 여자예요."

"그런……! 어떻게……."

김 이사는 순간 너무나 황망하여 할 말을 잃어버렸다.

'하필이면……!'

하고많은 사람 중에 어찌 현성이란 말인가. 현성에 대해 각별한 진하의 마음을 익히 아는 김 이사였다.

형제 중에 현화와 가장 많이 닮은 현성은 유난히 진하를 따랐고, 김 이사 또한 재주가 남다른 그 청년을 많이 아꼈다. 현화를 잃고 세상이 무너진 진하의 곁에서 함께 아파하며 묵묵히 견뎌 준 사람도 현성이었다.

현성만 아니면 다른 누구라도 상관없었다. 그런데 다른 누가 아닌 바로 그 현성이란다. 사랑하는 사람의 동생이었고, 지금은 가장 가까운 친구인 강현성이 사랑하는 여자.

남의 것에 눈조차 돌리지 않는 진하의 성품에 하물며 현성의 여자라니 답이 없었다. 차마 부정할 수 없는 현실에 김 이사는 가슴이 먹먹하게 내려앉았다.

'어찌 또 이런 일이……, 진하야, 내 아픈 아이야. 너를, 너를……'

깊은 탄식이 가슴 가득 켜켜이 내려앉는 밤이었다.

다음 날. 이층에 아무것도 없어 카페로 내려온 김 이사는 눈앞에 펼쳐진 풍경에 놀라 걸음을 멈췄다. 정원이 카페 주방에 떡하니 아침상을 차리고 있었다. 그리고 마침 내려온 그에게 활짝 웃으며 인사를 한다.

"어머, 벌써 오셨어요? 안녕하세요."

"아, 네. 좋은 아침입니다."

그녀가 갑자기 미심쩍은 눈으로 김 이사를 멀뚱멀뚱 보았다.

"저기 혹시……."

"왜 그러십니까?"

"지배인님, 지금 위에서 내려오신 거 맞죠?"

"그렇습니다만."

"역시 보통 사이가 아니었어."

영문 모를 말에 김 이사의 눈초리가 슥 가늘어졌다. 정원이 싱긋 웃으며 설명을 보탰다.

"아, 까칠한 얼음마스터 집에 드나드는 것도 놀라운데 주무시기까지 하다니, 그야말로 세상에 이런 일이! 아니겠어요? 하하."

그리고 따로 준비해 놓은 죽 쟁반을 넙죽 내밀며 우르르 말을 이었다.

"위에 아무것도 없죠? 그래서 내려오신 거죠?"

"그, 그렇긴 한데 이건……."

얼결에 죽 쟁반을 받아드는 김 이사가 설핏 인상을 썼다. 하지만 정원은 그가 말할 틈을 주지 않았다.

"아, 맞다. 오늘은 마스터 상태가 좀 어때요? 열은 좀 내렸나요? 음……, 죽보다 밥이 나을까요? 혹시 몰라 밥도 넉넉하게 하긴 했는데……."

당황스러움도 잠시, 김 이사는 눈앞의 상황이 묘하게 기분 좋았다. 맑고 단단한 눈빛에 담긴 오롯한 진심이 가슴 한구석을 따스하게 만들어 준다. 그제야 여유를 되찾은 김 이사가 차분하게 말을 이었다.

"많이 좋아지셨습니다."

"그럼 밥이 좋겠네요. 위에 탈이 난 것도 아니니까, 그죠?"

김 이사가 죽 쟁반을 다시 받아들고 냅다 돌아서는 정원을 다급히 잡아 세웠다.

"아직 열 때문에 입맛이 없어서 안 드신다고 할지도 모르는데……."

"무슨 말씀! 아플수록 잘 먹어야죠. 누가 뭐래도 사람은 밥심인데."

"그래도……."

정원이 죽을 치우고 진하의 밥을 따로 준비하며 해죽해죽 웃어 보였다.

"괜찮아요. 걱정 마세요. 마스터가 말은 네가지 없이 막 해도, 정작 차려 주면 다 먹어요. 보기보다 마음이 약하다니까요."

"……!"

"아, 죄송. 말이 좀 과했죠? 듣기 불편하셨다면 죄송합니다. 조심할게요."

그의 침묵을 오해한 정원이 밥을 푸다 말고 돌아보며 넙죽 사과를 했다. 그 모습조차 유쾌하게 밝아서 김 이사가 고개를 저으며 가볍게 웃었다.

"아닙니다. 괜찮습니다."

"뭐랄까. 지배인님 분위기가 마스터랑 많이 비슷해서 그런가? 제가 너무 편했나 봐요."

"……?"

"왜, 왜요? 제가 뭐 또 잘못 말했나요?"

문득 떠오른 생각을 정리한 김 이사가 천천히 말을 골랐다.

"마스터가 편합니까?"

"뭐, 처음엔 좀 그랬는데 알고 보니 나쁜 사람은 아니더라고요. 솔직히 좀 많이 좋은 사람이잖아요. 아, 지배인님이 더 잘 아시겠구나. 그죠?"

마저 밥을 푼 정원이 그를 보고 활짝 웃었다. 사심 없이 진솔한 눈빛이 너무나 따뜻해서 순간 가슴 한구석이 아릿하게 아팠다.

'정말 안 되는 건가.'

참으로 어렵게 다시 찾아온 진하의 사랑이 너무나 멀어서 김 이사는 기쁜 일인데도 마음껏 기뻐할 수가 없었다. 어렵게, 어렵게 다시 일어나 앞으로 나아가기 시작한 아들에게 또다시 아픈 사랑이 찾아온 것 같아 억장이 무너졌다.

'조금쯤 욕심을 내도 좋으련만…….'

눈앞에서 오롯이 웃어 보이는 아이가 시리도록 예뻐서 김 이사는 새삼 욕심이 났다. 안 될 이유가 없음에도, 안 된다고 말하는 진하를 어떻게든 돌려세우고 싶었다. 그냥 다 무시하고 자신만 생각하라고 소리치고 싶었다.

솔직히 세상 모두가 반대한다고 해도 김 이사는 상관없었다. 세상 전부와 싸우더라도 어떻게든 진하의 사랑을 지켜 주고 싶었다. 할 수만 있다면 온 마음을 다해 그리하고 싶었다.

누구보다 진하를 잘 알고, 충분히 넘치게 이해하면서도 아비 된 마음이 그랬다.

26. 각자의 사랑법

진하의 식사를 챙기고 내려온 김 이사와 정원은 늦은 아침을 함께했다. 특별한 찬 없이 소박하게 차려진 밥상이었다. 김 이사가 새삼 조잘조잘 기분 좋게 떠드는 정원을 물끄러미 바라보았다. 문득 그의 시선을 느낀 정원이 고개를 갸웃했다.

"왜 그렇게 보세요?"

"고맙습니다."

"네? 뭐가요?"

"마스터 말입니다."

정원이 영문 모를 얼굴로 커다란 눈을 깜박거렸다. 도대체 자신이 어떤 고마운 일을 했는지 선뜻 생각이 나지 않는 얼굴이었다. 잠시 고민하던 그녀가 가볍게 웃으며 고개를 끄덕였다.

"아, 어제 일 말씀이시구나. 에이, 뭘요. 생판 모르는 사람도 아니고, 아래위층 살면서 그 정도쯤이야 당연한 거죠."

그런 뜻으로 한 말이 아니었지만 김 이사는 굳이 정정하지 않았다. 아직은, 아직까지는 몰라도 되는 일이었다. 정원을 사이에 두고 얽힌 감정들을 생각하면 안 그래도 조심스러운 상황에 더 보탤 필요는 없었다. 섣부른 말로 아무것도 모르는 그녀를 혼란스럽게 만들고 싶지도 않았다.

지금 당장은 그저 진하의 옆에 있어 주는 것만으로도 김 이사는 충분히 넘치게 고마웠다. 정말이지 엎드려 절이라도 하고 싶은 심정이었다. 그런 그의 마음도 모르고 정원이 해맑게 웃으며 조잘거렸다.

"마스터에게 들으셨겠지만, 염치 불고하고 이렇게 왕창 신세를 지고 있는걸요. 마음 같아선 뭔가 더 많이 해 드리고 싶은데, 제가 할 수 있는 일이 많지 않네요."

말끝에 묻어나는 낮은 한숨에 김 이사의 눈빛이 얼핏 깊어졌다. 단순히 고마운 마음뿐이라고 하기엔 맑고 단단한 그녀의 눈빛이 묘하게 어지러웠다. 순간 실낱같은 희망이 반짝 고개를 들었다.

'어허, 내가 헛살았구나. 이 나이 먹도록 어찌 이리 경망할까.'

솔직히 김 이사는 헛된 욕심이 만들어 낸 부질없는 착각이라 해도 모른 척 매달리고 싶었다. 그 실낱같은 희망에 자신의 전부를 걸 수도 있었다. 헛헛한 마음을 애써 다잡은 김 이사가 다시 한 번 천천히 말했다.

"그렇게 생각하지 말아요. 충분히 넘치게 고맙습니다."

"에……, 그게 저……."

사뭇 진지한 그의 대답에 당황한 정원이 차마 말을 잇지 못하고 동그란 눈을 깜박거렸다. 그리고 이내 얼굴을 붉히며 아이처럼 벙긋 웃는다.

"그렇게 말씀해 주시니 저야말로 고맙습니다."

마스터를 대신하는 지배인이라더니 미니 바 너머에서 유유자적 움직이는 김 이사는 전혀 어색함이 없었다. 오히려 너무나 익숙한 분위기에 정원이 무색함을 느낄 정도였다.

'그나저나, 저 유니폼은 대체 어디서 난 거래?'

오픈 시간에 맞춰 내려온 김 이사는 떡하니 카페 유니폼을 입고 있었다. 기본 구성에 까만 나비넥타이와 깔끔한 라인의 베스트가 추가된 차림이었다. 원래부터 있던 것인 듯 가슴에 명찰까지 떡하니 달려 있었다. 지배인 유니폼까지 따로 있을 줄은 몰랐던 정원은 내심 고개를 저었다.

'아무튼 이상해. 제대로 수상해.'

손님이 뜸한 늦은 오후, 정원은 새삼스러운 눈으로 김 이사를 찬찬히 살펴보았다.

전날 진하의 집에서 처음 보았을 때도 뭔가 남다른 분위기가 인상적인 노신사라고 생각했다. 그런데 밝은 날 정신 차리고 다시 보니 이건 남다른 정도가 아니었다.

작은 카페의 지배인이라고 하기엔 왠지 대기업 오너의 포스가 풍긴다고나 할까. 반듯하고 단단한 풍채에, 진중하고 깊은 눈빛, 넉넉하고 여유로운 분위기까지. 말 그대로 진정한 로맨스그레이, 품격 있는 하이 퀄리티 꽃중년이었다.

하물며 능숙하게 오픈을 준비하는 모습은 커피와 와인에 대해 마스터 못지않게 박식해 보였다. 솔직히 그 외 부분은 오히려 더 나은 것도 같았다. 도대체 정체가 뭘까.

'이놈의 카페는 뭐 하나 정상적인 게 없어.'

카운터 끄트머리에 앉아 있던 정원이 문득 고개를 내밀고 김 이사의 눈치를 봤다.

"음…… 지배인님. 뭐 좀 물어봐도 돼요?"

"물어보시죠."

"오호, 지배인님은 안 까다롭네요?"

"무슨 뜻입니까."

"아, 그게……"

김 이사의 시선에 내심 실소한 정원이 가볍게 고개를 흔들었다. 까다롭진 않은데 눈으로 말하는 건 어쩜 저리 똑같은지 모르겠다.

"뭐, 그런 게 있어요. 암튼! 마스터랑은 무슨 사이세요?"

"보시다시피 지배인입니다만."

이건 뭐, 진하보다 대답만 수월하게 해 줄 뿐, 내용은 그다지 다를 바가 없었다. 내심 기대했던 정원이 김샌 얼굴로 낮게 투덜거렸다.

"에이, 그게 전부예요?"

"그럼, 뭐가 더 있어야 합니까."

"그거 아세요? 지배인님이랑 마스터랑 분위기부터 말투까지 완전 똑같아요. 콕 집어 닮은 데라고는 하나도 없는데, 이상하게 닮았단 말이죠. 뭐지?"

"하하. 그렇습니까."

김 이사의 눈빛이 잔잔하게 흔들렸다. 앞뒤 없이 혼잣말처럼 중얼거리는 그녀의 모습이 난데없어서 불쑥 웃음이 났다. 그런데 또 그 말이 정곡을 찌르듯 정확해 아이러니하다. 정원이 웃는 그를 빤히 보고 있었다.

"왜 그렇게 봅니까."

"뭐, 비교할 건 못 되지만, 웃는 얼굴은 역시 마스터가 훨씬 예쁘네요. 자리에 없으니 하는 말인데 남자가 너무 예쁘게 웃는단 말이죠. 치사하게, 완전 사기라니까요."

내심 놀란 김 이사가 못마땅한 듯 툴툴대는 정원을 물끄러미 보았다. 그리고 조심스레 다시 물었다.

"마스터가 웃기도 합니까."

"뭐, 가끔요."

넙죽 대답하던 정원이 얼핏 인상을 썼다.

"아니다, 요즘 들어 부쩍 많이 웃어요. 보는 사람 정신없게. 아무튼! 마스터는 웃음을 좀 자제해야 해요. 너무 예뻐서 위험하단 말이죠."

"그렇군요."

나직이 대답하는 김 이사의 눈빛이 어지러이 흩어졌다. 그가 애써 의미를 부여하지 않아도 중구난방 흩어지는 그녀의 말속에 묻어나는 감정들이 작지 않았다. 무방비할 정도로 솔직한 정원의 눈빛에 실낱과도 같은 희망이 어느새 분명한 실체가 되어 눈앞에 어른거렸다.

 그 모든 것을 털어내듯 삼 년 만에 처음으로 호된 열병을 앓고 일어난 진하는 그 길로 사랑하는 사람이 묻혀 있는 곳을 찾았다. 마지막 인사만큼은 제대로 분명하게 하고 싶은 마음이었다.
 이곳에 그의 마음도 함께 묻었다고 생각했었다. 하지만 산 자와 죽은 자의 경계는 너무나 명확해서 그의 심장은 언제부턴가 다시 뛰고 있었다. 그 모든 시작과 끝이 그곳에 있었다.
 "현화야, 너를 잃고도 숨이 쉬어지더라. 네가 없는데도 또 하루가 살아지더라. 모진 목숨이 그렇게 질기고 독하더라."
 나직한 진하의 목소리가 불현듯 아련하게 젖어들었다. 그의 눈가에 가슴 깊이 담아둔 눈물이 새삼 말갛게 차올랐다.
 "그래서 그냥 살았는데, 그랬는데…… 이젠 잘 모르겠다. 내가 지금껏 어떻게 살았는지, 뭘 하고 있었던 건지 알 수가 없어. 나 참 바보 같지."
 사랑했던 사람의 무덤 앞에서 진하는 참으로 오랜만에 가슴 깊이 담아둔 눈물을 흘려보냈다. 그리고 그때까지 고집스레 잡고 있던 빛바랜 사랑에게 마지막 안녕을 고했다.
 "현화야, 너를 잊은 것이 아니야. 이제 더 이상 너를 사랑할 수 없게 된 것뿐이지. 세상에 없다는 건 그런 거잖아. 그래서 살아남은 내가 죽도록 싫었는데, 그래서 죽은 것처럼 그렇게 살았는데…… 이젠 살아 있는 게 참 고맙다. 사람 마음이 참

간사하지."

먹먹하게 흐르던 눈물이 멈추고 진하가 말갛게 갠 눈으로 사랑했던 사람의 무덤을 바라보았다. 이미 떠나 버린 사랑을 부여잡고 헛되이 보내 버린 시간들이 새삼 아득하게 멀어진다.

"현화야, 나 이제 다시 살아 보려고, 뭘 어떻게 해야 할지 여전히 잘 모르지만 그래도 다시 살아 보려고 해. 그래서 너에게 차마 하지 못했던 안녕을 말하려고, 이제 널 그만 보내 주려고 왔다."

그렇게 진하는 마음 깊이 묻어둔 잃어버린 사랑에게 마지막 인사를 고했다. 다시 시작하기 위해서. 그 모든 시작과 끝이 여기에 있었다.

'짧은 시간이었지만 많이 사랑할 수 있어서 행복했고, 하나뿐인 가족이 되어 줘서 고마웠다. 편히 쉬어. 나도 이제 잘 지낼 거야. 안녕.'

마지막까지 훌훌 털어 버리고 빈 가슴으로 돌아온 자리에 정원이 있었다. 선물처럼 그에게 다시 찾아온 사랑. 너무나 소중해서 차마 눈물이 날 것 같은 사람. 그 사랑이 그의 빈 가슴을 다시금 오롯이 채워 주고 있었다.

땅거미가 짙게 내려앉는 저녁 시간. 기다렸다는 듯 현성이 일거리를 가득 안고 카페에 출근 도장을 찍었다. 학기가 마무리되어 가는 시점이라 학생들의 과제가 밀려드는 모양이었다. 정원이 떡하니 중앙 테이블을 꿰고 앉은 그를 타박했다.

"작업은 안 하니?"

"그럴 리가."

"낮에는 조교 일로 바쁘고, 밤에는 나 감시한답시고 카페에서 뻗치고. 대체 작업은 언제 하시나요."

재학생들의 리포트를 주르륵 늘어놓은 현성이 보란 듯 빙글거렸다.

"내가 알아서 합니다. 걱정도 팔자셔."

"내가 지금 걱정하는 걸로 보이니?

"응."

정원의 잔소리를 귓등으로 흘리며 뻔뻔하게 웃어 보이던 현성이 갑자기 벌떡 일어났다.

"어? 안녕하세요. 오랜만에 뵙네요."

주방에서 나오는 김 이사를 발견한 그가 놀란 얼굴로 넙죽 인사를 했다.

"그러게요. 잘 지내셨습니까."

"아저씨가 여기 계신 걸 보니까, 형이 어디 안 좋은가 보네요."

짐작되는 바가 있는지 현성이 걱정스러운 얼굴을 했다. 김 이사가 가타부타 설명 없이 가볍게 고개를 끄덕였다.

"며칠 쉬면 괜찮아질 겁니다. 걱정 안 하셔도 됩니다."

굳이 말하지 않아도 아는 이 분위기는 또 무얼까. 두 사람은 또 어찌 아는 사이인지 궁금해진 그녀가 무심코 현성의 옷자락을 잡아당겼다.

"왜?"

정원에겐 너무나 이상한 지금의 상황이 현성은 아무렇지도 않은 듯 멀쩡한 얼굴이었다. 내심 당황한 그녀의 목소리가 저도 모르게 소곤소곤 낮아졌다.

"니가 지배인님을 어떻게 알아?"

"당연히 알지, 설마 모르겠냐."

그럼에도 정원은 뭐가 당연한 것인지 순간 이해가 되지 않았다. 어떻게 이해해야 할지도 모르겠다. 말없는 그녀의 시선에 현성이 뭐가 문제냐는 듯 다시 물었다.

"왜, 또."

"뭔가 굉장히 복잡하구나 싶어서."

"복잡할 것도 참 많다."

현성이 빙긋 웃으며 아무렇지도 않게 말했다. 너무나 자연스럽게 넘어가서 진짜 아무 일도 아닌 것 같았다. 하지만 정원은 그래서 더 미심쩍었다. 서로 잘 아는 것 같은 분위기에 오랜만에 본다면서 인사 한마디가 고작이었다. 이 상황을 이상하게 생각하는 그녀가 정말 이상한 것일까.

현성이 늘어놓은 리포트를 대충 정리하며 가볍게 말을 돌렸다.

"어디가 얼마나 안 좋은 거야. 나, 형 좀 보고 올게."

혼자 생각에 멀뚱히 서 있던 정원이 뒤늦게 후다닥 현성을 말렸다.

"올라가지 마. 약 먹고 잘 거야, 아마."

"?"

"그러게 무리하지 말라니까 꾸역꾸역 어딜 다녀오더니, 또 열이 나잖아. 말도 어지간히 안 들어요."

무심코 종알거리던 정원이 슥 가늘어지는 현성의 눈초리에 삐죽 물었다.

"왜?"

"아니, 그새 형이랑 많이 편해진 거 같아서."

"아, 그게 어쩌다 보니……."

정원이 뒤늦게 당황한 얼굴로 시선을 피했다. 그리고 이내 돌려 말하는 것을 포기하고 담담하게 말했다.

"솔직히 이제 와 불편하고 말고 할 거나 있나. 그러면 거짓말이지."

"무슨 뜻이야?"

"무슨 뜻은, 말 그대로야. 네 말대로 나쁜 사람은 아니잖아."

"그렇다고 형이 편한 사람은 더더구나 아니지."

툭 떨어지는 현성의 목소리가 자못 진지했다. 정원이 새삼 현성을 똑바로 쳐다보며 또박또박 다시 말했다.

"그래도 내가 좋아하는 사람인 건 분명하지. 다 알면서 뭘 꼬치꼬치 따지니?"

"너 정말……!"

"이미 끝난 얘기야. 경고하는데 그만해라."

정원이 단호하게 말을 자르며 현성을 자리에 주저앉혔다.

"그냥 얌전히 하던 일이나 해서. 오늘은 보시다시피 감시할 것도 없겠네."

"야!"

"커피 갖다 줄게."

현성이 소리를 지르든 말든 획 돌아선 정원이 후다닥 카운터 너머로 도망쳤다. 더 이상 답도 없는 잔소리는 사양이었다.

김 이사가 와인 바를 정리하며 소곤소곤 대화를 나누는 두 사람을 조심스레 살폈다. 스스럼없이 친근한 분위기였지만 연인이라고 보기엔 심하게 담백하다. 얼핏 들려오는 대화 내용도 친구 이상의 느낌은 없었다.

진하의 말처럼 현성은 정원을 친구가 아닌 여자로 생각하는 것이 분명해 보였다. 아무리 숨기려고 애를 써도 사랑에 빠진 눈빛은 속일 수가 없는 법이다. 하여 정원을 바라보는 현성의 눈빛 또한 애틋함이 담뿍 묻어났다.

하지만 그뿐, 정작 정원은 아무것도 모르는 얼굴이었다. 그만큼 두 사람 사이에 배어나는 감정의 빛깔 자체가 확연히 달랐다. 그것만은 분명히 자신할 수 있었다.

긴 시간은 아니었지만 종일 정원과 함께하면서 김 이사는 내심 느끼는 바가 많았다. 무엇보다 그녀는 그동안 말할 사람이 필요했다는 듯 진하에 대해 하나부터 열까지 시시콜콜 떠들어 댔다. 굳이 따로 물을 필요도 없었다.

카페에서 일하게 된 것부터 살게 되기까지의 과정은 물론 그 속에서 진하가 어떻게 행동했으며, 무슨 말을 했고, 얼마나 고마웠는지도 빠짐없이 늘어놓았다. 그렇게 진하에 대해 말할 때의 정원은 현성과 툭탁거리는 지금보다 훨씬 더 사랑스럽게 반짝거렸다.

그가 사심을 가지고 보아서가 아니었다. 진하를 말할 때의 정원은 진짜 사랑에라도 빠진 소녀처럼 반짝반짝 빛이 났다. 그리고 그 이야기 속엔 현성이 등장하지 않았다. 그저 가볍게 친구 덕에 카페에서 일할 수 있었고, 진하를 만났다는 것이 전부였다.

물론 김 이사와 현성, 그리고 진하의 관계를 정확하게 알지 못한 이유도 있을 것이다. 그럼에도 그는 정원의 시선이 온전히 진하에게 향해 있음을 분명히 느낄 수 있었다.

원래 사랑에 빠진 연인들은 주위의 시선에 민감하지 못한 법이다. 하여 자신들이 어찌 보이는지도 의식하지 못한다. 더구나 그 사랑을 혼자 끌어안고 있다면 말할 것도 없었다. 자신의 감정을 추스르기도 바빠 상대방의 마음까지 돌아볼 여유가 없어진다.

정원도, 현성도, 진하도, 김 이사의 눈엔 다 그렇게 보였다.

딸랑!
"어서 오세요!"
어둠이 짙어갈 무렵, 어김없이 윤주가 카페 문을 열고 들어왔다. 반갑게 인사를 하던 정원의 입가에 낮은 한숨이 걸렸다.
"오셨어요?"
윤주를 맞이하는 정원의 얼굴이 영 반갑지 않았다. 하루도 빠짐없이 줄기차게 드나들면서 사람 피를 말리더니 지치지도 않는 모양이었다.

현성이야 감시를 한다는 등, 진하를 좋아하는 정원을 반대하는 핑계라도 있었지만 윤주는 이유도 없었다. 솔직히 정원은 진하가 갑자기 아픈 게 윤주 때문이 아닐까 생각했다. 그만큼 두 사람 사이에 흐르는 분위기가 내내 살벌했던 것이다.

물론 겉으로 보기엔 진하가 모질게 쳐내고 윤주가 매달리는 그림이었다. 하루가 다르게 바짝바짝 말라가는 윤주가 일견 위태로워 보이기도 했다. 하지만 정원은 내색 않고 버티는 진하가 오히려 더 걱정이었다.

정원은 그 어떤 관계도 일방적인 것은 없다고 생각했다. 그런데 정원이 보기에 두 사람은 너무나 일방적이었다. 그 일방적인 관계가 보는 사람마저 답답하고 숨 막히게 만들었다. 당사자인 진하는 오죽할까.

그래서 정원은 그가 아픈 것이 오히려 반가울 정도였다. 그렇게라도 숨 쉴 틈이 생겨서 다행이라고 생각했다. 그런데 또 이렇게 윤주가 쳐들어 왔으니 한숨이 날밖에.

정원을 보지도 않고 가볍게 고개를 끄덕인 윤주가 바로 카운터로 향했다. 그리고 언제나 그렇듯이 자리에 앉아 진하를 찾았다.

안쪽에서 커피를 만들고 있는 김 이사를 발견한 윤주가 화들짝 놀라 벌떡 일어났다.

"아저씨가 어떻게 여기……! 진하 씨한테 무슨 일 있어요?"

"안녕하십니까. 오랜만입니다."

김 이사가 흔들림 없이 담담하게 인사를 건넸다. 그제야 정신을 차린 윤주가 천천히 고개를 끄덕였다.

"아, 네. 안녕하세요. 그런데 진하 씨는……."

"별일 아닙니다."

"그러니까 그 별일 아닌 게 뭔데요?"

김 이사가 조바심을 내며 다그치는 윤주를 말없이 쳐다봤다.

"아, 죄송해요. 제가 요즘 좀 날카로워서……."

"윤주 씨가 걱정할 일 아닙니다. 신경 쓰지 마십시오."

지극히 정중하지만 차분한 목소리가 서늘하도록 매서웠다. 군더더기 없이 깊고 단단한 김 이사의 눈빛에 윤주가 조심스레 말을 돌렸다.

"그래도 어떻게……."

"걱정해 주셔서 고맙습니다. 마스터한테 전해 드리죠."

일말의 여지도 없는 김 이사의 태도에 윤주가 지그시 입술을 깨물었다.

"아저씨까지 저한테 왜 이러세요. 정말 너무하신 거 아니에요?"

"뭐가 말입니까."

"아저씨!"

윤주가 벌떡 일어나며 날카롭게 소리쳤다. 하지만 태산처럼 버티고 선 김 이사는 꿈쩍도 하지 않았다.

"지배인입니다. 예의를 갖춰 주시죠."

베일 듯 날카로운 김 이사의 질책에 윤주가 가여울 지경이었다.

'워, 무서워라. 지배인님도 마스터 못지않네.'

더없이 따스하게 웃어 주던 김 이사의 차가운 눈빛은 정원조차 움찔 숨을 죽이게 만들었다. 하지만 윤주는 끝까지 고집을 부렸다.

"도와주는 건 바라지도 않아요. 그냥……."

"내가 왜……!"

버럭 높아지는 언성을 지그시 내리누른 김 이사가 다시 한 번 분명하게 못을 박았다.

"나한테 중요한 건 마스터의 결정이지, 윤주 씨의 개인적인 감정이 아닙니다."

꼿꼿하게 버티던 윤주의 어깨가 순간 쓰러질 듯 크게 흔들렸다.

"아저씨까지 이러지 마세요. 안 그래도 저 힘들어요. 다들 나한테 왜 이래요?"

"누나, 그만해. 별일 아니라는데 왜 이렇게 예민하게 굴어."

보다 못한 현성이 자리에서 일어나 윤주를 말리고 나섰다. 그리고 그녀를 달래 자리에 앉히며 무거운 분위기를 걷어냈다.

"역시 우리 지배인님 카리스마 짱! 누나가 요즘 좀 예민해요. 이해하세요."

두 사람을 잠시 바라보던 김 이사가 말없이 주방으로 향했다. 그제야 숨 막히게 조여 오던 긴장감이 사그라졌다. 그리고 김빠진 콜라처럼 어색한 침묵이 그 자리를 가득 채웠다.

얼마나 시간이 지났을까. 머리를 감싸 쥐고 있던 윤주가 뒤늦게 현성을 돌아보며 흐릿하게 웃었다.

"미안. 내가 요즘 안 좋은 모습을 많이 보이네."

"알면 조절 좀 하지?"

자못 날카로운 현성의 질책에 윤주가 하얗게 바랜 얼굴로 낮게 중얼거렸다.

"그래야지. 그래야 하는데……."

"이런 모습 누나답지 않아. 얼음꽃 정윤주가 대체 이게 무슨 꼴이야."

"그러게. 내가 너 볼 면목이 없다."

조금 떨어진 곳에서 빈 테이블을 정리하던 정원이 문득 두 사람을 돌아보았다. 한차례 폭풍이 지나간 듯 말없이 앉아 있는 두 사람의 표정이 묘하게 씁쓸하다.

'보고 있는 내가 다 지치네. 기운들도 좋아.'

솔직히 정원은 세상 부러울 것 없이 다 가진 사람이 뭘 더 가지고 싶어서 저리 애타 하는지 이해할 수 없었다. 사람 마음이 억지로 손에 쥔다고 쥘 수 있는 것도 아닌데 무작정 밀어붙이는 윤주가 안쓰럽기도 했다.

'이 마음이 더 깊어지면 나도 저럴까.'

상황은 달랐지만 윤주와 정원은 같은 사람을 사랑하고 있었다. 그럼에도 정원은 절대 윤주처럼은 못 할 것 같았다. 그리고 한편으로 대놓고 매달릴 수 있는 윤주가 부럽기도 했다.

자기감정에 빠져 아낌없이 표현하는 것도 정원의 눈엔 여유로 보였다. 현실에 치이면 저렇게 무작정 매달리지도 못한다. 그래서 정원은 그들과 다른 이유로 씁쓸함을 느꼈다.

알수록, 겪을수록 참 다른 사람들. 같은 공간에 있지만 서로 다른 세상에 사는 것처럼 너무 멀었다.

윤주를 말없이 지켜보던 현성이 먼저 입을 열었다.

"누나도 참, 그냥 좀 피곤해서 며칠 쉬겠다는데 그걸 못 기다리나?"

그제야 윤주도 자못 차분하게 입을 열었다.

"정말 괜찮은 거야? 괜찮은데 아저씨는 왜……."

"나도 못 봤어."

"너도? 너는 또 왜?"

윤주가 믿기지 않는 듯 인상을 썼다. 하지만 정작 현성은 아무렇지도 않았다.

"형이 원체 번잡스러운 거 싫어하잖아. 솔직히 내가 올라가면 쉬는 게 아니긴 하지."

"그래도 이건 너무 갑작스럽잖아."

윤주의 속을 모를 리 없는 현성이 달래듯 말했다.

"대체 뭐가 걱정이야. 형이 어디로 사라진 것도 아니고, 고작 2-3일 혼자 좀 쉬겠다는 건데. 이럴 때 방해하면 싫어한다? 남자를 그렇게 몰라? 도대체 누나는 그 나이 먹도록 뭘 한 거야."

테이블도 다 닦고 더 이상 할 일이 없어진 정원이 눈치를 보다 슬쩍 끼어들었다.

"저기 주문……."

"지금 주문이 중요해요?"

팩 쏘아붙이는 윤주의 눈매가 날카로웠다. 멈칫 긴장한 정원이 딱히 할 말을 찾지 못하고 눈을 깜박였다.

'그럼 중요하지. 다 먹고 살자고 하는 짓인데.'

정원이 차마 뱉어내지 못한 말을 꾹 눌러 삼키며 주변을 둘러보았다. 주방엔 김 이사가 있을 것이고, 홀엔 두엇 남은 손님들이 구석에서 각자 볼일 중이었다. 카페가 운동장처럼 넓은 것도 아니고, 이런 분위기에 눈치 없이 주방으로 들어갈 수도 없었다.

중간에 끼어 자리를 못 잡고 어정쩡하게 서 있던 정원으로선 다른 방법이 없었다. 그렇다고 두 사람의 대화를 듣고 있자니 그것도 예의가 아닌 것 같았다. 어찌됐든 윤주는 손님이었고, 그녀 나름 할 일을 한 것뿐이었다. 그런데 이 반응은 대체 뭐란 말인가.

잠시 머뭇거리는 사이 현성이 불쑥 감싸고 나섰다.

"워, 워, 왜 정원이한테 신경질이야. 얘는 자기 일 하는 거거든?"

할 말은 많았지만 꾹 참은 정원이 침착하게 말을 이었다.

"오늘도 와인 주문이시면 지배인님께 말씀드려야 해서요."

"아니에요. 오늘은 그냥 갈게요."

"아, 네. 그럼."

울컥 감정이 상했지만 정원은 내색하지 않고 한발 뒤로 물러섰다. 상태도 안 좋은데 건드려 봐야 좋을 일이 없었다.

 '훠이, 내가 손님이라서 봐준다.'

 윤주가 사과 한마디 없이 자리에서 쌩하니 일어났다. 그리고 이내 뭐가 생각났는지 멈칫 걸음을 멈춘다.

 "아, 맞다. 정원 씨도 진하 씨 못 봤어요?"

 "네? 아, 그, 그게……."

 난데없는 질문에 당황한 정원이 멈칫 긴장했다. 그리고 순간 솔직하게 다 말했다간 무슨 사달이 날지 모른다는 생각에 입을 꾹 다물었다. 정원이 미처 대답을 못 하고 머뭇거리자 윤주가 눈살을 찌푸리며 다그쳤다.

 "어찌됐든 한 건물에 살잖아요. 지금 진하 씨 상태 어떤지 몰라요?"

 이번에도 현성이 한발 앞서 정원을 구해 주었다.

 "어허, 왜 애먼 애를 잡고 그래. 나도 못 봤는데 정원이가 형 상태를 어떻게 알아. 누나 마음 모르지 않는데 오늘 좀 넘치네. 여기까지만 하지?"

 그제야 자신의 행동을 깨달은 윤주가 낮게 한숨을 내쉬었다. 그리고 희미하게 웃으며 사과를 했다.

 "아, 기분 나빴다면 미안해요. 내가 요즘 여러모로 여유가 없네요. 정원 씨가 이해해 줘요."

 "아, 네. 뭐."

 정원은 왜 자신이 윤주를 이해해야 하는지 알 수 없었지만 그냥 넘어가기로 했다. 솔직히 분위기로 봐선 그녀가 이해를 하든, 안 하든 신경 쓸 것 같지도 않았다.

윤주가 미안한 얼굴로 현성의 어깨를 툭 쳤다.

"나, 간다."

"응. 조심해 들어가."

"안녕히 가세요."

정원도 마지못해 버릇처럼 인사를 했다. 하지만 윤주는 돌아보지도 않고 훌쩍 멀어져 갔다.

정원이 어정쩡하게 서서 머리를 긁적였다. 왠지 모르게 분위기 참 싸하다. 현성이 빙글 웃으며 정원의 어깨에 가볍게 팔을 걸었다.

"그냥 니가 봐주는 셈 쳐."

"봐주긴 뭘 봐줘."

정원이 입술을 삐죽거리며 현성의 팔을 밀어냈다. 여기저기 끼어들어 말리고, 덮어 주고, 설명하고, 도와주고. 사실 현성이 잘못한 것은 하나도 없었다. 오히려 그가 아니었으면 분위기가 얼마나 더 험악해졌을지 모를 상황이었다. 그럼에도 뺀질뺀질 능구렁이처럼 넘어가는 품새가 왠지 영 얄미웠다.

괜히 멋쩍어진 현성이 바지 뒷주머니에 손을 꽂으며 정원의 눈치를 살폈다.

"누나가 요즘 좀 많이 힘들어서 그래."

자기만 힘든가. 정원은 불쑥 튀어나가려는 말을 애써 삼켰다. 그리고 모른 척 되물었다.

"왜, 무슨 일 있어?"

"너도 그동안 분위기 봤으니 대충 알 거 아냐."

정원이 고개를 들어 현성을 빤히 쳐다봤다. 그리고 또박또박 분명하게 잘라 말했다.

"난 꼭 집어 말해 주지 않으면 모르거든? 미루어 짐작은 아주 위험한 거랍니다. 더구나 사람 일은 보이는 게 전부가 아니거든요? 남의 일에 함부로 아는 척 나서면 안 되는 거야. 그걸 아직도 모르니?"

"어이구, 잘나셨어요."

"아무렴, 그걸 이제 알았니?"

"으이그, 내가 말을 말아야지."

현성을 자리로 돌려보낸 정원은 카운터를 정리하며 생각에 잠겼다. 힘들면 무조건 봐줘야 하는 건가. 도대체 힘들다는 기준이 뭔지 잘 모르겠다. 같은 이유로 정원은 뭘 그렇게 이해해 줘야 하는지도 알 수가 없었다.

세상에 똑같은 사람이 없듯, 아픔도 상처도 모두 다른 법이었다. 똑같은 상처로 보여도 아픔은 오로지 자신만의 것. 그 아픔의 크기는 누구도 알지 못한다. 누구의 상처가 더 크고 아픈지 비교하고 재는 것 자체가 불가능한 일이었다.

그래서 정원은 서로의 상처를 위로하고 들어 주는 것이 사람이 할 수 있는 전부라고 생각했다. 아파 본 사람은 안다. 섣부른 이해가 때로 더 큰 상처가 될 수도 있다는 것을.

27. 고맙습니다

 오늘은 직접 음식을 준비할까 하여 일찌감치 주방에 내려온 김 이사가 멀거니 앉아 정원을 보고 있었다. 이미 주방을 점령해 버린 그녀가 삼계탕을 끓인다며 분주히 움직였다.
 새벽부터 일어나 장을 봐온 모양이었다. 저녁엔 시간이 안 되니 카페 오픈 전에 먹이겠다며 열심이다. 드디어 푹푹 끓기 시작한 삼계탕을 뿌듯하게 바라보던 정원이 불쑥 딴소릴 했다.
 "아, 이참에 차라리 곰탕을 끓일까요? 사골 푹 우려서?"
 농담인지 진담인지 모를 소리에 김 이사가 확인하듯 물었다.
 "그런 것도 할 줄 압니까?"
 "완전 진하게 진국으로 잘 끓이죠."
 정원이 빙긋 웃으며 엄지손가락을 척하니 들었다. 너무나 당연하게 자신하는 모습에 김 이사가 말없이 헛웃음을 지었다.
 하지만 정원은 진심이었다. 물론 그녀 또래가 삼계탕에 곰탕까지 끓인다고 하면 믿기 어려울 수도 있었다. 사실 정원도 처음부터 음식을 잘한 것은 아니었다.

어릴 때부터 아빠와 단둘이 살다 보니 웬만한 집안일엔 익숙했지만, 그래 봐야 기본적인 수준이었다. 넉넉지 않은 살림에 편부가정이었어도 아빠는 참 살뜰하게 정원을 챙겼다. 하여 그녀는 정작 엄마의 부재를 크게 느끼지 않고 자랐다.

그런 아빠가 덜컥 암으로 쓰러졌을 때, 정원은 그야말로 하늘이 무너지는 줄 알았다. 그리고 그때부터 치열하고 긴 투병 생활이 시작되었다. 아빠도 정원도 어떻게든 살아 보기 위해, 병을 이겨내기 위해 최선을 다해 노력했다. 서로에게 단 하나뿐인 가족이었기에 쉽게 포기할 수가 없었다.

처음엔 큰엄마가 이것저것 음식을 준비해 날랐다. 하지만 투병 생활이 길어지자 그조차도 눈치가 보였다. 그래서 나중엔 아예 정원이 일일이 배워가며 밤새 지키고 앉아 곰국을 끓였다. 그렇게 해서 아빠가 조금이라도 먹을 수 있으면 그것만으로도 감사했던 시간들이었다.

잠시 생각에 잠겼던 정원이 빙긋 웃으며 말했다.

"사골 국물 진하게 우려서 냉동실에 얼려놓고 하나씩 꺼내 먹으면 간편하고 좋거든요. 육수로 사용해도 되고. 생각난 김에 진짜 해놔야겠다."

신 나서 중얼거리는 정원의 뒤에서 덥석 익숙한 목소리가 끼어들었다.

"뼈 부러진 거 아닙니다만."

화들짝 놀란 정원이 어느새 주방문 앞에 나타난 진하를 팩 노려보았다. 카페까지 내려온 것을 보니 살만해졌는지 꽤나 멀쩡한 얼굴이었다.

'그나저나 된통 앓고 난 사람이 뭐 저리 뽀시시해.'

씻고 내려온 듯 살짝 부스스한 머리칼에 밝은 색 니트와 편한 반바지 차림이 한결 여유롭고 느긋해 보인다. 매일 딱 떨어지는 유니폼만 보다가 편한 차림으로 나타나니 정원은 순간 눈을 어디에 두어야 할지 당황스러웠다. 괜히 멋쩍어진 그녀가 퉁명스레 말했다.

"그냥 몸보신에도 좋거든요?"

"내가 그렇게 약골로 보입니까."

여유롭게 팔짱을 끼며 비스듬히 문에 기대선 진하가 가볍게 빙글거렸다. 빗겨선 문틈으로 환한 아침 햇살이 쏟아져 들어왔다. 반짝반짝 시리도록 빛나는 것이 아침 햇살인지 저 남자인지 순간 헷갈릴 지경이었다. 정원이 당황스러움을 감추려 샐쭉 말을 꼬았다.

"그럼 튼튼해서 쓰러지기까지 하세요?"

"처음입니다."

"퍽이나 그러시겠어요."

정원을 머쓱하게 바라본 진하가 김 이사를 타박했다.

"왜 아무 말씀도 안 하십니까."

"제가 뭐라고 해야 합니까."

정원과 작당을 한 듯 모른 척 빙긋 웃는 김 이사의 표정이 자못 진지했다.

"그래도 쓰러진 적은 없잖습니까."

"뭐, 어릴 때는 가끔……."

두 사람의 대화를 무심코 듣고 있던 정원이 눈을 동그랗게 뜨고 김 이사를 돌아보았다. 그녀의 시선에 김 이사가 고개를 기울였다.

"왜 그러십니까."

"지배인님, 마스터 어릴 때부터 아는 사이셨어요?"

나름 화기애매(?)하던 주방에 잠시 어색한 침묵이 감돌았다. 그리고 김 이사가 아닌 진하의 대답이 이어졌다.

"나한텐 가족 같은 분입니다."

정원이 이번엔 진하를 멀뚱히 보았.

'같은'이라는 말은 진짜 가족은 아니라는 말이었다. 하지만 '같은'이라는 말속에 녹아 있는 무게는 진짜 가족보다 가깝다는 뜻으로 들렸다. 정원은 문득 진하의 진짜 가족이 궁금해졌다. 아파서 쓰러졌는데도 '가족 같은' 지배인이 찾아온 걸 어떻게 해석해야 할까.

'설마…….'

'설마'가 사람 잡는다는 말은 괜히 있는 것이 아니다. 그녀의 경험상 '설마'는 진짜 매번 사람을 잡곤 했다. 그래서 정원은 불쑥 떠오른 질문을 차마 할 수가 없었다. '진짜 가족은 있어요?'라고.

세 사람은 가족처럼 둘러앉아 삼계탕으로 조금 늦은 아침을 함께했다. 새벽부터 일어나 부산을 떤 것이 분명한데도 정원은 뭐가 그리 좋은지 내내 싱글벙글 피곤한 기색이 느껴지지 않았다.

나이 지긋한 어르신과 건장한 남정네까지 앉혀놓고 어미 새가 먹이를 주듯 닭다리를 죽죽 찢어 주며 알뜰하게도 챙긴다. 그 모습이 일견 우습기도 하건만 김 이사는 왠지 마음껏 웃을 수가 없었다. 너무나 흐뭇하고 따스한 풍경에 코끝이 시큰했다.

물론 까마득히 오래전 이런 장면을 당연하게 여기던 때가 있었다. 하지만 그 행복한 그림이 무참하게 깨졌을 때, 김 이사는 다시 또 이런 날이 올 줄은 상상조차 하지 못했다.

정원이 그저 고맙고 또 고마웠다. 그가 해 줄 수 있는 것이라면 뭐든지 해 주고 싶었다. 솔직히 진하가 하지 못한다면 그라도 나서서 잡고 싶었다. 그렇게나 간절한 소망이 가슴 가득 자라나고 있었다.

정원이 일하지 말고 쉬라며 마지막까지 잔소리를 늘어놓았다. 그러고도 뭔가 부족했는지 진하를 흘겨보며 으름장을 놓는다.

"지배인님한테 물어봐서 또 열난다는 소리 들리면, 이번엔 진짜 내가 밤새 간호하러 올라갈지도 몰라요. 아셨죠?"

진하가 어이없는 얼굴로 고개를 저었다.

"지배인님도 계신데 그렇게까지 할 필요······."

"아니, 어르신을 그렇게 부려먹고 싶으세요? 마스터 그렇게 안 봤는데 사람이 어쩜 그렇게 매정해요? 카페 일만으로도 힘드실 텐데, 지배인님께 그러면 안 되는 거 아니에요? 가족 같은 분이라면서요? 그거 다 뻥이죠?"

더 이상 버텼다간 또 무슨 말이 나올지 몰라 진하가 한발 물러섰다.

"부려먹는 게 아니라……."

"아니면요?"

진하가 불현듯 입을 꾹 다물었다. 어떻게 된 게 그녀와 대화를 하다 보면 매번 맥락을 떠나 전혀 엉뚱한 결론이 나오곤 한다. 그리고 이미 잔소리를 시작한 정원은 누구도 막을 수 없었다. 보다 못한 진하가 버릇처럼 나직이 한숨을 쉬었다.

"은 매니저가 안 그래도 쉴 겁니다. 안 그럼, 내가 뭐하러 지배인님까지 모셨겠습니까."

"어제처럼 또 무리해서 어디 가지 말고, 꼼짝 않고 쉬면서 밥도 약도 잘 챙겨 먹을 거죠?"

"약은 이제……."

말 떨어지기 무섭게 정원의 눈꼬리가 상큼 올라갔다. 움찔한 진하가 저도 모르게 냉큼 대답했다.

"아, 먹습니다. 먹어요. 됐습니까?"

끝까지 대답을 받아낸 정원이 그제야 의기양양하게 웃으며 진하를 놓아주었다. 아무튼 참 쉬운 여자였다. 그럼에도 세상 그 누구보다 어렵다.

김 이사가 문득 정원을 돌아보았다. 대충 사정은 들었지만 지난 삼 년간 아무도 해내지 못한 일을 아무렇지도 않게 하고 있는 그녀가 새삼 신기했다. 진하가 위층으로 올라가고 김 이사가 씩씩하게 웃으며 싱크대로 향하는 정원에게 물었다.

"마스터가 정말 어렵지 않습니까?"

"어려워요?"

커다란 고무장갑을 끼며 정원이 외려 되물었다. 김 이사가 나란히 싱크대 앞에 서서 말했다.

"아무래도 말 걸기 쉽지 않았을 텐데……."

"역시 지배인님은 잘 아시네요. 그래도 뭐, 이제 대답은 곧잘 하는걸요. 처음 만났을 때 생각하면 지금은 양반이에요."

"그렇습니까."

"그럼요."

크게 고개를 끄덕이며 설거지를 시작한 정원이 거품이 묻은 그릇들을 자연스럽게 옆으로 옮겼다. 그릇을 받아 헹구며 김 이사가 빙긋 웃었다.

"내가 보기엔 그다지 달라 보이지 않던데, 은 매니저 혼자 생각 아닙니까?"

"그럴 리가. 제가 그렇게 눈치가 없는 줄 아세요? 먼저 입을 여는 법이 없어서 그렇지, 이젠 대놓고 무시하지는 않거든요?"

"오호, 마스터가 대놓고 무시를?"

차갑고 무심해서 그렇지 기본적인 예의는 칼같이 지키는 진하였다. 다만 일말의 여지없이 잘라내는 통에 누구도 쉽게 다가서지 못할 뿐. 그런 진하가 처음부터 말 한마디 없이 무시를 했다니 쉽게 믿기지 않았다.

그녀가 갑자기 거품이 잔뜩 묻은 주먹을 꾹 쥐며 중얼거렸다.

"아우, 말도 마세요. 처음엔 진짜, 그냥 확……!"

순간 낯익은 목소리가 정원의 말을 뚝 끊고 끼어들었다.

"확, 뭐요."

"엄마야!"

놀란 정원이 화들짝 고개를 돌렸다.

"아놔! 갑자기 뭐예요! 올라가신 거 아니었어요?"

"위에 커피 떨어진 게 생각나서 왔습니다."

김 이사가 놀라지도 않고 덤덤하게 물었다.

"뭐, 더 필요하신 건 없으십니까."

"아니요, 커피면 됐습니다. 그런데 두 분에서 나란히 제 얘기를 하고 있을 줄은 몰랐네요."

지레 놀란 정원이 딱 잡아뗐다.

"마스터 얘기 안 했거든요?"

"정말입니까."

"그럼 정말이죠! 마스터가 아니라, 제 얘기를 하고 있었는걸요."

"……."

"그 눈빛은 뭐죠?"

진하가 돌연 주방문에 슬쩍 기대섰다. 그리고 빙글빙글 약을 올렸다.

"그럼 계속해 보시죠. 은 매니저 얘기. 확, 뭐요?"

"그게……!"

정원이 말끝을 흐리며 동그란 눈을 깜박거렸다. 그리고 냅다 억지를 썼다.

"아, 몰라요! 마스터가 갑자기 나타나는 바람에 놀라서 까먹었어요."

"정말입니까."

정원이 눈에 힘을 꽉 주고 자못 비장한 얼굴로 고개를 끄덕였다. 어이없을 만큼 뻔뻔한 표정에 진하는 내심 실소를 흘렸다. 이젠 뭐 조금만 불리하면 배 째라, 벅벅 우기는 것도 참 잘한다.

'훗, 애도 아니고.'

굳이 따지지 않고 넘어가는 분위기에 정원이 새삼 눈을 굴렸다. 그리고 기다렸다는 듯 덥석 꼬투리를 잡았다.

"그런데! 아픈 사람이 커피는 무슨! 따뜻하게 차 마셔요, 차."

"아니……."

당황한 진하가 흠칫 한걸음 물러섰다. 하지만 정원은 그렇게 호락호락 물러설 생각이 없었다. 고무장갑을 냅다 벗어던진 그녀가 후다닥 냉장고를 뒤졌다.

"이거, 우리 큰엄마가 담가 준 유자찬데 완전 맛있어요."

정원이 미적미적 거절하는 진하에게 다짜고짜 유자차를 쥐여 주었다. 그러고는 생글거리며 모른 척 다시 묻는다.

"또, 뭐요?"

"아니, 됐습니다."

"그럼 푹 쉬세요."

커피 가지러 왔다가 졸지에 유자차를 얻은 진하가 낮게 한숨을 쉬었다. 믿었던 김 이사마저 멀뚱멀뚱 지켜보기만 할뿐, 도무지 도와줄 기색이 아니었다. 문 앞에서 잠시 머뭇거리던 진하가 고개를 저으며 돌아서는 모습을 정원이 흐뭇하게 바라보고 있었다.

"아무튼 이기지도 못할 거면서 고집은……."

정원이 내던졌던 고무장갑을 다시 들며 의기양양하게 웃었다. 옆에서 듣고 있던 김 이사의 입가에 기분 좋은 미소가 떠올랐다.

"우와! 역시……. 지배인님 커피도 엄청 맛있어요. 잘은 모르지만 마스터 커피랑 똑같은 거 같아요. 괜히 지배인님이 아니셨어."

"그렇습니까."

카페 오픈 준비를 마치고 자리에 앉은 정원이 커피를 마시며 연신 감탄을 내뱉었다. 김 이사가 빙긋 웃으며 정원을 보았.

기실 커피도, 와인도 김 이사에게 배운 진하였다. 그러니 맛도 깊이도 닮을 수밖에 없었다. 커피를 마시던 정원이 문득 떠오른 질문을 했다.

"그런데 마스터 대신이라니, 이렇게 갑자기 일을 맡으셔도 괜찮으신 거예요?"

"괜찮습니다."

설명 없이 짧은 대답조차도 진하와 똑 닮았다. 가족 같은 사이라더니 이건 뭐 부자지간이라고 해도 믿겠다. 내심 낮게 한숨을 내쉰 정원이 다시 물었다.

"다른 일은 없으세요?"

"있어도 괜찮습니다."

대답만 잘하면 뭐하나, 답답하기는 매한가지. 그나마 냅다 브레이크를 거는 진하보다는 호의적인 분위기에 정원의 질문이 계속 이어졌다.

"지배인님, 원래 여기서 일하시는 거 분명해요?"

"보면 모릅니까."

"아니, 그래도 이건 뭔가 좀…… 이상하잖아요."

"뭐가 말입니까."

"정말 안 이상하세요? 지배인님 같은 분이 왜 여기서 땜빵을……."

자못 노골적인 어휘 선택에 김 이사의 눈매가 가볍게 휘었다.

"아, 그게 그러니까……."

아무튼 생각 없이 툭툭 튀어나오는 말이 그녀 자신도 감당이 안 될 지경이었다. 설명하기를 포기한 정원이 커다란 눈을 끔뻑이며 배시시 웃었다.

"제 말은, 지배인님은 이런 작은 카페에서 일할 분 같지 않단 말이죠."

"그걸 은 매니저가 어떻게 압니까?"

김 이사의 눈가에 제법 짓궂은 기색이 떠올랐다. 그나마 진하처럼 싸하게 굳어지지 않아서 다행이었다. 정원이 싱긋 웃으며 종알거렸다.

"느낌이라는 게 때로 더 정확한 법이랍니다."

"하하, 그렇군요."

정원이 기분 좋게 웃는 김 이사를 어이없는 눈으로 바라보았다. 그리고 뭔가 더 묻기를 포기하고 투덜거렸다.

"응? 뭐가 이렇게 싱거워요? 그렇게 바로 인정을 해 버리시면 제가 더 할 말이 없잖아요."

그녀를 보며 웃는 김 이사의 눈빛이 마치 아빠처럼 따스했다. 그 아득한 웃음에 정원은 이유도 없이 코끝이 시큰해졌다. 왜 저렇게 따뜻한 눈으로 바라보는 것일까. 그 무조건적인 신뢰가 너무나 따뜻하고 단단해서 눈물이 나올 것만 같았다.

음악을 걸고, 책을 집어 든 김 이사가 말없이 커피를 마셨다. 그 모습조차도 평소의 진하와 다를 바 없이 똑 닮았다. 그가 나이 들면 딱 저런 모습일 것 같았다.

물론 김 이사는 훨씬 여유롭고 넉넉한 느낌이었다. 사람에게 거리를 두고 밀어내지도 않았다. 그럼에도 언뜻 느껴지는 분위기가 그랬다. 정원은 문득 진하의 본래 모습도 김 이사와 비슷하지 않을까 하는 생각을 했다.

'어쩜, 수상한 것도 똑같니.'

보이는 것이 전부가 아닌 느낌. 진하가 카페 주인답지 않은 것처럼, 김 이사 또한 절대 카페 지배인처럼 보이지는 않았다.

'뭐, 내가 상관할 일은 아니지만…….'

사실 뭔가 더 안다고 달라질 것도 없었다. 정원이 미처 풀리지 않는 의문들을 털어내며 꽃들이 하늘거리는 테라스로 시선을 돌렸다.

'여기서 더 바라면 그야말로 욕심이지. 안 그래?'

커피를 홀짝이며 햇살이 들이치는 카페 마당을 내다보던 정원은 새삼 신기하다는 생각을 했다. 인생사 새옹지마라, 이렇게 여유롭게 앉아 이름도 복잡한 스페셜한 커피를 물처럼 마시게 될 날이 올 줄은 꿈에도 몰랐다.

그녀에게 커피는 피곤할 때 가끔 마시는 달달한 자판기 커피가 전부였다. 사는 게 바빠 느긋하게 앉아 커피 한 잔 마실 여유도 없었던 것이 사실이었다.

또래 친구들이 커피 전문점에 앉아 수다를 떨 때, 정원은 아이들 과외에 바빠 정신없이 뛰어다녔고, 아빠의 간병에 항상 잠잘 시간도 부족했다. 그래도 정원은 친구들이 누리는 여유가 부럽지 않았다. 누군가를 부러워하기엔 눈앞에 닥친 일들이 너무나 아득해서 작은 일에도 그저 감사할 따름이었다.

선환이 다른 날보다 좀 덜 아프면 그것만으로도 행복했고, 어려운 형편에 과외가 끊이지 않아서 고마웠다. 그리고 6개월 시한부 선고를 받았던 선환이 1년을 넘기고, 다시 1년을 더 머물러 줬을 때 정원은 더 이상 아무것도 바라지 않았다.

마지막 순간까지 최선을 다해 곁에 있어 준 아빠를 위해 정원은 자신이 할 수 있는 모든 것을 했다. 미련도, 후회도 남기지 않도록. 그래서 끝까지 웃으면서 선환을 보내 줄 수 있었다.

그렇게 마음의 준비를 할 수 있도록 기다려 준 그의 깊은 사랑을 알기에 정원은 세상 무엇도 부럽지 않았다.

　세상에 사랑보다 더 큰 선물은 없었다. 그리고 그 사랑이 때로 작은 기적을 만들어 내기도 했다. 6개월을 선고받고도 정원의 곁에 더 오래 머물렀던 아빠와의 시간처럼.

　다른 듯 같은 하루가 조용히 흘러갔다. 진하는 점심에도 저녁에도 내려오지 않았다. 김 이사의 말로는 정원과의 약속을 지키기라도 하는 것처럼 내리 잠을 잔다고 했다. 잠도 먹으면서 자야 된다는 정원의 성화에 잠깐 깨서 식사만 간단하게 하고 다시 잠이 들었다.

　'무슨 잠을 그렇게 자니.'

　정원도 가끔 많이 피곤하면 몰아서 자기는 했다. 하지만 진하는 그 정도가 아니었다. 그냥 진짜 내리 잠만 잤다. 열도 없고, 더 이상 아픈 것도 아니라고 김 이사가 말해 줬지만 정원은 왠지 마음이 좋지 않았다.

　그동안 밀린 잠이 얼마나 많은 것일까. 도대체 무슨 일로 그렇게 세상 끝난 사람처럼 스스로를 방치하며 사는 것일까. 멀쩡한 척, 괜찮은 척, 척만 했지 제대로 된 게 하나도 없었다.

　여전히 진하에 대해 아는 것이 하나도 없는데 정원은 마냥 속이 상했다. 그저 알아지는 것들이 마음에 겹겹이 쌓여 답답함을 더한다. 아무것도 모르는데, 그저 알아지는 마음이라니. 기가 막혀 허탈한 웃음이 나왔다.

다음 날은 기운을 좀 차린 듯 진하도 종종 카페에 내려와 어슬렁거렸다. 하지만 날이 저물고 어둠이 내려앉자 코빼기도 비치지 않았다. 정원은 혹시 찾아올 윤주와 거리를 두는 것이라 생각했다. 하지만 김 이사와의 일이 있은 후, 윤주는 카페에 찾아오지 않고 있었다.

저녁 내내 드로잉을 들여다보던 현성이 뒤늦게 진하의 안부를 물었다.

"형은 오늘도야?"

빈 테이블을 정리하던 정원이 무심코 대답했다.

"낮에 잠깐 내려왔었어."

"이제 좀 괜찮아?"

"그런 거 같아."

마침 카운터에 나타난 김 이사를 발견한 현성이 내처 물었다.

"지배인님, 형이 저도 안 본대요?"

"그럴 리 있겠습니까."

"그러니까 말이죠. 그런데 일어났다면서 왜 안 보여요?"

"내일은 나오실 겁니다."

"그럼 아저씨는……."

꼬박꼬박 지배인님이라고 부르던 현성의 얼굴이 불현듯 진지해졌다. 김 이사가 빙긋 웃으며 아무렇지도 않게 대답했다.

"네. 내일 갑니다."

싱크대에 빈 컵들을 내려놓으며 두 사람의 대화를 흘려듣던 정원이 반짝 고개를 들었다.

"응? 벌써 가세요? 한동안 계속 나오시는 거 아녔어요?"

진하 곁에 있는 것이 너무나 당연하고 자연스럽게 느껴지는 어른이었다. 그래서 정원은 김 이사가 좀 더 오래 머무를 줄 알았다. 하지만 놀라는 그녀와 상관없이 김 이사는 담담했다.

"애초에 마스터가 일어날 때까지만 있기로 하고 온 겁니다."

"칫, 무슨 지배인이 그래요."

왠지 모를 서운함에 정원이 입술을 삐죽거렸다. 물론 김 이사는 처음부터 진하가 쉬는 2-3일 정도만 일을 봐줄 것이라 했다. 그럼에도 정원은 진하의 곁을 든든하게 지켜주는 김 이사가 좀 더 머무르기를 바랐다. 그렇게라도 그의 곁에 누군가 있어 줬으면 싶었다.

김 이사가 그제야 빙글 웃으며 짓궂게 물었다.

"마스터가 아닌 저랑 같이 있고 싶으십니까."

"아니, 그런 건 아니지만……!"

넙죽 대답하던 정원이 멈칫 김 이사의 눈치를 보며 말을 골랐다.

"아니, 아니. 물론 지배인님도 좋아요. 그런데 마스터가 또 아프면……."

옆에서 듣고 있던 현성의 눈빛이 낮게 가라앉는다. 전혀 다른 두 사람의 반응을 지그시 바라보던 김 이사가 담담하게 웃었다.

"이제 괜찮을 겁니다."

"그래도 옆에 누가 있으면 안심이 되잖아요. 마스터는 너무 혼자 있는 거 같단 말이죠."

급기야 정원이 눈치 없이 넙죽 속내를 드러냈다. 그 솔직한 마음에 김 이사의 눈빛이 잔잔하게 흔들렸다.

"걱정되십니까."

잠시 할 말을 찾는 듯 멀뚱히 김 이사를 바라보던 정원이 배시시 웃었다.

"뭐, 그렇다기보다는……. 그렇죠. 헤헤."

"니가 형 걱정을 왜 해?"

보다 못한 현성이 불쑥 끼어들었다.

"왜 하기는, 몰라서 묻니?"

"그럼 아는데 물을까 봐?"

아이처럼 심통을 부리는 현성을 샐쭉 노려본 정원이 뻔뻔하게 말했다.

"내 밥줄이시다. 왜!"

"너 진짜……!"

"진짜 뭐?"

"야!"

참다못한 현성이 버럭 소리를 질렀다.

"이보세요, 손님. 여기 일은 신경 끄시고, 하던 일이나 마저 하시죠?"

"은정원, 너 정말……!"

그제야 장난기를 거둔 정원이 정색을 하고 말을 잘랐다.

"지배인님도 계신데 또 시작할래?"

"나중에 다시 얘기하자."

"난 더 할 얘기 없거든?"

현성 못지않게 고집스러운 정원의 눈빛이 단호했다.

아웅다웅하며 자리로 돌아가는 두 사람의 모습이 허물없이 친근해 보였다. 그런 두 사람을 바라보는 김 이사의 시선이 말없이 깊어졌다.

카페 문을 닫고 마지막 점검을 마친 정원이 카운터를 제외한 실내등을 전부 내렸다. 와인 바를 정리하고 린넨 수건을 내려놓은 김 이사가 정산 중인 정원을 보며 담담하게 말했다.

"오전 일찍 가게 돼서 내일 아침은 함께 못 할 것 같습니다."

"그렇게 갑자기……."

"그러게요."

짧게 대답한 김 이사가 가타부타 말없이 따스하게 웃었다.

올 때도 뜬금없더니 갈 때도 너무나 갑작스러워서 정원은 순간 무슨 말을 해야 할지 생각이 나지 않았다. 익히 알고 있었는데도 정작 그가 떠난다고 생각하니 순간 가슴 한편이 서늘해진다. 언제 이렇게 정이 든 것일까.

이유 없이 시큰거리는 감정에 정원이 커다란 눈을 깜박거렸다. 짧은 시간 너무나 익숙하고 편안하게 다가들어서 당황스러울 지경이었다.

'주책이야.'

어찌 보면 진하 못지않게 말을 아끼는 어른이었다. 정원은 끊임없이 무언가 떠들었지만 정작 김 이사는 그 어떤 말도 길게 하지 않았다. 그럼에도 정원은 그가 참 좋았다.

그저 곁에서 묵묵히 그녀의 말을 들어 주고 웃어 주는 것만으로도 위안이 되는 사람이었다. 따로 노력하지 않아도, 굳이 신경 쓰지 않아도 있는 그대로 따스하게 품어 주는 가슴이 넓어서 마치 기억속의 아빠처럼 든든하고 편안했다.

애써 감정을 추스른 정원이 코끝을 찡그리며 조심스레 물었다.

"다음에 또 뵐 수 있겠죠?"

"그럴 겁니다."

"정말이죠?"

"약속하겠습니다."

제법 단호한 김 이사의 대답에 정원이 그제야 환하게 웃었다.

"다행이다."

그 솔직한 마음에 김 이사의 입가에도 따스한 미소가 번졌다. 그리고 마음을 담아 진심으로 인사를 건넸다.

"고맙구나."

처음이었다. 항상 부담스러울 정도로 정중하던 그가 처음으로 말을 편하게 내려놓았다. 그 변화가 너무나 자연스러워서 정원이 얼핏 고개를 기울였다. 그리고 이내 활짝 웃으며 종알거렸다.

"지배인님은 뭐가 그리 맨날 고마우세요. 별것도 아닌 일에 괜히 사람 민망하게."

"그래도 고마운 건 고마운 거지."

"네, 네. 저도 고맙습니다."

정원이야말로 김 이사에게 고마운 것이 많았다. 오랜만에 느끼는 든든함과 따스함, 그리고 무조건적인 믿음. 그런 사람이 늘 혼자인 진하 옆에 있다는 것이 다행스러웠다. 세상에 외따로이 홀로 서 있는 것 같은 그의 곁을 그래도 누군가 지켜 준다는 사실이 못내 고마웠다.

무엇보다 그 고마운 사람이 이렇게 따스하고 넓은 가슴을 가지고 있어서 마음이 놓였다. 늘 홀로 버티는 그가 기댈 수 있는 사람 같아서 더 좋았다. 배시시 웃는 정원을 물끄러미 바라보던 김 이사가 진심을 담아 당부했다.

"마스터를 잘 부탁한다."

"그럼요! 걱정 마세요. 이제 지배인님도 안 계신데 당연히 제가 신경 써야죠."

씩씩하게 고개를 끄덕이는 정원의 미소가 더 없이 환했다. 그 환한 미소에 김 이사의 마음도 덩달아 밝아지는 기분이었다. 그리고 그 단단한 마음에 다시 한 번 기대를 걸어 보기로 했다. 아픔 없이 모두가 행복해지기를.

28. 각자의 최선

정원에게 말한 것과 달리 김 이사는 카페 문을 닫고 이층으로 올라가 바로 돌아갈 준비를 했다. 진하의 연락에 열 일 제치고 달려왔지만 자리를 오래 비울 수 없는 입장이었다. 부재중인 대표를 대신해 해야 할 일이 많았다.

그나마 쉬는 동안 진하가 밀린 업무를 처리해 놓고 있었다. 하루도 안 되어 보류 중인 투자 결정들을 검토하고 말끔히 처리하는 그의 업무 능력은 변함없이 완벽했다. 다른 건 몰라도 일에 관해선 여전히 날카로운 감각을 발휘한다.

준비를 마친 김 이사가 휑한 2층 소파에 진하와 마주 앉아 있었다. 남은 업무에 대해 간략하게 브리핑을 하던 진하가 문득 고개를 들었다.

"더 하고 싶은 말이 있으십니까."

"제가 무슨 말을 할지 알고 계실 텐데요."

"그 문제는 더 이상 거론하지 않았으면 좋겠습니다."

일말의 여지도 없이 단호한 거절에 김 이사의 눈빛이 더욱 깊어졌다. 그리고 이내 마음을 다잡고 잘라 말했다.

"놓치지 마십시오. 꼭 잡았으면 좋겠습니다. 그래야 하고요."

"김 이사님."

더 없이 정중한 말투에 시리도록 차가운 벽이 느껴졌다. 하지만 진하가 그럴수록 김 이사는 오히려 더 절실해졌다. 이번 만큼은 절대 물러설 수 없었다.

"대체 뭐가 문젭니까. 대표님 자신만 생각하세요. 전 문제 될 게 없다고 생각합니다."

"정말 몰라서 그러십니까."

"현성 군 말입니까. 저도 압니다. 알지만, 굳이 문제 삼을 필요는 없잖습니까."

"어떻게 그런……!"

순간 진하의 눈빛이 크게 흔들렸다. 김 이사는 그 어떤 순간에도 흔들림 없이 믿고 기다려 준 사람이었다. 그런 그가 처음으로 진하의 결정에 반대를 하고 있었다.

"핑계대지 마십시오. 사람 마음이 어디 마음대로 된답니까. 앞일은 누구도 모르는 겁니다. 어찌 시작도 해 보지 않고 포기하십니까. 그러지 마세요. 그런 분 아니잖습니까."

"그만하시죠."

"현성 군은 그렇다 치고, 정원 양 마음은요? 정원 양도 같은 마음입니까? 분명합니까?"

"아저씨!"

"사람 마음이 마음대로 되면 복잡할 것도 없겠지요. 그런 식이면 윤주 씨도 가능한 거 아니겠습니까."

"그건……!"

급기야 진하의 평정심이 와르르 무너져 내렸다. 하지만 김 이사는 멈출 생각이 없었다. 진하를 다시 제자리에 돌려놓을 수만 있다면 그는 못 할 일이 없었다.

"거 보십시오. 대표님도 안 되는 걸 정원 양에게 강요할 생각입니까."

"그렇게 쉽게 말할 수 있는 일이 아닙니다."

"어려울 건 또 뭡니까. 제가 보기엔 현성 군과 정원 양은 아닙니다. 적어도 정원 양 마음은 분명해 보였습니다."

김 이사는 확신할 수 있었다. 무엇보다 정원은 자기감정을 숨기는데 능숙한 아이가 아니었다. 그런데 그의 말에도 진하는 전혀 흔들리지 않았다.

'설마……'

순간 김 이사는 자신이 뭔가 잘못 생각했다는 것을 깨달았다.

진하는 월스트리트라는 피 튀기는 인간 정글에서 정상에 오른 사람이었다. 온갖 루머와 협잡이 난무하고, 앞에서 웃으며 뒤로 비수를 꽂는 것이 비일비재한 세상에서 누구보다 빛나게 성공한 '미다스의 손'이기도 했다.

그런 그가 자신의 감정 하나를 숨기지 못하고 해맑게 웃는 정원의 마음을 모를 리가 없는 것이다. 김 이사도 아는 것을 같이 생활하는 진하가 모른다는 것은 말이 안 됐다. 뒤늦은 깨달음에 김 이사의 눈빛이 날카롭게 빛났다.

"알고 계셨군요. 그런데 왜……!"

하지만 진하는 시인도 부정도 하지 않고 고집스레 입을 꾹 다물었다. 알면서도 외면할 수밖에 없는 그의 마음이 순간 고스란히 느껴졌다. 말없이 마주 보고 선 두 사람 사이에 시린 바람이 불었다. 애써 마음을 추스른 김 이사가 독하게 말을 이었다.

"피하지 마십시오. 알면서도 피하는 건 비겁한 겁니다. 제가 아는 대표님은 그런 분이 아닙니다. 이제 와 이 사람 실망시키지 마십시오."

"이미 다 끝난 일입니다. 김 이사님이야말로 미련을 버리세요."

"선택은 정원 양이 하는 겁니다. 현성 군도, 도련님도 정원 양의 마음을 결정할 권리 따위 없습니다. 모르십니까."

"그래도 안 됩니다. 내가 어떻게…… 무슨 자격으로……."

김 이사는 지금껏 그저 믿거니 했던 자신의 안일함에 다시 한 번 가슴이 무너졌다. 잘 견디려니, 잘 버티려니, 그렇게 기다리다 보면 언젠가는 예전 모습 그대로 돌아오리라 믿었다. 그런데 언제 이렇게나 멀리 와 버린 것일까.

"도련님이 뭐가 부족해서! 대체 뭐가 문젭니까. 왜 이렇게까지……."

진하를 바라보는 김 이사의 눈빛이 정처 없이 흔들렸다. 차마 맺지 못한 말속에 애타는 마음이 절절이 묻어난다. 그 안타까운 울림에 진하가 희미하게 웃어 보였다.

"아시잖아요. 나한텐 이제 아저씨밖에 없는 거. 더 이상 누구도 잃고 싶지 않아요."

못내 하지 못했던 말을 덥석 뱉고 나자 가슴 한편이 서늘하게 내려앉는 기분이었다. 김 이사가 차마 말을 잇지 못하고 진하를 망연히 바라봤다.

'죄송합니다. 이렇게밖에 하지 못해서……'

김 이사의 마음을 누구보다 잘 아는 진하였다. 하지만 끝내 뱉어 버린 말속에 녹아 있는 그의 상처는 말로 다 할 수 있는 것이 아니었다. 너무나 오래되어 그 자신도 어쩌지 못하는, 그 근원조차 찾기 어려운 뿌리 깊은 두려움이기도 했다.

어릴 때도, 부모님이 모두 돌아가신 그 사고 속에서 혼자 살아남았다고 한다. 그런데 사랑하는 사람까지 눈앞에서 잃어버리고 혼자 살아남았다. 든든한 후원자로 그의 곁을 지켜주던 조부모님조차 그가 대학을 졸업하던 해, 할 일을 다 했다는 듯 차례로 눈을 감았다.

그가 사랑했던 사람들은 그렇게 항상 가장 가까이에서 허망하게 떠나 버렸다. 차마 붙잡을 틈도 없이.

진하는 살아남은 것이 결코 기쁘지 않았다. 어쩔 수 없는 사고임을 알면서도 사랑하는 사람을 지켜내지 못한 스스로가 원망스러웠다.

사실 진하는 어릴 적 사고도, 삼 년 전 그날의 일도 기억하지 못했다. 그저 품안에서 식어가던 사랑하는 사람의 마지막 모습만이 선명하게 남아 있을 뿐. 그가 정신을 차렸을 땐, 모든 일이 끝나 있었다. 사고 당시의 상황도, 그 이후의 일들도 까마득했다.

남보다 뛰어난 머리로 잊는 것보다 기억하는 것이 쉬운 그로서도 어쩔 수 없는 기억의 공백이 존재했다. 외상 후 스트레스 장애, 무의식 깊이 상처로 남은 트라우마였다.

어릴 때는 죽음이 뭔지 몰라 울지 못했고, 커서는 기막힌 현실에 눈물조차 나지 않았다. 그리고 사랑하는 사람을 잃어버린 그날, 그의 세상도 결국 무너졌다. 그렇게 그의 마음도 함께 산산이 부서져 죽어 버렸다.

살아도 사는 것 같지 않은 하루가 끝없이 이어졌다. 다시 홀로 남겨진 세상에서 더 이상 어떻게 살아야 할지 알 수가 없었다.

그런데 잃어버린 봄이 어느 날 소리도 없이 다시 찾아왔다. 그리고 끝날 것 같지 않았던 악몽의 끝에서 잃어버린 사랑이 환하게 웃으며 떠나갔다. 그 시린 미소에 지금껏 흘리지 못했던 눈물이 울컥 넘쳐 버렸다. 그렇게 다시 멈췄던 심장이 뛰기 시작했다.

진하는 그저 바라보고만 있어도 좋았다. 황량하게 빈 가슴으로 그 사랑을 잡을 수는 없었지만, 지켜줄 수는 있으리라 생각했다. 무엇보다 진하는 더 이상 사랑하는 사람을 잃고 싶지 않았다. 그리 마음먹었다.

하지만 세상일은 계획대로만 되는 것이 아니었다. 그의 눈에 예쁜 사람이, 김 이사의 눈엔들 아니 예쁠까. 누구보다 그를 잘 아는 김 이사가 눈에 보이는 변화를 모를 리 없었다.

그럼에도 언제나 냉정함을 잃지 않는 김 이사가 이렇게 무작정, 이유 불문 밀어붙일 줄은 몰랐다. 그 간절함에 굳게 먹은 마음이 기어이 흔들렸다. 그래서 끝내 해서는 안 될 말까지 해 버렸다.

그에 대해 잘 아는 만큼 어렵게 뱉어낸 말의 의미에 누구보다 가슴 아파할 사람이었다. 하지만 그럼에도 불구하고 진하는 정말 더 이상 누구도 잃고 싶지 않았다. 그게 사랑이든, 사람이든.

'아저씨, 나는 더 이상 누구도 잃을 수 없습니다. 이게 나의 최선입니다.'

다들 아플 만큼 아팠고, 다칠 만큼 다쳤다. 진하는 누구에게도 상처를 주고 싶지 않았다. 그로 인해 아파하는 사람도 없기를 바랐다.

진하는 지금 이대로 그저 사랑이면 되었다. 그로 인해 누구도 힘들어지는 것을 바라지 않는다. 그 사랑이 그로 인해 다치는 것도 용납할 수 없었다.

'이번만큼은 꼭 지킬 겁니다.'

아픈 것도, 힘든 것도, 오로지 그가 감내해야 할 몫이라고 생각했다. 그렇게 지켜 주고 싶은 사람이고, 사랑이었다.

사랑을 굳이 소유할 필요는 없다. 그 사랑을 지킬 수만 있다면 외로워도 좋았고, 혼자여도 좋았다. 지금까지 쭉 그래 왔듯이 변한 것은 없었다.

먹먹한 눈으로 진하를 바라보던 김 이사가 나직이 한숨을 쉬었다.

"도련님."

"현성이 때문이 아니라, 나 때문에 안 됩니다. 내가 더 이상 할 수 있는 게 없어요, 아저씨. 내가 지금 그래요."

"……."

"그러니까 그만하세요. 이런 상태로는 아무것도 할 수 없어요. 나도 내가 이렇게까지 바닥일 줄은 몰랐습니다."

자조어린 진하의 눈빛이 까맣게 가라앉았다. 그리고 차마 뱉어내지 못한 말을 조용히 삼켰다.

'빈껍데기만 남은 내가 과연 뭘 할 수 있을까요.'

하지만 김 이사는 포기할 수 없었다. 세상에 자식을 포기하는 부모는 없는 법이다.

"해 보지도 않고 왜 안 된다고만 생각하십니까. 우선 뭐라도 해 보세요. 마음 가는 대로. 그러면 되는 겁니다."

"내 욕심으로 아무것도 모르는 그 사람을 힘들게 하고 싶지 않아요. 현성이가 누구보다 잘할 겁니다. 맑고 예쁜 사람입니다. 안 그래도 힘든 일이 많은 사람이에요. 나까지 짐이 될 수는 없습니다."

진하가 지친 얼굴로 마른세수를 하며 나직이 중얼거렸다. 자신의 바닥을 날것 그대로 드러내는 것도 참 오랜만이었다. 녹이 잔뜩 슬어 멈춰 버린 기계를 억지로 움직이는 기분이랄까.

어색하고 낯선 기분에 새삼 힘이 부쳤다.

하지만 김 이사는 진심이 아니면 통하지 않을 사람이었다. 진심을 다해도 모자랄 사람이었다. 마지막까지 그가 믿고 의지할 수 있는 유일한 사람이기도 했다.

김 이사가 더없이 복잡한 눈으로 진하를 바라보았다. 그리고 무거운 한숨과 함께 간절한 마음을 담아 다시 한 번 말했다.

"현실적인 문제 같은 건 다 집어치우고, 그럼 이 사람을 위해 마음을 돌려주십시오. 해 보지도 않고 안 된다 생각하지 마세요. 제가 도와드리겠습니다. 누가 뭐라 해도 제가 막아 드릴 겁니다. 그러니 다시 한 번 부탁드립니다."

"정말 왜 이러세요. 내가 안 된다니까요. 그냥 이대로 지켜 주고 싶습니다. 난 그거면 돼요."

두 사람 사이에 먹먹한 침묵이 내려앉았다. 끝끝내 고집을 부리는 진하도, 절대 포기할 수 없는 김 이사도 물러설 수 없기는 마찬가지. 길게 심호흡을 한 김 이사가 지금껏 단 한 번도 입 밖으로 내지 않았던 마음을 꺼내 보였다.

"진하야."

"!"

"나는 너를 지금껏 마음으로 낳은 내 아들이라고 생각했다. 그래서 지금까지 네 곁을 지킬 수 있었지. 너는 아니냐."

진하가 차마 대답하지 못하고 입을 꾹 다물었다.

처음이었다. 기억조차 가물거리는 어린 시절부터 김 이사에게 진하는 돌봐주고 지켜야 하는 도련님이었다. 단 한 번도 다정하게 그의 이름을 불러 주지 않았다. 예전엔 그 점이 못내 서운하기도 했다. 하지만 이젠 그 모든 것들이 진하를 지키기 위한 김 이사의 진심인 것을 안다.

그래서 평생 마음에 담아두고만 있을 줄 알았다. 끝끝내 듣지 못할 말이라고 생각했다. 그런데 이제 와서 그가 마음으로만 불러온 진하의 이름을 입 밖으로 내고 있었다. 그만큼 절실했고, 그만큼 간절했다.

김 이사가 걷잡을 수 없이 흔들리는 진하의 눈을 똑바로 바라보며 천천히 말을 이었다.

"내 평생 단 한 번도 너를 마음에서 내려놓은 적이 없다. 그러니 나를 진정 아비와 같이 생각한다면, 이 아비를 위해서 한 번만, 이번 한 번만 져다오."

"……."

"믿고 기다리마. 이 아비의 마지막 소망이다. 부디 이번엔 오래 기다리지 않게 해 줬으면 좋겠구나. 부탁한다."

차마 대답할 수 없었지만 진하는 그가 정말 끝까지 기다릴 것을 알고 있었다. 하여 일말의 고민도 없이 내린 결정이 밑도 끝도 없이 흔들렸다.

평생 그의 보호자였고, 아버지이기를 마다하지 않았던 사람. 그의 간절한 부탁이 아프게 가슴을 친다.

진하를 온통 흔들어 놓은 김 이사는 다시 한 번 간곡히 부탁을 하고서야 어렵게 걸음을 돌렸다. 안 그래도 복잡한 속이 그로 인해 더욱 무거워진 진하는 밤새 잠을 이루지 못했다. 마음만으로 해결되지 않는 현실이 복잡다단하게 얽혀드는 밤이었다.

동틀 무렵 간신히 잠이 든 진하는 오픈 시간에 맞춰 카페로 내려왔다. 평소보다 늦은 시간이었지만 정원은 굳이 신경 쓰지 않는 눈치였다. 그보다 문이란 문은 죄 열어놓고, 진하가 내려온 것도 모른 채 딴 곳에 정신이 팔려 분주한 모습이었다.
"뭐 합니까."
"어? 오셨어요? 좀 늦으셨네요?"
"뭐가 그렇게 바쁩니까."
"보면 몰라요? 오픈 준비하죠."
"무슨 준비를……?"
눈앞에 펼쳐진 이상한 풍경에 진하의 눈매가 얼핏 가늘어졌다. 하지만 정원은 아랑곳하지 않고 신 나게 종알거렸다.
"아, 잘 모르시는구나. 요즘 기말시험 기간이라 손님이 늘었잖아요. 그래서 제가 메뉴를 좀 구상해 봤어요. 짜잔!"
정원이 보란 듯 자랑스럽게 웃으며 그때까지 열심히 닦고 있던 물건을 공개했다.
카운터 벽 쪽에 떡하니 처음 보는 작은 쇼케이스가 놓여 있었다. 그 안에 화려함을 자랑하는 쇼트케이크 몇 가지와 알록달록 마카롱을 비롯한 수제 쿠키가 예쁘게 진열되어 있는 것이 보였다.
어이없어 하는 진하의 표정이 보이지 않는지 정원이 신 나게 설명을 보탰다.

"지배인님과 상의해서 간단하게 디저트를 준비해 봤어요. 아무래도 커피만으로는 좀 허전하더라고요. 달달한 걸 찾는 손님도 종종 있고⋯⋯."

"그럴 필요 없⋯⋯."

뒤늦게 정신을 차린 진하가 버럭 인상을 썼다. 하지만 이미 그에 관해서라면 면역력이 넘치는 정원에겐 통하지 않았다.

"에이, 필요 없긴요. 손님이 찾으면 고민해 봐야 하는 게 당연하죠. 마침 지배인님이 계셔서 쉽게 해결했어요."

"그런 게 아니라⋯⋯."

"아, 마스터가 더 하실 일은 없어요. 제가 다 한다니까요? 그럼 되죠? 불만 없으시죠?"

정원이 절대 물러서지 않겠다는 듯 말똥말똥 눈을 맞추며 진하의 말을 막아섰다.

진하는 순간 뭐라 말을 해야 할지 막막함을 느꼈다. 그가 애써 불만을 말한들 이해할 것 같지도 않았다. 한풀 꺾인 진하의 눈빛에 정원이 의기양양하게 웃으며 조잘조잘 말을 이었다.

"근데 우리 부자재 들여오는 곳이 완전 큰 호텔 외식부더라고요. 알고 계셨어요? 덕분에 호텔 베이커리에서 몇 가지 따로 챙겨서 보내 주기로 했어요. 많은 양이 아니라서 기대 안 했는데 의외로 쉽게 오케이해서 놀랐다니까요? 정말 잘됐죠?"

아무것도 모르고 싱글벙글 웃는 정원의 눈빛이 아이처럼 해맑았다. 하지만 진하의 한숨은 오히려 더욱 깊어졌다.

'정말, 이렇게까지 하셔야 했습니까.'

카페에 변화를 주는 것. 지금까지 누구도 하지 않았던, 할 수 없었던 일이었다. 그런데 지금 누구도 시도하지 않았던 그 일이 너무나 당연하게 벌어지고 있었다.

 알면서 부러 저지른 김 이사의 진심이 더욱 분명하게 느껴졌다. 물러서지 않는 것은 물론, 그 어떤 방법도 불사하겠다는 의지의 표현이기도 했다.

 '그래도 제 마음은 변하지 않을 겁니다.'

 진하에게 카페는 신기루처럼 부서져 버린 꿈의 조각 같은 것이었다. 그래서 사실 오픈을 하면서도 사소한 부분까지 일일이 신경을 쓰지는 않았다. 구체적인 목표나 이유가 있는 것도 아니었다.

 삶이 나아갈 방향을 잃고 휘청거리던 그때, 진하는 그렇게라도 살아갈 이유를 만들어야만 했다. 그래야 매일 같은 하루를 견딜 수가 있었다. 처음 시작은 그랬다.

 그런 그가 일일이 부자재를 들여오고, 업체를 알아보는 수고를 할 리 없었다. 그렇다고 일류 호텔이 작은 카페와 따로 거래를 하는 것도 말이 안 되는 일이었다. 그럼에도 카페에서 쓰는 부자재와 식재료는 모두 호텔 외식부에 연결이 되어 있었다. 진하에게는 그 모든 것을 가능하게 하는 힘이 있었다.

 하지만 그런 사실을 알지 못하는 정원으로선 그저 일이 쉽게 풀렸다며 좋아할 따름이었다. 신 나게 오픈을 준비하는 정원을 바라보는 진하의 눈가에 얼핏 스산한 바람이 불었다.

 '아무튼 단순하긴.'

세상에 돈으로 불가능한 일은 많지 않았다. 하지만 정작 그에겐 넘치게 많은 그 돈이 정말 중요한 순간엔 아무런 쓸모도 없었다. 하여 진하에게 돈이란 그저 숫자에 불과할 따름이었다.

아무튼 김 이사 덕분에 진하는 두 손 놓고 정원이 하는 대로 지켜볼 수밖에 없었다. 아무것도 하지 말라는 그의 말도 이젠 더 이상 소용이 없는 것 같았다.

그녀는 끝없이 무언가를 계획하고 앞을 보며 나아간다. 그렇게 열심히, 치열하게, 오늘을 살아가는 사람이었다. 그래서 당연하게 살아 움직이는 그 오늘이 매순간 반짝반짝 빛나 보이는지도 모른다. 그녀 자신처럼.

"아, 애들 올 때 다 됐다. 얼른 밥 먹고 오픈하죠?"

얼핏 시간을 확인한 정원이 갑자기 부산을 떨었다. 한동안 오픈 시간을 지키기는 했어도 딱히 의미를 두지 않았던 진하가 얼핏 알 수 없는 단어에 지그시 미간을 모았다.

"애들?"

"자리 맡는다고 오픈 시간 맞춰서 칼 같이 오는 애들이 있어요. 안 그래도 예약은 안 되냐고 성환데, 동기가 불순해서 그건 안 된다고 딱 잘랐거든요. 잘했죠? 도서관보다 우리 카페가 더 좋대요."

종알종알 빠르게 이어지는 정원의 설명을 진하는 반도 이해할 수가 없었다. 하지만 그녀는 그의 의문을 풀어 줄 생각이 없어 보였다.

"제가 또 애들 다루는 데는 일가견이 있잖아요."

점점 미궁에 빠져드는 와중에도 누가 누구한테 애라고 하는 건지 얼핏 웃음이 나왔다.

"응? 그 웃음은 뭐죠?"

"글쎄, 그다지 다를 것 같지 않습니다만."

빠르게 밥상을 차리던 정원이 멈칫 진하를 흘겨보았다.

"헐, 그거 인종차별이거든요?"

뭔 차별? 순간 진하의 눈가에 어이없는 미소가 스쳤다. 이젠 뭐 너무나 익숙해서 당황스럽지도 않았다. 그녀가 스스로 뱉은 말에 코끝을 찡그리며 자연스럽게 말을 돌렸다.

"아무튼! 제가 대학 합격하자마자 과외를 시작해서 애들을 좀 오래 가르쳤거든요. 입시생 개인 과외부터 코찔찔이 꼬맹이들은 물론, 우아하게 취미 생활을 즐기시는 아줌마들까지. 나름 파란만장하죠. 그래서 이젠 대학생 제자들도 꽤 돼요. 몰랐죠?"

밥을 푸다 말고 휙 돌아본 정원이 우쭐한 얼굴로 씩 웃었다. 그녀가 하는 양을 멀뚱히 지켜보던 진하가 얄궂게 되물었다.

"알아야 합니까."

"아, 그게…… 네, 모르셔도 되죠. 암요, 칫!"

작게 콧방귀를 뀌며 팩 고개를 돌리는 그녀의 귓불이 빨갰다. 덩달아 진하의 입가에 걸린 미소도 아릿하게 깊어졌다.

화사하고 분주한 봄날의 막바지, 녹음이 짙어가는 계절. 정원의 말대로 오픈을 하자마자 우르르 학생들이 밀려들었다. 요

근래 도서관에 자리를 잡지 못한 아이들이 조용하고 눈치가 덜 보이는 카페를 찾아 삼삼오오 몰려다닌다는 설명이었다.

카페가 생긴 이래 가장 많은 손님이 종일 자리를 메운 주말이었다. 손님이 늘어난 것에 비해 매출이 확 오르지는 않았지만 카페 분위기만큼은 평소와 달리 활기차게 북적거린다.

특유의 밝고 소탈한 그녀의 분위기에 파릇파릇하게 의욕 넘치는 학생 놈(?)들이 꼬여드는 것은 말할 것도 없었다. 하지만 정원은 그것마저도 웃으며 아무렇지도 않게 다 받아주고 있었다. 말 그대로 애들과 애들처럼 잘 어울린다.

처음 정원이 애들 운운할 때는 진하도 그냥 그러려니 했다. 그런데 애들보다 더 애 같은 그녀의 모습에 왠지 점점 마음이 불편해졌다. 아이들 과외를 오래 했다더니, 이건 선생이 아니라 마냥 친근한 옆집 예쁜 누나 수준이다.

'이건 뭐, 파리 공장이 따로 없군.'

진하는 문득 한가롭고 조용한 카페가 그리워졌다. 이런 분위기라면 손님이 백만 배 늘어도 절대 반갑지 않았다. 사방팔방 뿌리고 다니는 환한 정원의 미소가 오늘따라 이유 없이 거슬렸다.

언제부턴가 진하는 자연스럽게 줄줄이 꼬이는 날파리들을 매서운 눈빛으로 해치우고 있었다. 정원의 성화에 카운터 바 앞으로 끌려 나온 것이 오히려 다행스러울 지경이었다.

세상에서 가장 치열한 인간 정글에서조차 타고난 승부사 기질로 킬러라 불렸던 진하였다. 그런 그가 작정한 이상 그 눈빛을 받아낼 만한 학생 나부랭이가 있을 리 만무했다.

그렇게 살벌하고 한가한 오후가 느릿하게 지나갈 무렵, 진하는 문득 자신의 모습에 기막힌 실소를 흘렸다.

'하, 지금 내가 뭐하고 있는 건가.'

진하는 순간 자신이 얼마만큼 유치해질 수 있는지 깨달아야만 했다. 밑도 끝도 없는 유치한 질투심에 홀로 의지를 불태우는 서진하라니. 스스로도 믿을 수가 없었다. 그야말로 머리털 나고 처음 해 보는 짓이었다.

'이젠 하다하다 별짓을 다 하는구나.'

기가 막혀 한숨도 나오지 않는다. 그럼에도 진하는 긴장의 끈을 놓을 수가 없었다. 그녀에게 닿는 사소한 시선조차 용납하고 싶지가 않았다. 그냥 자연스럽게 마음이 그랬다.

서진하의 은밀한 은정원 사수 작전(?)은 현성이 카페에 나타날 때까지 계속됐다. 정원의 앞에 떡하니 자리를 잡은 현성은 능숙하게 모든 시선에서 그녀를 차단시켰다. 왠지 모를 연륜이 느껴질 만큼 자연스러운 분위기가 감탄스러울 지경이었다.

'녀석 제법이네.'

진하는 그제야 마음을 놓을 수 있었다. 그냥 현성은 현성이고, 다른 놈들은 다른 놈들일 뿐이다. 무슨 차이가 있는지는 생각하고 싶지도 않았다.

카운터에 팔꿈치를 괴고 앉은 정원이 조용히 북적이는 카페를 느긋하게 훑어보았다.

'아무렴, 좋은 건 다들 귀신같이 알지.'

주인장의 독특한 성격 탓에 카페 <그꽃>은 종일 자리를 지켜도 눈치를 주지 않는다. 사실 누가 들어오든 말든 절대 신경 쓰지 않고 방치하는 수준이었다. 오히려 지금껏 입소문조차 나지 않은 것이 이상할 정도였다.

정원이 뒤에 앉아 책을 읽으며 묵묵히 버티고 있는 진하를 흘깃 돌아보았다. 나름 꽃미남의 광고 효과를 위해 그녀가 부득불 끌어다 앉혀놓은 것이었다. 하지만 정원은 이내 자신의 실수를 깨달아야만 했다.

'아니, 아무리 그래도 손님이 이렇게 많은데 어쩜 한 번 웃지를 않니.'

손님이 늘수록 진하의 눈빛은 오히려 더 차갑고 무섭게 가라앉았다. 간혹 사람들의 시선이 머물라 치면 찬바람 쌩쌩 부는 얼굴로 완전 날카롭게 노려보며 상대방을 긴장시킨다.

요 며칠 안면을 익힌 학생들이 정원에게 언니, 누나하며 친근하게 알은체를 했지만 그마저도 매서운 진하의 눈총에 머뭇거리며 물러서기를 여러 번. 어지간한 그녀도 그 부분만큼은 포기하고 말았다.

'어쩔. 이건 뭐, 오는 손님도 쫓아낼 기세로세.'

손님과 진하 사이에서 눈치를 보며 한나절을 보낸 정원이 새삼 맥 빠진 한숨을 내쉬었다. 이럴 바엔 커피머신 앞에 쿡 박혀 코빼기도 비치지 않는 것이 더 나을 뻔했다. 아무리 그림처럼 잘생겼대도 손님을 대놓고 무시하는 싸늘한 눈빛은 하등 도움이 되지 않는다.

그럼에도 정원은 기분이 나쁘지 않았다. 어찌됐든 손님이 많아지면 그만큼 소문도 날 것이고, 계기삼아 카페 재정도 조금쯤 나아지기를 기대했다. 카페에 가득한 손님들을 바라보는 정원의 눈가에 새삼 흐뭇한 웃음이 피어났다.

"뭐가 그렇게 좋아?"

스터디 중인 학생 그룹에 밀려 카운터에 자리를 잡은 현성이 설핏 인상을 썼다. 하지만 정원은 아랑곳하지 않고 싱글거렸다.

"손님이 많잖아."

"실속 없기는. 여기가 카페지 도서관이냐. 어떻게들 알고 여기까지 찾아왔는지……."

못마땅한 얼굴로 카페를 휘휘 돌아본 현성이 낮게 투덜거렸다. 그 모습에 정원이 쓱 물러나 앉으며 팔짱을 꼈다.

"쯧, 이렇게 시야가 좁아서야. 잠재적 고객 모르니? 시험 기간 끝나 봐라. 한 번도 안 마셔 봤으면 모르되, 한 번만 맛보고 끊기엔 우리 커피가 완전 죽인단다."

"뭐지? 이 난데없는 근자감은?"

"근자감이라니? 마스터 실력을 몰라서 그러니?"

"그렇게까지 수준 높은 학생 나부랭이가 있을까 싶다. 애들한테는 브랜드 커피가 딱이야."

빙글빙글 웃어넘기는 현성의 표정이 짓궂었다. 하지만 정원은 나름 자신이 있었다.

"어허, 모르는 소리. 사람 입맛은 다 똑같은 거란다. 나 봐,

내가 언제 커피 가리는 거 봤니? 근데 지금은 아니잖아."

"하긴, 그건 좀 의외였다. 언제는 자판기 다방커피가 진리라며?"

"그러잖아도 입이 나날이 고급화 되어서 걱정이지."

정원이 자못 심각한 얼굴로 홀짝거리던 커피잔을 바라보았다. 현성이 고개를 저으며 헛웃음을 지었다.

"카페에서 일하면서 걱정도 팔자다."

"그러게. 마음 같아선 평생 하고 싶은 일이다만."

"하면 되지, 뭐가 어려워서 고민이셔."

"아, 네."

남은 커피를 마저 비운 정원이 잔을 치우려 자리에서 일어났다.

'그러게 난 뭐가 이렇게 어렵니.'

누군가에겐 너무나 당연한 커피 한 잔의 여유가 정원에겐 아득하게 멀기만 한 꿈같았다. 행여 꿈처럼 사라질까, 새삼 가슴을 쓸어내리는 작은 행복이기도 했다. 하지만 눈앞의 현실은 소소한 행복에 취해 잊어버릴 만큼 녹록한 것이 아니었다.

그녀는 여전히 카페 휴게실에 더부살이 중이었고, 통장의 잔고는 제 몸 하나 누일 작은 방을 구하기에도 턱없이 부족했다. 그런 와중에 다른 꿈을 꾸고 계획을 세우는 것은 그야말로 꿈같은 일이었다.

현성은 물론 소중하고 고마운 친구였다. 하지만 그럼에도 불구하고 가끔 정원으로 하여금 잊고 싶은 현실을 떠올리게 만드는 재주가 있었다. 지금처럼.

하루 일과가 끝나고 마감을 준비하며 카페를 정리하는 늦은 밤. 진하와 나란히 서서 마지막 남은 설거지를 하던 정원이 불쑥 물었다.

"마스터, 바리스타 되는 거 어려워요?"

"좋아하면 안 어렵습니다."

고민 없이 가벼운 대답에 정원이 물끄러미 진하를 보았다. 린넨을 들고 물기를 닦는 그녀에게 나머지 컵들을 넘기던 진하가 말없는 정원의 시선에 고개를 갸웃했다.

"왜 그렇게 봅니까."

"마스터 기준으로 생각하면 뭔들 어려울까 싶어서요."

왠지 심상한 어조에 진하가 새삼 정원의 기색을 살폈다. 그리고 이내 빙긋 웃으며 설거지를 마치고 그녀와 함께 마른 수건을 들었다.

"꼭 세계적인 바리스타가 되겠다, 그런 거창한 건 아니잖습니까."

"그건 그렇죠."

기대하지 않은 대답에 정원이 흘깃 진하를 보았다.

"어느 분야든 정상에 서는 건 어려워요. 난 보편적인 기준을 말하는 겁니다. 모든 사람이 정상에 도전하는 건 아니니까요."

멀뚱히 그의 말을 듣고 있던 정원이 남은 컵들의 물기를 닦으며 잠시 생각에 잠겼다. 평소와 다를 것 없이 담담하고 무심하게 툭툭 뱉는 말인데도 묘하게 설득력이 있었다. 아무튼 이상한 데서 참 쉽고 명료하다.

한 점 얼룩도 없이 깔끔하게 닦인 컵과 와인잔들을 정리하던 정원이 싱긋 웃으며 다시 물었다.

"그럼, 기준을 마스터한테 두면요?"

정원은 마지막으로 카운터를 정리했고, 진하는 커피머신을 점검 중이었다. 스팀을 빼고 노즐을 닦아내던 그가 문득 고개를 들었다. 그리고 정원을 지그시 바라보며 씩 웃는다.

"그건……, 조금 어려울지도……."

"어라? 그 웃음은 뭐죠?"

정원이 삐죽 진하를 흘겨봤다. 하지만 말끝에 슥 묻어나는 미소가 한결 가벼웠다. 그렇게 또 평소와 다름없는 하루가 오늘도 무사히 끝나가고 있었다.

29. 카이와 겔다

 카페가 쉬는 월요일. 일찌감치 집에 다녀온 정원은 김 이사에게 말했던 대로 사골을 잔뜩 사 들고 와 이른 저녁부터 본격적으로 끓이기 시작했다.
 그녀가 종종대며 주방을 드나드는 소리에 얼마지 않아 원두를 개봉하려던 진하가 아래층으로 내려왔다. 그리고 활짝 열린 주방문에 기대서서 식탁 의자에 앉아 졸고 있는 정원을 어이없는 눈으로 바라보았다.
 '집에 가는 거 같더니, 이건 또 뭐하는 짓인가.'
 이제 그녀가 무슨 짓을 하든 놀랄 것 같지도 않았다. 오히려 조용히 가만히 아무것도 하지 않으면 더 불안할 지경이었다.
 진하는 꾸벅꾸벅 졸고 있는 정원이 깨지 않게 조용히 눈으로 주방을 훑어보았다. 그리고 레인지 위에 떡하니 올려놓은 커다란 들통을 생경한 눈으로 쳐다봤다.

'저건 또 뭐야.'

왠지 모를 불길한 예감에 진하의 눈매가 지그시 가늘어졌다. 그리고 그녀를 깨우지 않기 위해 조심하던 것도 잊고 불쑥 물었다.

"뭐 하는 겁니까."

흠칫 고개를 든 정원이 잠이 덜 깬 얼굴로 멍하니 진하를 보았다. 그리고 눈을 비비며 두어 번 깜박거리더니 불쑥 인사를 했다.

"어? 안녕하세요."

말없는 그의 시선에 그제야 들통을 돌아본 정원이 배시시 웃으며 말했다.

"아, 저번에 말했잖아요. 생각난 김에 사골 좀 끓여 놓으려고요."

"그걸 진짜……!"

"넉넉하게 끓여서 이층 냉동실에도 좀 넣어둘 테니까, 쉬는 날 식사할 때 꺼내 드세요."

"아니, 그렇게까지 할 필요는……."

"아니면, 휴일에도 제가 차려 주는 밥상 한번 받아 보실래요? 애도 아니고 왜 매번 밥 먹는 걸로 애를 먹여요. 그냥 좀 하라는 대로 하죠?"

언제는 말도 없이 사람을 무시하네, 싫어하네, 난리더니 이젠 그가 대답할 틈도 주지 않는다. 오히려 말을 하고 싶어도 못 하게 밀어붙이는 모양새였다. 그런데 문제는 불량(?)한 그녀의 목적이 빤히 보이는데도 막지 못하는 자신이었다.

정원의 기세에 밀려 우르르 잔소리를 듣는 진하의 눈가에 차마 뱉어내지 못한 말들이 차곡차곡 쌓였다. 그리고 급기야 버럭 인상을 썼다.

"정말 그렇게까지 할 필요 없습니다."

"그래서 오늘 식사는 어떻게 하셨는데요?"

"그게……."

정원이 움찔 물러서는 진하의 눈을 빤히 들여다보며 뱅글뱅글 웃었다.

"거봐요. 금방 뽀록날 거짓말을 왜 해요?"

진하의 눈매가 불만으로 슥 가늘어졌다. 누가 거짓말을 했다는 것인지 모르겠다. 그럼에도 그는 그 흔한 변명도 설명도 하지 못했다. 평생 해 보고 살지 않은 탓에 어떻게 해야 하는지도 알 수가 없었다.

물론 그녀의 짐작대로 제대로 식사를 챙겨 먹은 것은 아니었다. 그렇다고 일부러 굶는 것도 아니건만 뭐가 문제인지 모르겠다. 그럼에도 그녀의 잔소리에는 여전히 속수무책, 당해 낼 재간이 없었다.

답답함에 입을 꾹 닫은 진하를 멀뚱히 지켜보던 정원이 갑자기 씩 무섭게 웃었다.

"그런 의미에서 저녁이나 먹을까요?"

"아니……!"

"왜요? 또 뭐, 문제 있어요? 벌써 저녁 드신 건 아니죠?"

미처 대답할 말을 찾지 못한 진하가 시선을 피하자 정원이 의기양양하게 말을 이었다.

"더 할 말 없으면 텃밭 가서 상추랑 고추 좀 따오죠? 전 그동안 상 차릴게요."

결국 텃밭으로 쫓겨난 진하가 손에 들려 있는 채반을 낯선 눈으로 멀거니 쳐다보았다. 어쩌다 일이 이렇게 된 것일까.

진하는 다시 한 번 풀썩 튀어나오려는 한숨을 꾹꾹 눌러 삼켰다.

'그래, 먹자, 먹어. 밥 한 끼 먹는 게 뭐 어려운 일이라고.'

가볍게 생각했던 한 끼의 식사가 어느새 줄줄이 새끼를 치고 있었지만, 어쩌겠는가. 이미 엎질러진 물, 철석 같이 믿는 얼굴로 해맑게 웃는 그녀를 상대로 다시 돌이킬 방법 따위 생각나지 않았다.

"응? 이게 뭐예요?"

진하가 내민 채반을 들여다보는 정원의 표정이 영 이상했다. 영문을 알 수 없는 그녀의 질문에 진하가 다시금 내용물을 확인했다.

"상추······."

"아니, 상추를 따오랬지, 누가 뽑아 오랬어요? 상추 처음 따봐요?"

"······."

"먹을 줄은 알잖아요."

말없는 진하의 시선에 정원이 기막힌 얼굴로 곱게 흙을 털어 낸 상추 두 뿌리와 고추 몇 개가 담겨 있는 채반을 받아들었다. 그리고 여전히 뭐가 잘못됐는지 모르는 그를 보며 낮게 한숨을 내쉬었다.

"마스터, 상추는요……."

상추는 뿌리째 뽑는 게 아니라 커다란 잎만 골라 똑똑 따서 먹는 거다. 그렇게 솎아 주면 작은 잎들이 다시 자라서 두고두고 먹을 수 있는 착한 야채라는 설명이었다.

"대체 어떻게 하면 그런 것도 몰라요?"

뭐가 그리 재미있는지 연신 피식대며 야채를 씻는 정원을 바라보던 진하가 멋쩍게 턱을 쓸어내렸다. 머리털 나고 처음으로 아무것도 모르는 바보가 된 기분이었다.

지금껏 타고난 재주로 어려운 일을 모르고 살아온 진하였다. 한계를 뛰어넘는 천재까지는 아니어도, 일반 수준을 훌쩍 넘어서는 능력으로 천재 비슷한 대접을 받아온 것도 사실이었다. 그런 그가 고작 상추 하나 때문에 세상 물정 모르는 바보가 되어 버렸다.

하지만 그럼에도 진하는 기분이 나쁘지 않았다. 오히려 진짜 바보처럼 가슴 한구석이 간질간질 웃음이 나왔다.

그녀와 함께 있으면 아는 것보다 모르는 것이 더 많아진다. 넘치게 많이 가졌지만, 정작 아무것도 없다는 사실을 인정하게 된다.

세상의 기준과 상관없이, 그 무엇도 아닌 서진하 자신으로 있을 수 있어서 좋았다. 아무것도 바라지 않고, 아무런 기대도 없이, 있는 그대로 솔직하게 바라보는 시선이 좋았다.

그녀는 아무것도 아닌, 아무것도 없는 그에게 누구보다 환하게 웃어 주었다. 그래서 더 좋았다.

두 사람은 함께 저녁을 먹고, 함께 새로 로스팅한 커피를 개봉해 마셨다. 그리고 아직 한참을 더 끓여야 한다는 사골 곰국을 지켜보며 나란히 앉아 책을 읽었다. 자연스럽고 당연하게.

정원은 같이 기다릴 필요 없다며 만류했지만 이번엔 진하가 물러서지 않았다. 이 모든 것이 그로 인해 벌어진 일인데 뻔뻔하게 모른 척할 수 없다는 이유였다. 조금이라도 그녀와 함께 머물고픈 마음과 별개로 핑계는 그랬다. 답도 없는 마음이 하릴없이 깊어만 간다.

'하, 핑계도 참 가상하지.'

진하는 문득 자신의 모습에 자조어린 한숨을 쉬었다. 그럼에도 그녀와 시간을 보내며 참으로 오랜만에 행복함을 느꼈다. 차마 가질 수 없는 것을 알면서도 사랑하는 사람을 눈앞에 두고 느끼는 찰나의 행복이었다.

사고로 사랑하는 사람을 잃고 진하가 가장 크게 후회한 것은 함께하지 못했던 시간들이었다. 인생의 절정이라고 생각했던 그때, 그는 화려한 일상과 커다란 성공에 취해 앞만 보고 달렸다. 그래서 정작 사랑하는 사람과 많은 시간을 보내지 못했다.

그들 앞에 새털같이 많은 나날들이 준비되어 있는 줄 알았다. 머지않은 미래에 유유자적 그리 살아갈 날이 많이 남아 있으리라 믿어 의심치 않았다.

 그때는 사랑이 영원할 줄 알았다. 그 사랑이 당연하게 그의 시간 속에 함께하리라 생각했다. 하지만 인생은 예측불허, 세상에 영원한 것은 없었다. 찰나 머물다간 사랑이 그렇게나 허망하게 짧았다.

 그리고 문득 지금 이 순간이 그가 항상 꿈꿔 왔던 시간이라는 것을 깨달았다. 매일매일 똑같은 일상이지만 그에겐 단 한 번도 허락되지 않았던 평범하고 소박한 하루였다.

 진하는 이제 더 이상 그 어떤 성공도, 눈부시게 화려한 인생도 바라지 않았다. 그저 사랑하는 사람과 마주 보며 오래오래 함께하고 싶을 뿐이었다. 끝내 이루지 못한 꿈이 손에 잡힐 듯 눈앞에 펼쳐져 있었다. 그래서 못내 아프다.

 '진짜 정체가 뭘까?'
 읽고 있던 책에서 문득 눈을 든 정원이 건너편에 앉아 있는 남자를 물끄러미 보았다. 뿌리째 뭉텅 뽑아온 상추를 보고 기가 막혀 웃었지만 다시 생각해 보니 역시 이상했다. 너무나 천연덕스럽게 몰라서 잠시 헷갈릴 정도였다.
 '보통 그 정도는 상식으로 알지 않나? 아닌가?'
 커피와 와인에 능통하고, 샌드위치와 파스타는 그렇게 잘 만들면서, 고작 텃밭의 상추 앞에서 하릴없이 무너진다. 극과 극. 그 묘한 부조화가 눈앞의 남자를 설명해 주고 있었다.
 넘치게 많이 가진 것 같지만 그 누구보다 허허로운 눈빛을 간직한 사람. 더없이 차가워 보이지만 불현듯 너무나 따뜻해서 눈물이 날 것만 같은 사람. 뭐든 다 알 것 같은 얼굴로 정작 아무것도 모르는 사람. 그래서 자꾸 마음이 쓰이는 남자였다.

당장 먹고 살기도 빠듯한 그녀가 집도 절도 없어서 얹혀사는 주제에, 쥐뿔 가진 것도 없으면서 자꾸 뭔가 해 주고 싶게 만드는 사람이기도 했다. 오지랖이 천만 평이라 자조하면서도 마음이 그랬다.

뽀얗게 우러나기 시작한 사골 국물을 확인한 정원이 피식 낮게 웃었다.

'이게 뭐라고……'

그와 함께하는 시간이 마냥 좋았다. 딱히 대화를 나누는 것도 아니고, 분위기 있는 장소에서 우아하게 시간을 보내는 것도 아닌데, 그저 함께하는 것만으로도 가슴이 따뜻해진다. 하물며 커다란 업소용 싱크대와 잘 갖춰진 조리기구가 자못 살벌한 주방인데도 그랬다.

간절한 마음으로 밤을 새우며 항상 혼자 끓였던 곰국이다. 하루하루 기력이 쇠하는 아빠를 지켜보며 그렇게나마 그녀가 할 수 있는 최선을 다했던 시간들이었다. 늘 혼자 아등바등하던 그 기억들이 새삼 아득하니 멀게 느껴졌다.

그는 책을 읽다가 정원이 움직이면 따라 일어나 하라는 대로 군소리 없이 움직였다. 긴 기다림에 일견 지루할 법도 하건만 아무런 내색도 하지 않고 꽤나 진지하게 열심이었다. 괜찮다고, 필요 없다며 사양하던 것과는 또 다른 그의 모습에 일견 웃음이 나기도 했다.
 '도대체 진심이 뭘까?'
 정원은 새삼 그의 생각이 궁금해졌다. 처음 그녀를 싫어한다고 생각했던 것도 이젠 잘 모르겠다. 진짜 싫다면 억지가 다분한 그녀의 행동들을 그냥 두고 볼 사람이 아니었다. 굳이 시키지도 않은 일을 부득불 밀어붙이는 그녀를 애서 도와줄 이유도 없었다. 이제 정원도 그 정도는 알았다.
 냉랭하다 못해 무서운 윤주와의 분위기로 미루어 더더욱 이해 못 할 일이기도 했다. 윤주를 대할 때의 살벌한 눈빛을 떠올리면 지금 이렇듯 여유롭고 느긋한 분위기는 상상조차 할 수가 없었다.
 누구에게나 똑같이 무심하고, 세상 그 어떤 것에도 관심 없는 눈으로 저만치 홀로 외떨어진 사람이었다. 그런데 정원은 이제 그조차도 자신할 수가 없었다. 곰곰이 혼자 생각에 잠겨 있던 정원이 무심결에 불쑥 물었다.
 "저한테 왜 이렇게 잘해 주세요?"
 문득 고개를 든 그가 흔들림 없이 고요한 눈으로 정원을 보았다.
 "내가 말입니까."
 얼결에 질문을 던져놓고 지레 당황한 정원이 띄엄띄엄 고개를 끄덕였다.
 "그런 적 없습니다만."
 "정말요?"

절대 흔들리지 않을 것 같은 단단한 그의 눈가에 언뜻 곤혹스러운 기색이 스쳤다. 찰나의 짧은 흔들림에 정원은 저도 모르게 침을 꼴깍 삼켰다. 그리고 이유를 알 수 없는 느낌에 더 이상 묻지 못하고 발을 뺐다.

"아님 말고요."

뭔가 미진한 눈으로 정원을 잠시 바라보던 그가 가볍게 고개를 저으며 다시 책으로 고개를 떨어트렸다. 천천히 책장을 넘기는 그의 기다란 손가락을 보며 정원은 내심 안도의 한숨을 내쉬었다.

'아무튼 이상한 데서 까다롭다니까.'

무심코 불쑥 튀어나온 질문에 정원은 순간 가슴이 덜컥 내려앉았다. 무언가 아슬한 경계를 건드린 느낌. 뭔지도 모르면서 더 깊이 파고들면 안 될 것 같았다. 예의 '사적인 관심'을 들먹일 것도 없이 그냥 그랬다.

무엇보다 정원은 섣부른 관심으로 그를 곤란하게 만들고 싶지 않았다. 솔직히 정원은 지금 이대로도 충분히 좋았다.

그가 무슨 이유로 이 모든 상황들을 말없이 넘어가 주고, 받아주는지는 몰라도 상관없었다. 그가 다시 홀로 외롭게 저만치 멀어지지만 않으면 그것으로 좋다고 생각했다.

'자기가 무슨 카이야?'

그를 보고 있으면 동화책 '눈의 여왕'에 나오는 카이가 떠올랐다. 사악한 트롤이 만든 거울의 파편에 마음을 잃어버리고 눈의 여왕에게 홀려 얼음 왕국으로 끌려간 카이. 긴 겨울이 끝나고 봄을 맞은 겔다가 길을 나서기까지 카이는 겨울 왕국의 얼어붙은 강에서 홀로 영원을 새기고 있었다.

'그럼, 겔다가 윤주 씨?'

문득 떠오른 생각에 정원은 흠칫 고개를 저었다.

'설마, 그럴 리가. 그건 좀 무서운데…….'

거울의 파편에 맞아 얼어붙은 카이의 마음과 눈을 녹인 것은 겔다의 뜨거운 눈물이었다. 절망하지 않고 희망을 찾아 끝내 카이에게 닿은 겔다의 순수한 마음이 전부였다.

정원은 새삼 어릴 적 좋아했던 동화 '눈의 여왕'을 떠올리며 진하를 다시 한 번 돌아보았다. 그에게 잃어버린 봄을 찾아주고 함께 영원을 완성할 겔다는 과연 누굴까. 그 누가 자신은 아니라고 생각하니 괜스레 마음이 쓸쓸해진다.

새로운 한 주를 시작하는 화요일. 오전 내내 분주한 기색에 결국 카페로 내려온 진하가 활짝 열린 지하 창고와 주방문을 멀거니 쳐다보았다.

'그새 또 무슨 사고를 치는 건가.'

설핏 인상을 썼지만 진하는 딱히 걱정하지 않았다. 그래 봐야 소소하게 그녀가 할 수 있는 선에서 무리하지 않고 일을 벌인다. 넘치지도 모자라지도 않게, 그 이상은 생각하지도 않고, 할 생각도 없는 단순함이 그녀의 가장 큰 장점이자 단점이었다.

그런데 진하에겐 그 작은 변화들이 오히려 더 난감했다. 작고 사소해서 아무렇지도 않게 잊고 사는 것들. 너무 소소해서 무시하기 쉬운 일들. 같은 이유로 한 번 놓치면 어디서부터 어떻게 찾아야 하는지 알 수 없는 것들이기도 했다.

그 작은 것들이 모여 삶을 풍성하게 하고, 사람답게 만드는 법이다. 그 사소함이 모여 오늘 하루를 살아가게 만드는 일상이 된다. 그리고 그 평범하고 소소한 일상이 진하가 잃어버린 모든 것이기도 했다.

세상에 홀로 남겨져 평생 채워지지 않는 외로움을 안고 살았던 그가 꿈꿔 왔던 행복이 그 안에 있었다.

가볍게 미소 지으며 카페로 들어서던 진하의 안색이 일순 차갑게 굳어 버렸다. 그리고 눈앞에 펼쳐진 낯선 풍경을 믿을 수 없는 눈으로 바라보았다.

'이걸 대체 어디서……!'

카페 구석구석 작은 꽃 장식들이 화사하게 눈길을 사로잡았다. 그저 몇 송이 꽂아놓은 정도가 아니라 모양도 크기도 다른 화기들에 맞춰 고심한 흔적이 역력했다.

동그랗고 작은 병에 물을 담아 몇 송이 꽃을 동동 띄워놓았는가 하면, 입구가 넓고 낮은 접시에 줄기를 짧게 자른 꽃을 가득 소복하게 꽂아놓은 것도 보였다. 중앙 커다란 테이블엔 길고 좁은 화병 여러 개에 두어 송이 꽃을 하늘하늘 꽂아놓았다.

반품하는 꽃다발을 모두 해체해 못 쓰는 꽃들을 골라내고 예쁘게 핀 것들만 모아놓은 모양이었다. 테라스 너머 반짝이던 화사한 봄이 카페 안으로 성큼 들어온 것 같았다.

오랜 시간 견고하게 쌓아온 경계가 순식간에 모래성처럼 허물어진다.

"어? 언제 내려오셨어요?"

마침 테라스를 정리하고 들어오던 정원이 활짝 웃으며 진하를 반겼다.

"이게 다 뭡니까."

"예쁘죠? 반품도 안 되는데 그냥 버리기 아깝잖아요. 너무 활짝 펴서 팔기는 어려워도 아직 이렇게 예쁜데……."

"그러니까 뭐냐고 물었습니다."

싸늘하게 경직된 목소리에 정원이 그제야 진하의 안색을 살폈다. 그리고 고개를 갸웃하며 자랑하듯 해맑게 웃었다.

"보면 몰라요? 인테리어 소품 활용! 솔직히 실내 분위기가 좀 무겁고 어두운 편이잖아요. 그래서 변화도 줄 겸 바깥이랑 밸런스를 맞춰 봤어요. 어때요, 생각보다 괜찮죠?"

"이 화기들은 대체 어디서……!"

"아, 그건 지하 창고 구석에 쌓여 있던데요? 이런 게 있으면 있다고 진작 말을 좀 해 주지 그랬어요. 이렇게 예쁜 걸 먼지 속에 방치하다니, 아깝지도 않아요?"

"누가……!"

버럭 놓아지는 그의 목소리에 정원이 눈을 동그랗게 뜨며 되물었다.

"왜요? 쓰면 안 되는 거예요? 창고 깊숙이 넣어놓고 잊어버린 거 같던데, 아니에요?"

"쓸데없는 짓……!"

"사장님도 그렇게 생각하시죠? 암요, 멀쩡한 꽃을 버리다니 그거야말로 쓸데없는 낭비죠!"

정원이 대답을 미리 준비하기라도 한 것처럼 진하의 말을 잽싸게 막아섰다. 그녀는 자신이 지금 무슨 짓을 하고 있는지 모르리라.

"치워요, 당장!"

뒤늦게 심각한 분위기를 느낀 정원이 당황스러운 듯 입술을 깨물었다.

"아니 왜……?"

"그냥 좀!"

너무나 해맑은 그녀의 눈빛에 애써 가라앉힌 마음이 하릴없이 흔들렸다. 깊이 묻어둔 어두운 상처가 차마 막을 틈도 없이 거칠게 튀어나와 그를 몰아세운다.

"아무것도 하지 마! 그냥 내버려 두라고!"

버럭 높아지는 진하의 음성에 놀란 정원이 이해할 수 없다는 듯 따지고 들었다.

"왜 갑자기 소리는 지르고 그러세요? 카페는 사람들이 모이는 장소라고요. 이왕이면 다홍치마라고, 손님들이 좋아하면 되는 거 아닌가요? 대체 뭐가 문제죠?"

"신경 쓰지 말라고 했을 텐데. 은 매니저는 매니저 일만 하면 됩니다."

"그러니까 이게 제 일이거든요? 카페 유지 관리! 카페에 관한 부분은 전적으로 저한테 맡긴다고 하지 않았나요?"

"그냥!"

흠칫 놀라는 정원의 모습에 사납게 몰아치는 감정을 애써 다 잡은 진하가 이를 악물고 나직이 으름장을 놓았다.

"있는 그대로 유지만 하란 말입니다."

그동안 일하며 정원이 얻은 결론은 카페는 카페다워야 한다는 것이었다. 그녀 나름 도움이 되고 싶어 김 이사와 상의 끝에 큰마음 먹고 저지른 일이기도 했다. 그런 만큼 이대로 이유도 모른 채 무작정 넘어갈 수는 없었다.

"싫어요. 월급 받고 일하는데 제 몫은 해야죠. 솔직히 실내가 무겁다 못해 삭막하게 톤다운 된 건 사실이잖아요. 카페가 무슨 고대 유물이 묻힌 무덤도 아니고, 변화도 없이 너무 똑같단 말이죠. 나름 고민해서 꾸며 본 건데, 그게 그렇게 화낼 일이에요?"

진하는 순식간에 덮쳐드는 어둠의 조각에 덜컥 숨이 막혔다. 아찔하게 멀어지는 시야 가득 핏빛으로 물든 꽃잎들이 하릴없이 흩어지는 것만 같았다. 애써 지워 버린 기억들이 봇물 터지듯 시커먼 아가리를 벌리고 그를 삼켜 버린다.

"그대로 내버려 둬! 아무것도 하지 말라고! 대체 몇 번을 말해야 되지? 하지 마! 아무것도 하지 말라고!"

진하가 하얗게 질린 얼굴로 거칠게 소리쳤다. 견고하게 쌓아 놓은 벽이 쩍쩍 갈라지며 끝없는 나락으로 떨어지는 기분이었다. 심상치 않은 분위기에 정원이 걱정스러운 얼굴을 했다.

"마스터?"

흠칫 한 걸음 물러선 그가 멍하니 정원을 보았다. 끔찍하게 밀려드는 어둠의 공포에 아무 생각도 나지 않았다. 그에게 무슨 일이 벌어지고 있는지도 알 수가 없었다. 그저 눈앞을 물들이는 핏빛 기억으로부터 도망치고 싶었다. 꿈과 현실의 경계가 모호하게 흩어진다.

"갑자기 왜 그래요? 무슨 일인데요?"

조심스레 다가드는 작은 얼굴이 현실감을 잃고 눈앞에서 흩어진다. 멀거니 정원을 바라보던 진하가 순간 크게 휘청하며 카운터에 기대섰다.

"아저씨!"

놀란 정원이 급하게 손을 내밀었다. 싸늘하게 굳은 진하가 사납게 그녀의 손을 쳐냈다. 그 차가운 경계가 정원의 가슴을 선뜩하게 베고 지나가는 순간이었다.

"진하 씨, 무슨 일이에요?"

"형, 왜 그래?"

언제 왔는지 현성과 윤주가 카페 문 앞에서 두 사람을 보고 있었다. 흠칫 정신을 차린 진하가 냉정하게 잘라 말했다.

"아무것도 아니야."

"진하 씨."

"따라오지 마. 아무도."

정원은 매정하게 돌아서는 진하를 미처 잡지도 못하고 먹먹한 얼굴로 석상처럼 서 있었다. 지금 대체 무슨 일이 벌어진 것일까. 순간 심장이 얼어붙은 것처럼 작동을 하지 않았다.
"왜 그래? 무슨 일 있어?"
어느새 다가온 현성의 물음에 정원이 멍하니 대답했다.
"나도 몰라."
"형이랑 또 싸운 거야?"
"나도 모른다니까?"
"정원 씨, 그러지 말고 무슨 일인지 설명해 줄래요?"
걱정스러운 윤주의 시선에 정원이 지그시 입술을 깨물었다.
"그냥…… 난 그냥 열심히 해 보려고 한 것뿐인데, 무슨 일인지 정말 모르겠다고요. 저 아저씨야말로 도대체 뭐가 문제래요? 말을 해야 알지."

이유를 알 수 없는 답답함에 정원이 혼잣말처럼 중얼거렸다. 문득 카페를 둘러본 윤주의 눈가에 놀랍다 못해 경악에 가까운 기색이 스쳤다.
"이거, 설마 정원 씨가 한 거예요?"
덩달아 심각해지는 현성의 안색에 정원이 어리둥절한 얼굴로 물었다.
"네. 책 보고 해 봤어요. 이상해요?"
"아니, 그게 아니라."
"그죠, 예쁘죠?"
해연한 얼굴로 카페를 다시 둘러본 윤주가 심각하게 다시 물었다.
"진하 씨가 싫어하지 않아요?"

"그게……."

"은정원, 넌 왜 시키지도 않은 일을 해서 분란을 만들어?"

불쑥 끼어드는 현성의 눈빛이 자못 험악했다. 이유를 알 수 없는 당황스러움에 정원의 목소리에도 설핏 날이 섰다.

"뭐? 강현성, 지금 그거 무슨 뜻이야?"

"이번엔 정원 씨가 실수를 한 거 같네요."

연이은 질책에 정원이 어이없는 얼굴로 따져 물었다.

"아니, 다들 왜 그러는 건데요? 어차피 폐기할 꽃을 활용한 것뿐인데 그게 그렇게 큰 문제예요? 그냥 버리느니 어디든 쓸 수 있으면 좋은 거잖아요. 대체 뭐가 문제냐고요."

"그게……."

윤주가 차마 말을 잇지 못하고 난처한 얼굴로 현성을 보았다.

"으이그, 이 사고뭉치야. 하지 말라는 건 하지 마. 간단하잖아. 너야말로 뭐가 문제야?"

"이상하잖아. 이게 뭐 그리 대단한 일이라고 이 난린데? 대체 왜 하지 말라는 거야? 특별히 다른 이유라도 있어?"

도무지 이해가 안 되는 상황에 정원의 표정도 좋지 않았다. 말없이 꽃 장식을 살피던 윤주의 눈가에 문득 이채가 서렸다.

"정원 씨, 이 화기들은……?"

"지하 창고에서 찾았어요. 예쁜 그릇들이 많더라고요. 그래도 그 중에서 가장 무난해 보이는 걸로 골라온 건데, 왜요? 비싼 거예요?"

정원을 돌아보는 두 사람의 표정이 점점 더 어둡게 굳어갔다. 윤주가 고개를 저으며 낮게 한숨을 쉬었다.

"그게…… 이걸 어떻게 설명해야 되나. 꽃도 카페도 진하 씨에겐 특별한 의미가 있어요. 그래서 함부로 건드리는 걸 아주 싫어해요."

"그럼 더 말이 안 되죠. 특별한 의미가 있으면 더 예쁘게 가꾸고, 더 좋은 쪽으로 고민해야 하는 거 아닌가요? 말이 좋아 모던 시크지, 차분하다 못해 삭막하단 말이죠. 무슨 무덤도 아니고 너무 심하게 똑같잖아요. 변화도 없이."

현성이 화들짝 놀라며 정원을 다그쳤다.

"너 설마 형한테도 그렇게 말했어?"

"뭘? 삭막하다고?"

"아니, 그……."

"아, 무덤 같다고? 그게 뭐?"

두 사람이 차마 말을 잇지 못하고 해연한 얼굴로 정원을 바라보았다.

"정원 씨."

"은정원, 너 정말!"

점점 더 대책 없이 심각해지는 분위기에 당황한 정원이 커다란 눈을 깜박거렸다.

"왜? 뭔데? 대체 왜들 그러는데요?"

30. 그녀만 모르는 이야기

　윤주의 성화에 못 이겨 점심시간을 내서 카페를 찾은 현성이었다. 진하에게 매정하게 거절당하고 김 이사에게까지 차갑게 밀려난 윤주는 지푸라기라도 잡는 심정으로 현성에게 매달렸다. 그가 애써 설득해 봤지만 막무가내였다.
　현성은 과하다 여기면서도 차마 윤주를 밀어낼 수가 없었다. 이제 그도 그 마음을 조금이나마 알 것 같은 이유였다. 답이 뻔히 보이는데도 끝까지 가고야 마는 일들이 있었다. 답을 알면서도 끝내 놓지 못하는 마음이 안쓰러웠다.
　그리고 난데없이 펼쳐진 상황에 현성은 이제 정말 더 이상 모른 체 미룰 수가 없었다. 이쯤 되면 정원의 성격상 어물쩍 넘어가지도 못한다.
　그는 우선 윤주를 달래 돌려보냈다. 그리고 차분하게 그들이 왜 이렇듯 당황스러워하는지 말해 주었다.

진하에게 사랑하는 사람이 있었고, 잃어버린 사랑을 추억하기 위해 만든 카페라는 설명도 했다. 하지만 현성은 정작 세 사람의 관계에 대해선 자세하게 털어놓지 못했다. 그 모든 관계를 설명하기엔 얽혀 있는 감정들이 너무 깊었다.

현성의 말을 잠자코 듣고 있던 정원이 문득 고개를 들었다.

"그래서 그걸 다 알고 있는 너랑 마스터는 무슨 관곈데? 보니까 윤주 씨도 아는 눈치던데."

역시나 그냥 넘어갈 은정원이 아니다. 어떻게든 자세한 속사정은 피해 보려 했던 현성이 나직이 한숨을 내쉬었다.

"그건……."

"이런 식으로 계속 중간에서 사람 바보 만들 생각 아니면 이참에 다 얘기하지? 나 진짜 심각하거든?"

현성에게 현화는 여전히 쉽게 말할 수 없는 상처였고, 윤주와 진하의 관계 또한 선뜻 이해하기 어려운 부분이 있었다. 하지만 언제나 거침없이 똑바로 부딪쳐오는 정원에겐 그 어떤 핑계도 통하지 않는다.

'어쩔 수 없는 건가.'

어차피 언제고 알게 될 일이기는 했다. 이렇게 복잡해지기 전에 말해 줬어야 하는 일인지도 몰랐다. 하지만 현성은 이런 식으로 모든 것을 알게 하고 싶지 않았다. 그럼에도 현실은 예측불허. 마음대로, 계획대로 풀리는 것이 아니었다.

세 사람의 관계까지 다 듣고 난 정원이 못내 서운한 얼굴로 현성을 타박했다.

"진작 말을 하지. 다른 사람도 아니고 너네 누나 일이잖아. 어떻게 그런 얘기를 지금껏 감쪽같이 숨길 수가 있니? 정작 넌 나에 대해 다 알면서……."

"숨긴 게 아니라……."

말할 수가 없었다. 때로 너무 큰 상처는 꺼내 보는 것조차 무서운 법이다. 현화를 잃고 한참 방황하던 때 만난 사람이 정원이었다. 그나마도 처음엔 서로에 대해 깊이 알아볼 겨를도 없이 부딪치고 싸우느라 바쁘지 않았던가.

뒤늦게 현성이 자신의 감정을 깨달았을 땐 두 사람은 이미 오래된 친구였다. 그래서 그들의 관계가 좀 더 진전이 되면 그때 말하려고 했다. 그 모든 것들이 이젠 기약도 없이 막막해졌지만, 애초 그의 생각은 그랬다.

잠시 현성의 안색을 살핀 정원이 담담하게 고개를 끄덕였다.

"하긴 뭐라 설명하기 곤란했겠네. 너 혼자 문제도 아니고, 사정 모르는 나까지 끼어서. 그래도 대충 눈치라도 좀 주지. 내가 그 정도도 이해 못 할까."

"말했으면, 알았으면 뭐가 달라졌을까?"

자못 진지한 현성의 물음에 정원이 생각에 잠긴 얼굴로 고개를 기울였다.

"뭐, 달라질 건 없지만 그래도 조심은 하지 않았을까?"

"조심? 뭘?"

"그냥 이것저것. 너랑 윤주 씨도 그렇고, 마스터도 그렇고. 무엇보다 이렇게 대책 없이 일은 안 만들었을 거 아냐."

"그러니까 내가 형은 안 된다고 했지? 하지 말라고 했잖아!"

난데없는 호통에 멈칫 현성을 바라본 정원이 대뜸 선을 그었다.

"그거랑 이거랑 무슨 상관이니?"

"뭐? 너 지금 대체 무슨 소리를……. 내가 지금까지 한 말 못 알아들었어?"

현성의 속이 뒤집어지든 말든 정원이 영문 모를 얼굴로 동그란 눈을 깜박거렸다.

"그게 뭐? 세 사람 관계가 어찌됐든, 솔직히 톡 까놓고 내 마음은 별개잖아."

"뭐?"

"냉정하게 들릴지 모르지만 사실이 그런걸. 아니야?"

"야!"

"소리 지르지 말지? 내가 뭐 틀린 말 했니?"

정원이 차마 말을 잇지 못하고 씩씩거리는 현성을 보며 침착하게 따져 물었다.

"그럼 니가 말해 봐. 내가 아저씨를 좋아하는 게 왜 문제가 되는지. 왜 안 되는지 분명하게 이유를 말해 보라고. 설마 큰누나 때문이라고 하는 건 아니지?"

"은정원, 너 진짜!"

"진짜, 뭐? 말을 해, 말을."

"으아아, 이 꼴통!"

답답한 현성의 외침이 빈 카페 안을 공허하게 흔들고 지나갔다. 현성은 정말이지 이해할 수가 없었다. 저 머릿속엔 대체 뭐가 들어 있는 것일까. 어떻게 그 모든 이야기를 듣고도 저런 결론이 일말의 고민도 없이 당연하게 나오는 것일까. 별거 아닌 선택 앞에선 부득불 우겨대며 버티더니, 정작 어렵고 복잡한 문제를 두고는 너무나 심플하게 결론을 낸다. 그럼에도 이상할 정도로 뭐라 할 말이 없었다.

그 어떤 말로도 돌려지지 않는 그녀의 눈빛에 현성은 처음으로 막막함을 느꼈다. 그저 가벼운 감정이려니 애써 외면했던 현실이 갑자기 천 길 낭떠러지가 되어 그를 막아선다.

은정원은 진짜 진심이었다. 그 진심이 너무 단단해서 차마 인정하고 싶지 않았다. 인정할 수 없었다. 어째서, 왜, 어디서부터 잘못된 것일까. 너무나 당연하게 당당한 그녀의 눈빛에 현성은 속이 까맣게 타들어가는 기분이었다.

진하는 무슨 정신으로 그 자리를 벗어났는지 기억나지 않았다. 얼마나 시간이 지났을까. 문득 정신을 차려 보니 이층 소파에 멍하니 앉아 있었다. 마치 비상 셔터가 내려진 것처럼 단절된 기억이 백지처럼 하얗다.

순간 꼼짝도 할 수 없게 덮쳐드는 어둠에 숨이 막혔다. 스스로도 어찌할 수 없는 극도의 두려움과 끔찍한 불안감에 눈앞의 현실이 아득하게 멀어졌다. 너무나 익숙하지만 절대 익숙해질 수 없는 핏빛 어둠의 공포.

"제기랄!"

진하는 그때까지 이유도 없이 벌벌 떨고 있는 손을 지그시 그러쥐었다. 그럼에도 흔들리는 시야는 쉬이 잡히지가 않았다.

 조각조각 떠오르는 기억의 그림자에 차마 수습하지 못한 감정들이 거칠게 넘나들었다. 낯설고 생경한 기억의 편린들이 머릿속을 사납게 헤집는다. 아찔하게 멀어지는 의식의 끈을 잡고 머리를 감싸 쥔 진하가 낮게 으르렁거렸다.

 "으윽!"

 두 번의 사고로, 사랑하는 사랑을 모두 잃은 진하였다. 그럼에도 그는 두 번의 사고 모두 마지막 순간을 명확하게 기억하지 못했다. 뛰어난 기억력으로 무엇 하나 쉽게 잊지 못하는 능력을 가졌음에도 그랬다.

 솔직히 진하는 기억하지 못하는 것이 차라리 다행이라고 생각했다. 기억하고 싶지도 않았다. 그런데 눈앞에 펼쳐진 과거와 무방비하게 맞닥트린 순간 그 모든 기억들이 봇물 터지듯 밀려들었다.

 끔찍하게 따라다니던 악몽의 실체가 현실 속에 펼쳐지는 기분이었다. 아득한 공포와 두려움에 떠밀리듯 앙다문 잇새로 신음성이 새어 나왔다.

 '이게 뭐지? 뭐야, 이건……!'

 홀로 살아남은 어릴 적 부모님의 사고, 그의 품에서 차갑게 식어가던 현화의 마지막 모습까지. 무의식 속에 까마득히 가라앉아 지워진 기억들이었다.

 숨통을 조여 오는 끔찍한 어둠 속에서 어린 남자아이가 소리

치고 있었다.

[아빠, 엄마가 이상해. 아빠? 아빠아!]

서서히 온몸을 적시는 비릿한 혈 향과 한 치 앞도 보이지 않는 어둠 속에서 아이가 두려움에 몸부림을 쳤다.

[어, 엄마. 엄마 왜 그래? 왜 대답을 안 해? 엄마! 엄마!]

진하는 미친 듯이 몰아치는 짧은 단상들을 부여잡고 애써 호흡을 골랐다. 무섭도록 싸늘한 아빠의 손이, 서서히 식어가는 엄마의 품이 온몸을 휘감는 비릿한 핏빛 어둠과 함께 아득하게 멀어진다.

사랑하는 사람의 꺼져가는 숨결, 차갑게 식어가는 체온, 홀로 남겨진 어린 진하를 숨 막히게 덮쳐오던 깜깜한 어둠.

끔찍하고 잔혹한 순간의 기억들이 별안간 튀어나와 그를 송두리째 흔들었다. 그리고 무방비한 그의 앞에 까만 어둠을 뚫고 나온 잃어버린 기억의 조각들이 적나라하게 펼쳐졌다.

으스러져라 쥐고 있던 주먹에 식은땀이 고였다. 온몸에서 피가 빠져나가는 듯 눈앞의 현실이 무섭게 멀어져 간다. 그리고 끝내 본연의 모습을 드러낸 진실 앞에 상처 입은 짐승처럼 몸부림쳤다.

"으아아! 빌어먹을! 빌어먹을……!"

머리를 감싸 쥐고 비명처럼 으르렁거리던 진하가 뜨겁게 시큰거리는 눈가를 거칠게 쓸어 올렸다. 하지만 차마 수습되지 않는 감정에 떠밀리듯 왈칵 눈물이 솟았다.

"제기랄!"

거친 카펫 위로 굵은 눈물 자국이 번져 나갔다. 꽉 움켜쥔 두 주먹이 가늘게 떨리고 있었다.

기억의 혼재. 어린 진하와 어른이 된 그가 무섭고 끔찍한 어둠 속을 헤매고 있었다. 어린 진하는 식어가는 엄마의 품에 멍하니 안겨 있었고, 어른이 된 그는 사랑하는 사람의 숨결이 멎어가는 것을 그저 지켜보고 있었다. 그 잔인하고 끔찍한 순간들이 번갈아가며 그의 의식을 휘젓고 지나간다.

그리고 기억들이 온전히 떠오른 순간 아득한 공포심에 잔뜩 굳어 있던 어깨가 풀썩 내려앉았다. 끝내 넘쳐 버린 눈물과 함께 박자를 잃고 질주하던 맥박이 잦아들고, 멈췄던 심장이 다시 뛰었다.

싸늘하게 굳어 버린 손가락을 천천히 펼친 진하가 얼굴을 문지르며 나직이 중얼거렸다.

"하아, 이게 대체……."

잠깐 사이 벌어진 일들이 꿈인지 현실인지 구분이 되지 않았다. 폭주하던 기억들이 서서히 자리를 잡고 모호함으로 잔뜩 흐려진 시야가 희미하게 열린다.

"그 꿈이, 그냥 꿈이 아니었던 건가."

지워 버린 기억 속에 숨겨진 진실은 이제 더 이상 끔찍하지도 참혹하지도 않았다. 그저 먹먹하고 아련하게 가슴을 울릴 뿐이었다.

악마처럼 덮쳐드는 사고의 순간에 부모님은 온몸을 던져 진하를 구해냈다. 어린 아들을 품에 안고 한 치의 망설임도 없이 당신들의 목숨을 걸었던 것이다. 그 찰나의 기억이 마치 한 편의 영화처럼 고스란히 떠올랐다. 차마 감당할 수 없는 현실에 기억에서조차 지워 버린 순간이었다.

그리고 진하는 꿈이라고 생각했던 현화의 마지막 인사가 무의식 속에 새겨진 또 하나의 진실이었음을 깨달았다. 그 아득한 기억 속 부모님의 마지막 말이 사랑하는 사람의 목소리와 메아리처럼 겹쳐졌다.

-미안하다, 아가.

-미안해요, 진하 씨.

어둠 속에 홀로 남겨진 진하를 보며 아파하던 사랑하는 이들의 눈빛이 숨 막히도록 슬펐다.

-사랑한다.

-사랑해요.

사랑한다고 말하던 마지막 숨결이 가슴을 먹먹하게 울렸다. 그 찰나의 순간 진하는 사랑하는 이들의 멎어가는 숨결을 어떻게든 잡고 싶었다. 하지만 깜깜한 어둠 속에 홀로 남겨진 그가 할 수 있는 일은 없었다.

-부디 행복하렴.

-행복해야 해요.

아득하게 멀어지는 그들의 마지막 당부가 하염없이 귓가를 맴돌았다. 사랑하는 사람들의 마지막 말이 텅 빈 가슴을 가득 채워 주었다. 끝내 홀로 남겨진 그를 사랑하는 마음들이 마지막 순간까지 그렇게나 간절하고 눈물겨웠다.

너무나 무섭고 끔찍해서 차마 꺼내 보지 못한 기억들이 그렇게 홀로 남겨진 그의 곁을 오롯이 지켜 주고 있었다.

학기 말. 학생들은 방학을 앞두고 들떠 있었지만 조교인 현성은 마무리해야 할 일이 많았다. 그럼에도 현성은 모든 일을 제치고 먼저 진하를 만나 이야기를 해 보겠다고 나섰다. 하지만 단호한 정원의 거절에 떨어지지 않는 걸음을 돌려야만 했다.

정원은 자신이 벌인 일을 애꿎은 현성에게 떠넘기고 싶지 않았다. 그런 식으로 누군가의 뒤에 숨어 어물쩍 넘어갈 문제도 아니라고 생각했다.

'아저씨, 참 많이 아팠구나.'

정원은 그동안 느꼈던 진하의 그늘을 그제야 어렴풋이 이해할 수 있었다. 그가 왜 그렇게 홀로 외롭게 버티고 있는지 일견 알 것도 같았다. 사랑하는 사람을 잃는 것은 그 어떤 말로도 설명할 수 없는 아픔이었다. 그리고 그 깊은 상처에 정원도 덩달아 가슴이 아팠다.

그녀가 곰곰이 생각에 잠긴 얼굴로 카페를 둘러보았다. 그리고 자신이 저지른 일에 대해 다시 한 번 진지하게 고민했다.

"이거 정말 치워야 하나."

그런데 왜일까. 머리로는 치우는 게 맞다 생각하면서도 정원은 마음이 선뜻 움직여지지 않았다. 그에겐 차마 꺼내 볼 수도 없을 만큼 커다란 상처였고 숨겨지지 않는 아픔이었다. 그럼에도 정원은 그게 전부가 아니라는 생각을 지울 수가 없었다.

왜, 어째서, 잊어야 하는 것일까. 모두들 큰일이라도 난 것처럼 난색을 표했지만 정작 정원은 이해가 잘 되지 않았다.

사랑했던 사람의 물건이었다. 사랑하는 사람을 잃는 것은 끔찍하게 무서운 일이지만, 사랑했던 기억이 끔찍한 것은 아니지 않은가. 사랑을 잃은 아픔은 상상조차 할 수 없을 만큼 크겠지만 그렇다고 사랑했던 기억이 지워지는 것은 아니리라.

사랑했던 기억을 무작정 외면하고 지워내는 것이 과연 옳은 일일까. 그것이야말로 사랑하는 사람에게 미안한 일이 되지 않을까.

그 사랑이 여전히 마음속에 살아 있든, 이미 지나간 추억이 되었든 그건 중요하지 않았다. 사랑을 온전히 사랑으로 기억하는 것. 정원은 그게 남겨진 사람이 할 수 있는 전부라고 생각했다.

아름다웠던 사랑이라면 아름답게 기억하면 되는 것이다. 깊이 사랑한 만큼 소중하게 간직하면 되는 것이다. 아름답고 행복한 기억을 아프고 슬프다는 이유로 묻어 버릴 수는 없었다.

정원은 유일한 가족이었던 아빠 선환을 누구보다 힘들게 보냈지만 그 기억까지 지우고 싶지는 않았다. 그녀는 오히려 사랑하고, 사랑받았던 그 기억으로 오늘을 웃으며 살아낼 수 있었다. 사랑하는 사람을 위해서 그 사랑을 더욱 소중하게 기억했다.

정원은 딱히 남녀 간의 사랑이라고 다를 것이라 생각되지 않았다. 어설픈 첫사랑이지만 그녀도 이젠 사랑을 한다. 그래서 더 이해할 수 없었다. 사랑하는 사람이 나로 인해 아픈 것도, 슬픈 것도 싫었다. 그저 행복하기를 마음 깊이 바랄 뿐이었다. 정원이 아는 사랑은 그랬다.

'지배인님은 이렇게 될 걸 알고 계셨겠지?'

문득 진하를 잘 부탁한다며 따스하게 웃던 김 이사의 얼굴이 떠올랐다. 카페를 두고 이리저리 고민하는 그녀에게 마음껏 하고 싶은 대로 해 보라며 지지해 준 사람도 김 이사였다. 정말 크게 문제되는 일이 생기면 자신에게 상의하라며 개인적인 연락처도 알려주었다.

새삼 김 이사가 무슨 생각으로 그녀를 그리 믿어 주었는지 궁금해졌다. 그리고 한편으로는 김 이사의 간절한 마음을 알 것도 같았다. 그럼에도 불구하고 일어나야 할 일은 언제고 일어나는 법이다.

애써 망설임을 지운 정원이 이층으로 가는 계단 앞에서 심호흡을 했다. 그녀로선 더 이상 다른 답이 나올 것 같지 않았다. 옳고 그름의 문제가 아니라 생각의 차이에서 비롯하는 각자의 답이 있을 뿐이었다.

하여 정원은 더 이상 고민하지 않기로 했다. 일단 부딪쳐 보고 안 되면 그때 다시 생각하면 된다. 우선은 그녀가 할 수 있는 최선을 다해 보고 싶었다.

쿵쿵쿵.

이번엔 두 번 두드릴 것도 없이 벌컥 문이 열렸다. 그리고 예상했던 것과 별반 다르지 않은 싸늘한 눈빛이 가차 없이 내리꽂혔다.

"아무도 만나고 싶지 않다고 말했습니다."

"죄송합니다."

거두절미하고 정원은 우선 자신의 실수를 인정하고 사과부터 했다. 하지만 어지간히 화가 났는지 진하는 여지없이 말을 끊어냈다.

"됐습니다."

자못 긴장한 정원이 저도 모르게 두 손을 부여잡고 말간 눈으로 진하의 안색을 살폈다. 여전히 핏기 없는 얼굴이 저승 문턱이라도 밟고 온 사람처럼 파리하다. 그에게 대체 무슨 일이 일어나고 있는 것일까.

숨이 턱 막힐 정도로 걱정이 됐지만 정원이 할 수 있는 일은 여전히 아무것도 없었다. 익히 아는 사실임에도 애써 눌러놓은 감정이 씁쓸하게 일렁거렸다. 코끝이 싸해지는 느낌에 정원은 부러 담담하게 말했다.

"그러니까 말을 해야 알죠. 제가 뭐 일부러 그랬나요."

"무슨 소립니까."

"현성이한테 대충 얘기 들었어요. 죄송합니다."

"더 이상! 그 어떤 말도 하고 싶지 않습니다."

움찔 긴장한 정원이 내심 호흡을 가다듬으며 진하를 쳐다봤다. 그리고 평소 그랬던 것처럼 자못 씩씩하게 생글거렸다.

"그래도 사람이 사과하는데 좀 받아주시죠?"

"당신이야말로 사람 말 못 알아듣나? 됐다고 하잖아. 그만 됐다고!"

순간 무심한 그의 눈빛이 너무나 쉽게 부서져 내렸다. 처음 보는 그의 흔들림에 정원은 오히려 정신이 번쩍 났다.

"정말 됐어요? 대체 뭐가 됐는데요?"

"은 매니저!"

단 한마디로 순식간에 거리를 벌리며 멀어지는 그의 눈빛에 정원은 순간 숨이 멎는 기분이었다. 그에게 무슨 말이 하고 싶어서 그렇게 고민했는지도 까맣게 기억나지 않았다. 이 자리까지 오기 위해 그녀에게 얼마만큼의 용기가 필요했는지 그가 과연 알까.

처음 그때로 돌아간 기분이었다. 싸늘한 눈으로 이유도 없이 무작정 밀어내던 그때 말이다. 그동안 가슴 졸이며 어렵게 쌓아 올린 시간들이 이렇듯 쉽게 무너질 만큼 가벼운 것이었을까. 순간 울컥 밀려드는 서러움에 정원이 하려던 말도 잊고 대뜸 물었다.

"제가 그렇게 싫으세요?"

사납게 일렁이던 그의 눈가에 찰나의 망설임이 스쳤다. 그리고 더없이 건조하고 차가운 대답이 무심하게 날아들었다.

"그런 거 아니라고 했습니다."

"정말 아니에요?"

그가 말없이 입을 꾹 다물었다. 그럼에도 불구하고 싫지 않다는 뜻이었다. 윤주에겐 그렇게나 칼같이 냉정한 사람이 차마 꺼내 보지도 못하는 아픈 추억을 무심하게 건드린 그녀는 그럼에도 싫어하지 않는다.

정원은 문득 그 기묘한 경계에 생각이 엉뚱한 곳으로 날아들었다. 복잡 미묘하게 얽혀드는 감정이 낯설도록 선명해서 차마 다른 생각이 나지 않았다. 그리고 순간 이유를 알 수 없는 기대감에 무작정 가슴이 뛰었다.

'미친……!'

정원은 정말이지 푼수처럼 시도 때도 없이 뛰는 심장을 쥐어박고 싶었다. 숨 막히도록 심각한 상황 앞에서 이 무슨 기막히게 황당한 설렘일까.

폭발할 듯 무섭게 부딪치던 감정의 편린이 순간 기묘한 침묵 속에 하릴 없이 흩어진다. 시리도록 휑한 바람이 서걱거리는 두 사람 사이를 무심하게 스쳐 지났다.

'이 여자는 정말…….'

답이 없었다. 불쑥 눈앞에 나타난 이 여자는 답이 없을 만큼 무모하게 용감했다. 무슨 생각으로 지금 이 상황에 이렇듯 무작정 그의 앞에 다시 선 것일까. 진하는 정말이지 어떻게 그럴 수 있는지 진심으로 묻고 싶었다.

안 그래도 채 수습하지 못한 감정들이 머릿속 가득 휘돌았다. 하여 평소처럼 냉정하게 생각을 이어갈 수가 없었다. 그럼에도 언제나 똑바로 앞을 향하고 있는 그녀의 눈동자는 포기할 줄을 몰랐다.

미처 제어되지 않는 감정에 떠밀려 오래된 버릇처럼 그녀를 잘라냈다. 그런데 채 정리되지 않은 혼란스러움이 왈칵 넘쳐 버렸다. 이 반응은 또 뭐란 말인가.

난데없이 자기를 왜 싫어하냐며 억울함을 토로한다. 비장하리만치 담담한 눈으로 사과를 하고 뭔가 더 할 말이 있는 듯 따지고 들더니 결국 또 이 모양이다. 그녀는 대체 무슨 말을 하고 싶었던 것일까.

왜 화를 냈는지, 무엇에 화를 내고 있었는지도 모르겠다. 바닥의 바닥까지 한꺼번에 소진해 버린 감정과 함께 복잡한 머릿속이 휑하게 비워진다.

갑자기 입을 꾹 닫고 멀뚱멀뚱 바라보는 그녀의 까만 눈동자가 깨끗하게 비워진 그의 가슴을 치고 들어왔다. 진하는 순간 허탈한 한숨과 함께 흩어지는 생각들을 그대로 놓아 버렸다.

사랑 앞에 다른 무슨 설명이 더 필요할까. 그가 사랑하는 사람이 이다지도 무모하다.

고민 끝에 비장하게 마주한 것이 무색하도록 두 사람의 대화는 멀뚱멀뚱 바라보는 것으로 끝이 났다. 격렬하게 부딪치던 감정들이 서로의 눈동자 속에서 하릴없이 스러져 버렸다. 뜬금없이 어색해진 분위기에 두 사람은 아무 일 없었다는 듯 자기 자리로 돌아갔다.

맥없이 카페로 내려온 정원이 뒤늦게 벅벅 머리를 쥐어뜯었다.

"아니, 거기서 왜! 어째서! 아우, 이 밥통!"

분명히 뭔가 더 할 말이 있었다. 그보다 더 많은 이유도 있었다. 그럼에도 얼핏 보인 그의 마음 한 조각에 아무 생각도 나지 않았다. 말도 안 되는 착각이라고 생각하면서도 그 헛된 희망이 그녀를 가차 없이 흔들었다. 그저 믿고 싶은 마음이 그렇게나 간절했다.

"정신 차려. 지금 이 상황에 그런 생각이 나니?"

떨리는 심장을 애써 진정시킨 정원이 여전히 남아 있는 문제들을 똑바로 응시했다. 그녀는 아직 포기한 것이 아니었다. 그냥 모른 척 넘어가기엔 이미 너무 많은 것을 알아 버렸다.

점심 식사는 물 건너간 분위기에 정원은 간단하게 빈속을 채웠다. 입맛이 있고 없고는 문제되지 않았다. 우선은 속이 든든해야 뭘 해도 할 수 있지 않겠는가.

오픈 시간에 맞춰 카페로 내려온 진하가 문 앞에서 멈칫 멈춰 섰다. 그리고 정원의 예상대로 심각하게 굳은 얼굴로 입을 열었다.

"치우라고 말했을 텐데요."

"제가 생각해 봤는데요. 역시 낭비라는······."

멈칫 말을 멈춘 정원이 말간 눈으로 진하를 물끄러미 바라보았다. 아찔하게 부서지는 낯선 감정의 조각이 까맣게 가라앉은 그의 눈동자 너머 아프게 너울거렸다. 서릿발처럼 차가운 눈빛에 채 아물지 않은 상처가 남아 있었다. 오래 묵어 쉽게 지워지지 않는 그 어둠이 다시금 스멀스멀 기어 나온다.

그래서 정원은 더욱 그만둘 수가 없었다. 상처를 꽁꽁 싸매고 숨기면 곪고 삭아 더 깊어질 뿐이었다. 풀어내지 못한 마음은 끝끝내 넘지 못하는 벽이 되고 만다. 그렇게 멈춰 버리면 결국 아무것도 할 수 없음을 정원은 누구보다 잘 알고 있었다.

아무리 아프고 힘들어도 상처를 똑바로 마주하고, 숨 막히는 어둠에서 온전히 스스로의 힘으로 걸어 나와야만 했다. 그래야만 다시 제대로 살 수 있었다. 그렇게 또 사랑하며 살아야 하는 것이 남은 사람의 몫이었다.

내심 호흡을 고른 정원이 자못 씩씩하게 말을 이었다.

"정말 안 되겠네. 이봐요, 아저씨. 나 지금 기분 나쁘니까 그냥 아저씨 할래요. 토 달지 마세요."

마음을 굳게 먹은 정원이 틈을 주지 않고 거침없이 밀어붙였다.

"뭐 대충 사정은 알겠는데, 그래도 이건 아니지 않아요? 갑작스럽게 상의도 없이 무턱대고 일을 이렇게 만든 건 정말 죄송하게 생각해요. 죄송한데, 그래도 할 말은 해야겠어요."

"지금 대체 무슨 말을 하는……!"

"세상에 둘도 없이 사랑했다면서요. 그렇게 많이 사랑했는데 그분이 과연 아저씨가 지금처럼 살기를 원했을까요? 설마 모른다고 하지는 않겠죠? 누구보다 아저씨가 가장 잘 알 테니까. 안 그래요?"

"당신, 지금 그걸 말이라고……!"

하얗게 질린 진하의 무표정이 순간 무참하게 부서졌다. 그대로 무너져 버릴 것처럼 흔들리는 그의 까만 동공이 시리도록 아프다. 하지만 정원은 이번에야말로 그가 끝까지 버텨 주기를 간절히 기도했다.

더 큰 아픔으로 끝내 다시 무너지더라도, 더 없이 끔찍하고 비참하더라도 그렇게 똑바로 마주해야만 넘어설 수 있는 것들이 있었다. 지그시 주먹을 그러쥔 정원이 마음을 다잡고 꽁꽁 숨겨둔 그의 상처를 끌어냈다.

"괜히 돌아가신 분 핑계대지 마세요. 제대로 살아낼 용기가 없는 건 아저씨잖아요. 왜 죽은 사람 핑계를 대요. 비겁하게."

"함부로 말하지 마! 당신이 뭘 안다고!"

차마 지워지지 않은 상처가 그의 눈가에 사납게 일렁였다. 하지만 정원은 멈추지 않았다. 이미 저지른 일. 그 끝이 어딘지는 끝까지 가 봐야 알 수 있는 법이다.

"내가 뭘 더 알아야 하는데요. 더 알아야 할 게 따로 있나요?"

"그런 말이……!"

"내 말이 틀렸어요? 아저씨가 이렇게 살면 누가 잘한다 할 거 같아요? 세상 누구보다 사랑한 사람을 잃었으니 당연하다 할 거 같냐고요! 아니요. 아닐걸요."

"당신 정말!"

꽉 움켜쥔 주먹과 앙다문 잇새로 새어 나오는 거친 숨결이 그가 얼마나 참고 있는지 고스란히 읽혀졌다. 처음 대하는 사나운 감정에 정원은 살갗이 저릿할 만큼 긴장이 됐다. 그럼에도 끝내 물러설 수는 없었다.

"그 어떤 이유로도 사랑하는 사람을 핑계 삼지는 마세요. 애도 아니고, 응석도 적당히 부리라고요. 아저씨는 지금 아저씨를 사랑하는 사람들한테까지 못할 짓을 하고 있잖아요. 정말 몰라요?"

"말이면 단 줄 알아!"

버럭 높아지는 진하의 목소리가 거침없이 흔들리고 있었다. 흠칫 물러서려는 마음을 애써 다잡은 정원이 독하게 말을 이었다.

"그렇게 소리 지른다고 내가 겁먹을 거 같아요? 천만에요. 그렇게 화내는 거 말고 아저씨가 할 수 있는 게 뭔데요? 지금 아저씨 모습을 보라고요. 아저씨가 이렇게 지내는 걸 보면 사람들이 뭐라고 할까요? 누구 때문에 이렇게 됐다고 할 거 같은데요. 정말 그런 걸 원해요?"

"그만해."

낮게 가라앉는 그의 눈빛이 한계를 말하고 있었다. 하지만 정원도 이젠 더 이상 물러설 곳이 없었다.

그녀의 말 한 마디 한 마디가 비수가 되어 그에게 날아드는 것이 오롯이 느껴졌다. 그리고 그 말들이 고스란히 돌아와 그녀의 가슴에도 꽂혔다. 그래서 그에게 하는 말인데도 불구하고 정원은 아득하게 마음이 아팠다.

그가 아픈 상처를 온전히 드러내며 흔들리고 있었다. 흔들리는 그의 모습에 정원도 가슴이 무너졌다. 그럼에도 멈출 생각은 하지 않았다.

무너질 때 무너지더라도 끝은 봐야 했다. 그가 무너지면 그 옆에 그녀도 같이 무너지면 되는 일이었다. 그렇게 함께 무너지고, 무너진 그 자리에서 다시 시작하면 된다.

당장이라도 주저앉을 것처럼 다리에 힘이 풀렸지만 정원은 애써 반듯하게 고개를 들었다.

"아니요. 어차피 이렇게 된 거 다 말할래요. 비겁하게 왜 사랑하는 사람 뒤에 숨나요. 그렇게 사랑했다면서 왜 똑바로 바라보지도 못하죠? 진짜 사랑한 거 맞아요?"

"그만하라고 했어. 아무것도 모르면서 아는 척하지 마!"

악에 받쳐 소리를 지르는 그의 눈동자가 부서질 듯 아득하게 멀어진다. 그럼에도 정원은 그의 시선을 똑바로 붙잡고 몰아붙였다.

"내가 뭘 그렇게 모르는데요! 사람이 왜 그렇게 바보 같아요! 왜 그렇게 미련해요! 사랑하는 사람을 위해서라도 더 행복하게 더 잘 살아야지, 이게 대체 뭐하는 짓인데요! 사랑한다고 말했던 그분한테 미안하지도 않아요? 정말 몰라서 그래요?"

"당신이 상관할 일이 아니야. 당신이 뭔데!"

"아저씨야말로 아무것도 모르면서! 바보! 멍청이! 사람이 말을 하면 좀 들으라고요! 도망치지 말고!"

끝끝내 몰아붙이던 정원의 눈가에 왈칵 눈물이 고였다. 그리고 그가 차마 흘려내지 못하는 눈물을 대신하듯 아프게 쏟아낸다. 그 눈물에 진하도 결국 무참하게 무너져 내렸다. 끝까지 내몰려 산산이 부서진 감정의 편린들이 그녀의 눈물과 함께 무심하게 흩어졌다.

31. 진실과 마주하는 법

 사랑하는 사람이 운다. 눈물을 흘려야 할 사람은 그인데 왜 그녀가 우는 것인지 모르겠다.

 그때까지 문 앞에서 꼼짝 않고 있던 진하가 무심코 한 걸음 안으로 발을 들였다. 그리고 다시 멈칫 멈춰 서며 지그시 주먹을 쥐었다.

 '왜 니가 우니. 나 때문에 눈물 흘리지 마라.'

 그 아픈 눈물을 닦아 주고 싶었다. 하지만 마지막 남은 망설임이 그의 발목을 잡았다. 맥없이 팔을 늘어트린 그가 버석거리는 얼굴을 천천히 쓸어 내렸다. 얼마나 힘을 주고 소리를 질렀는지 목이 다 칼칼하다.

 순간 긴장이 풀렸는지 정원이 풀썩 자리에 주저앉았다. 놀란 진하가 그제야 카페 안으로 서둘러 걸음을 옮겼다. 그리고 물 한 잔을 챙겨 그녀에게 내밀었다.

문득 고개를 든 정원이 젖은 눈으로 진하를 빤히 바라보았다. 그리고 멀쩡하게 일어나 의자에 앉으며 그가 내민 물잔을 받아들었다. 그대로 돌아서려던 진하가 나직이 이어지는 정원의 목소리에 석상처럼 굳어 버렸다.

"우리 아빠는요."

그녀가 고개도 들지 않고 물잔을 바라보며 말을 이었다.

"죽을 만큼 아픈데도, 차마 기절조차 할 수 없을 만큼 고통스러운데도 나를 위해 견뎠어요. 나 때문에 끝까지 버텼어요. 나 하나 때문에, 나를 위해서, 죽음보다 더하다는 그 고통 속에서도 끝까지 웃었어요."

한바탕 폭풍이 지나갔지만 정원은 아무렇지도 않게 그를 마주 볼 용기가 나지 않았다. 너무 주제넘게 나선 것은 아닌지 뒤늦게 걱정이 되기도 했다. 그리고 자연스럽게 아빠가 떠올랐다.

안타까운 마음에, 뭔가 해야 한다는 간절함에 정신없이 밀어붙였지만 그의 상처를 잔인하게 헤집어 놓은 사실이 없어지는 것은 아니었다. 솔직히 그의 상처를 온전히 이해한다고 말할 수도 없었다. 그야말로 가능하지 않은 일이었다.

하지만 그래서 그녀가 어떤 마음인지, 왜 그리 독하게 굴었는지 말해 주고 싶었다. 그렇게라도 조금이나마 진심이 전해진다면 그것으로 좋았다. 뒤늦게 들고만 있던 물을 마신 정원이 천천히 말을 이었다.

"그게 어떤 건지 아저씨가 알아요? 모르죠? 모르니까 이러고 사는 거예요. 내가 아무것도 모른다고요? 그러는 아저씨는 뭘 아는데요?"

 진하가 무슨 생각을 하는지 알 수 없는 얼굴로 그녀의 말을 묵묵히 듣고 있었다. 왠지 모를 안도감에 정원은 가슴 깊이 묻어뒀던 기억들까지 온전히 꺼내놓았다.

 "마약성 진통제조차 듣지 않는 끔찍한 통증 속에서 괴로워하는 아빠를 지켜보면서 내가 어땠을 거 같아요? 가망이 없는 것을 알면서, 시간이 지날수록 더 끔찍해지는 고통밖에 남은 것이 없다는 사실을 알면서, 차라리 죽기를 바란다는 통증 때문에 기절조차 하지 못하는 아빠에게 더 견뎌 달라고 매달렸을 거 같아요?"

 정원이 떨리는 마음을 가라앉히듯 마저 물잔을 비웠다. 그리고 꿋꿋하게 말을 이었다.

 "아니, 나도 같이 죽어가는 기분이었어. 아픈 아빠 옆에서 그 고통을 지켜보면서 차마 힘들다는 말조차 할 수가 없었어요. 아빠가 어떤 마음으로 견디는지 아니까. 아빠야말로 죽음보다 더 무섭다는 고통 속에 있었으니까."

 끝없이 이어지는 끔찍한 통증 속에서도 선환은 홀로 남을 딸 걱정에 한계를 넘어 끝까지 의식의 끈을 놓지 않았다. 그래서 더 고통 받았음에도 사랑하는 딸 정원을 위해 끝끝내 버텨냈다. 오래 묻어둔 기억이 다시금 올올이 떠오르며 먹먹하게 가슴을 울렸다.

 "그래서 그만하라고, 그만 놓아도 된다고 그랬어요. 아빠마저 없는 세상이 너무나 무서웠지만, 혼자 남겨지는 게 죽을 만큼 두려웠지만, 죽음보다 무섭다는 고통으로 가득한 세상에 아빠를 더 이상 잡아둘 수가 없었어요. 그래서 제발 그만하라고 했어."

정원은 사랑하는 사람을 차마 기절조차 할 수 없는 고통 속에 가둬두고 더는 지켜볼 수가 없었다. 정해진 끝을 분명히 알면서도 그리할 수는 없는 일이었다. 사랑하는 사람의 고통을 그저 지켜볼 수밖에 없는 현실이 그렇게나 가혹했다.

"더 견뎌 달라고, 그렇게라도 머물러 달라고 어떻게 그래요. 그 마음을 아저씨가 알아요? 사랑하는 사람을 혼자 남겨둘 수 없어서 죽음보다 무서운 고통을 견디는 거. 그 마음을 알면서도 그만하라고, 차마 매달리지 못하고 놓으라고 말하는 심정을 아저씨가 아냐고요."

정원이 천천히 고개를 들었다. 그리고 진하를 바라보며 또박또박 말했다.

"진짜 사랑했다면, 그 마음을 안다면 이렇게 살면 안 되는 거예요. 내가 뭘 아냐고요? 아저씨야말로 뭘 아는데요. 정말 알기는 해요?"

아버지를 편히 보내드리기 위해 정원은 수십, 수백 번 다짐하고 약속했다. 꼭 행복하겠노라고. 많이 울지 않겠노라고. 아빠 딸은 혼자서도 씩씩하게 웃으며 잘 살 테니 죽음보다 더 하다는 그 고통에서 이제 그만 벗어나라고 말해야만 했다. 그렇게 참으로 힘들게, 어렵게 보내드린 아버지였다.

"마음을 다해 사랑했으면 놓아줄 줄도 알아야죠. 떠나간 사랑이 잡는다고 잡아져요? 잡고 있는 것만이 사랑은 아니잖아요. 더 이상 도망치지 말아요. 아저씨 어른이잖아요."

"그만⋯⋯. 그만해."

그가 더 이상 감정을 숨기지 못하고 흔들리는 눈으로 아득하게 중얼거렸다. 애써 모른 척, 아닌 척 외면하지도 않는다. 정원이 그제야 진하의 눈을 똑바로 마주 보았다.

"주제넘었다면 죄송합니다. 그래도 이 말은 꼭 하고 싶었어요. 그 누구를 위해서가 아니라 아저씨 자신을 위해서 살아요. 그게 사랑하는 사람이 정말 바라는 일이란 생각은 안 해요?"

"그만하라고!"

그 아픈 몸부림에 정원도 가슴이 시렸다. 그럼에도 그가 더 이상 물러서지 않고, 도망치지 않고 버텨 주어서 고마웠다. 안타까운 마음에 정원의 목소리가 아릿하게 흔들렸다.

"괜찮지 않아도 돼요. 괜찮지 않은 게 당연하잖아요. 아프면 아픈 대로, 힘들면 힘든 대로 그냥 둘 수도 있는 거잖아요. 그렇게 다시 시작하면 되죠."

정원의 눈가에 멈췄던 눈물이 다시 말갛게 차올랐다. 소리도 없이 흐르는 눈물이 먹먹하게 아프다. 그럼에도 진하는 그 눈물에 말로 다 할 수 없는 위로를 받았다. 그 말간 눈물이 황폐한 그의 마음을 넉넉하게 감싸 주는 것만 같았다.

정원이 눈물을 닦아낼 생각도 않고 그를 바라보며 희미하게 웃었다.

"굳이 잊을 필요 없어요. 애써 지우려고 하지 마세요. 사랑하는 사람이 어떻게 지워져요. 그런 게 가능할 리 없잖아요."

아릿한 기억 너머 아빠 선환의 마지막 미소가 떠올랐다. 그 미소 하나로 정원은 그 모든 기억들을 아프지 않게 기억할 수 있었다. 아빠 몰래 혼자 숨어 수없이 흘렸던 눈물이 마지막 미소와 함께 아득하게 멀어졌다.

애초에 석 달, 길어야 6개월이라는 선고를 받고도 선환은 2년이나 더 정원의 곁에 머물러 주었다. 더 이상의 치료 방법도 없이 당장 숨이 멈춰도 이상하지 않다는 의사들의 통보에 결국 퇴원을 하고도 꿋꿋하게 정원의 곁을 지켰다.

그리고 마지막 일주일. 혼수상태에 빠져 병원에 다시 입원한 선환은 마약성 진통제에도 불구하고 이어지는 끔찍한 고통에 혼절하고 깨어나기를 반복했다.

[아빠, 고마워요. 지금까지 내 옆에 있어 줘서. 많이 사랑해 줘서, 끝까지 지켜 줘서. 많이, 아주 많이 고마워요. 내 마음 알지?]

끊어질 듯 이어지는 마지막 숨결을 붙잡고 정원은 끝까지 선환을 위해 웃었다.

[그러니까 이제 그만 아파요. 그만해도 돼. 나 이제 정말 괜찮아. 잘 살게요. 행복하게, 씩씩하게. 나 아빠 딸이잖아. 은선환 씨 딸, 은정원 믿지? 그러니까 이제 편해져도 돼요. 나 아빠 아픈 거 싫어. 힘든 것도 싫어. 그만 아팠으면 좋겠어.]

혼미한 의식 속에서도 선환은 끝끝내 정원의 손을 놓지 않았다.

[아빠 보란 듯 행복하게 잘 살게. 그러니까 이제 아프지 않은 곳에서 웃으며 지켜봐 줘요. 나 아빠 딸이잖아. 약속은 꼭 지킨다니까. 알지?]

마지막 순간임을 알았던 것일까. 오랜만에 정신이 돌아온 선환이 여느 때와 다르게 말갛게 개인 눈으로 정원을 똑바로 바라보며 환하게 웃었다. 그의 손을 꼭 잡은 정원도 마주 웃으며 마지막 인사를 했다.

[사랑해. 아빠.]

다행히 선환은 마지막 순간만큼은 편안하게 눈을 감았다.

그 어떤 어려움과 고통도 사랑하는 사람을 잃는 것에 비할 바가 되지 못한다. 그래서 정원은 끝까지 곁을 지켜 줬던 선환의 마음을 생각하면 그 어떤 순간에도 웃을 수 있었다. 그리고 아버지의 마지막 유언처럼 세상 누구보다 행복하게 잘 살 거라고 마음 깊이 다짐했다.

엎어진 김에 쉬어 가라고 했던가. 정원은 그동안 꾹꾹 눌러 왔던 눈물을 참으려는 노력도 없이 흐르는 대로 두었다. 그 누구에게도 하지 못했던 말들을 쏟아내고, 응어리졌던 마음을 풀어내자 고삐 풀린 눈물이 하염없이 쏟아졌다.

한 번쯤 그리해도 좋았다. 이젠 그리해도 될 것 같았다. 가슴속에 너무 많은 것을 담고 살면 그 무게에 눌려 아무것도 하지 못하게 된다.

아빠와의 약속을 지키기 위해서라도 그래서는 안 되는 일이었다. 슬픔으로 가득 채우기엔 그녀가 받은 사랑이 너무나 크고 깊었다.

정원의 눈물이 멈추기를 말없이 기다리던 진하가 다시 물 한 잔을 내밀더니 달콤한 캐러멜 마끼아또를 만들었다. 그리고 그마저도 정원의 앞에 쓱 밀어놓고는 아무 일도 없었다는 듯 카페 오픈을 준비했다. 꽃도, 화기들도 다시 치우란 소리는 하지 않았다.
'에계, 이게 다야?'
그의 서투르고 투박한 위로에 정원은 눈물이 채 마르기도 전에 피식 웃음이 났다. 어쩜 저렇게 어설픈지 모르겠다. 그럼에도 그 작은 진심이 온전히 닿아 먹먹한 가슴 한편을 따스하게 물들였다. 굳이 말로 하지 않아도 알아지는 마음이 점점 깊어만 간다.
'아빠. 나, 저 사람이 좋아. 내가 사랑하는 사람이야.'
문득 돌아보니 화사한 꽃들이 눈부신 햇살 아래 한가롭게 흔들리고 있었다. 두 사람의 아픈 마음을 다 아는 것처럼 하늘하늘 손짓하며 환한 얼굴로 예쁘게 웃는다.
정원은 기적을 믿었다. 행복이 그러하듯 기적 또한 무조건 크고 대단한 일이어야만 하는 건 아니었다. 사소해 보이는 아주 작은 일도 누군가에겐 간절히 바라던 기적이 될 수 있었다. 정원 자신에게 일어났던 기적처럼 말이다.
정원에겐 아빠와 함께했던 그 모든 순간들이 기적이었다. 헛되이 흘려보내도 되는 시간 같은 건 없었다. 그 어떤 순간도 의미 없이 주어지는 것이 아니었다. 그래서 정원은 후회를 남기지 않게, 최선을 다할 수 있는 그 시간들에 감사할 수 있었다.
 '아빠, 저 사람 많이 외롭고 아팠을 텐데 마음이 참 따뜻하고 깊어. 그래서 좋아.'
 이별을 준비하고 마음을 다해 보냈어도 아픈 것이 사람이었다. 그런데 정작 그에겐 사랑하는 사람과 이별을 고할 아주 짧은 시간조차 주어지지 않았다. 그 마음이 어떤 것인지 정원은 차마 짐작조차 할 수가 없었다.
 사랑하는 사람을 위해 그 어떤 것도 하지 못한 채 홀로 떠나보내고, 홀로 견뎌냈으리라. 그 안타깝고 애달픈 마음이 오죽했을까. 그래서 더 시리고 아팠다.
 '아빠. 내가 뭘 해 줄 수 있을지는 모르지만, 그래도 저 사람을 사랑할 수 있어서 다행이야. 정말 다행이야.'
 그의 아픔을 함께 나눌 수 있어서 다행이었다. 그 아픈 마음을 이제라도 내려놓을 수 있어서 다행이었다. 정원은 무엇보다 지금 이 순간 그의 곁에 있을 수 있어서 다행이라고 생각했다. 그저 사랑하는 마음이 그랬다.

 버릇처럼 오픈을 준비하던 진하가 뒤늦게 정신을 차리고 멍하니 카페 안을 둘러보았다. 곳곳에 피어 있는 꽃들이 반짝반짝 시리도록 화사했다. 생각보다 크게 아프지도, 크게 슬픈 것도 아니었다. 그저 먹먹하니 가슴 한편이 둔중하게 울린다.
 '진짜 아무것도 모르는 건 나였구나.'

이게 다 뭐라고 그렇게 꽁꽁 숨겨두고 지우려 애를 썼을까. 두 번 생각할 것도 없이 무조건 닫아걸고 꺼내 보지도 않았다. 무언가에 쫓기듯 그게 최선이라고 생각했다.
　사실 진하는 연이은 충격에 제정신이 아니었다. 무의식 속 지워졌던 기억만으로도 혼란스러운데 그 충격이 가시기도 전에 마주한 진실이 너무나 참담해서 차마 외면하고 싶었다. 하지만 사랑하는 사람의 눈물 어린 진심은 그를 돌아서지도 도망치지도 못하게 만들었다.
　'내 부모님도 그런 마음이었겠지. 현화도 그랬을 거야. 그래, 다들 그랬겠지.'
　그도 알고 있었다. 더 이상 도망치면 안 된다는 것을. 차마 감당할 수 없는 어둠 앞에서 끝내 다시 무너지더라도 그 너머 진실과 똑바로 마주해야 한다는 사실을.
　그렇게 되찾은 기억과 혹독한 현실 앞에서 진하는 묵묵히 모든 것을 인정하고 받아들였다. 그가 사랑했던 사람들을 위해서, 그리고 사랑하는 사람을 위해서. 정원을 바라보는 진하의 눈빛이 애잔하게 흔들렸다.
　'넌 그런데도 웃었구나. 그래서 더 환하게 웃었구나. 그랬구나.'
　그를 일으켜 세우려 자신의 아픔과 슬픔까지 모조리 토해내는 사람이었다. 그 하나를 위해 자신의 모든 것을 내어놓는 그녀의 오롯한 진심 앞에서 진하가 할 수 있는 일 또한 그것뿐이었다. 도망치지 않고, 외면하지 않고, 자신의 어둠과 똑바로 마주하는 것.

 더 바라는 것도 없고, 빌미삼아 무언가를 요구하지도 않는다. 그 순수하고 맹목적인 마음이 너무나 절실해서 다른 생각은 할 수가 없었다. 그럼에도 그 흔한 위로 한마디조차 하지 못하는 빈 가슴이 너무나 참담해서 마음이 아팠다.

 '내가 너한테 뭘 해 줄 수 있을까. 뭘 어떻게 해야 네가 다치지 않게 지킬 수 있을까.'

 세상을 다 줘도 부족한 사랑에게 아무것도 해 줄 수 없는 것이 진하의 앞에 놓인 현실이었다. 그럼에도 대책 없이 깊어지는 이 마음을 어찌해야 할까. 그보다 더 무방비하게 자신을 모두 내어 주는 저 여자를 어찌해야 할까.

 그저 지켜만 볼 수 있을 줄 알았다. 그렇게 지켜 주리라 마음먹었다. 하지만 진하는 이 순간 그 결심이 과연 옳은 결정이었는지 자신할 수가 없었다.

 마음은 마음대로 되는 것이 아니었다. 그의 마음만 단속한다고 되는 것도 아니었다. 무방비하게 거침없이 전부를 내어 주는 그녀의 진심이 감당할 수 없을 만큼 커지고 있었다.

 스스로 다칠 것은 생각지도 않고 무작정 자신을 내던진다. 그 순수하고 올곧은 마음 앞에서 언제까지 모른 척 눈감을 수 있을지 모르겠다. 무모한 그녀의 사랑이 다시 한 번 그를 무섭게 흔들었다.

 커피를 마시며 진하의 눈치를 살피던 정원이 불쑥 입을 열었다.

"저기, 마스터."

안 그래도 정원에게 온 신경을 쏟고 있던 진하가 멈칫 손을 멈추고 돌아봤다. 여전히 부은 눈에 감정 소모가 컸던 만큼 기운은 없어 보였지만 맑게 갠 눈망울이 단단했다. 말없는 그의 시선에 잠시 망설이던 정원이 대뜸 물었다.

"이제 저 짤려요?"

순간 당황한 진하가 말간 정원의 눈동자를 멀거니 바라보았다. 그 어떤 사랑 고백보다도 더 절절한 진심을 내어 주고는 아무렇지도 않게 눈앞의 현실로 돌아온다. 그 모든 고백에도 불구하고 그녀는 정작 자신이 무슨 짓을 했는지 모르는 얼굴이었다. 그녀의 감정은 그저 혼자만의 마음이려니 여전히 그렇게 믿고 있는 것 같았다.

어떻게 저리도 단순하게 당당할 수 있는 것일까. 너무나 맑아서 그 모든 고백이 꿈처럼 멀어지는 기분이었다. 현성이 미련 곰탱이라며 답답해하는 것이 순간 절로 이해가 됐다.

이 여자는 좀 이상하다. 몰라도 좋을 것은 너무 많이 알고, 꼭 알아야 할 것들은 심하게 몰랐다. 지극히 현실적이지만 비정상적일 만큼 해맑게 모자라다.

아이들 과외만 했다더니, 빈약한 이력서대로 사회생활을 해 보지 않은 탓인 것도 같았다. 사는 게 바빠 눈 돌릴 틈도 없이 앞만 보고 달려온 것도 무시하지 못하리라. 극과 극. 중간이 없어도 너무 없었다.

말똥말똥 바라보는 커다란 눈동자가 말없는 그의 시선에 불안하게 흔들렸다. 그제야 정신을 차린 진하가 깊은 한숨과 함께 천천히 또박또박 말했다.

"그럴 생각 없습니다."

안도한 듯 꼭 쥐고 있던 커피잔을 내려놓은 그녀가 다시금 진지하게 물었다.

"제가 너무 오버했죠. 그래서 다시 싫어졌나요?"

이건 또 무슨 뚱딴지같은 소린지 모르겠다.

"싫어한 적 없다고 했습니다."

"정말 안 싫으세요?"

애도 아니고 무슨 질문이 일차원적이다 못해 유치하기가 하늘을 찌른다. 대체 무엇이 알고 싶은 것일까. 그럼에도 너무나 진지한 눈빛에 진하는 대답을 안 할 수가 없었다.

"안 싫습니다."

"정말, 정말이죠?"

활짝 웃으며 확인하는 모양이 기가 막히다 못해 무서울 지경이었다. 정원의 기세에 휘말린 진하가 흠칫 미간을 모았다.

"몇 번을 말해야 합니까."

"그냥 확인이에요. 확인."

대단히 큰일이라도 되는 것처럼 따져 묻던 정원이 그제야 슥 물러나며 비실비실 웃었다.

"그러니까 계속 이렇게 뒤도 이제 화 안 내실 거죠?"

"……."

"싫으세요?"

그녀가 선뜻 대답하지 못하는 진하를 빤히 바라보며 풀죽은 목소리로 중얼거렸다.

"싫은 거 맞네, 뭐. 역시 그랬어."

"이건 다른 문젭니다."

"뭐가 어떻게 다른데요? 정말 안 싫어하는 거 맞아요?"

엄마가 좋아, 아빠가 좋아도 아니고 끈질기게 확인하는 그녀의 눈빛이 왠지 모르게 절실했다. 진하가 마지못해 다시 한 번 분명하게 말했다.

"안 싫어하는 거 맞습니다."

"안 싫어하면, 좋아하세요?"

"지금 그런 말이……!"

"아, 실수. 잠깐 말이 헛나왔어요. 그렇다고 제가 싫어지신 건 아니죠?"

무슨 생각을 하는 것일까. 진하는 불현듯 그녀의 질문에 깔린 저의가 의심스러워졌다. 그저 생각 없이 단순하게 하는 질문이 아닐지도 몰랐다. 씩씩한 미소 뒤에 숨겨진 진심이 누구보다 깊은 것을 안다.

"은정원 씨."

"네!"

정원이 씩씩하게 웃으며 그를 빤히 쳐다봤다. 진하는 새삼 여자란 참 모를 존재라는 생각이 들었다. 언제 그렇게 눈물을 쏟았냐는 듯 씩씩하고 해맑은 그녀의 눈빛에 더 이상 따지고 싶은 생각도 들지 않았다.

"하, 일이나 합시다."

"더 할 일 없는데요. 뭐 시키실 일 있으세요?"

뱅글뱅글 웃으며 파고드는 정원의 눈빛에 그가 멈칫 한 걸음 물러섰다. 하지만 그뿐이었다. 차마 돌아서지도 못하고, 그렇다고 피할 수도 없는 상황에 우두커니 서 있는 그의 표정이 난감했다. 그리고 그런 그의 모습에 정원은 왠지 모를 안도감을 느꼈다.

'다행이야. 또다시 무작정 밀어내지 않아서.'

그녀의 고집으로 사랑하는 사람의 아픈 상처를 헤집어 놓았다. 그럼에도 불구하고 똑바로 마주 보는 그의 눈빛이 더 이상 깜깜하지 않았다. 어렵게 헤치고 나온 어둠의 무게만큼 맑고 깊었다.

정원은 사실 그의 진심이 무엇인지 중요하지 않았다. 그의 마음이 어디에 있는지도 지금은 궁금하지 않았다. 섣부른 기대로 욕심을 부리기엔 그가 건너온 어둠의 그림자가 너무 짙었다. 지금은, 아직은 그것만으로도 정원은 충분했다.

그가 애써 묻어두었던 아픈 기억과 정면으로 마주하고 있었다. 그럼에도 불구하고 싫지 않다고 말해 주었다. 싫어한 적도 없단다. 정원은 이런 시작도 좋다고 생각했다. 싫지 않으면, 좋아질 여지도 있는 것이다. 밑도 끝도 없는 무모한 희망에 가슴이 두근두근 뛰었다.

오픈 준비를 마친 진하가 새삼 걱정스러운 얼굴로 정원의 안색을 살폈다.

"무리하지 않아도 되는데, 오늘 일할 수 있겠습니까."

"왜요?"

너무나 아무렇지도 않은 그녀의 대답에 진하는 순간 할 말이 생각나지 않았다. 정말 몰라서 묻는 것일까.

그렇게 펑펑 마음 깊이 묻어둔 눈물을 쏟아놓고 정말 괜찮은 것인지 진하는 못내 마음이 쓰였다. 그조차도 휑하게 비워낸 가슴 한편이 여전히 먹먹하건만 그녀라고 다를 것 같지 않았다. 속도 모르고 그녀가 씩 길게 웃었다.

"저야 뭐, 사정 모르고 사고 친 것밖에 더 있나요. 마스터야말로 저 때문에 괜히……."

너무나 씩씩하게 멀쩡한 눈빛에 진하는 순간 정말 그대로 믿을 뻔했다. 저토록 환한 미소가 어쩌면 이다지도 사람 마음을 시리게 울리는 것일까. 차마 가늠할 수 없는 감정의 파고에 진하의 눈동자가 깊이 가라앉았다.

"나는…… 괜찮습니다."

정원이 코끝을 찡그리며 미심쩍은 얼굴로 고개를 기울였다.

"정말, 정말 괜찮아요?"

"난 걱정 안 해도 됩니다. 은 매니저야말로 무리하지 말아요."

서걱거리는 가슴을 애써 추스른 진하가 낮게 웃어 보였다. 정원이 빙긋 마주 웃으며 그를 빤히 보았다.

"전 아까 간단하게 먹었는데, 식사 안 하셨죠?"

이 와중에도 끼니 걱정이라니. 이 여자는 참 이상한 데서 한결같았다. 그리고 그 한결같은 모습에 진하는 괜스레 안도의 한숨이 나왔다.

참으로 단순하고 명료하다. 이미 벌어진 일에 연연하지 않았고, 지나간 일에 미련을 두지도 않는다. 그냥 그렇게 흘러가는 대로 두는 것조차 자연스럽게 당연한 사람이었다.

[괜찮지 않아도 돼요. 괜찮지 않은 게 당연하잖아요. 아프면 아픈 대로, 힘들면 힘든 대로 그냥 둘 수도 있는 거잖아요. 그렇게 다시 시작하면 되죠.]

그녀 말대로 그렇게 다시 시작하면 되는 일이었다. 제아무리 자책하고 후회한대도 이미 지나간 과거의 시간을 되돌릴 방법은 없었다. 그럼에도 불구하고 오늘을 살아야 하는 것이 남겨진 사람의 몫이었다.

[굳이 잊을 필요 없어요. 애써 지우려고 하지 마세요. 사랑하는 사람이 어떻게 지워져요. 그런 게 가능할 리 없잖아요.]

끝까지 포기하지 않고 진심을 다해 건네던 올곧은 마음 한 조각이 순간 뻥 뚫린 가슴을 따스하게 감싸 주었다. 그 한마디 말이 백 마디 위로보다 더 큰 울림이 되어 그의 마음을 가득 채웠다. 잊을 필요 없이, 지우려 애쓰지도 않고, 그냥 그렇게 다시 시작하면 되는 것이다.

잃었던 기억을 되찾고, 깊고 아득한 어둠을 지나 다시 사랑 앞에 선 지금, 진하는 그 어느 때보다 머릿속이 선명하게 맑았다. 뿌리 깊은 트라우마와 직면하고 깨달은 진실은 그를 더욱 단단하게 만들어 주었다. 이제 더 이상 이유를 알 수 없는 어둠의 공포에 떠밀려 도망칠 필요도 없었다.

되찾은 기억과 함께 모든 것이 흔들림 없이 분명해졌다. 무엇보다 그에겐 아직 온 마음을 다해 지켜야 할 사람이 있었다. 세상을 다 주어도 부족한 사랑이 눈앞에서 환하게 웃는다.

정원의 성화에 떠밀려 간단하게 식사를 한 진하는 아무 일도 없었다는 듯 평소와 다르지 않은 하루를 준비했다. 굳이 말로 하지 않았지만 어제와 같은 오늘이 무엇보다도 소중하게 느껴졌다.

잠시 한가한 시간, 커피를 마시던 정원이 새삼 진하의 눈치를 살폈다.

"마스터, 제가 잘 몰라서 그러는데 뭐 하나 물어봐도 될까요?"

새삼스러운 그녀의 질문에 진하가 피식 가볍게 웃었다. 이 모든 일들을 무모하도록 용감하게 저지른 당사자가 이제 와 조심스러울 일이 뭐가 더 있을까. 진하의 미소에 버릇처럼 입술을 잘근대던 정원이 불쑥 입을 열었다.

"저기, 이 화병들 말인데요. 비싼 거면 그냥 다른 걸로……."

곧 죽어도 못 치운다고 버틸 땐 언제고 이제 와 무슨 소린가 싶었다. 아무튼 뒷북도 이런 뒷북이 없다. 진하가 빙글빙글 웃으며 자못 진지한 정원을 빤히 보았다.

"그냥 써요. 소중히 다뤄 주면 더 고맙고요."

"응? 갑자기 왜요?"

봄날 아지랑이같이 아른거리는 진하의 시선에 당황한 정원이 급격히 말꼬리를 흘렸다.

"어, 그게…… 마스터가 너무 순순히 나오니까……."

그녀가 무슨 말을 하는지 진하도 모르지 않았다. 지난 삼 년, 꽁꽁 싸매두고 차마 돌아보지도 못한 과거의 흔적이었다. 일루전(illusion)처럼 겹쳐지는 두 번의 끔찍한 사고, 그리고 먼 기억 속 그때처럼 감당할 수 없어 지워 버린 기억들.

하지만 그 모든 기억의 조각들이 제자리를 찾은 지금, 다시 마주한 과거는 더 이상 끔찍하지도 두렵지도 않았다. 여전히 걱정이 묻어나는 정원의 시선에 진하가 다시 한 번 흔들림 없이 웃어 보였다.

"그 사람이 쓰던 물건 맞습니다. 그리고 물건은 쓰라고 있는 거죠. 그러니까 편하게 써도 됩니다. 사실 난 어디에 어떻게 쓰는지도 잘 몰라요."

"저라고 뭐 아나요. 그냥 책 보고 흉내만 좀……. 그런데 정말 이대로 괜찮으시겠어요?

"절대 못 치운다고 버티던 사람이 누군데 그럽니까."

"제가 언제……. 절대라고는 안 했거든요?"

정원이 그제야 긴장을 풀고 샐쭉 웃었다. 진하가 마주 웃으며 새삼 고마운 마음을 담아 진심을 전했다.

"고맙습니다. 덕분에 정리가 많이 됐어요. 그러니까 오전의 일은 더 이상 마음에 담아두지 말아요. 안 그래도 됩니다."

"아, 저, 그…… 별말씀을요. 하."

불쑥 다가드는 진하의 진심어린 눈빛에 당황한 정원이 커다란 눈을 깜빡거렸다. 그리고 이내 의심스러운 눈으로 조심스레 진하의 안색을 살폈다.

'뭐지?'

왜일까. 봄 햇살처럼 따스한 그의 미소에 설레기는커녕 가슴 한편이 덜컥 내려앉았다. 뭔가 싸하니 마냥 좋아할 수가 없었다. 너무나 친절하게, 너무나 다정하게 웃어 주는데도 순간 가슴 한편이 선뜩하게 시렸다.

'왜 그렇게 웃어요. 왜 그런 눈으로 보는 건데요.'

아스라한 그의 미소에 이유도 없이 왈칵 눈물이 나려고 했다. 흔들림 없이 단단하게 마주 보는 눈빛이 더 이상 무채색으로 비어 있는 것도 아닌데 괜스레 조바심이 일었다.

모든 것이 더할 나위 없이 잘 풀렸다고 마음 놓은 순간 성큼 다가서는 불안감에 정원은 잠시 혼란스러움을 느꼈다.

'왜 그래요. 무슨 일이에요.'

사랑하는 사람이 눈앞에서 환하게 웃고 있는데도 성큼 멀어질 것만 같아서 손끝에 움찔 경련이 일었다. 정말 간절하게 그의 옷깃이라도 꼭 붙잡고 종일 쫓아다니고 싶은 심정이었다. 대체 왜 이런 기분이 드는 것일까.

32. 빗나간 진심

 이른 저녁, 윤주는 일찌감치 카페를 다시 찾았다. 급한 마음에 중요한 일만 대충 마무리하고 뛰어오는 길이었다. 현성에게 잘 해결됐다는 연락을 받았지만 아무래도 석연치가 않았다. 두 눈으로 확인해야 불안한 마음을 진정시킬 수 있을 것 같았다.
 카페로 급하게 들어서던 윤주가 멈칫 걸음을 멈췄다. 걱정한 것이 무색하리만치 카페는 아무 일도 없었던 것처럼 평소와 다름없이 차분한 분위기였다. 예상치 못한 상황에 당황한 윤주가 카페 안을 두리번거렸다. 그리고 이내 흠칫 인상을 굳혔다.
 윤주는 순간 자신의 눈을 의심했다. 변하지 않은 것은 카페만이 아니었다. 구석구석 화사하게 하늘거리는 꽃장식도 그대로 놓여 있었다.
 카페가 영업을 중지하고 문을 닫았어도 이렇듯 놀라지는 않았으리라. 세상 그 어떤 것도 지금 눈앞에 펼쳐진 상황보다 이상하지는 않을 것 같았다. 마침 서빙을 하고 돌아서던 정원이 꾸벅 인사를 했다.

"오셨어요."

카운터 앞에 나와 있는 진하의 서늘한 시선이 윤주를 슥 스치고 지났다. 차가운 외면, 고의적인 무시. 도무지 익숙해지지 않는 그 아득한 경계에 가슴 한편이 선뜩하게 베였다.

윤주는 변함없는 그 눈빛에 매번 상처 받는 자신이 정말 싫었다. 그녀가 차마 진하 앞으로 다가서지 못하고 정원을 잡아 세웠다.

"정원 씨, 나 좀 보죠."

문득 진하의 눈치를 살핀 정원이 어깨를 들썩이며 윤주 앞에 섰다.

"이거, 진하 씨가 그냥 두던가요?"

"뭐, 치우라고 그러긴 했는데……."

"그랬는데요."

조급하게 따져 묻는 윤주의 시선에 정원이 멀뚱멀뚱 커다란 눈을 깜박거렸다. 그리고 대뜸 딴소릴 했다.

"윤주 씨도 이걸 치워야 한다고 생각하세요?"

"뭐라고요?"

날카롭게 되묻는 윤주의 눈빛에 정원이 고개를 갸웃거렸다.

"그게 그렇잖아요. 전 왜 치워야 하는지 모르겠는걸요. 사랑하는 사람을 잊은 것도 아니고, 사랑했던 기억이 싫은 것은 더더욱 아닐 테고, 사랑하는 사람을 굳이 지워야 할 이유도 없잖아요. 아름다운 기억은 그냥 아름답게 간직하는 게 맞는 거 같아서요."

"그래서요?"

"납득할 수 없으니 못 치운다고 했죠. 정 싫으면 직접 치우시라고."

"그랬더니 그냥 두던가요?"

버석거리며 흔들리던 윤주의 목소리가 한 톤 더 낮아졌다. 정원이 그제야 영문 모를 얼굴로 윤주를 빤히 쳐다봤다. 그리고 조심스레 말을 덧붙였다.

"더 이상 치워라 마라 하진 않더라고요. 그래서 그냥 뒀는데, 왜요?"

카페 문 앞에서 대화를 나누는 두 사람을 진하가 말없이 바라보고 있었다. 정원의 어깨 너머 진하의 시선을 느낀 윤주의 표정이 하얗게 바래졌다. 순간 윤주의 눈가에 아득하게 시린 바람이 불었다. 그녀가 지극히 건조한 시선으로 정원을 빗겨보며 나직이 중얼거렸다.

"정원 씨, 잠시 자리 좀 비켜 줄래요?"

"네?"

"자리 좀 비켜 달라고요. 진하 씨랑 개인적으로 할 얘기가 있어서 그래요."

부서질 듯 파리하게 굳은 얼굴로 말하는 윤주가 왠지 모르게 불안했다. 정원이 저도 모르게 불쑥 잘라 말했다.

"싫은데요."

"뭐라고요?"

진하를 향하던 시선이 그제야 날카롭게 정원을 향했다. 하지만 이미 마음을 굳힌 정원은 흔들림 없이 담담하게 대답했다.

"죄송하지만 아직 영업 중입니다. 손님의 개인적인 부탁을 들어 드릴 수는 없습니다."

솔직히 틀린 말도 아니었다. 학기 말, 여느 때와 달리 손님들이 꽤 많기도 했다. 윤주라고 예외가 될 수는 없었다. 더구나 위태롭게 선을 넘기는 그녀의 독선을 정원은 더 이상 간과하고 싶지 않았다.

"정원 씨."

"매니저입니다."

"그런……!"

순간 늘 도도하고 우아하게 상대방을 내리 누르던 눈빛이 무참하게 흔들렸다. 하지만 정원은 물러서지 않았다. 제아무리 간절한 마음이라 해도 안 되는 것이 있다. 무조건 억지를 부린다고 세상 일이 다 자기 마음대로 되지는 않는다.

물론 세상의 중심은 나 자신이었다. 정원도 그 사실을 부정할 생각은 없었다. 하지만 그럼에도 세상이 나를 중심으로 돌아가는 것은 아니었다. 그 차이를 정말 모르는 것일까. 정원이 다시 한 번 단호하게 선을 그었다.

"아시다시피 제가 카페 매니저거든요. 영업 중에 함부로 자리를 비울 수가 없네요. 죄송합니다."

"정원 씨!"

바짝 날이 선 윤주의 눈빛이 아찔하게 수위를 넘나들었다. 그때였다.

"그만하지."

진하가 불쑥 앞으로 나서며 정원을 막아섰다. 정원이 그제야 한 걸음 물러서며 넙죽 고개를 숙였다.

"소란 피워 죄송합니다."

"은 매니저가 사과할 일 아닙니다. 여긴 내가 정리할 테니 일 보세요."

흘깃 돌아보는 진하의 눈매가 자못 사나웠다. 흠칫 놀란 정원이 잠시 눈치를 살피다 말없이 물러났다.

"진하 씨."

윤주가 차마 말을 잇지 못하고 원망스레 진하를 바라보았다. 하지만 진하는 아랑곳하지 않았다.

"나가서 얘기하지."

윤주가 돌아서 카페 문을 나서는 진하의 뒷모습을 파리하게 날 선 얼굴로 바라보았다. 불안하게 흔들리던 그녀의 눈동자가 순간 어둡게 가라앉았다.

환하게 드러난 카페테라스를 빗겨나 뒤쪽으로 자리를 옮기니 정원이 가꾸고 있는 텃밭 앞이었다. 윤주가 따라 나오는 것을 기다리던 진하가 아릿한 눈으로 정원의 텃밭을 바라보았다.

구석의 작은 공간에서도 씩씩하게 자라나는 작물들이 딱 그녀 같았다. 화려하지도 눈에 띄지도 않지만 제자리에서 제 역할을 다하고 있는, 눈앞의 오늘에 누구보다 충실하다.

사박사박 다가오는 윤주의 발걸음이 불안정하게 흔들렸다. 하지만 그녀를 돌아보는 진하의 눈빛은 그 어느 때보다 단단하고 맑았다. 멈칫 걸음을 멈춘 윤주가 떨리는 목소리로 그를 몰아붙였다.

"솔직히 말해 봐요. 다른 사람 생겼어요? 그래요?"

"……."

"왜 대답을 못 해요. 설마, 진짜예요? 말 좀 해 보라고요!"

차마 믿을 수 없는 진실 앞에 윤주의 눈동자가 부서질 듯 아득하게 흔들렸다. 하지만 진하는 망설이지도 머뭇거리지도 않았다.

"내가 왜 대답을 해야 하지?"

"진하 씨!"

"손님, 개인적인 질문은 사양하겠습니다."

끝까지 흔들림 없이 잘라내는 진하의 눈빛이 단호했다. 그 차가운 경계에 더 이상 베일 곳도 없이 너덜거리는 윤주의 마음이 와르르 무너져 내렸다. 그녀가 파르라니 날 선 얼굴로 진하를 매섭게 다그쳤다.

"그럼, 저 아이한테 직접 물어볼까요?"

"그게 무슨……!"

내내 냉정함을 잃지 않던 그의 단단함이 여지없이 흔들렸다. 그 난감한 변화를 놓치지 않은 윤주의 눈빛이 싸늘하게 가라앉았다.

"왜요? 못 할 거 같아요?"

"정윤주!"

성큼 막아서는 진하의 눈빛이 사납게 일렁거렸다. 하지만 윤주는 더 이상 아무 생각도 할 수가 없었다.

"어떻게 당신이……. 어떻게……!"

한 발짝도 허용하지 않겠다는 듯 단단하게 막아선 진하가 비틀거리는 윤주를 말없이 바라보고 있었다. 잔인하도록 솔직한 그 눈빛에 더 이상의 대답이 필요 없었다. 참담함에 발밑이 무너져 내리듯 눈앞이 깜깜하게 지워진다.

하염없이 흔들리던 윤주가 더 이상 버티지 못하고 풀썩 주저앉았다. 하지만 진하는 여전히 꼼짝도 않고 지켜보고만 있었다.

먹먹하게 가라앉은 윤주의 눈가에 왈칵 서러운 눈물이 차올랐다.

"내가 먼저 사랑했어요. 현화보다 내가 먼저 당신을 알았고, 내가 먼저 당신을 사랑했단 말이에요."

세상이 온통 환하게 빛나던 어느 봄날, 거리에서 우연히 스치듯 만난 남자였다. 찰나의 부딪침에 웃으며 손을 잡아 준 남자에게 첫눈에 반해 그대로 빠져들었다. 그리고 매일 같은 자리에서 커피를 마시는 그를 설레는 마음으로 기다렸다.

윤주가 일어날 생각도 않고 먹먹한 눈으로 그때의 기억을 떠올렸다.

"그 마음이 너무나 깊어서 당신의 사랑이 내가 아니라는 사실조차 받아들일 수밖에 없었어요. 내가 아니라 내 친구를 사랑했지만 그래도 당신만 행복하다면 물러날 수 있었어요. 진심으로 축복할 수 있었어요. 두 사람 모두 내가 너무나 사랑하는 사람들이었으니까."

눈부시게 환한 그의 미소가 사랑하는 친구를 향하고 있었다. 마음 깊이 사랑하는 친구라서 원망조차 할 수 없었다. 그를 향한 마음이 너무 깊어 미워할 수도 없었다. 운명이라고 믿었던 사랑이 채 꽃을 피우기도 전에 시들어 버렸다.

"그래서 표현도 못 하고 지켜보기만 했어요. 잊으려고 지우려고 노력도 했어요. 나라고 마냥 아무것도 안 한 줄 알아요? 그런데 안 됐어요. 사랑하는 친구가 그렇게 떠났는데도 차마 잊을 수가 없어서 또 기다렸어요. 그 마음을 당신이 알아요?"

넋두리 같은 그녀의 아픈 진심을 진하는 그저 말없이 듣고 있었다. 그렇게라도 덜어낼 수 있다면 그 어떤 원망도, 눈물도 기꺼이 받아줄 생각이었다.

어느새 눈물도 말라 버린 윤주가 천천히 고개를 들었다.

"당신이 아프면 나도 아프니까. 당신이 슬퍼하면 내 가슴에도 피멍이 드니까. 그래서 기다렸어요. 당신의 슬픔이 옅어지기를. 내 사랑이 더 이상 죄가 되지 않기를. 그런데 어떻게 당신이……!"

잠시 말없이 진하를 바라보던 윤주가 지그시 입술을 깨물었다.

'왜 당신의 눈은 여전히 나를 향하지 않는 건가요.'

천천히 자리에서 일어난 윤주가 아득하게 먼눈으로 나직이 중얼거렸다.

"벌을 받나 봐요. 친구의 남편이 된 당신을 끝내 마음에서 내려놓지 못한 벌을 이렇게 받나 봐요."

설핏 가늘어지는 진하의 눈을 바라보며 윤주가 아득한 미소를 지었다. 산산이 부서져 버린 가슴 가득 낯익은 어둠이 먹먹하게 밀려들었다.

'용서할 수 없어요. 내가 아파한 만큼 저 여자도 아파하게 만들겠어요. 나를 이렇게 만든 건 당신이에요.'

말없이 돌아서는 윤주의 표정이 밀랍처럼 하얗게 지워졌다.

쾅!

서둘러 밀린 일을 마무리 짓고 조교실을 나서려던 현성이 갑작스러운 윤주의 방문에 멈칫 고개를 들었다. 부서져라 문을 밀치고 들어온 윤주가 파랗게 질린 얼굴로 다짜고짜 현성을 몰아붙였다.

"이게 다, 너 때문이야. 니 잘못이야. 네가 책임져!"

비명처럼 아득하게 소리친 윤주가 비틀거리며 현성에게 다가갔다. 당장이라도 쓰러질 것처럼 불안정한 그녀의 안색에 놀란 현성이 덥석 어깨를 잡았다.

"누나, 갑자기 왜 그래? 무슨 일이야?"

초점을 잃고 흔들리던 윤주의 눈동자가 그제야 현성을 향했다. 그리고 끝끝내 잡고 있던 마음을 놓아 버리듯 하염없이 무너졌다.

"어떻게 이럴 수가 있어. 어떻게, 어떻게……!"

풀썩 쓰러지는 윤주를 부축해 자리에 앉힌 현성이 걱정스레 다시 물었다.

"진정하고 말을 해. 대체 무슨 일이냐니까!"

"진하 씨가…… 진하 씨가…….."

"형이 왜? 두 사람 또 무슨 일 있어?"

뒤늦게 정신을 차린 윤주가 넋 나간 얼굴로 멀거니 현성을 바라보았다. 무슨 정신으로 여기까지 왔는지 까마득히 생각나지 않았다. 무슨 말을 어떻게 해야 할지도 모르겠다. 세상이 없어진 것 같은 막막함에 눈물조차 나오지 않았다.

"현성아, 나 이제 어떡하니."

윤주가 퍼석하게 마른 눈으로 한숨처럼 중얼거렸다. 그리고 갑자기 풀썩 뒤로 넘어가며 의식의 끈을 놓았다.

"누나! 윤주 누나!"

하루를 정리하고 마감하는 시간. 현성이 영업을 마친 카페 문을 벌컥 열고 급하게 들어섰다. 낮의 일에도 불구하고 늦게까지 연락이 없어 내심 불안했던 정원이 설핏 인상을 썼다.

'웬일로 조용히 넘어가나 했다.'

정원은 근래 현성에 대해 새로 알게 되는 것들이 많았다. 쿨가이 강현성이 어이없게 집요한 성격이라는 것도 새삼 알게 된 사실 중 하나였다.

아버지가 돌아가시고, 어렵게 졸업을 하고, 하루하루 살아가는 것만으로도 바빠 자주 만나지 못한 탓도 있었다. 그래서 하루가 멀다 하고 찾아와 사사건건 참견하는 현성이 자못 낯설기도 했다.

괜찮다고 잘 해결됐다고 말했건만 왜 이렇게 사사건건 과민하게 반응하는 것일까. 자못 험악한 기세로 카페를 가로지르는 현성의 모습에 정원은 절로 한숨이 나왔다.

"이렇게 늦게 뭐하러 와. 뭔지 모르지만 내일 해. 내일."

진하에게도 정원 자신에게도 오늘 하루는 길고 험난했다. 무엇보다 깊고 어두운 수렁을 힘들게 건너왔을 진하를 더 이상 번거롭게 하고 싶지 않았다.

대뜸 막아서는 정원을 멈칫 스쳐 본 현성이 매섭게 말을 잘랐다.

"나, 형이랑 할 말이 있어. 자리 좀 비켜 줘."

"뭐?"

예상치 못한 상황에 정원이 눈을 동그랗게 떴다. 사고는 그녀가 쳤는데 윤주부터 현성까지 왜 다들 가만히 있는 그를 못 잡아먹어 난리인지 모르겠다.

사정 모르고 사고를 쳤으니 그녀를 다그치는 것은 이해할 수 있었다. 하지만 이렇듯 번갈아가며 그에게 무슨 할 말이 남은 것일까. 무엇보다 두 사람이야말로 그를 걱정하고 배려해야 할 지인들이 아니던가.

"나, 형이랑 할 말 있으니까 자리 좀 비켜 달라고 했어."

"대체 무슨 일……!"

정원이 고집스레 버티고 서서 현성을 노려보았다.

"은 매니저, 먼저 들어가요."

난데없는 진하의 대답에 당황한 정원이 흠칫 뒤를 돌아보았다.

"마스터……."

"괜찮습니다."

진하가 예상했다는 듯 아무렇지도 않게 현성을 마주 보았다. 순간 조용한 카페 안을 가득 메우는 서늘한 긴장감에 당황한 정원이 입술을 깨물었다.

'왜 또, 무슨 일인데.'

정원이 마지못해 미적미적 자리를 피한 후에도 두 사람은 한동안 말없이 마주 보고 있었다. 얼마나 시간이 지났을까. 지그시 주먹을 쥐고 애써 마음을 가라앉힌 현성이 천천히 입을 열었다.

"윤주 누나 쓰러져서 입원했어. 병원에서 깨어나자마자 형을 만나겠다고 난리 피우는 거 진정제 맞춰서 간신히 재우고 오는 길이야."

"그래서."

그 어떤 망설임도 없이 단호한 진하의 대답에 참다못한 현성이 버럭 소리를 질렀다.

"형, 진짜 이렇게 나올래!"

"그럼, 내가 뭘 더 어떻게 해야 하지?"

한 치의 물러섬도 없이 차분한 진하의 눈빛에 현성이 깊은 한숨을 내쉬었다. 그리고 차마 믿고 싶지 않은 마음에 망설이던 말을 불쑥 꺼냈다.

"대체 무슨 생각이야."

"뭐가."

똑바로 현성을 향하는 진하의 눈빛이 흔들림 없이 단정했다. 정말, 정말일까. 스멀스멀 피어오르는 불안감에 마음이 주춤 뒷걸음질을 친다. 한 치 앞을 알 수 없는 아득한 허공으로 발을 디디는 기분이 이러할까. 현성은 절대 믿고 싶지 않은 진실 앞에서 이대로 모른 체 돌아서고 싶었다. 하지만 여기까지 온 이상 다른 길은 없었다.

"정원이. 정말이야?"

"……."

"대답을 해 봐! 윤주 누나 말이 사실이냐고!"

"뭐가 더 알고 싶은 거지?"

부정도 긍정도 아닌 담담한 대답이 오히려 더 확실하게 와 닿았다. 그저 있는 그대로 전부를 말해 주는 단호한 눈빛이 그의 진심을 온전히 대변해 주고 있었다. 애써 부정하며 아슬아슬하게 붙잡고 있던 이성이 한순간에 날아가 버린다.

"미쳤구나. 미치지 않고서야 어떻게 그런……!"

"……."

"도대체 형은 뭐가 그리 당당해! 거짓말이라도 해야 하는 거 아냐? 형이 어떻게! 어떻게 형이 나한테 이럴 수가 있어!"

"……."

"아니, 뭐가 됐든 말하지 마. 정원이가 알게 하지도 마. 그냥 정리해. 그럴 수 있지?"

진하가 그제야 천천히 입을 열었다.

"네가 걱정하는 일은 없을 거야."

"내가 걱정하는 일? 그게 뭔데? 애초에 여기까지 오지를 말았어야지! 다른 사람도 아니고 형이 어떻게 이럴 수가 있어!"

그 어떤 말에도 흔들림 없이 단단한 진하의 눈빛에 현성은 왠지 모를 불안감을 느꼈다. 문득 요란한 경고음과 함께 희미하게 지워진 옛 기억들이 스쳐 지났다.

세상 밖으로 스스로를 유배시켰던 그가 어느새 다시 현실 앞에 똑바로 서 있었다. 머릿속에 떠오르는 생각들을 애써 밀어낸 현성이 거칠게 소리쳤다.

"하, 미치겠네. 두 사람 대체 뭐야! 그동안 뭘 한 거냐고!"

진하는 끝내 그 어떤 변명도 설명도 하지 않았다. 그저 말없이 현성의 원망과 비난을 고스란히 받아낼 뿐이었다.

'그러게, 난 대체 뭘 한 걸까.'

문득 떠오른 생각에 진하가 자조 어린 한숨을 내뱉었다. 아무것도 하지 않았다. 아무것도 하지 않았는데 마음이 제멋대로 움직여 이미 사랑이 되어 있었다. 마음이 마음대로 되지 않았다. 막을 수도, 멈출 수도 없었다.

말없는 진하의 시선에 매섭게 몰아붙이던 현성이 돌연 크게 한숨을 쉬었다.

"부탁이야. 형이 정리해. 형만 아니라면 정원이는 내가 책임져."

"정리하고 말고 할 것도 없어. 아무것도 안 했으니까. 앞으로도 마찬가지야. 변하는 건 없어."

"그런데 왜! 어째서 정원이는 형을……! 정원인 진심이라고!"

진하도 진심이었다. 하여 그 진심 앞에서 도망칠 수도, 외면할 수도 없었다. 하지만 진심과는 별개로 눈앞의 현실이 변하는 것은 아니었다. 현성이 참지 못하고 진하를 다그쳤다.

"비겁하다고 생각하지 않아? 비겁하다고!"

가차 없는 비난에도 진하는 정작 대꾸할 말이 생각나지 않았다. 틀린 말이란 생각도 들지 않았다. 진심 앞에서 진심으로 대하지 못하는 그가 더 이상 무슨 말을 할 수 있을까.

진하는 사실 그 어떤 말을 들어도 상관없었다. 그 어떤 말도 이젠 그를 다치게 하지 못한다. 하지만 그 진심 앞에서 그녀가 다치는 모습은 절대 보고 싶지 않았다.

그 사람은 아픔 없이, 상처 없이 환하게 축복받는 사랑을 했으면 좋겠다. 마음 깊이 너무 많은 것을 담고 있는 사람이었다. 그래서 그 사랑만큼은 더 이상의 아픔도 상처도 없기를 바랐다. 하여 진하는 절대 앞으로 나서지 않으리라 마음먹었다. 상처뿐인 그의 얄팍한 진심 따위 몰라도 좋았다.

정원의 마음이 그에게 있음을 모르지 않았다. 하지만 진하는 그녀에게도 또 다른 기회를 주고 싶었다. 그가 아닌 다른 선택을 할 수 있는 기회. 상처 따위 없이 당당하게 사랑할 수 있는 기회.

 그것은 현성에게도 마찬가지였다. 강현성은 진심으로 모든 것을 걸고 사랑할 수 있는 뜨거운 가슴을 가지고 있었다. 상처 없이, 그 어떤 그늘도 드리우지 않고 당당하게 빛나는 모습 그대로 그녀를 지켜 줄 수 있는 사람이었다.

 진하는 그렇게라도 그 소중한 마음들을 지켜 주고 싶었다. 말 그대로 두 사람은 아직 아무것도 하지 않았다. 하여 진하는 현성에게도 여전히 기회가 남아 있다고 생각했다.

 "저 사람은 아무것도 몰라. 그러니까 현성이 너도 모르는 거야. 윤주에게도 분명히 전해. 저 사람에게 이 이상 뭔가 더 시도하면 나도 가만히 있지 않을 거라고. 내가 참는 건 여기까지야."

 "윤주 누난 형을!"

 진하가 깊게 가라앉은 눈으로 더없이 냉정하게 잘라 말했다.

 "그 문제는 더 이상 꺼내지 말라고 했다. 내가 무작정 밀어붙인다고 통할 사람으로 보이나? 대체 뭘 더 어쩌라는 거지? 진짜 아무것도 하지 않기를 바란다면 너도 그 문제에 대해선 더 이상 꺼내지 마. 이건 경고야."

 절대 물러설 것 같지 않았던 현성이 칼날 같은 진하의 시선에 흠칫 이를 사리물었다. 그리고 어깨를 들썩이며 일렁이는 감정들을 추슬렀다. 그만큼 진하의 눈빛엔 허투루 넘길 수 없는 날 선 진심이 담겨 있었다.

 잊고 있었지만 그는 세계에서 가장 치열하다는 월가에서조차 이름만으로 모든 것을 설명할 수 있는 사람이었다. 한때 차세대 리더로 저널을 화려하게 장식하기도 했다. 개인적으로 소유한 자본은 둘째 치고 그의 말 한마디가 미치는 영향력은 그야말로 상상을 초월한다.

그 어떤 위기의 순간에도 절대 허점을 보이지 않고 스스로의 의지대로 관철해 온 냉정한 승부사. 진하는 그런 사람이었다. 사랑하는 사람을 잃은 상처에 깊숙이 잠들어 있다고는 하나 타고난 본능이 아주 사라진 것은 아니리라.

윤주의 집안이 제아무리 대단하고 현성과 개인적으로 얽혀 있다한들, 한 번 마음먹은 일을 되돌릴 만큼 나약한 사람도 아니었다. 그의 진짜 모습을 누구보다 잘 알고 있는 현성이기에 그 말의 무게 또한 남달랐다.

현성에게 생각할 여지를 준 진하가 다시금 분명하게 선을 그었다.

"냉정하게 생각해. 난 아무것도 하지 않는다고 했어. 무슨 말인지 못 알아듣나? 내가 더 이상 뭘 해야 하지?"

현성이 차마 할 말을 찾지 못하고 진하를 원망스레 노려보았다. 하지만 진하는 그마저도 냉정하게 잘라냈다.

"윤주한테 휘둘리지 말고 너야말로 확실히 정리해. 정말 저 사람이 알게 하고 싶지 않으면 그래야만 할 거야."

"윤주 누나가 더 이상 정원이에게 함부로 하게 놔둘 생각은 없어. 그 문제는 내가 알아서 해. 그러니까 형도 내가 뭘 하든 상관하지 마."

애써 화를 가라앉힌 현성이 고집스레 진하의 진심을 외면했다. 그 치기어린 자존심조차 진하에겐 씁쓸한 현실을 보여 주는 것 같았다. 그에겐 이제 더 이상 그런 무모하고 치기어린 감정이 남아 있지 않았다. 어떻게든 지키고자 하는 본능이 그 모든 것들을 앞선다. 너무나 대조적인 두 사람의 모습에 실소한 진하가 담담하게 말했다.

"그렇게 애써 날 세울 필요 없어. 난 네 편이니까."

"형 도움 따위 필요 없어! 그냥 아무것도 하지 마! 아무것도!"

말없는 진하의 시선을 매섭게 마주 보던 현성이 불현듯 깊은 한숨을 내쉬었다.

"난 그거면 충분해."

진하의 말이 모두 진심인 것을 의심하지는 않는다. 그래서 현성은 원망의 말을 토해내면서도 그를 마음 깊이 미워할 수가 없었다. 정원만 아니라면 그에게 다시 찾아온 사랑을 진심으로 축복해 주고 싶었다. 그 사랑이 자신의 사랑만 아니라면.

하지만 사랑은 양보할 수 있는 것이 아니었다. 사랑은 사랑 그 하나로 전부였다. 나눌 수도 없고, 나눠지지도 않는 온전한 마음 하나. 전부가 아니면 아무것도 될 수 없었다.

현성은 누구에게 따지고 원망해야 할지 몰라서 가슴 가득 화가 치밀었다. 진하의 마음이 진심임을 누구보다 잘 알아서 더 화가 났다. 아무것도 하지 않았다는 그의 말이 와중에도 아프게 와 닿았다.

그래서 더 어이없고 기가 막혔다. 자신은 어떻게 해도 가지지 못한 것을, 아무것도 하지 않고 가져간 진하를 원망할 수밖에 없었다. 그렇게라도 하지 않으면 당장이라도 숨이 막혀 죽을 것만 같았다.

그럼에도 차마 해결되지 않는 감정들이 현성의 심장을 무섭게 할퀴고 지나갔다. 스스로 뱉어낸 말들이 그대로 돌아와 씻어내지 못할 상처가 되었다.

어쩌다 이렇게 되었을까. 어디서부터 잘못된 것일까.

진하는 끝까지 단 한마디 변명도 없이 아무것도 하지 않겠노라 분명히 못 박았다. 그저 손 내밀어 잡기만 하면 되는 사랑이었다. 그럼에도 그는 끝끝내 그 어떤 진심도 입 밖으로 꺼내어 말하지 않았다. 그렇게 말보다 더한 마음으로 현성의 손을 들어 주었다.

차마 그 마음을 가늠할 수가 없었다. 무슨 생각으로 그리 말하는지도 이해가 되지 않았다. 그 말없는 진심의 무게가 현성을 더욱 비참하게 만들었다.

진하를 비난하는 와중에도 가슴이 덜컥 내려앉았다. 그리고 순간 누가 진짜 비겁한 것인지 알 수가 없어졌다. 진심을 숨기는 진하인지, 그 진심 앞에 안도하는 현성 자신인지 혼란스러웠다.

'제기랄!'

그리고 끝내 외면할 수 없는 진실이 오롯이 고개를 들었다. 이 모든 일들이 그 누구의 잘못도 아닌 것을 현성이 가장 잘 알고 있었다. 굳이 잘못을 따지자면 애초에 인연을 만든 그의 잘못이리라.

그 사랑 하나를 어찌하지 못해 절절 매면서 대체 무엇을 자신했던 것일까. 하물며 사랑 앞에서 오만하게 웃었던 자신의 무모한 용기에 새삼 허탈한 한숨이 나왔다.

'하, 미친놈. 대체 무슨 짓을 한 거야.'

때로 인연은 말도 안 되는 곳에서 아무렇지도 않게 이어진다. 그럼에도 끝내 놓아지지 않는 마음에 현성은 눈앞의 진실을 외면해 버렸다. 그렇게라도 잡고 싶은 간절한 사랑이었다.

33. 엇갈린 고백

 다음 날 아침. 심상치 않은 분위기에 내내 문 앞을 서성이다 진하가 위층으로 향하는 소리를 듣고서야 잠자리에 든 정원은 일찌감치 눈을 번쩍 떴다.
 "아놔, 하다하다 꿈자리까지 심란 무쌍하네."
 밤새 꿈속에서 쫓기듯 뛰어 다닌 정원이 뻑뻑하게 시큰거리는 눈가를 벅벅 문지르며 툴툴거렸다. 그리고 멀뚱멀뚱 천장을 보며 미간을 찌푸렸다.
 "별일 없겠지?"
 그가 또 혼자 끙끙 앓고 있는 것은 아닌지 정원은 괜히 걱정이 됐다. 또다시 그럴 일은 없을 거라 장담했지만 사람 일은 모르는 법. 어째 하루도 편할 날이 없다.
 잠시 눈을 굴리던 정원이 자리에서 벌떡 일어나 후다닥 옷을 갈아입었다. 그리고 세안도 하지 않은 채 서둘러 문을 나서다 낯선 그림자에 멈칫 고개를 들었다.

"응? 뭐야, 놀랬잖아."

언제 왔는지 현성이 까칠한 얼굴로 문 앞에 떡하니 버티고 서 있었다. 안 그래도 지난밤 일이 내내 마음에 걸렸던 정원이 버럭 인상을 썼다.

"아침부터 웬일이야? 대체 무슨 일인데 밤낮 없이 이 난리니?"

굳은 얼굴로 잠시 정원을 바라보던 현성이 불쑥 안으로 밀고 들어오며 그녀의 손목을 낚아챘다.

"나랑 같이 가자."

"뭐? 야! 갑자기 왜 이래. 무슨 일이냐고 묻잖아."

떠밀리듯 다시 안으로 밀려난 정원이 잡힌 손목을 비틀어 빼며 현성을 타박했다.

"당장 짐 싸라고! 내 말 못 알아들어?"

난데없는 성질에 흠칫 놀란 정원이 뻑뻑한 눈을 비비며 천천히 팔짱을 꼈다. 도대체 아침 댓바람부터 이 무슨 날벼락인지 모르겠다.

"왜 또 이러는데. 무슨 짐을 뻑하면 싸라고 난리니? 강현성, 웬만하면 그만 좀 하지?"

"여기서 나가자고!"

현성이 다짜고짜 소리를 지르며 구석에 박아 둔 캐리어를 꺼내들었다. 쉽게 물러날 것 같지 않은 분위기에 낮게 한숨을 내쉰 정원이 정색을 하고 다시 물었다.

"왜 그래. 무슨 일 있어?"

"내 실수였어. 널 이리로 데려오면 안 되는 건데. 내 잘못이야. 그러니까 가자. 말 좀 들어!"

잔뜩 굳은 얼굴과 불안하게 흔들리는 눈동자가 평소의 현성이 아니었다. 자못 절박하기까지 한 그의 눈빛에 한 걸음 뒤로 물러선 정원이 고집스레 되물었다.

"무슨 말인지 알아듣게 좀 하지? 도대체 뭐가 실수고, 뭐가 잘못이라는 건데."

"넌 이제부터 내가 책임져."

동문서답도 아니고, 애써 이해하기를 포기한 정원이 지끈거리는 이마를 문지르며 나직이 한숨을 내쉬었다.

"하다하다 별……, 니가 왜 날 책임져. 말이 되는 소릴 해."

현성이 제아무리 간절하게 소리쳐도 돌아오는 것은 일말의 여지도 없이 건조한 눈빛과 농담 같은 질책뿐이었다. 도대체 어떻게 해야 그의 마음이 온전히 전해질까.

어느새 성큼 뒤로 물러선 정원을 멀거니 바라보던 현성이 한숨처럼 낮게 중얼거렸다.

"사랑하니까."

순간 환한 햇살마저도 그대로 얼어붙은 듯 날카로운 침묵이 서늘하게 내려앉았다. 이마를 문지르던 정원의 손이 멈칫 멈추며 놀란 눈동자가 화들짝 커졌다.

"강현성! 미쳤니?"

"정말 몰라? 내가, 강현성이 은정원을 사랑한다고! 그걸 꼭 말로 해야 아냐고!"

 일 년여 가슴속으로만 되뇌던 말이었다. 차마 전하지 못한 마음을 하루에도 수십 번씩 홀로 곱씹었다. 한 마디, 단 한 마디면 될 것을 왜 그다지도 망설였을까. 뭐가 그리 두려워서 그 한 마디를 끝끝내 하지 못했을까.

 세상이 무너지는 일은 일어나지 않았다. 눈앞이 깜깜하게 지워지거나 나락으로 떨어지는 일도 없었다. 사랑을 말하는 것은 생각처럼 어려운 일이 아니었다. 있는 그대로 그게 다였다.

 오히려 사랑하는 사람의 동그란 눈동자가 손에 잡힐 듯 또렷하게 들어왔다. 그 솔직한 눈동자 위로 찰나 수많은 감정들이 빠르게 스쳐 지난다. 영겁과도 같은 순간이 지나고 정원이 말간 눈을 말똥거렸다.

 "그래서?"

 "뭐?"

 "그래서 어쩌라고."

 또박또박 짚어 말하는 정원의 표정이 지극히 멀쩡하다. 현성은 순간 자신이 뭔가 잘못 들었다고 생각했다. 대체 저 반응은 어떻게 해석해야 할까. 기막힌 마음에 멀거니 서 있는 현성을 빤히 들여다보던 정원이 더없이 차분한 얼굴로 다시 말했다.

 "너만 사랑하면 그걸로 끝이야? 그럼 내 마음은? 내 감정은 어떻게 되는 건데? 사랑하면 무조건 네 말을 들어야 하는 거니? 사랑하면 니 마음대로 해도 된다고 누가 그러든?"

 "은정원, 너 지금 그걸 말이라고……!"

"그래, 의심조차 안 해 봤다면 거짓말이겠지. 하지만 넌 지금껏 그 마음을 제대로 분명하게 표현한 적도 없었고, 나도 널 친구 이상으로 대하지 않았어. 아니야?"

"그건……!"

한 치의 흔들림도 없이 조목조목 따지고 드는 정원의 목소리가 천둥처럼 귓전을 울렸다. 그럼에도 현성은 순간 무슨 말을 어떻게 해야 할지 아무 생각도 나지 않았다. 그녀가 무슨 말을 하고 있는 것인지도 잘 모르겠다. 하지만 정원은 막힘없이 냉정하게 잘라 말했다.

"기회가 없었다고 하지 마. 너랑 나랑 알고 지낸 것만 3년이야. 지금까지 내 옆에 너보다 더 가까이 있었던 사람도 없었어. 그런데도 끝까지 말하지 않은 건 너잖아."

"그걸 꼭 말로 해야 알아?"

물론 정식으로 진지하게 고백하지는 않았지만 그 어떤 말도 매번 농담인 듯 장난처럼 흘린 것은 정원이었다. 미련 곰탱이처럼 눈치라고는 약에 쓸래도 없는 것 또한 그녀가 아니던가. 곧이곧대로 인정하자니 현성은 뭔가 억울함이 넘쳤다. 하지만 정원은 여전히 말똥말똥 저 혼자 당당했다.

"말을 안 하는데 내가 어떻게 알아? 내가 무슨 초능력자야? 그리고 강현성 너! 내가 아는 연애사만 몇 갠지 다시 말해 줄까? 무슨 뒷북을 이렇게 심하게 치니. 나야말로 진심 황당하거든?"

"그래서, 말했으면? 내가 먼저 제대로 고백했으면 뭐가 바뀌었을까?"

"아니."

더없이 진지한 현성의 말에 정원은 너무나 심플하게 대답했다. 두 번 말할 것도 없었고, 두 번 생각은 더더구나 하지 않는다. 현성이 답답함에 냅다 소리를 질렀다.

"그러니까! 그래서……!"

끝내 뱉어내지 못한 마음이 차마 말이 되지 못하고 입안에서 맴돌았다.

"그 말은, 내가 알아서 니 마음을 헤아리고, 알아서 먼저 정리했어야 한다는 거야? 그래서 니가 지금 이러는 거라면……."

"지금 그런 말이 아니잖아!"

"그럼 뭔데? 아, 좋아. 내가 실수했다 치자. 그렇다 하더라도 내 감정을 무시하고 이렇게 일방적으로 막 대해도 좋다는 건 아니잖아?"

"무시한 적 없어! 막 대하는 거 아니야!"

"강현성, 이러지 말자. 네 감정이 어떻든 나한테 넌 처음부터 친구였고, 친구로서 최선을 다했어. 나 혼자 생각이야? 그래?"

그녀의 말 한마디 한마디가 애써 외면하고 있던 진실을 속속들이 헤집었다. 일말의 여지도 없이 냉정하고 매몰차게 몰아붙인다.

"너한테 기회를 주지 않았다고도 하지 마. 내 대답을 받아들일 준비가 되지 않은 건 너였어. 이미 답을 알고 있었을 테니까. 그래서 끝까지 말 못 한 거잖아. 변한 건 너지 내가 아니야."

"그게 무슨 말도 안 되는……!"

"넌 결국 거절당할 사랑보다, 편하게 머물 수 있는 친구를 선택한 거잖아. 내 말이 틀려?"

거절은 한 마디면 충분하고도 넘쳤다. 굳이 바닥의 바닥까지 파헤쳐 눈앞에 들이댈 필요는 없었다. 하지만 정원은 그 어떤 경우에도 어물쩍 넘어가는 경우가 없었다. 잠시 잊고 있었다. 항상 솔직하고 분명한 은정원에겐 그 어떤 변명도 핑계도 통하지 않는다.

"은정원, 너 정말…… 잔인하다. 꼭 그렇게까지 말해야 돼?"
"미안해."

정원이 전혀 미안하지 않은 얼굴로 미안하다고 말했다. 그조차도 너무나 은정원다워서 놀랄 것도 없었다. 이성을 잃을 만큼 충격적이거나 땅이 꺼질 만큼 감정적으로 무너지지도 않았다. 수천, 수만 번 고민했던 만큼 거절 또한 예상했던 탓일까. 생각보다 너무 담담해서 차였다는 사실조차 실감이 나지 않았다.

이미 알고 있는 사실을 확인한 것뿐이었다. 다른 대답을 기대한 것도 아니었다. 가슴이 답답하도록 오래 묵은 감정이 빠져나간 자리에 휑한 바람이 불었다. 너무 허탈해서 한숨조차 나오지 않는다.

그 어떤 고백에도 흔들림 없이 단단한 그녀의 시선에 현성은 빠르게 현실로 돌아왔다. 그럼에도 불구하고 사랑은 말 한마디로 끝낼 수 있는 것이 아니었다.

"그래, 난 아니라고 치자. 형도 아니라잖아. 그런데 왜……!"

"애초에 기대도 안 했어. 나 혼자 일방적인 감정인 거 알고 시작한 거야. 그러니까 난 괜찮아."

"은정원!"

정원이 고집스레 입을 꾹 다물었다. 현성의 진심이 무엇이든 소중한 친구인 사실은 변함이 없었다. 그를 위해서도 자신을 위해서도 분명하게 정리해야만 했다. 그래서 정원은 더 매정하게 잘라냈다. 그것이 친구로서 그녀가 할 수 있는 최선이라고 생각했다. 나머지는 현성 자신의 몫이다.

그의 진심을 의심하는 것은 아니었다. 저 성격에 고백이라니 얼마나 어렵고 힘들었을지 가히 짐작이 되고도 남았다. 받아줄 수 없는 그 마음이 깊고 아파 보여서 정원도 거절을 말하면서 속이 상했다.

하지만 모든 진심을 다 받아줄 수는 없는 일이었다. 각자의 진심은 각자의 몫. 정원은 사랑이라고 해서 다를 이유가 없다고 생각했다. 오죽하면 서로 마주 볼 수 있는 사랑을 기적에 비유할까. 세상 수많은 사람 중에 단 한 사람을 만나 사랑하고 그 사람이 나를 사랑할 확률. 달리 기적 같은 일이 아닌 것이다.

"따라가."

난데없는 목소리에 놀라 돌아보니 진하가 활짝 열린 문 앞에 서 있었다. 대체 언제부터 보고 있었던 것일까. 타이밍 참 기가 막히다. 그런데 다짜고짜 하는 말이 현성보다 더 뜬금없었다.

"현성이가 하자는 대로 해."

안 그래도 복잡한 마음에 정원의 눈꼬리가 샐쭉 올라갔다.

"이봐요, 아저씨."

하지만 문득 진하와 시선을 마주친 정원은 더 이상 말을 잇지 못했다. 예의 서늘하게 가라앉은 눈빛이 그 어느 때보다 진지하고 심각하다. 순간 정원은 이유도 없이 가슴이 덜컥 내려앉았다. 갑작스러운 현성의 고백에도 꿋꿋하게 평정을 유지하던 그녀의 눈동자가 거침없이 흔들렸다.

"그게 무슨…… 대체 내가 왜!"

"은정원 씨, 계약대로 당신을 해고합니다. 문제 있습니까."

툭툭 감정 없이 떨어지는 목소리가 선뜩하게 가슴을 베고 지나갔다. 왈칵 밀려드는 서러움에 정원이 날카롭게 소리쳤다.

"문제 있어요. 아주 많이!"

"계약 위반입니다."

진하의 목소리는 어김없이 단호하고 차가웠다. 덩달아 정원의 안색이 파리하게 질렀다. 따뜻한 햇살이 무색하도록 손끝을 파고드는 싸늘한 한기가 눈앞의 현실을 말해 주고 있었다.

말하지 않아도 이미 다 알고 있는 눈. 그 가차 없이 단호한 경계에 미련하게 잡고 있던 마음 한 자락이 끝내 무너지고 말았다. 떨리는 목소리를 애써 가다듬은 정원이 간신히 입을 열었다.

"무슨 계약이요. 내가 뭘 어쨌는데요?"

"몰라서 묻나."

정원이 핏기 없는 얼굴로 마른 입술을 아프도록 깨물었다.

"아닌 말로 나를 좋아해 달라는 것도 아니잖아요. 그냥 나 혼자 감정인데 뭐가 문제죠?"

"지금 이 상황만으로도 충분히 넘친다고 생각하는데. 다른 설명이 필요합니까."

그 어떤 말에도 흔들림 없이 단정한 그의 눈빛에 정원은 순간 정신이 번쩍 났다. 저들이 대체 무슨 권리로 그녀의 감정을 제멋대로 재단하고 정리한단 말인가. 너무나 무참하고 구차해서 이 모든 상황들이 끔찍하기만 했다. 찰나 머릿속을 폭풍처럼 휘젓던 뜨거운 감정들이 그대로 얼어붙었다.

"서진하 씨, 오버하지 말죠? 내가 누굴 좋아하든 당신이 무슨 상관인데요? 직장에서 직원 사생활까지 관리하나요? 그런 규정은 없는 걸로 아는데요."

"지금 그런 말이 아니……."

"전 아무 짓도 안 했거든요? 오히려 귀찮게 구는 건 당신들이잖아! 고백 한 번 제대로 못 해 본 내 마음을 가지고 다들 멋대로 왜 이래요! 내가 뭘 어쨌다고 이 난린데!"

다짜고짜 진하의 말을 잘라낸 정원이 옆에서 멀거니 구경하고 서 있는 현성을 거칠게 떠밀었다.

"나가!"

"어엇!"

무방비하게 서 있던 현성이 주춤 밀려나며 당황스러운 얼굴을 했다. 하지만 정원은 그 누구의 말도 더 이상 듣고 싶지 않았다. 타인의 감정을 존중하지 않는 사람들에게 그녀라고 봐줄 이유가 없었다. 자신이 왜 이런 취급을 당해야 하는지도 모르겠다. 버럭버럭 현성을 밀어낸 정원이 멍하니 서 있는 두 남자를 끝까지 내몰며 소리쳤다.

"나가요! 여긴 내 방이거든요? 어디 여자 방에 함부로! 다들 나가라고요! 안 나가? 죽고 싶니!"

기를 쓰고 두 사람을 몰아낸 정원이 문을 걸어 닫고 그대로 주저앉았다. 얼마나 용을 썼는지 긴장이 풀리자 온몸이 후들후들 떨렸다. 바들거리는 손끝을 잠시 바라보던 정원이 불쑥 주먹을 쥐고 시큰거리는 눈가를 꾹꾹 눌렀다.

"칫! 내가 뭘 어쨌다고 다들 이 난리야. 치사하게!"

애써 눈물을 참으며 입술을 삐죽이는 정원의 코끝이 빨갰다. 그럼에도 차마 수습하지 못한 눈물이 찔끔찔끔 기어 나왔다. 눈물이 넘칠까 커다란 눈을 깜빡거리던 정원이 문득 햇살 가득한 방을 둘러보았다.

인간들이 치사하게 가장 약한 곳을 건드린다. 갈 곳이 없는 것을 알면서 끝까지 몰아낸다. 새삼 생각하니 어이가 없고 억울한 마음에 나오던 눈물이 쏙 들어갔다.

잠깐 사이 떨림도 가라앉고 뻥 뚫린 가슴에 새파란 오기가 불쑥 차올랐다. 주먹을 쥐고 자리에서 벌떡 일어난 정원이 안 그래도 부르튼 입술을 질끈 깨물었다.

"흥! 나가라면 못 나갈 줄 알고?"

우선 간단하게 짐을 꾸린 그녀가 조심스레 방문을 열었다. 기세 좋게 쫓겨난 두 남자는 어디로 갔는지 보이지 않았다. 내심 안도한 정원이 문득 한숨을 내쉬었다.

현성의 진심을 알게 된 이상 전처럼 편하게 지낼 수 있을지 장담할 수가 없었다. 설상가상 진하까지 그녀의 감정을 알게 됐으니 계속 카페 휴게실에 머무는 것도 이상했다. 새삼 마음을 다잡은 정원이 짐 가방을 들고 조용히 카페를 빠져나왔다.

큰길로 나온 그녀가 그제야 흘깃 카페 방향을 돌아보며 낮게 중얼거렸다.

"결국 이렇게 되는 건가."

역시나 세상에 공짜는 없는 법. 처음 마음먹었던 그때 그 자리로 돌아온 것뿐이었다. 사실 그동안 잘 지낸 것이 오히려 더 이상했다. 말 그대로 남의 집에 얹혀살면서 너무나 속 편하게 전에 없던 여유까지 생긴 것이다.

그래서 갑자기 들이닥친 당연한 사실이 더 서럽고 당황스러웠다. 사랑하는 사람 앞에서 적나라하게 까발려진 현실이 순간 참 막막하고 비참해서 눈물이 났다. 사람 마음이 그렇게 간사하고 좁았다.

"덕분에 그동안 잘 지냈으니 됐지, 뭐."

애써 마음을 비운 정원이 싱긋 웃으며 돌아섰다. 사고처럼 갑자기 들이닥친 일이었지만 그럼에도 카페에서의 생활은 나름 즐거웠다. 처음 걱정과 다르게 너무나 잘 지내서 낯선 것도 잊을 정도였다. 오히려 눈치 볼 것 없이 혼자만의 공간에서 마음 편히 지낼 수 있어서 좋았다. 더 바라면 욕심이리라.

"가까운 찜질방이 어디더라."

정원이 터덜터덜 걸음을 옮겼다. 우선 급한 대로 찜질방에 짐을 풀고 다시 고시원을 알아볼 생각이었다. 정원의 어깨가 화사한 햇살 아래 무겁게 가라앉았다.

찜질방에 짐을 풀고 간단하게 씻은 정원은 오픈 시간에 맞춰 카페에 출근을 했다. 그리고 아무렇지도 않게 인사를 하고 유니폼으로 갈아입었다. 말없이 정원의 행동을 지켜보던 진하가 답답했는지 먼저 입을 열었다.

"어디 갔다 옵니까."
"말씀드려야 하나요?"

자못 싸늘한 대답에 그가 얼핏 인상을 썼다. 하지만 이렇게 된 이상 정원도 순순히 물러날 수 없었다. 그들에겐 사소할지 모르나 카페 일은 그녀에게 무엇보다 중요했다. 필요하다면, 구구절절 걸고넘어지는 사적인 관심 따위 깨끗하게 지워 줄 수 있었다. 애초에 혼자 가슴에 묻어두기로 했던 감정이 아니던가.

정원이 말없는 진하의 시선을 똑바로 바라보며 차분하게 말을 이었다.

"우선 휴게실은 비웠습니다. 남은 짐은 조만간 정리할게요. 짐이 늘어서 한 번에 다 옮기기가 어렵네요. 그동안 신세 많이 졌습니다. 고맙습니다."

"무슨 소립니까."

그의 눈동자가 당혹스러움으로 낮게 가라앉았다. 하지만 정원은 마음을 비우고 눈앞의 현실에 집중했다. 그녀에겐 더 이상 흔들리며 고민할 여유 따위 없었다.

"그래도 카페는 그만둘 수 없어요. 그 부분은 마스터가 양보하세요. 솔직히 제가 문제를 일으킨 건 아니잖아요. 전 아무 짓도 안 했거든요? 말씀대로 숙소는 비웠지만 카페를 그만둘 생각은 없습니다."

감정을 걷어내고 거침없이 쏟아내는 말이 더없이 차분하고 날카롭다. 그럼에도 진하는 그녀가 무슨 말을 하고 있는 것인지 이해할 수 없었다. 무엇보다 언제, 어디로, 갑자기 어떻게 숙소를 비운다는 것일까. 다른 말은 귀에 들어오지도 않았다.

"갑자기 어디로 간다는 겁니까."

"제가 어디서 지내든 마스터와는 상관없는 일입니다. 신경 쓰지 마세요."

여지없이 잘라내는 그녀의 눈동자가 더없이 맑고 단단했다. 이 난데없는 변화를 어떻게 이해해야 할까. 당황한 진하가 브레이크를 걸 듯 현성을 떠올렸다.

"현성이가……."

"현성이가 뭐요! 현성이가 왜요! 대체 무슨 말이 더 하고 싶은 건데요?"

자못 매서운 정원의 기세에 움찔 긴장한 진하가 입을 꾹 다물었다. 왠지 뭔가 크게 잘못을 하고 혼나는 아이가 된 기분이었다. 자신이 왜 긴장을 하는지, 왜 한마디도 못하고 구석으로 몰리는 기분인지 이해가 되지 않았지만 진하는 어느새 정원의 눈치를 살피고 있었다.

그녀가 말없는 진하를 노려보며 또박또박 잘라 말했다.

"제 개인적인 일입니다. 현성이에 대해선 더 이상 말하고 싶지 않네요."

"난 그냥……!"

뭔가 절박한 느낌에 정원을 잡아 세웠지만 진하는 정작 무슨 말을 해야 할지 생각이 나지 않았다. 숙소에서 나가라고 한 것도 그였고, 해고하겠다며 냉정하게 잘라낸 것도 그였다. 그런데 이제 와 무슨 말로 그녀를 다시 잡을까. 가슴 가득 하고 싶은 말은 넘치는데 정작 할 수 있는 말이 없었다. 당장이라도 손을 뻗어 잡고 싶은데 귓가에 맴도는 현성의 간절한 고백이 발목을 잡았다.

어쩌다가 이렇게 됐을까. 어디서부터 어떻게 잘못된 것일까. 누구 하나 진심이 아닌 사람이 없는데 왜 아프고 힘들기만 한 것일까. 알 수 없는 것들이 너무나 많아서 머릿속이 터질 것 같았다.

잠시 그의 말을 기다리던 정원이 담담하게 다시 물었다.

"그냥 뭐요?"

"……"

"더 하실 말씀 없으시면 그렇게 알고 일하겠습니다."

두 번 묻는 법도 없이, 그의 대답을 기다리지도 않고 돌아서는 정원의 눈동자가 시리도록 차가웠다. 그 시린 눈동자가 그대로 가슴 가득 들어와 한숨처럼 부서진다. 그럼에도 그가 할 수 있는 일은 여전히 아무것도 없었다. 깊게 가라앉은 진하의 눈가에 아득한 바람이 불었다.

"식사는 했습니까."

오후 내내 찬바람이 씽씽 부는 정원의 곁을 뱅뱅 돌던 진하가 슬그머니 말을 걸었다. 하지만 역시나 돌아오는 대답은 칼같이 냉정했다.

"아, 전 신경 쓰지 마시고 식사하세요."

"갑자기 왜 이러는 겁니까."

그제야 고개를 든 정원이 잠시간 진하의 눈을 말없이 마주 보았다. 그리고 천천히 담담하게 입을 열었다.

"갑자기가 아니라 원래 이랬어야 하는 거죠. 제가 그동안 본분을 잊고 멋대로, 죄송했습니다. 괜히 마스터만 번거롭게 만든 거 같네요. 앞으로는 그런 일 없을 겁니다."

"아니, 그런 말이 아니라."

"아니면 뭔데요?"

가타부타 설명 없이 직설적으로 파고드는 그녀의 까만 눈동자가 한없이 맑고 시렸다. 군더더기 없이 분명하고 간결한 결론에 한 치의 틈도 허락하지 않는다. 진하는 새삼 지금까지 자신이 정원을 위해 무엇도 하지 않았음을 깨달았다.

모든 관계의 시작에 그녀가 있었다. 그녀가 먼저 손을 내밀었고, 먼저 웃어 주었고, 먼저 말을 걸고 다가왔다. 그가 한 것이라고는 그저 주는 대로 받은 것이 전부였다. 하여 그녀가 물러나자 정작 그가 할 수 있는 일이 없었다. 그럼에도 끝내 그 사랑을 잡지 못하는 가슴 한편에 선뜩한 칼바람이 스친다.

창 너머 긴 그림자가 어른대는 늦은 오후, 잠시 한가한 시간을 틈타 진하가 커피를 내려 정원의 앞에 내밀었다. 주문을 받을 때 외엔 눈조차 마주치지 않고 말 한 마디 없이 자리를 지키던 정원이 문득 고개를 들었다.

"마스터, 앞으로 제 커피는 내리지 마세요."

"무슨……?"

"손님도 아닌 매니저가 자리에 앉아 커피를 마시고 있으면 되나요. 제가 카페 일이 처음이라 잘 몰라서 실수를 한 거 같아요. 앞으로 조심하겠습니다."

"그렇게까지 할 필요 없습니다."

도무지 적응이 되지 않는 정원의 냉랭함에 진하의 눈동자가 가늘게 흔들렸다. 하지만 그녀는 마치 처음부터 그랬다는 듯 아무렇지도 않게 말을 이었다.

"아니요, 공과 사는 분명히 구분해야죠. 제가 지금껏 아이들만 상대해서 사회 경험이 많지 않아요. 멋모르고 실수가 많았습니다. 죄송합니다."

커피에 손도 대지 않고 자리에서 일어난 정원이 분무기를 들고 테라스로 나갔다. 차마 할 말을 찾지 못한 진하가 아득한 눈으로 정원의 뒷모습을 멀거니 바라보았다. 주인 없이 식어가는 커피잔이 아스라이 부서지는 오후 햇살에 긴 그림자를 만들며 스러진다.

땅거미가 질 무렵, 현성이 카페 문을 거칠게 밀고 들어왔다. 그리고 정원을 보자마자 버럭 소리를 지른다.

"야, 은정원! 대체 전화는 왜 안 받아!"

서빙을 하고 돌아서던 정원이 싸하게 굳은 얼굴로 천천히 현성 앞에 섰다. 그리고 고저 없이 지극히 건조하게 말했다.

"손님, 죄송하지만 다른 분들께 방해가 됩니다. 목소리를 낮춰 주세요."

"너 정말 이럴래?"

다급해진 현성이 무심하게 돌아서는 정원의 손을 거칠게 낚아챘다. 가는 몸이 순간 크게 휘청거리며 멈칫 돌아보는 눈동자에 시린 바람이 불었다. 그의 손을 잠시 내려다본 정원이 차분하게 고개를 들었다.

"저를 아세요? 이 손 놓으시죠."

"야!"

두 눈으로 보고도 믿을 수 없는 기막힌 상황에 현성이 냅다 소리를 질렀다. 하지만 정원은 더 이상 그 어떤 말에도 휘둘릴 생각이 없었다. 사람이 가만히 있다고 가마니 취급을 하면 안 되는 것이다. 왜 다들 그녀의 인생에 제멋대로 끼어들어 밤 놔라 대추 놔라 훈장질인지 모르겠다. 하물며 안하무인 성질부터 부리는 현성을 받아줄 생각은 더더구나 없었다.

"앞으로 아는 척하지 마. 넌 친구 아니라며?"

"내가 언제……!"

"아니면? 내가 이렇게 나올 줄 몰랐니? 대체 뭘 바란 건데? 이 손 놔, 당장."

정원이 더없이 차갑게 잡힌 손을 쳐냈다. 그리고 아무 일도 없었다는 듯 아무렇지도 않게 돌아선다. 현성이 황망한 얼굴로 내쳐진 손을 멀거니 내려다보았다.

현성이 쫓아다니며 성질을 부리든 말든 정원은 한 치의 흔들림도 없이 주문을 받고 서빙을 하고 손님으로만 대했다. 그 이상은 여지없이 무시하며 잘라냈다.

딱히 현성에게만 그런 것이 아니었다. 진하에게도 필요한 말 외에는 눈길 한 번 주지 않았다. 그 사이 늘어난 손님들에겐 화사하게 방긋방긋 잘도 웃어 주면서 두 사람을 바라보는 눈길엔 서슬 퍼런 칼바람이 쌩쌩 불었다. 차마 더 이상 말도 못 걸고 눈치를 살피던 현성이 진하에게 넌지시 물었다.

"형, 정원이 쟤 오늘 내내 저랬어요?"

나직이 한숨을 내쉰 진하가 말없이 고개를 끄덕였다. 흘깃 정원을 돌아본 현성이 벅벅 머리칼을 넘기며 인상을 썼다.

"아우, 저 꼴통."

덜컥 고백을 하고 일언지하에 잔인하게 차인 현성은 결국 함께 쫓겨난 진하와 커피를 마시며 잠시 감정을 추슬렀다. 그런데 그 사이 정원이 말도 없이 사라진 것이었다. 오전 내내 연결되지 않는 핸드폰을 붙잡고 씨름을 하던 현성은 제 시간에 맞춰 출근했다는 진하의 연락에 그야말로 뒤집어지는 줄 알았다. 대체 무슨 여자가 이렇게 말을 안 듣는지 모르겠다.

덕분에 종일 뒤숭숭한 기분으로 급한 일만 대충 해치우고 달려온 현성이었다. 그런데 이 낯선 반응은 또 뭐란 말인가. 답답한 마음에 켜켜이 한숨만 쌓여간다.

여자가 한을 품으면 오뉴월에도 서리가 내린다 했던가. 진하는 새삼 여자가 얼마나 무서울 수 있는지 실감하는 중이었다. 페이스오프도 아니고, 손님에겐 변함없이 생글생글 웃다가도 돌아서면 베일 듯 차가운 눈으로 두 남자를 외면한다. 현성이 온갖 방법으로 어르고 달래 봤지만 쳐다보지도 않았다.

오랜 친구라는 현성조차 그러한데 진하는 말할 것도 없었다. 종일 정원의 주변을 얼쩡대며 뭔가 할 말을 찾았지만 그는 결국 아무것도 하지 못했다. 그동안은 어떻게 지내왔는지 답답함에 숨이 턱턱 막혔다.

마감 시간에 맞춰 유니폼을 갈아입고 나온 정원이 씩씩하게 인사를 했다.

"그럼 이만 가 보겠습니다. 안녕히 계세요."

순간 급한 마음에 진하가 미련 없이 돌아서는 정원을 덥석 잡아 세웠다.

"이 늦은 시간에 대체 어디로 간다는 거지?"

"제가 어디로 가든 무슨 상관이시죠? 마스터가 신경 쓸 일 아니잖아요."

"지금 그런 말이 아니잖아!"

설마 했건만 늦은 밤 진짜 카페를 나서는 정원의 모습에 진하는 다른 생각을 할 수가 없었다. 다짜고짜 반말로 그녀를 몰아세우고 있다는 사실도 깨닫지 못했다. 하지만 정원은 그조차도 흔들림 없이 냉정하게 잘라냈다.

"이 손 놓으시죠. 퇴근 시간 지났는데요."

그 아득한 외면에 덜컥 말문이 막힌 진하가 손 안에 든 가는 손목을 노려보았다. 차마 잡을 수 없는 그 손이 먹먹하게 아프다.

"두 사람 지금 뭐 하는 거야?"

예상치 못한 상황에 멈칫 굳어 있던 현성이 뒤늦게 두 사람을 떼어놓았다. 그리고 진하를 막아서며 정원에게 말했다.

"은정원, 넌 매사 왜 이렇게 극단적이야. 그냥 좀 쉽게 넘어가면 안 돼?"

싸늘하게 굳은 그녀의 눈초리가 매섭게 현성을 향했다.

"하, 남 말 한다. 내가 뭘 어쨌다고 이 난린데? 가만히 있는 사람 건드린 건 너야. 마지막으로 경고하는데, 친구로서가 아니면 앞으로 다신 볼 일 없어. 내 일에 더 이상 나서지 마."

할 말을 마친 정원이 그대로 돌아서서 휑하니 멀어졌다. 무심코 앞으로 나서려던 진하가 가까스로 멈춰 서며 현성을 돌아보았다. 현성이 어깨를 들썩이며 한숨을 쉬었다.

"지금 쫓아가 봐야 욕만 배부르게 먹지. 괜찮아. 별일은 없을 거야."

너무나 쉽게 포기하는 현성의 태도에 진하가 급기야 눈살을 찌푸렸다.

"지금 그런 속 편한 소리가 나오나."

"정원이는 내가 잘 알아. 저 녀석 큰소리 땅땅 쳐도 보기보다 겁이 얼마나 많은데. 이 시간에 멀리 가지도 못할 거야. 어디 가서 사고 칠 만큼 앞뒤 분간 못 하는 성격도 아니고."

"그래도 어디로 가는지 정도는 알아둬야……."

여전히 걱정을 내려놓지 못하는 진하의 말에 현성이 구구절절 설명을 늘어놨다.

"큰집 말고는 일가친척도 전무하고, 몇 안 되는 친구도 졸업하고 뿔뿔이 흩어져서 마땅히 찾아갈 만한 곳도 없어. 제아무리 억척 은정원이라도 이번엔 정말 방법이 없을 거다. 두고 봐. 내 말이 맞지."

"그럼 이 시간에 어딜……?"

"뭐, 가까운 찜질방이라도 가겠지. 아무튼 고집은……, 말도 드럽게 안 들어요."

진하는 그렇게 잘 알면서 괜찮다고 말하는 현성을 이해할 수가 없었다. 그래서 더 걱정해야 되는 상황이 아니던가. 말대로 겁도 많은 사람이 혼자서 이 밤을 보낼 것을 생각하니 괜스레 조바심이 났다.

이 와중에도 현성은 자기 기준대로 생각하고 있었다. 은정원은 강현성이 아닌데 말이다. 그녀와 현성 사이에는 말로 표현이 안 될 만큼 커다란 차이가 있었다. 세상 앞에 혼자라는 것. 그 어떤 경우에도 혼자만의 힘으로 모든 것을 해결해야 한다는 잔인한 현실 말이다.

숨거나 기댈 곳이 없는 사람은 무엇이 되었든 결국 스스로 해결해야만 했다. 무서워도, 할 수 없는 일도, 눈앞의 현실에서 도망칠 방법은 없었다. 현성은 현실에 부딪혀 포기할 것이라 낙관했지만, 진하는 그래서 더 걱정스러웠다.

'너무 쉽게 생각했어. 내 실수야.'

문득 그녀가 커다란 캐리어를 끌고 카페에 들어서던 날이 생각났다. 오죽하면 아무 대책도 없이 무작정 카페를 찾아왔을까. 오죽하면 그 상황에 잘 알지도 못하는 낯선 타인인 그에게 모든 것을 걸었을까. 오죽하면 가족조차 모르게 고시원을 알아봤을까.

그 누구도 알게 하고 싶지 않았으리라. 그럼에도 대책 없이 벌어지는 그 모든 상황을 홀로 묵묵히 견뎌낸 사람이었다. 애초에 결심했던 일, 다시 못 할 것도 없었다.

현성의 말이 틀린 것은 아니었다. 누구보다 그녀에 대해 잘 아는 것도 사실이리라. 하지만 그럼에도 현성은 모르고 있었다. 그녀와 현성이 다르다는 지극히 당연한 사실을 말이다.

혼자가 되어 본 사람은 안다. 작고 소박한 일상이 얼마나 소중한지. 그 소중한 것들이 얼마나 쉽게 사라질 수 있는 행복인지. 그래서 더 지키고 싶은 간절하고 절박한 마음을.

현성이 돌아간 후에도 진하는 한참 동안 빈 카페 안을 서성거렸다. 그렇게 긴긴 밤을 뜬눈으로 지새워야만 했다.

34. 괜찮기는 개뿔

 끝날 것 같지 않은 어둠이 물러가고 드디어 밝아오는 하늘을 보며 진하는 새삼 긴 한숨을 내쉬었다. 고작 하룻밤인데 일각이 여삼추라, 깜깜한 밤하늘이 출구 없는 미로 같았다.
 '괜찮기는 개뿔.'
 불현듯 그의 이마를 짚으며 그녀가 했던 말이 떠올랐다. 괜찮지 않았다. 괜찮을 수가 없었다. 밤새 오롯이 마주한 자신의 마음이 환한 아침 햇살 아래 선명하게 가려진다.
 사랑하는 사람을 두 눈 뜨고 멀쩡히 다른 이에게 보낼 수 있는 방법 따위 알지 못했다. 사랑하는 사람을 밀어내는 것이야말로 세상에서 가장 부질없는 짓이었다. 막는다고 막아지는 것도, 떠난다고 떠나지는 것도 아니었다. 사랑은 사랑으로밖에 설명이 되지 않는다. 더 이상 무슨 이유가 필요할까. 정원이 어디에 있는지 알 수 없다는 사실 하나만으로도 충분히 끔찍한 밤을 보낸 진하가 어렵게 내린 결론이었다.

진하는 이제나 저제나 정원이 다시 카페 문 앞에 나타나기를 기다렸다. 날이 밝았는데도 더디 흐르는 시간에 괜스레 입안이 바짝 말랐다.

정원은 정해진 시간에 정확하게 출근했다. 밤을 지새우며 노심초사한 것은 그인데 하루 만에 파리하게 여윈 그녀의 안색이 금방이라도 바스라질 것처럼 서걱거렸다. 그녀가 꾸벅 인사를 하며 마치 모르는 사람처럼 스쳐 지난다.

그런데 왜 이런 기분이 드는 것일까. 안쓰럽고 안타까운 마음에 그저 안아 주고 싶으면서도 순간 버럭버럭 성질이 났다. 정원을 거칠게 잡아 세운 진하가 다짜고짜 소리를 질렀다.

"대체 밤새 어디서!"

손에 잡히는 무게감도 없이 그녀가 그대로 딸려오며 휘청거렸다. 차마 꺼질 것 같은 가벼움에 흠칫 놀란 진하가 저도 모르게 정원의 어깨를 덥석 감싸 쥐었다. 한 줌도 되지 않는 작은 어깨에 순간 가슴이 덜컥 내려앉더니 숨이 턱 막혔다.

잠시 잊고 있었다. 또박또박 거리를 벌리며 꼿꼿하게 버티고 있지만 사실은 이렇게나 작은 여자였다. 흔들리는 진하의 눈동자를 잠시 바라보던 정원이 차분하게 입을 열었다.

"왜요. 쫓아낼 땐 언제고 이제 와 뭐가 궁금하신데요."

"고집부리지 말고 돌아와."

"싫어요."

"그냥 좀!"

진하에겐 더 이상 생각하고 고민할 여유 따위 남아있지 않았다. 그 어떤 이유도 핑계도 이젠 필요 없었다. 뭐가 됐든 그녀가 하고 싶은 대로, 그것으로 충분했다. 하지만 고집스러운 정원의 눈빛은 일말의 여지도 주지 않는다.

다시 멀어질까 놓지도 못하고, 차마 부서질까 움켜쥐지도 못하는 커다란 진하의 손이 정원의 작은 어깨 위에서 갈팡질팡 흔들렸다. 무표정의 가면이 깨져 버린 그의 얼굴 위로 다채로운 감정들이 빠르게 스쳐 지났다. 그 난감한 변화를 멀뚱멀뚱 바라보던 정원이 설핏 인상을 썼다.

"왜요. 마스터가 저랑 무슨 상관인데요. 저 여기 있는 거 싫다면서요."

"내가 언제……!"

"싫지 않으면? 좋아요?"

쉽게 넘어가는 법이 없는 정원의 집요함에 진하는 정말이지 속이 까맣게 타들어가는 기분이었다. 그럼에도 차마 뱉어내지 못한 한마디가 명치끝에 걸려 숨통을 조인다. 진하의 대답을 기다리던 정원이 김빠진 얼굴로 가볍게 어깨를 들썩였다.

"싫어도 참으세요. 그냥 일개 직원일 뿐이잖아요. 예전처럼 무시를 하시든가."

"지금 그런 말이 아니잖아!"

"그럼 뭔데요."

분명하게 대답을 요구하는 그녀의 눈빛이 흔들림 없이 당당했다. 파리한 안색에도 불구하고 눈부시게 반짝이는 눈동자가 가슴 깊이 묻어둔 진심을 무참하게 헤집는다. 피할 수도 도망칠 수도 없었다. 떠밀리듯 조급해진 진하가 부득불 억지를 썼다.

"그냥 돌아오라면 돌아와! 말 좀 들어."

"나가라고 한 건 마스터였어요!"

"제길!"

더 이상 물러설 곳 없이 내몰린 진하가 시린 가슴 가득 치고 올라오는 열기에 정원을 거칠게 밀어붙였다. 순간 마지막 남은 이성이 툭 끊기며 자제력을 상실한 충동이 난폭하게 내달린다.

"뭐……!"

정원은 순간 자신에게 무슨 일이 벌어지고 있는지 가늠이 되지 않았다. 놀랄 틈도 없이 난폭하게 반짝이는 까만 눈동자가 훅 치고 들어왔다. 그리고 화들짝 열린 입술 위로 뜨거운 숨결이 거칠게 쏟아져 내렸다.

예고 없이 치고 들어오는 뜨거움에 놀란 정원이 눈앞을 가로막고 있는 단단한 벽을 밀어내려 멈칫 손을 들었다. 순간 사납게 밀려들던 힘이 설핏 풀어지더니 이내 그녀의 허리를 바짝 당겨 뜨겁고 단단한 가슴에 빈틈없이 가둬 버린다.

폭풍처럼 몰아치는 뜨거운 숨결에 놀란 정원이 부릅뜬 눈을 반짝 쳐들었다. 하지만 정신을 차릴 틈도 없이 커다란 남자의 손이 그녀의 목덜미를 끌어당기며 더 깊이 아찔하게 파고들었다. 그 거친 호흡에 온몸이 부서질 것처럼 흔들렸다.

놀라 부릅뜬 정원의 눈가에 당혹스러움이 스쳤다. 그리고 이내 가슴 가득 무섭게 파고드는 낯선 감각에 저도 모르게 질끈 눈을 감았다. 그런데 웬걸 진정이 되기는커녕 굳게 닫힌 눈꺼풀과 함께 세상이 아찔하게 지워진다.

그 와중에도 숨 막히게 밀려드는 뜨거운 숨결이 무섭거나 싫지는 않았다. 그저 낯선 충격에 이유를 알 수 없는 울렁증까지 더해 질끈 감은 눈앞이 아득하게 휘돌았다. 동시에 바짝 긴장한 정원의 어깨에서 스르르 힘이 빠져나갔다.

순간 땅이 꺼진 것처럼 다리에 힘이 풀린 정원이 단단하게 받쳐 주는 품에 쓰러지듯 매달렸다. 놀라 숨 쉬는 것도 잃어버렸던 그녀가 뒤늦게 거친 숨을 토해냈다.

"하아……!"

그 틈을 놓치지 않고 아릿한 그녀의 숨결을 훔치듯 입술 위로 따스한 온기가 꽃잎처럼 부드럽게 내려앉았다. 그리고 더없이 감미롭게 스치며 제 박자를 잃고 덜컹거리는 심장 근처를 어른거렸다.

충격이 지나간 자리에 순간 아찔한 설렘이 가득 들어찼다. 두근거리는 심장이 재채기를 하듯 귓전으로 뛰어들어 쿵쾅댔다. 진하가 급격히 허물어지는 정원을 가슴 가득 단단하게 옭아매며 집요하게 입술을 짓분거렸다.

젖은 입술이 스치는 소리가 묘한 떨림과 함께 말초신경을 자극했다. 아릿한 숨결이 어느새 대담하고 능숙하게 깊어지고 있었다. 그저 받아내는 것만도 버거운 열기가 깊숙이 파고들며 약탈하듯 낙인을 찍었다.

여린 속살을 헤집으며 노골적으로 요구하고 탐한다. 그 뜨거운 갈망에 떠밀리듯 화답하던 정원이 차마 감당할 수 없는 열기에 아득한 탄식을 토해냈다.

"하……."

진하가 순간 휘청하며 뒤로 넘어가는 정원을 바짝 끌어안았다. 그리고 그녀의 목덜미에 얼굴을 묻고 거친 숨을 몰아쉬었다. 그 숨결을 따라 온몸에 아찔한 전율이 일었다. 순간 하얗게 지워진 머릿속 가득 화려한 불꽃놀이가 한꺼번에 터지는 것 같았다.

지금 대체 무슨 일이 벌어지고 있는 것일까.

솜털이 보송보송 보드라운 그녀의 목덜미에서 햇살처럼 따뜻한 향기가 났다. 행여 놓칠까 정원을 꽉 끌어안은 진하가 미친 듯이 뛰는 심장 소리에 질끈 눈을 감았다.

'미친놈.'

그야말로 미친놈이 따로 없었다. 미치지 않고서야 이럴 수는 없었다. 그럼에도 품에 안은 사랑이 꿈만 같아서 차마 놓을 수가 없었다. 스스로의 미친 짓에 욕을 하면서도 피식피식 웃음이 새어 나왔다.

'미친, 이 상황에 웃음이 나오냐.'

몸 따로, 마음 따로, 생각 따로, 행동 따로. 제자리에서 제대로 멀쩡하게 작동하는 것이 하나도 없었다. 그럼에도 진하는 품안에 있는 사람 하나로 세상을 얻은 듯 가슴이 뻐근하게 조여왔다. 사랑은 미친 짓이다. 그 어떤 말로도 설명할 수 없는 행복한 미친 짓.

얼마나 시간이 흘렀을까. 호흡을 놓칠 정도로 쿵쾅대는 심장을 가까스로 진정시킨 진하는 뒤늦게 정원을 걱정했다. 이 모든 상황에도 불구하고 그의 품에서 꼼짝도 않는 것이 새삼 불안해졌다.

'놀라 기절이라도 했나.'

조심스레 고개를 든 진하가 품안의 정원을 슥 내려다보았다. 꼭 쥔 작은 주먹이 그의 가슴팍에 얌전히 매달려 있었다. 슬며시 고개를 기울이자 작은 머리통 아래 빨갛게 부푼 입술이 제일 먼저 눈에 들어왔다. 무방비하게 열린 입술 사이로 떨리는 숨결이 가늘게 새어 나온다.

순간 아득한 떨림에 진하의 시선이 홀린 듯 입술 위에 머물렀다. 그리고 이내 질끈 앙다무는 모습에 퍼뜩 정신을 차리고 시선을 끌어 올렸다.

"!"

활짝 열린 그녀의 눈가에 말간 눈물이 가득 차올라 방울방울 떨어진다. 흠칫 놀란 진하가 무심코 손을 들어 젖은 볼을 살며시 감싸 쥐었다. 뒤늦게 정신을 차린 정원이 매섭게 그의 손을 쳐냈다.

숨결이 닿을 듯 가까이 마주한 시선에서 수많은 감정들이 빠르게 스쳐 지났다. 안타까운 마음에 진하의 손이 다시금 정원의 볼에 닿았다. 그제야 흠칫 한 걸음 물러난 정원이 매섭게 그를 노려보았다.

 하지만 진하는 더 이상 품안으로 들어온 그녀를 놓아줄 생각이 없었다. 잠시 느슨하게 풀어졌던 팔이 다시금 그녀의 허리를 단단하게 끌어당겼다. 당황한 정원이 허리를 뒤로 젖히며 그의 가슴을 밀어냈다.

 "놔요."
 "싫어."
 혼란스러움이 채 가시지 않은 정원의 눈동자가 정처 없이 흔들렸다. 어깨를 들썩이며 호흡을 가다듬어도 떨리는 가슴이 진정되지 않는다. 놀라 멈췄던 눈물이 길을 잃고 왈칵 터져 나왔다. 애써 그의 가슴을 밀어내던 작은 주먹이 순간 맥없이 툭 떨어졌다.

 "내가 그렇게 우스워요? 집도 절도 없이 댁의 신세나 지고 있으니까 함부로 대해도 된다 싶어요? 아저씨 그런 사람이었어요?"

 방울방울 떨어지는 눈물이 오후 햇살에 보석처럼 반짝거렸다. 잠시 정원의 눈물을 바라보던 진하가 다시금 손을 들어 젖은 볼을 쓸어내렸다. 그리고 속삭이듯 나직이 대답했다.

 "그런 거 아니야."
 "아님 뭔데요."
 차마 그의 손을 쳐내지 못한 정원이 아이처럼 부루퉁하니 젖은 눈을 들었다. 이런 상황에서조차 일일이 따지고 드는 그녀의 모습에 실소한 진하가 한숨처럼 중얼거렸다.

"그러게 뭘까."

"이 사람이 정말, 보자보자 하니까……!"

진하는 이도 저도 아닌 대답에 성질을 부리는 정원을 무작정 끌어안았다. 지금 당장은 그도 무슨 말을 어떻게 해야 할지 머릿속이 어지러웠다.

"그냥, 잠시만 이대로 있자. 조금만."

"이거 왜 이래요! 놔요!"

"제발 가만히 좀 있어. 부탁이다."

예상치 못한 진하의 간절한 부탁에 흠칫 긴장한 정원이 고개를 삐죽 내밀며 곁눈질을 했다. 그리고 채 물기가 마르지 않은 눈을 가늘게 뜨며 인상을 쓴다. 그 어떤 경우에도 흔들림 없이 한결같은 그 눈빛에 진하는 뒤늦게 안도의 한숨을 내쉬었다.

미친놈처럼 키스를 퍼붓고, 이렇다 할 설명도 없이 끌어안고 놓아주지 않는다. 진하도 지금 자신의 행동이 얼마나 이상해 보이는지 민망할 정도로 잘 알고 있었다. 하지만 지금은, 당장은 품안의 그녀를 놓아줄 수가 없었다.

'서진하 꼴이 우습게 됐구나.'

마음이 절대 꼼짝도 하지 않았다. 지난밤, 무책임하고 무방비하게 놓아 버렸던 사랑이 다시 눈앞에서 홀연히 사라질까 불안한 마음이 맹목적으로 매달리게 만들었다.

갑작스러운 현성의 고백 앞에서도 그녀는 절대 흔들리지 않고 우정과 사랑이 다르다는 것을 분명히 했다. 그리고 보란 듯 망설임 없이 세상으로 뛰어들었다. 순간 그가 내세웠던 모든 이유가 비겁한 변명에 불과해졌다.

마음이 마음대로 되지 않는 것처럼, 사랑 또한 보낸다고 보내지는 것이 아니었다. 사랑하는 사람을 무자비한 세상 앞에 홀로 던져놓고 대체 무엇을 자신했던 것일까. 긴긴 밤, 빈 숙소 앞에서 애태우며 진하가 깨달은 유일한 진실이었다.

그럼에도 버릇처럼 가슴 가득 꾹꾹 눌러 담기만 했던 진심이 차마 말로 나오지가 않았다. 그렇게 자신도 모르는 사이 감당할 수 없을 만큼 크게 자란 마음이 숨 막히도록 간절했다. 가슴 가득 끌어안고 있어도 행여 꿈이 되어 사라질까 조마조마하다.

진하의 품에 꼼짝없이 갇힌 정원은 자포자기의 심정으로 나직이 한숨을 내쉬었다. 사실 그가 당장 놓아준다고 해도 다리에 힘이 풀려 제대로 서 있을 자신이 없었다. 미친 듯 떨리는 심장마저 진정될 기미가 보이지 않는다.

'으아, 정신없어. 이게 대체 무슨 일이라니.'

그날 같았다. 열에 취해 쓰러진 그에게 붙잡혀 꼼짝없이 안겨 있었던 그날. 둔중하게 울리는 심장 소리가, 따뜻하고 단단한 가슴이, 머리털 한 올 보이지 않게 그녀를 넉넉히 감싸고도 는 너른 품이 새삼 꿈만 같았다. 솔직히 꿈이 아니라 현실이라는 사실이 더 믿기지 않는다.

그리고 꿈이 아닌 것이 분명한 현실에 정원은 오히려 걱정이 앞섰다. 하물며 날카로운 첫 키스의 여운은커녕 일말의 설명도 없이 막무가내로 밀어붙이는 그에게 화도 나지 않았다. 하룻밤 사이 이 남자에게 무슨 일이 일어난 것일까.

뽀뽀도 아니고 키스라니. 그것도 현성 앞에서 누구보다 냉정하게 그녀를 밀어낸 남자가 말이다. 그럼에도 그의 간절한 눈빛을 정원은 차마 외면할 수 없었다. 무엇 하나 분명한 것이 없는데도 그냥 마음이 그랬다.

얼마나 시간이 지났을까. 진하의 품에 안겨 넋 놓고 눈만 껌뻑거리던 정원이 슬그머니 고개를 들었다. 이대로 두면 대답은커녕 종일 망부석처럼 서 있을 태세다. 대답도 없이, 그녀를 억세게 옭아맨 팔도 풀지 않는다.

"저 쫌 답답한데. 언제까지 가만히 있어요?"

풀썩 새어 나오려는 한숨을 지그시 삼킨 정원이 고집피우는 아이 달래듯 조심스레 말을 이었다.

"안 도망갈 테니까, 조금만 풀어 주면 안 돼요?"

"카페로 돌아와."

앞뒤 없이 하는 말이 참 난데없었다. 하지만 정원도 이번엔 쉽게 결정한 일이 아니었다. 말 한 마디로 되돌릴 수 있는 문제였다면 애초에 갈 곳도 없이 짐을 싸들고 나서지도 않았다.

"그건…… 안 되겠는데요."

"그냥 좀 하라는 대로 하면 안 되나?"

표정을 알 수 없는 그의 목소리가 머리맡에 툭툭 떨어져 내렸다. 가타부타 설명도 없이 일방적인 그의 요구에 얌전히 안겨 있던 정원이 버둥거리며 고개를 치켜들었다.

"아저씨가 나가라고 해서 나간 거거든요? 기억 안 나세요?"

진하가 그제야 단단하게 옭아맨 팔을 느슨하게 풀었다. 그리고 불쑥 시선을 맞추며 진지하게 말했다.

"미안해. 내가 실수했어. 그러니까 돌아와. 우선 돌아오고 그다음에 얘기하자."

평소 무심하도록 정중한 말투와 눈빛은 간데없이 아이처럼 무작정 밀어붙인다. 하지만 정원은 생각처럼 쉽게 따지고 들지 못했다.

사람이 안 하던 짓을 하는 데는 분명한 이유가 있는 법. 섣부르게 건드려 봐야 쉽게 답이 나올 것 같지도 않았다. 내심 숨을 고른 정원이 코끝을 찡그리며 부루퉁 진하를 보았다.

"무슨 얘기요."

"무슨 얘기든."

생각보다 순순한 그의 대답에 정원이 미심쩍은 듯 중얼거렸다.

"또다시 나가라고 할 거면……."

"아니, 절대 안 그럴 거야."

"현성이한테 가라고 그러면……."

"아니. 그런 소리도 다시는, 절대 안 해."

그런데 이건 또 무슨 조홧속일까. 자못 고압적인 그의 반말에도, 근거 없는 장담에도 마음이 대책 없이 움직였다. 무엇 하나 분명하게 설명도, 해결도 되지 않았건만 애써 가라앉힌 심장이 제멋대로 춤을 춘다.

'내가 미쳤지. 미쳤어.'

왠지 손해 보는 기분에 정원이 뺀질뺀질 말을 돌렸다.

"좋아요. 그럼 계약서 쓰고······."

"그냥 좀!"

진하가 버럭 성질을 내며 느슨하게 풀었던 정원의 허리를 바짝 끌어당겼다. 흠칫 놀라 그의 가슴에 손을 올린 정원이 눈을 휘둥그레 떴다. 그러고 보니 여전히 그의 품안이었다. 순간 성큼 다가드는 그의 숨결에 잠시 잊었던 키스가 불쑥 떠올라 얼굴이 화끈 달아올랐다.

"아, 알았어요. 알았으니까 이거 좀 놓고 말하죠?"

"돌아오는 거지?"

행여 놓칠세라 정원을 움켜쥔 진하가 재차 확인을 했다. 다른 말은 들리지도 않는 것 같았다. 무엇이 이 남자를 이토록 간절하게 만드는 것일까. 괜한 심술에 정원이 애매하게 말을 돌렸다.

"하는 거 봐서."

"정원아."

찰나 정원의 눈이 휘둥그레 커졌다.

"오, 지금 내 이름 불렀어. 맞죠?"

"아, 그······."

흠칫 당황한 진하가 그제야 한 걸음 물러나며 곤혹스러운 얼굴을 했다. 그 와중에도 행여 놓치면 사라질까 허리에 감은 팔을 풀지 않는다. 엄마의 치맛자락을 잡고 매달리는 아이처럼 무방비한 모습에 차마 밀어낼 수도 없었다.

상황이 이쯤 되자 정원도 더 이상 고집피울 마음이 생기지 않았다. 무엇보다 사랑하는 사람이 바라는 일이었다. 사랑하는 사람 앞에서는 그 어떤 이유도 통하지 않는다.

그나저나 결국 이렇게 나올 거면서 왜 그렇게 마음에도 없는 말로 그녀를 밀어냈던 것일까. 생각하니 새삼 괘씸하다.

"인심 썼다. 다시 한 번 불러 봐요."

"뭘……."

"내 이름. 그럼 오늘 당장 돌아온다, 내가."

"은정원 씨."

멈칫 긴장했던 그가 흐트러진 표정을 수습하며 단정하게 정원의 이름을 불렀다. 하지만 이미 엎질러진 물. 허리에 감긴 팔도 풀지 않고 제 아무리 아닌 척해 봐야 통할 리가 없었다.

"에이, 그게 아니잖아요."

성큼 짙어지는 정원의 미소에 진하가 난감한 얼굴을 했다. 환한 햇살 아래 마주 보고 선 두 사람 사이로 달콤한 꽃향기가 물씬 피어난다. 간질간질 심장이 떨리도록 설레는 하루의 시작이었다.

조금 늦게, 서둘러 카페를 오픈하고도 두 사람은 어색함에 한동안 서로의 눈치를 살폈다. 그 와중에 도드라지게 변화를 보이기 시작한 사람은 진하였다. 그녀의 일거수일투족을 감시하듯이 대놓고 졸졸 따라다니며 한시도 떨어지지를 않는다.

애써 평소처럼 카페 일을 하던 정원이 참다못해 그를 삐죽 흘겨보았다.

"마스터, 나 좋아해요?"

꽃을 정리하는 정원의 옆에 멀뚱하니 서 있던 진하가 멈칫 시선을 피했다. 하지만 순순히 물러날 그녀가 아니었다.

"아니면 아까 그건 뭔데요. 그런 식으로 사람 가지고 노는 거 아니거든요?"

"그런 말이 어디……!"

정원이 화들짝 부정하는 진하에게 불쑥 고개를 디밀었다.

"아님 뭔데요. 말 나온 김에 제대로 정리 좀 하죠? 설마 이대로 어물쩍 넘어갈 생각은 아니시죠?"

"……."

"난 절대 그냥 못 넘어가는데요."

그제야 진하가 못 말리겠다는 듯 고개를 저으며 빙긋 웃었다.

"기대도 안 합니다."

"그러니까요. 변명이든 설명이든 뭐라도 좀 해 보라니까요?"

"그걸 꼭 말로 해야 합니까."

"그럼요. 말을 안 하면 내가 어떻게 알아요. 더더구나 그런 건 분명히 해야 되는 거거든요."

문득 진하의 눈매가 짓궂게 슥 가늘어졌다.

"그런…… 거?"

"그…… 아, 몰라서 물어요?"

자못 노골적인 진하의 눈빛에 흠칫 당황한 정원이 팩 고개를 돌렸다. 자승자박이라. 새빨개진 얼굴로 안절부절못하던 그녀가 기어이 버럭 성질을 부렸다.

"난 그야말로 첫 키스였거든요? 그런데 뭐가 이렇게 당당하죠? 괜히 신경 쓰는 나만 이상해지잖아요!"

"풋! 하하……."

"아, 왜 웃어요!"

팩 토라진 정원이 애먼 분무기를 사정없이 쏘아댔다. 물기를 잔뜩 머금은 꽃잎들이 하늘하늘 흔들리며 진하의 웃음소리와 함께 빨개진 그녀의 볼을 간질였다.

고요하고 평온한 하루가 한가롭게 지나가고 있었다. 시도 때도 없이 드나들며 분위기를 싸늘하게 만들던 윤주도, 자기감정을 앞세워 정원을 닦달하던 현성도 폭풍전야처럼 조용했다. 겉으로는 아무 일 없었던 것처럼 평소와 다름없는 풍경이었다.

여전히 해결해야 할 문제가 산더미였지만 정원은 그럼에도 설레는 지금을 마음껏 누리고 싶었다. 따뜻하게 웃으며 바라보는 그의 시선에 하루 종일 꿈을 꾸는 것만 같았다. 시도 때도 없이 비실비실 웃는 모양이 머리에 꽃이라도 꽂을 기세다.

그가 먼저 손 내밀어 잡았다는 사실 하나만으로도 정원은 세상을 다 얻은 것처럼 행복했다. 초라한 현실 앞에 시작도 해 보지 못하고 접었던 가망 없는 짝사랑이었다. 그런데 난데없이 깜깜한 눈앞에 파란불이 반짝 켜진 것이다. 정원은 행여 꿈일까 확인하는 것도 무서울 지경이었다.

늦은 밤. 일찌감치 손님이 끊긴 덕에 서둘러 카페를 정리한 그녀가 후다닥 유니폼을 갈아입고 나오며 꾸벅 인사를 했다.

"그럼, 들어가세요. 저도 이만……."

"아니, 어디 갑니까."

진하가 놀라 정원을 손목을 덥석 잡아 세웠다. 멈칫 돌아보는 그녀의 눈동자가 영문을 모르겠다는 듯 해맑았다. 급한 마음에 그가 내쳐 물었다.

"들어온다고 하지 않았습니까."

"아……."

정원이 도망이라도 갈까 단단하게 그러쥔 진하의 손을 빤히 보더니 느릿하게 웃었다. 그리고 짐짓 모른 척 이어 말했다.

"그래도 짐은 가져와야죠."

"짐? 지금 이 시간에?"

빠르게 되묻는 진하의 미간에 깊은 골이 패였다. 너무나 심각하고 진지한 그의 표정에 실소한 정원이 농담처럼 짓궂게 물었다.

"왜요? 같이 가시게요?"

35. 사랑해, 사랑해, 사랑해

 카페에서 멀지 않은 대형 찜질방. 떠밀리듯 탈의실 안으로 들어선 진하는 손에 들린 찜질복을 보며 기막힌 한숨을 내쉬었다.
 "이게 대체…… 내가 왜……."
 자정이 넘은 늦은 시간. 어두운 밤거리로 나서려는 정원을 혼자 보낼 수가 없었을 뿐, 정작 눈앞에 펼쳐진 상황은 상상조차 하지 못했다. 말로만 들어봤지 찜질방은 처음이었다. 어벙하게 서서 두리번거리는 진하의 표정이 길 잃은 아이처럼 난감하기 짝이 없었다.
 탈의실을 정리하던 직원이 입구에 멀거니 서 있는 진하를 발견하고 친절하게 말을 걸었다.
 "뭐, 필요한 거 있으세요?"
 "아, 아닙니다."

퍼뜩 정신을 차린 진하가 조심스레 안으로 걸음을 옮겼다. 그리고 얼결에 받아든 라커 키를 확인하며 다시금 고민에 빠져들었다.

'그러니까 우선 샤워를 하고 이걸로 갈아입어야 되는 건가.'

낯선 눈으로 황토색 찜질복을 노려보던 진하가 순간 기막힌 실소를 터트렸다.

"하, 내가 지금 뭐하고 있는 건지……."

이게 뭐 어려운 일이라고 갈피를 못 잡고 혼자 우왕좌왕 헤매고 있는 것일까. 진하는 새삼 세상에 둘도 없는 바보가 된 기분이었다. 남들에겐 별것 아닌 일이 그에겐 참으로 별스러워서 자꾸 머뭇거리게 된다. 정말 이대로 괜찮은 것일까.

우여곡절 끝에 찜질복으로 갈아입고 나서는 진하의 표정이 영 어색했다. 그리고 찜질방 입구에서 다시금 멈칫하며 방향을 잃고 두리번거렸다. 마침 앞에서 기다리고 있던 정원이 쪼르르 달려와 그의 앞에 섰다.

"무슨 남자가 여자인 나보다 오래 걸려요?"

"그냥 좀……."

뭔가 어정쩡한 대답에 진하의 안색을 살핀 정원이 샐쭉 웃으며 물었다.

"찜질방 처음 와 봐요? 하긴, 찜질방 스타일은 아니구나."

다시 한 번 진하의 행색을 쓱 훑어 내린 정원이 가볍게 고개를 저었다.

물기가 남아 흐트러진 머리칼에 기다란 팔다리가 휑한 것이 꼭 할아버지 옷을 주워 입은 큰 손자 같은 느낌이랄까. 품은 남고 길이는 생뚱맞게 짧은 찜질복이 볼수록 가관이다.

그나저나 고작 찜질방 앞에서 정처 없이 흔들리는 눈빛이라니. 평소 그림처럼 단정한 모습은 간데없이 어색하고 난감한 기색이 역력했다. 이 남자 가끔 이상한 데서 어이없게 틈을 보인다.

그래서 일까. 한결 가벼워진 기분에 정원은 없던 용기가 불쑥 솟았다. 더 생각할 것도 없이 진하의 팔에 답삭 매달린 그녀가 신 나게 떠들었다.

"나도 되게 오랜만에 와 봐요. 아빠랑은 나들이 삼아 자주 다녔는데 혼자는 좀 그렇잖아요. 그러니까, 간만에 제대로 즐겨 볼까요?"

"즈, 즐겨? 뭐, 뭘……?"

"어젠 갑자기 쫓겨나서 정신이 없기도 했고, 또 혼자 뭘 하기도 애매해서……."

팔에 매달린 정원을 반쯤 정신이 나간 얼굴로 바라보던 진하가 대뜸 정색을 했다.

"쫓아낸 건 아니……!"

"정말 아니라고 생각해요?"

순간 훌쩍 다가드는 눈망울이 심장 가까이 성큼 파고들었다. 흠칫 당황한 진하가 차마 대답할 말을 찾지 못하고 입을 꾹 다물었다. 불만어린 그의 눈빛을 쓱 무시하며 정원이 재잘재잘 말을 이었다.

"아무튼 어젠 돈만 내고 아무것도 못했다고요. 근데 오늘은 마스터도 있으니까 어제 몫까지 풀로 즐겨 줘야죠. 자, 본격적으로 시작해 봅시다."

정원의 손에 질질 끌려 찜질방으로 들어서던 진하가 문 앞에서 멈칫 인상을 썼다. 70도를 훌쩍 넘는 가장 뜨거운 방이었다. 문을 열자마자 확 다가드는 열기에 숨이 턱 막히는 것 같았다. 자리를 찾아 주변을 둘러보던 정원이 여전히 머뭇거리는 진하를 돌아보았다.

"왜요?"

"이거 꼭 해야 합니까?"

"그럼, 찜질방에서 뭘 할까요. 남자들은 사우나 좋아하지 않아요? 그거랑 비슷하다고 생각하면 돼요."

"나, 사우나 안 좋아하는데……."

그의 말을 듣는 둥 마는 둥 정원이 찜질방 안으로 진하를 냅다 밀어 넣었다. 얼떨결에 자리를 잡고 앉은 그가 차마 적응이 되지 않는 열기에 이내 엉덩이를 들썩이며 정원의 눈치를 보았다.

"저……, 언제까지 있어야 합니까."

"지금 들어왔잖아요. 마음 편하게 먹고 느긋하게 즐겨 봐요."

나직이 중얼거리며 벽에 기대 눈을 감는 정원의 표정이 더없이 평화로웠다. 그 난감한 변화가 왠지 무시무시하다.

통닭을 굽는 것도 아니고, 사람이 이런 온도에서 대체 뭘 즐긴다는 것일까. 진짜 즐길 수 있는 것인지 진하는 직접 들어와 앉아 있으면서도 믿기지가 않았다. 조만간 익어서 죽을 것 같은 위기감에 그가 더 이상 참지 못하고 정원을 흔들었다.
"저기, 그만 나가면……."
"벌써요? 들어온 지 얼마나 됐다고. 조금만 더 참아 봐요."
숨 막히는 열기에 일 분 일 초가 영원처럼 길게 느껴지건만 그녀는 정말 아무렇지도 않은 모양이었다. 난감한 진하의 입에서 채 걸러지지 않은 불만이 튀어나왔다.
"그래도 너무 뜨거운데……."
"뜨거우니까 찜질방이죠. 찜질로 땀 한 번 쫙 빼면 피로도 풀리고 좋아요. 얼마나 시원한데요. 좀 있어 봐요. 금방 좋아질 거예요."
"절대, 안 좋아질 거 같은데……."
나직이 구시렁거린 진하가 끝내 참지 못하고 엉덩이를 들썩거렸다.
"그럼 좀 더 있다 나와요. 난 먼저 나가 있겠습니다."
"아, 그걸 못 참나."
결국 미적미적 입구로 향하는 그의 모습에 정원이 어이없는 한숨을 쉬었다. 그리고 마지못해 따라 나오며 다시 진하의 팔을 잡아끌었다.
"그럼 이제 시원한 데 갈까요?"
"아, 아니……!"
몇 발짝 떼지도 못하고 정원에게 잡힌 진하의 표정이 급격히 허물어졌다. 그리고 얼결에 끌려온 얼음방. 순식간에 훅 덮쳐드는 냉기에 놀란 그가 낮게 재채기를 했다. 그리고 느긋하게 앉아 땀을 식히는 정원을 멀거니 바라보았다.

"안 춥습니까."

"시원하고 좋은데요."

비죽 돌아보는 정원의 미소가 더없이 개운하다. 뜨거운 것도 시원하고, 추운 것도 시원하고, 진하는 당최 이해가 되지 않았다. 보다 못한 그가 불만을 터트렸다.

"이럴 거 뭐하러 그 뜨거운 데서 찜질을……!"

"그게 또 찜질의 매력이죠."

매력 두 번만 더 있다간 멀쩡한 사람도 지레 이상해지겠다. 차마 이해하기를 포기한 진하가 이번엔 일찌감치 손을 들었다.

"먼저 나가 있겠습니다."

정원이 다짜고짜 돌아서 나가는 진하를 어이없는 얼굴로 바라보았다. 그리고 이내 쫄래쫄래 따라 나오며 그를 타박했다.

"뜨거운 것도 싫다, 차가운 것도 싫다, 대체 찜질방엔 왜 온 거예요?"

"끌려왔습니다만."

멈칫 돌아보는 진하의 눈가에 불만이 그득했다. 아이처럼 툴툴대는 모습에 정원이 짓궂게 빙글거렸다.

"어머? 누가 보면 내가 억지로 끌고 온 줄 알겠네."

"그래서 싫습니까."

"그건…… 절대 아니죠. 내가 그렇게 쉽게 포기할 거 같아요?"

도망갈 틈을 주지 않고 진하를 따라잡은 정원이 꿋꿋하게 넓은 찜질방을 구석구석 끌고 다녔다. 방이란 방은 다 돌아다니며 질색하는 그의 반응을 즐기는 것이 분명했다.

처음 경험한 찜질방은 진하에겐 그야말로 신세계였다. 목욕탕도 사우나도 스파도 아닌 것이, 워터파크 놀이동산도 아닌데 구석구석 뭐가 많았다. 그런데 그걸 누구도 이상해하지 않고 그녀의 말대로 다들 즐기며 여유로운 모습이었다. 하다하다 안마기 체험까지 두루 마친 후에야 휴게실에 자리를 잡은 진하가 부루퉁하니 물었다.

"이제 또 뭐 합니까."

"뭐 하긴요. 찜질방 스페셜 세트! 식혜랑 미역국이랑 구운 달걀이랑 야참으로 든든하게 먹고, 씻고 자야죠."

그러려니 반쯤 포기한 채 정원의 말을 흘려듣던 진하가 멈칫 인상을 썼다.

"자, 잔다고? 여기서?"

"그럼, 아깝게 그냥 가요?"

물론 드문드문 삼삼오오 잠이 든 사람들을 보기는 했다. 구석구석 돌아다니며 수면실이 따로 있는 것도 보았다. 하지만 진하는 낯선 사람들이 오가는 찜질방에서 진짜 잠을 자리라고는 상상조차 해 보지 않았다. 그런데 해맑게 웃으며 달걀을 까는 정원의 표정은 한 치의 의심도 없이 진심을 말하고 있었다.

"자, 먹어 봐요. 먹고 죽은 귀신이 때깔도 곱댔어요."

이번엔 진짜 물러설 수 없다는 생각에 반대를 하려던 진하의 입에 불쑥 구운 달걀이 들어왔다. 그가 입안 가득한 달걀을 차마 뱉지 못하고 불만어린 눈으로 정원을 보았다. 그러자 그녀가 이번엔 슥 식혜를 내밀며 눈치 없이 웃는다.

"아, 알았어요. 목 막히죠? 마셔요."

입을 막는 방법도 참 가지가지다. 애써 달걀을 삼키며 고분고분 식혜를 받아드는 진하의 눈가에 기막힌 한숨이 짙게 묻어났다. 도대체 여기서 무얼 하고 있는 것일까. 이렇게 대책 없이 흘러가도록 두어도 되는 것일까.

야참을 가득 챙겨 먹고 다시 가볍게 샤워를 하고 나오니 어느새 깊은 새벽이었다. 드문드문 돌아다니던 사람들도 다들 자리를 잡고 잠이 들었는지 넓은 찜질방도 고요함이 맴돌았다.

남, 여 수면실이 따로 있었지만 두 사람은 한적한 휴게실 한편에 자리를 잡고 앉았다. 그를 신 나게 끌고 다니며 놀려낼 때는 몰랐는데 막상 마주 보고 있으려니 어색함이 물밀 듯 밀려들었다. 잠시 눈을 굴리던 정원이 두서없이 중얼거렸다.

"저쪽에 토굴방이 있긴 한데 거긴 좀 답답하더라고요. 마스터는 찜질도 싫어하니까 그냥 여기서……."

"진짜 여기서 잘 생각입니까?"

"그럼, 여기까지 와서 그냥 이대로 가요?"

딱히 고민도 없이 꿋꿋하게 밀어붙이는 정원의 대답에 진하는 불쑥 터져 나오려는 한숨을 애써 삼켰다. 그녀는 지금 자신이 무슨 말을 하고 있는지 제대로 아는 것일까.

나름 공공장소라고는 하나 남자와 함께 있는 자리였다. 그것도 여전히 제대로 아는 것이 전무한 낯선 성인 남자. 진하는 자신이 그녀에게 그만큼 믿을 만한 사람이었는지 새삼 돌이켜 보았다.

 무엇보다 정원의 입장에서는 그 어떤 경우에도 마음이 편할 수 없는 상황이었다. 그럼에도 그녀는 너무나 당연하게, 너무나 무방비하게 자신을 내려놓는다. 진하의 입에서 채 걸러지지 않은 진심이 툭 튀어나왔다.

 "대체 무슨 생각으로……."
 "뭐가요?"

 베개를 수건으로 감싸며 누울 준비를 하던 정원이 말똥말똥 진하를 보았다. 너무나 해맑은 눈빛에 진하는 순간 할 말이 생각나지 않았다. 하지만 그냥 이대로 어물쩍 넘어갈 수도 없었다. 그가 다시금 생각을 가다듬으며 나직이 중얼거렸다.

 "너를 어떻게 해야 할까."
 "이건 또 뭔 소리?"

 에라, 모르겠다. 될 대로 되라. 여기까지 와서 새삼 고민하는 것도 우습지 않은가. 단순하게 생각하고 모른 척 자리에 누우려던 정원이 그제야 똑바로 앉으며 진하를 말간 얼굴로 쳐다보았다.

 "내가 언제 뭘 어떻게 해 달랬어요? 아무것도 안 해도 된다니까요? 그냥 좋아하는 것도 안 돼요? 내가 서진하 씨를 좋아한다고요. 그냥 그게 다예요."

"정원아."

설핏 흔들리던 진하의 눈빛이 무섭도록 진지하게 가라앉았다. 하지만 정원은 이제 와 무엇을 감추고 망설여야 하는지 알 수가 없었다. 머리가 터지게 고민하고 걱정한들 마음이 바뀔 것 같지도 않았다. 결국 그녀는 생긴 대로 톡 까놓고 솔직하게 진심을 털어놓기로 했다.

"아, 난 복잡한 거 몰라요. 마음이 마음대로 되나요. 그리고 마음대로 된다고 해도 난 이미 아저씨를 좋아한다고요. 사랑……."

"하지 마."

진하가 더 없이 무거운 얼굴로 정원의 말을 막아섰다. 하지만 이미 마음먹은 이상 쉽게 물러설 그녀가 아니었다.

"아직 아무것도 안 했는데 대체 뭘 그만해요."

"장난 아니야! 좀 더 신중하게 생각해 보고 천천히 결정해도 늦지 않아."

설핏 높아지는 진하의 음성에 차마 숨길 수 없는 간절함이 묻어났다. 하지만 그럴수록 정원의 마음은 더욱 단단하게 자리를 잡았다. 이 남자 흔들리고 있다.

새삼 자세를 고쳐 앉으며 단단하게 팔짱을 낀 정원이 작정하고 진하를 밀어붙였다.

"지금 무슨 물건 골라요? 따로 생각하고 결정할 게 뭐 있어요? 그리고 누가 장난이래요. 난 마음 가지고 장난할 만큼 여유로운 사람 아니거든요? 하물며 당장 먹고 사는 문제가 걸려 있단 말이죠. 더 이상 어떻게 신중해요."

"그런 말이……! 후회할지도 몰라. 후회하게 될 거야."

나직이 흔들리는 그의 눈빛은 진심으로 정원을 걱정하고 있었다. 그가 아니라 그녀의 마음이 다칠까 그 단단한 눈동자가 정처 없이 흔들린다. 자못 비장하게 밀어붙이던 정원이 돌연 배시시 웃으며 진하의 눈을 빤히 들여다보았다.

"아니요. 지금 솔직하지 않으면 정말 후회할 거 같아요."

"정원아."

차마 말을 잇지 못하고 정원을 마주 보는 진하의 눈동자가 차분하게 가라앉았다. 그 깊은 시선이 성큼 심장 가까이 파고들어 따스하게 감싸 주는 기분이었다. 달달하니 간질간질 웃음이 날 것만 같다. 정원이 갑옷처럼 두르고 있던 팔짱을 풀며 멋쩍은 얼굴로 코끝을 찡그렸다.

"좋네요. 아저씨가 불러 주는 내 이름."

"하아, 지금 그런 한가한 소리 할 때가……!"

진하의 긴 한숨에 정원이 바짝 다가앉으며 사뭇 진지하게 말했다.

"그런 식으로 가볍게 말하지 마세요. 당신이 정말 아니라면, 그렇다면 내 마음 받아주지 않아도 돼요. 마음을 강요할 수는 없으니까. 나를 봐 달라 조르지도 않을게요. 그런데 알고는 있으라고요. 내가 진심이란 걸."

"……!"

"사랑해요."

흠칫 굳었던 진하의 눈가에 잔 경련이 일었다. 그리고 나직이 한숨처럼 중얼거렸다.

"넌, 왜 이렇게 무모하니."

"솔직한 거죠."

빙긋 웃는 정원의 눈빛이 선명하게 반짝거렸다. 그녀의 시선을 피하지 않고 마주한 진하가 진심을 담아 미련스레 말했다.

"난 그 마음을 받을 자격이 없어."

"사랑에 자격이 왜 필요해요. 사람이 사람을 좋아하는데 대체 무슨 자격이 필요한데요."

예상치 못한 진하의 대답에 정원이 놀란 눈을 깜박거렸다. 그리고 탄식 같은 진하의 고백이 이어졌다.

"네가 힘들어질 거야."

"괜찮아요."

"널 더 많이 사랑할 수 없을지도 몰라."

"괜찮아요. 내가 더 많이 사랑하면 되니까."

"……."

"다 괜찮아요. 정말 괜찮아요. 내가 당신을 사랑하니까. 그러니까 괜찮아요."

거침없이 담백한 정원의 진심이 조용한 휴게실 가득 묵직하게 울렸다. 넓은 휴게실에 단둘이 있는 것처럼 마주 보는 시선이 심연보다 깊었다. 그럼에도 이젠 어색하거나 이상하지 않았다. 시리도록 까만 그의 눈동자가 순간 너무나 따뜻해서 오히려 눈물이 날 것만 같았다.

정원이 이유도 없이 시큰해지는 코끝을 긁적이며 마지막으로 분명하게 다시 물었다.

"그래서, 아저씨 마음은 뭔데요. 나 싫어요? 난 정말 아니에요?"

"사랑해."

순간 예상치 못한 대답에 놀란 정원이 고개를 갸웃했다. 지금 그가 무슨 말을 한 것일까. 너무나 간절한 마음에 환청이 들리는 것 같았다. 그리고 한 박자 늦게 예고 없이 치고 들어오는 묵직한 고백에 심장이 쿵 떨어졌다. 당황한 정원이 풀썩 물러나 앉으며 정신없이 중얼거렸다.

"아니 뭐 이렇게 갑자기 훅 들어와요. 사람 당황스럽게……."
"사랑해."
"어, 그, 저기, 갑자기 이러시면……."

심장이 저릿하도록 묵직하고 간절한 울림. 정원은 모든 피가 얼굴로 몰려드는 것만 같았다. 당장 기절이라도 할 것처럼 머릿속이 아득하게 지워진다.

안 그래도 정신이 없는데 온몸이 심장으로 만들어진 것처럼 쿵쾅거리며 뛰었다. 이 와중에도 흔들림 없이 단정한 그의 얼굴이 현실감을 잃고 시야를 가득 메운다. 정원은 이러다 진짜 심장마비로 죽을지도 모르겠다고 생각했다. 이 남자는 진심 위험하다.

진하가 떨리는 가슴을 주체 못 하고 풀썩 내려앉는 정원의 어깨를 살며시 감싸 안으며 녹아날 듯 달콤하게 웃었다.

"은정원, 사랑한다."

따스한 눈동자 가득 넘실대는 눈부신 미소가 두근두근 심장 가까이 파고들었다. 정말 숨 쉬는 것을 잊고 있던 정원이 후다닥 물러나 앉으며 벌건 얼굴로 정신없이 고개를 저었다.

"아, 그래도 키스는 안 돼요."

진하가 어리둥절한 얼굴로 정원을 보았다. 하지만 멘탈이 탈탈 털린 그녀는 그의 반응을 돌아볼 여유가 없었다. 정원이 참았던 숨을 낮게 몰아쉬며 커다란 눈을 깜박거렸다. 그리고 무슨 경고문을 읽듯 영혼 없이 중얼거렸다.

"공공장소인 찜질방에서 무분별한 애정행각은 민폐라고요. 사람들이 욕해요. 그러니까 지금은 참으세요."

"훗. 하하."

진하가 어이없는 웃음을 터트렸다. 이 여자는 정말 이상한 지점에서 이상하게 철저하다. 정원이 김이라도 날 것처럼 빨개진 볼에 부채질을 하며 속없이 웃는 진하를 흘겨보았다.

"아, 왜 웃어요?"

"아, 아니. 귀여워서. 하하."

거침없이 솔직한 그의 말에 당황한 정원이 기막힌 얼굴로 입술을 삐죽 내밀었다.

"아저씨 가끔 진짜 이상한 거 알아요?"

"설마, 은정원 너만 할까. 하하."

순간 훅 치고 들어오는 나직한 반말이 그 어떤 달콤한 밀어보다 설레었다. 정원은 정말이지 진심 미친 것 같았다. 어쩌면 말 한 마디, 눈빛 하나에도 심장이 멈출 것처럼 두근거린다. 하다못해 뒤통수까지 빨개져서 쿵쾅거리는 기분이었다.

이대로 죽을 수는 없다는 일념으로 아득해지는 정신을 부여잡은 정원이 베개를 안고 넙죽 돌아누웠다.

"나 잘래요. 졸려요."

말없이 정원의 뒷모습을 바라보던 진하의 눈동자가 짙게 가라앉았다.

'너를 정말 어찌해야 할까. 내가 뭘 어떻게 해야 할까.'

당당하고 솔직한 고백에 더 이상 도망칠 수가 없었다. 그저 사랑하는 것만으로도 행복하다는 그 투명하고 아득한 고백에 다른 말은 생각이 나지 않았다. 꾹꾹 눌러왔던 감정이 이성보다 먼저 소리가 되어 튀어나왔다.

사랑한다. 사랑한다. 너무나 사랑해서 가슴이 아리다. 하여 그녀를 더 이상 아프게도 힘들게도 할 수 없었다. 결국 사랑은 사랑으로밖에 대답할 수 없는 것이었다.

'사랑한다. 은정원.'

마치 영혼에 새겨진 것처럼 단 하나의 단어만이 입안에 맴돌았다. 평생을 말해도 모자랄 것 같은 소중한 사랑이었다.

딱딱한 베개를 꼭 끌어안고 빨개진 볼을 식히며 씩씩거리던 정원의 어깨가 어느새 잔잔하게 내려앉았다. 그리고 얼마 지나지 않아 진짜로 곤히 잠이 들었다.

정원을 말없이 바라보던 진하가 그 모습에 어이없는 실소를 흘렸다.

"허, 이 아가씨야, 이 상황에 잠이 오니?"

진하는 기가 막히면서도 기절하듯 잠든 정원이 한편으로 안쓰러웠다. 긴장이 풀린 것이리라. 지난 며칠이 그녀에겐 몇 년처럼 길고도 험했을 테니까.
　아이처럼 해맑은 얼굴로 잠이 든 정원의 얼굴을 물끄러미 바라보던 진하가 가볍게 실소를 지었다. 그럼에도 불구하고 여전히 대책 없이 무모하고 용감하다.
　"아무튼 못 말려."
　그녀의 옆에 팔을 괴고 조심스레 자리를 잡은 진하가 흐트러진 그녀의 머리칼을 조심조심 넘겨주었다. 쌕쌕 낮은 숨소리가 평화롭다. 솜털 같은 잔머리가 가는 목덜미를 따라 간질간질 심장을 어지럽힌다.
　그녀에게서 아기처럼 보송보송한 향기가 났다. 그 햇살처럼 따스한 향기가 사람을 무장해제 시킨다.
　그렇게 밤새도록 정원의 머리칼을 넘겨 줄 것 같던 진하도 어느새 까무룩 잠이 들었다. 나란히 잠든 두 사람의 얼굴이 묘하게 닮아 보였다.

　처음 눈을 뜬 순간 떠오른 생각은 '은정원, 진정 미쳤구나.'였다. 그리고 이어진 생각은 이 남자는 왜 또 그녀를 끌어안고 잠이 들어 있는 걸까, 하는 것이었다.
　옴짝달싹 못하고 눈을 굴리던 정원이 머리맡을 지나가는 인기척에 배시시 멋쩍은 웃음을 흘렸다. 그리고 눈앞을 떡하니 가로막고 있는 너른 가슴에 넙죽 고개를 파묻었다.

'아, 몰라. 그래도 좋은 걸 어쩌냐고.'

사람들이 눈을 흘기든 말든 정원은 솔직히 마냥 좋았다. 찜질방에서 눈꼴시게 꽁냥질을 해대던 커플들이 격하게 이해되는 순간이었다.

'장하다, 은정원. 언제 어느 때고 잠들 수 있는 능력은 좋은 거였어.'

그나저나 자고 간다는 말에 난색을 표하며 날밤이라도 샐 것 같던 이 남자야말로 반전이 아닐 수 없었다. 더구나 끌어안고 놓아주지 않는 건 일종의 잠버릇일까? 그래도 한 번 경험해 봤다고 그의 품에서 눈을 뜨고도 생각보다 놀라지는 않았다. 아니 오히려 너무 편하고 아늑해서 정원은 스스로가 무서울 지경이었다.

'정말 이렇게 편해도 되는 건가.'

고백도 받았겠다, 마음도 확인한 마당에 정원은 새삼 내외할 이유가 없다고 단순하게 결론을 내렸다. 그리고 새삼 주변의 시선을 의식하며 곤히 잠든 진하를 빼죽 올려다보았다.

"아저씨? ······마스터?"

"음······."

"그만 좀 일어나 보죠? 설마 계속 잘 건 아니죠?"

잠결에 정원의 머리통을 덥석 끌어당기던 그가 찰나 흠칫 몸을 굳혔다. 그리고 번쩍 눈을 뜨며 황망한 얼굴로 주변을 휘휘 둘러보았다.

"아······!"

"너무 티 나게 그러면 더 눈에 띄거든요? 어째 중간이 없어요."

바늘로 찌르면 차가운 파란 피가 나올 것 같던 첫인상과 다르게 이 남자 참 말도 안 되게 허술하다. 정원이 빙글빙글 웃으며 반쯤 정신이 나간 그를 짓궂게 놀려댔다.

"그만 일어나죠? 사람들 보는데."

"아. 흠!"

"찜질방에선 절대 안 잘 것처럼 펄쩍 뛰더니 이 상황은 대체 뭘까요?"

"……."

"왜, 뭐 할 말 있어요?"

차마 말로 하지 않아도 헝클어진 머리칼을 벅벅 넘기는 그의 손짓에서 황망함이 넘쳐났다. 그나저나 이 남자는 자다 일어나 부스스한 얼굴에도 반짝반짝 빛이 나는 것 같았다. 구깃구깃 헐렁한 찜질복도 특유의 서늘하니 단정한 분위기를 지워내지 못한다.

정원의 입가에 배시시 달콤한 미소가 담뿍 피어났다. 처음 경험하는 낯설고 휑한 찜질방 휴게실이어도 사랑하는 이가 외롭지 않도록 가슴 가득 따뜻하게 안아 주는 남자. 그녀가 사랑하는 사람이었다.

찜질방이라는 낯선 공간에서 두 사람은 오히려 마음 편하게 모두 내려놓고 오롯이 둘만의 시간을 즐겼다. 그 누구도 신경 쓰지 않고, 의식하지 않고 서로의 시선 속에서 마음껏 행복했다.

찜질방을 나서고 보니 어느새 정오가 가까운 시간이었다. 잠깐이라고 생각했건만 둘만의 시간이 그렇게나 꿈처럼 달콤하게 지나갔다.

두 사람이 다정하게 어깨를 맞대고 찜질방을 나서는 길. 계절의 길목에서 인사하듯 따스한 비가 기분 좋게 내리고 있었다.

"어? 비 온다."

정원이 불쑥 손을 내밀어 빗방울을 반갑게 맞았다.

"여기서 잠깐만 기다려."

"응? 어디 가요!"

정원이 놀라 불러 세웠지만 진하는 어느새 건너편 편의점으로 뛰어들고 있었다. 그리고 얼마 지나지 않아 우산을 손에 들고 나서는 모습이 보였다.

흐뭇하게 웃으며 진하를 기다리던 정원의 표정이 순간 묘하게 이지러졌다.

"저건 또 뭐니?"

커다란 남자의 손에 앙증맞은 노랑 땡땡이 우산이 달랑거리고 있었다. 그 노랑 땡땡이 우산이 그녀 앞으로 성큼성큼 걸어온다.

황망한 얼굴로 진하를 바라보던 정원이 대뜸 물었다.

"우산이 그거밖에 없었어요?"

"아니."

그가 왜 그러냐는 듯 멀쩡한 얼굴로 멀쩡하게 대답했다. 정원이 설핏 인상을 쓰며 다시 물었다.

"그런데 왜……?"

"왜, 마음에 안 들어?"

"아니, 그게……."

그는 그럼 이 노랑 땡땡이가 마음에 드는 것일까. 정원은 순간 자신이 뭔가 잘못 본 줄 알았다. 그런데 이 남자 아무렇지도 않게 싱긋 웃으며 그녀의 짐을 챙겨들었다.

"딱 보는 순간 당신이 생각나더라고. 귀엽잖아."

창피하진 않고? 정원은 불쑥 튀어나오는 말을 애써 눌러 삼켰다. 이 남자 절대 창피한 얼굴이 아니다. 게다가 진심으로 노랑 땡땡이를 마음에 들어 하고 있었다. 도대체 어느 지점에서 저 우산을 보고 그녀를 떠올린 것일까. 정원은 진심 이해하고 싶지 않았다.

"응? 왜? 뭐 문제 있나?"

서늘하니 키 큰 남자가 되도 않는 노랑 땡땡이 우산을 펼쳐 들고 빙구처럼 웃는다. 그런데 그 모습조차도 그림처럼 반짝거리는 이유는 대체 뭘까. 새삼 이해하기를 포기한 정원이 삐죽 입술을 내밀며 고개를 저었다.

"내가 뭐 유치원생인가."

"하하. 딱 가까이 붙어, 비 맞는다."

뭐가 그리 좋은지 그가 시원하게 웃음을 터트리며 정원을 품에 바짝 당겨 안았다. 혼자 쓰기에도 작아 보이는 우산아래 내려선 순간 정원은 문득 노랑 땡땡이 문제가 아닐지도 모른다는 생각을 했다.
 그렇지 않고서야 다 큰 성인 남자가 일말의 고민도 없이 고를 만한 사이즈와 모양이 아니었다.
 이 남자 왠지 이제 좀 무섭다.

36. 그럼에도 불구하고

"두 사람 지금까지 대체 어디서 뭘 하다 오는 거야!"

카페 마당을 성마르게 서성대던 현성이 마침 문 앞에 나타난 두 사람을 발견하고 다짜고짜 소리를 질렀다. 서로를 바라보느라 미처 현성을 발견하지 못한 진하가 멈칫 멈춰 서며 정원의 어깨를 감싸 안은 팔에 힘을 주었다. 동시에 현성의 표정이 급격히 험악해졌다.

"아니. 아니다. 다 필요 없고 은정원, 너 이리 와."

"싫어."

정원이 진하 곁에 더 바싹 붙어서며 고집스레 고개를 저었다. 성큼 간격을 좁힌 현성이 다짜고짜 그녀의 팔을 잡아당겼다.

"너 진짜 계속 이렇게 고집 피울래?"

"이거 놔! 니가 억지 쓰고 있다는 생각은 안 드니? 언제부터 내가 나도 모르게 강현성 소속이 된 건데? 이러지 말자. 너 정말 다시는 나 안 보고 싶어?"

"너야말로 고집 부릴 걸 부려. 형은 너랑 어울리는 사람이 아니야. 몰라?"

"몰라. 왜 안 되는데? 대체 안 되는 이유가 뭐야? 이런 식으로 계속 니 감정 강요할 거면 우리 그만 보자. 그러는 게 좋겠다."

정원은 정말이지 현성이 왜 이렇게까지 막무가내로 밀어붙이는지 이해할 수 없었다. 물론 자기감정이 가장 크고 소중할 수는 있다. 하지만 그 또한 각자의 몫일 뿐, 사랑이 강요한다고 마음대로 되는 것은 아니지 않은가.

정원은 흔들림 없이 곁에 있어 주는 진하의 온기에 새삼 고마움을 느꼈다. 그가 무슨 생각을 하고 있는지는 모르나 이제 다시 그녀를 밀어내는 일은 없으리라. 잠자코 지켜보던 진하가 자못 험악해지는 분위기에 정원의 손에 캐리어 손잡이를 쥐여 주며 차분하게 말했다.

"먼저 들어가 있어. 내가 얘기하지."

"아저씨."

"말 들어. 부탁할게."

"괜찮겠어요?"

"걱정 마."

현성이 숨이 넘어가든 말든 작은 우산아래서 속삭이는 두 사람은 그저 다정하기만 했다. 그 모습에 현성이 급기야 이성을 잃고 소리를 질렀다.

"이거 지금 뭐하는 건데? 두 사람이 언제부터……!"

"들어가."

"형!"

현성이 험악한 기세로 달려들었지만 진하는 아랑곳하지 않고 정원을 먼저 들여보냈다. 그리고 흔들림 없이 단정한 눈으로 현성을 똑바로 마주 보았다.

"미안하다."

일언반구 변명도 없이 너무나 담담하고 당당해서 현성은 잠시 자신이 무슨 말을 들은 건지 가늠이 되지 않았다. 그리고 기다렸다는 듯 한꺼번에 감정이 폭주했다.

"미안? 하! 지금 미안하다는 말이 나와? 형, 정말!"

"너에겐 뭐라 할 말이 없다. 때리든 부수든 마음대로 해. 단, 뭐가 됐든 나한테 해라. 정원이는 그냥 둬."

그가 언제부터 은 매니저를 정원이라 부르게 된 것일까. 현성은 차마 믿을 수가 없었다. 머릿속이 하얗게 지워진 현성이 파리하게 질린 얼굴로 휘청거리며 악을 썼다.

"형이 어떻게! 나한테 어떻게 이래! 아무것도 하지 않는다며! 그건 무슨 뜻이었는데!"

"……."

"아니, 아닐 거야. 형이 나한테 이럴 리가 없어. 정리할 거지? 정원이 이대로 그냥 둘 거 아니지?"

정신이 없는 와중에도 현성은 지푸라기를 잡는 심정으로 간절하게 진하를 바라보았다. 그럼에도 불구하고 지독한 사랑이 끝내 놓아지지 않는다. 하지만 이미 결론을 내린 진하는 흔들릴 이유가 없었다.

"정리 못 해. 가능한 일이 아니야."

"형!"

"그게 됐으면 여기까지 오지도 않았겠지. 내가 너무 오만했던 거야. 미안하다."

사랑이 포기가 됐으면 현성도 윤주도 여기까지 오지는 않았을 것이다. 아플 것을 알고 시작하는 사랑이 어디 있을까. 그런 그들을 보면서도 진하는 지금껏 무엇을 그리도 자신했는지 새삼 기가 막혔다. 이 모든 것이 사랑 앞에 오만했던 그가 치러내야 할 과정이리라.

현성이 숨이 넘어갈 것 같은 얼굴로 진하를 사납게 다그쳤다.

"그래서 이제 어쩌려고! 대체 뭘 어쩌자는 건데!"

"저 사람이 하자는 대로 할 거야. 사랑하니까."

"뭐? 사랑? 형, 진짜 미쳤구나."

"원래 사랑은 미쳐야 할 수 있는 거 아닌가?"

너무나 거침없이 당연하게 사랑을 말하는 진하의 눈빛이 단단하고 깊었다. 그가 모든 것을 내려놓은 듯 홀가분한 얼굴로 낮게 웃는다.

"지금 웃음이 나와?"

"그럼 울까?"

그 미소마저도 너무나 당당해서 현성은 그대로 주저앉고 싶어졌다.

대체 왜, 어떻게 저리도 당당할 수 있단 말인가. 사랑함으로 현성은 끝없이 나락으로 떨어져 비참해지건만, 눈앞의 남자는 어느새 깊은 수렁을 빠져나와 예전의 그로 돌아가 있었다.

사랑 앞에서 한 남자는 끝없이 무너져 내렸고, 또 다른 남자는 무너진 자신을 다시 일으켜 세운다. 사랑 하나가 두 남자에게 미치는 영향이 그렇게나 달랐다.

도대체 사랑이 뭐라고 사람을 이다지도 바닥까지 흔들어 놓는 것일까. 똑같이 사랑하는데 너무나 달라서 현성은 차마 인정하고 싶지 않았다.

현성을 지켜보는 진하야말로 말로 표현할 수 없을 만큼 가슴 아프고 안쓰러웠다. 하지만 아무리 고민한들 다른 방법이 없었다. 애초에 가능하지 않은 일이었다. 사랑은 머리가 아닌 가슴으로 하는 것이라 사람의 말을 따르지 않는다. 사랑이 그렇게나 잔인하게 솔직했다.

툭.

"이게 다 무슨 소리야."

불쑥 끼어드는 날선 목소리에 한 치의 물러섬도 없이 대치하던 진하와 현성이 고개를 들었다. 카페 문 앞에 윤주가 창백하게 질린 얼굴로 유령처럼 서 있었다. 그녀의 안색처럼 하얀 우산이 발치에서 무심하게 뒹굴었다.

"누나, 대체 언제부터……!"

"무슨 소리냐고 묻잖아!"

날카롭게 현성을 다그친 윤주가 눈앞의 현실을 믿을 수 없다는 듯 간절하게 진하를 보았다.

"진하 씨, 아니잖아요. 당신은 내가 가장 잘 알아요. 현화가 있는데. 당신이 현화를 잊을 리가 없는데……. 아니, 그럴 리가 없어. 아니야. 아니라고!"

윤주가 발작적으로 소리치며 젖은 머리를 세차게 흔들었다. 심상치 않은 분위기에 보다 못한 현성이 멈칫 윤주 쪽으로 걸음을 옮겼다.

"누나, 그게……."

"현화를 잊은 게 아니라 정원이를 사랑하게 된 거뿐이야."

"진하 씨!"

"형!"

이번에도 진하는 거침없이 솔직했다. 그동안 자신의 어리석음으로 인해 너무나 많은 것들이 제자리를 잃고 비틀려 버렸다. 진하는 다시 같은 일을 반복할 수 없었다. 더없이 단호한 그의 대답에 윤주가 그대로 풀썩 주저앉았다.

"누나……!"

현성이 걱정스러운 얼굴로 조심스레 그녀의 어깨를 잡았다. 신경질적으로 그의 손을 쳐낸 윤주가 하얗게 바랜 얼굴로 일어나 비칠비칠 뒷걸음질 쳤다.

"이럴 수는 없어. 아니야. 아니……."

불안정한 윤주의 모습에 현성이 마지못해 따라 나서고 홀로 남은 진하는 잠시 추적추적 내리는 비를 바라보았다. 꿈처럼 짧은 봄이 어느새 지나고 짙푸른 여름이 기지개를 켜고 있었다. 망설임에 의미 없이 지나 버린 시간들이 새삼 안타까울 만큼 눈앞의 지금이 한없이 소중해지는 순간이었다.

걱정스러운 마음에 안에서 바깥 상황을 지켜보고 있던 정원이 슬며시 카페 문을 열었다. 그녀를 돌아보는 그의 입가에 따스한 미소가 담뿍 묻어났다. 독하게 아프게 두 사람을 보내놓고 정작 그녀에겐 아무런 내색도 하지 않는다. 보다 못한 정원이 넌지시 입을 뗐다.

"괜찮을까요?"

"왜? 걱정돼? 무르까?"

정말 아무 일도 없었다는 듯, 아무렇지도 않다는 듯, 흔들림 없이 단단한 미소가 오히려 더 마음 아프다는 것을 이 남자는 알까. 정원이 애써 모른 척 가볍게 툴툴거렸다.

"아니, 왜 말이 그리로 튀어요? 당연히 걱정은 되지만, 무르긴 뭘 물러요? 진심이에요?"

"그러니까 걱정도 하지 마. 내 문제니까 내가 해결해."

역시나 모든 것을 혼자 해결하는데 익숙한 사람이었다. 하지만 정원은 더 이상 그를 외롭게 두고 싶지 않았다.

그가 세상 앞에 홀로 서 있는 것도 싫었다. 사랑하는 사람이 곁에 있는데 홀로 외로울 이유가 없었다. 사랑은 혼자 하는 것이 아니다.

정원이 씩 길게 웃으며 진하의 팔에 답삭 매달렸다.

"사람 마음이 어디 마음대로 되나요. 그리고 어떻게 아저씨 혼자 문제예요. 사랑하는 사람이 떡하니 옆에 있는데 같이 고민해야죠."

새삼 정원과 시선을 맞춘 진하가 피식 실소를 지었다.

"넌 대체 뭘 믿고 항상 이렇게 대책 없이 씩씩하니."

"당연히 아저씨를 믿는 거죠. 사랑하는 사람을 믿지 않으면 누굴 믿겠어요. 안 그래요?"

"……."

"왜 그렇게 봐요?"

"예뻐서."

말없이 바라보는 시선은 여전히 똑같은데 불쑥 꺼내는 말은 생뚱맞고 난데없다. 괜스레 당황한 정원이 빠르게 눈을 깜박이며 진하를 타박했다.

"헐……, 갑자기 난데없이 그러지 좀 말라니까요?"

"뭘 그러지 마?"

이 남자 어느새 느물느물 변죽도 좋아졌다.

"에, 그게 그러니까…… 아, 몰라요!"

"하하."

귓가를 간질이는 진하의 웃음소리에 왠지 멋쩍어진 정원이 처마를 타고 흘러내리는 굵은 빗줄기에 손을 뻗었다.

"올여름은 또 얼마나 더우려나."

쑥스러운 듯 딴청을 피우는 정원을 사랑스러운 눈으로 바라보던 진하가 그녀의 어깨를 덥석 끌어안았다. 그리고 가볍게 볼 뽀뽀를 했다. 화들짝 놀란 그녀가 커다란 눈을 휘둥그레 뜨며 낮게 소리쳤다.

"어머, 미쳤어요? 갑자기 무슨 짓이에요."

"왜? 하면 안 돼?"

"그, 그게 아니라."

이 여자 고백할 땐 거침없이 당당하더니 고작 스치는 베이비 키스에 놀라 어쩔 줄을 모른다. 그조차도 너무나 사랑스러워서 자꾸 웃음이 나왔다.

"이 정도에 놀라면 곤란한데."

"뭐, 뭐라고요? 무슨……?"

어느새 귓불까지 빨개진 정원을 빤히 바라보던 그가 불쑥 고개를 숙였다. 그리고 그녀가 채 뱉어내지 못한 말을 가득 삼키며 깊숙이 파고들었다.

그녀에게선 따사로운 햇볕에 뽀송하게 말린 이불처럼 사각거리는 향기가 났다. 그 향기에 답답했던 마음이 덩달아 사각거리며 가볍게 부풀어 오른다.

윤주가 지나간 자리엔 항상 깊은 상처와 함께 어둡고 황량한 바람이 불었다. 하지만 사랑하는 사람이 곁에 있으므로 진하는 이제 그 어떤 어둠도 무섭지 않았다. 그래서 현성이 앞으로 어떻게 나오든 다 받아줄 수 있었다.

이 모든 것이 다 사랑 때문이었다.

사랑 때문에 행복하고, 사랑 때문에 아프고, 사랑 때문에 불행하고 울고 웃는다. 그럼에도 사랑할 수 있어서 사람들은 오늘을 또 사는지도 모르겠다.

 여린 꽃잎처럼 보드라운 입술이 미치도록 좋았다. 꽃잎을 가득 머금고 수줍게 숨어 있는 말캉한 과실을 찾아 깊숙이 파고들자 달콤한 향기에 취한 이성이 말끔하게 지워진다.
 손끝을 간질이는 솜털 같은 머리칼과 가는 목덜미가 오랫동안 잠자고 있던 진하의 욕망을 단숨에 몰아붙였다. 품에 쏙 들어오는 작은 어깨가, 차마 자리를 잡지 못하고 옷깃에 매달려 가늘게 떨고 있는 하얀 손마디가 무섭게 쿵쾅대는 그의 심장을 아찔하게 조여 온다.
 순간 자신이 어디에 있는지 까마득히 잊은 진하가 각인을 새기듯 뜨겁게 작은 꽃잎을 탐했다. 마치 사막의 오아시스처럼 마셔도, 마셔도 갈증이 난다. 너무나 간절해서 차마 멈추기가 무서울 정도였다.
 감당할 수 없는 열기에 떠밀려 뒷걸음질 치던 정원이 등 뒤에 닿는 거친 시멘트의 질감에 놀라 움찔 몸을 굳혔다. 그 작은 반응에 문득 고개를 든 진하의 시야에 두 눈을 질끈 감은 채 빨갛게 불타오르고 있는 정원이 가득 들어왔다. 그 모습조차도 깨물어 주고 싶을 만큼 사랑스러워서 간신히 잡아 세운 이성이 다시 날아가려고 한다.
 애써 거친 숨을 고르며 열기로 흐릿해진 시야를 바로잡은 진하가 먹음직스럽게(?) 부풀어 오른 정원의 입술을 다시 한 번 아찔하게 쓸어내렸다. 그리고 이내 빙긋 웃으며 여전히 바들바들 떨고 있는 정원을 놀려댔다.
"이제 첫 키스도 아닌데 숨 좀 쉬지?"
그제야 흠칫 정신을 차린 정원이 슬그머니 실눈을 뜨며 지지 않고 투덜거렸다.
"칫, 예고도 없이 이렇게 막……! 놀래서 그러잖아요."
곧 죽어도 할 말을 다하는 것이, 그 어떤 상황에서도 역시 은정원다웠다. 어쩌면 이다지도 숨김없이 한결같은지, 진하는 다시 이성이 마비되는 느낌에 짓궂게 말을 꼬았다.
"그럼 키스를 예고하고 하나?"
"그런 말이……! 아, 몰라요!"
성질대로 파드득 들이대던 정원이 여전히 숨결이 느껴지는 거리에서 꼼짝 않는 진하의 시선에 놀라 다시 벽으로 달라붙었다. 그가 새카맣게 가라앉은 눈으로 빙글빙글 웃으며 닿을 듯 말 듯 아찔하게 밀고 들어온다.
"그래서 싫어? 하지 마?"
"누, 누가 싫대요?"
정신없는 와중에 내숭 떨 틈도 없이 솔직한 마음이 먼저 튀어나갔다. 정원은 새삼 자신의 입술을 격렬하게 쥐어박고 싶어졌다. 어떻게 된 인간이 당최 속을 감추지를 못한다. 그녀가 차마 자신의 입술을 쥐어박지는 못하고 잘근잘근 깨물었다.
"그럼 예고하고 다시 할까?"
불현듯 진하의 미소가 슥 지워지며 까만 눈동자 가득 낯설지만 익숙한 무언가가 왈칵 덮쳐들었다. 그 난감한 변화가 다시

키스를 한 것도 아닌데 숨 막히게 짜릿하다. 일없이 확장되는 상상에 지레 당황한 정원이 팩 토라지며 그를 흘겨보았다.
"지금 나 놀리는 거죠? 정말 이럴 거예요?"
"은정원, 사랑한다."
그동안 참아온 마음이 고삐 풀린 망아지처럼 시도 때도 없이 튀어나왔다. 그럼에도 진하는 마치 처음부터 그랬던 것처럼 자연스러웠다. 오히려 너무 늦게, 너무 미련하게 참은 것 같아 안타까울 지경이었다.
흠칫 숨을 몰아쉰 정원이 여전히 그의 옷깃을 잡은 채 버럭 성질을 부렸다.
"이 아저씨가 진짜! 갑자기 불쑥 이러지 좀 말죠? 심장마비 올 거 같다고요."
"사랑해."
다시 한 번 마음을 담아 나직이 속삭인 진하가 녹아날 듯 달콤하게 미소를 지었다. 안절부절, 갈팡질팡 정신 놓고 헤매던 정원이 급기야 허탈한 한숨을 쉬었다.
"헐, 점점……. 이렇게 말하고 싶은 걸 그동안 어떻게 참았대?"
"죽을힘을 다해서 참았지."
"얼씨구? 갈수록……."
어이없는 얼굴로 진하를 흘겨보던 정원이 피식 웃음을 터트렸다. 무분별하게 쏟아지는 그의 애정공세가 당황스러울 정도로 난데없었지만 그럼에도 싫지 않았다. 아니, 너무 좋아서 걸

핏하면 숨이 턱턱 막혀 문제였다. 이 남자 이해할 수 없을 만큼 급작스럽게 바뀌었건만 그조차도 이상하게 좋았다.

역시 사랑은 병이다. 아프지 않고서야 이 모든 것이 이렇게 마냥 좋을 수는 없었다.

농담처럼 말했지만 진하는 진심이었다. 그녀는 모를 것이다. 그가 정말 숨이 막힐 만큼 죽을힘을 다해 참아왔다는 사실을. 사랑이 참는다고 참아지는 것도 아닌데 말이다.

"정원아."

"응?"

그의 품에 자신을 맡긴 채 말똥말똥 바라보는 눈망울이 흔들림 없이 맑고 깊었다. 진하가 어느새 버릇이 되어 입안에 맴도는 말을 중얼거렸다.

"사랑한다."

"네, 네. 나도 많이 사랑해요. 그나저나 아저씨가 '아닙니다.' '됐습니다.' 안 그러고 다정하게 말하니까 되게 좋다."

살랑살랑 웃으며 종알거린 정원이 새삼 민망한 듯 덥석 그의 허리를 끌어안았다. 그러고는 아이처럼 그의 가슴에 얼굴을 파묻고 비비적거린다. 방심하고 있다 흠칫 긴장한 진하가 나직이 한숨을 내쉬었다.

이 여자는 지금 자신이 무슨 짓을 하고 있는지 알고 있을까.

"아무튼 대책 없기는……."

"응? 뭐라고 했어요?"

그의 품에 바짝 달라붙어 있던 그녀가 삐죽 고개를 들었다.

그 작고 해맑은 머리통을 덥석 끌어안은 진하가 도 닦는 심정으로 나직이 고개를 저었다.

"아니, 아무것도 아니야."

비 내리는 오후. 다정한 연인이 카페 오픈할 생각은 까맣게 잊은 채 문 앞에서 지나가는 사람들의 염장을 지르고 있었다. 정성들여 만든 라테 아트처럼 예쁘고 달달하게.

사랑하는 마음으로 하나 된 두 사람 앞에 더 이상의 문제는 없을 것 같았다. 사랑하는 사람이 옆에 있으므로 세상 무엇도 무섭지 않았다. 물론 여전히 남아 있는 문제들이 암초처럼 버티고 있는 것도 사실이었다. 그럼에도 두 사람은 이제 함께할 일만 남았다고 믿었다. 1분 1초가 아까울 만큼 행복한 순간들이었다.

종일 내리는 비 때문인지 이상하게 조용한 하루가 천천히 지나가고 있었다. 심각한 모습으로 카페를 나서던 현성과 윤주도 무서울 정도로 소식이 없었다. 하지만 정원과 진하는 딱히 걱정하지 않았다. 걱정한다고 달라지는 일은 세상에 없다. 괜한 걱정으로 소중한 하루를 망치고 싶지도 않았다. 무슨 일이 됐든 현실로 일어난 후에 고민하고 해결하면 되는 것이다.

깊은 밤. 느긋하게 카페 마감을 마친 진하가 아끼는 와인병을 꺼내며 정원을 돌아봤다.

"이대로 그냥 잘 건가?"

빙글빙글 웃으며 진하의 행동을 지켜보던 정원이 모른 척 새침을 떨었다.

"그럼 이 밤에 또 뭘 해요?"

"자, 한 잔 하면 잠이 잘 올 거야."

"난 안 그래도 언제나 잘 자요."

진하가 말없이 그녀를 그윽하게 바라보며 천천히 와인병을 오픈했다. 그리고 낮은 조명아래서 보석처럼 반짝이는 와인을 방울방울 감질나게 따른다. 깊고 달콤한 향기가 습기를 머금은 공기를 타고 순식간에 가득 퍼졌다. 정원은 사람을 홀리는 매혹적인 향기에 순간 마음이 흔들렸다.

"우와, 향기가 죽이네요."

"맛은 더 죽이지."

"오호, 그런 말도 할 줄 알아요?"

이 남자 변죽 좋게 느물대다 못해 이젠 와인 향기로 작업을 다 건다. 그가 아이처럼 싱긋 웃으며 정원을 놀려댔다.

"하긴 어제 보니까 어디서든 잘 자긴 하더라."

"어머? 누군 못 잔 것처럼 말하네요?"

"그래서 안 마신다고? 이거 정말 맛있는 와인인데, 진짜 안 마실 거야?"

그는 하루 사이에 참 여러 가지 모습을 보여 주고 있었다. 아이처럼 무방비하다가도, 어느새 어른 남자가 되어 거침없이 밀어붙였다. 어이없게도 사춘기 소년처럼 허술하더니, 이번엔 카사노바처럼 유려하게 사람을 끌어당긴다.

정원은 시시각각 변화하는 그의 행동에 적응할 틈도 없이 두

근대는 심장을 추스르기도 바빴다. 이건 뭐, 꼬리 아홉 달린 남자 구미호가 따로 없다. 비실비실 한없이 올라가는 입꼬리를 애써 잡아 내린 정원이 새삼 아주 현실적인 눈으로 와인을 가늠해 보았다.

"비싼 거 아니에요?"

"하나도 안 비싸. 와인이 모두 비쌀 거라는 편견을 버려."

흠. 정말? 진짜? 이젠 그가 하는 말들을 곧이곧대로 믿을 만큼 정원도 모르지 않았다. 그녀가 차마 가늠할 수 없을 만큼 보이는 게 전부가 아닌 사람이었다. 의심 가득한 정원의 눈초리에 진하가 가볍게 말을 돌렸다.

"그래서 어디서 잘 건데?"

"그야 내 방…… 이 아저씨가 정말. 지금 대체 무슨 생각을 하는 거예요?"

그의 장담대로 깜짝 놀랄 만큼 감미로운 와인에 취해 무심코 대답하던 정원이 화들짝 고개를 들었다. 그런데 이 남자 시침 뚝 떼고 뺀질거린다.

"난 아무 말도 안 했는데 갑자기 왜 이러실까. 이 반응은 뭐지?"

"그…… 아, 몰라욧!"

"우리 꼬마 아가씨, 오늘따라 모르는 게 너무 많네."

"꼬…… 뭐요? 지금 내 앞에서 키 크다고 자랑해요?"

"하하. 그렇게도 해석이 되나?"

팩 돌아앉은 정원이 붉어진 볼을 식히며 손에 든 와인잔을 착실하게 비워냈다. 그나저나 이 남자 언제부터 이렇게 말을 잘하게 된 것일까. 점점 더 감당하기 어려울 정도로 심장이 들썩거린다.

너무나 행복해 보여서 신이 질투라도 했던 것일까. 정원이 실실 웃으며 와인잔을 비우는데 난데없이 문 밖에서 현성의 고함소리가 들려왔다.

"형! 아, 왜 전화를 안 받아. 문 좀 열어 봐! 안에 있지?"

순간 서늘하게 가라앉는 표정이 이럴 땐 또 영락없이 얼음마스터였다. 천천히 와인잔을 내려놓은 진하가 차분한 얼굴로 정원에게 앉아 있으라, 손짓하며 카페 문을 열었다.

"왜. 정원이 얘기라면 난 더 이상 할 말 없다. 해 줄 말도 없고."

"지금 그런 거 따질 때가 아니야. 당장 나랑 좀 가."

"뭐? 이 밤에 어딜?"

"이번엔 내가 아니라 마스터니? 그만 좀 하지, 강현성?"

보다 못한 정원이 불쑥 끼어들어 현성을 노려보았다. 정원이 함께 있는 것을 몰랐는지 현성의 눈가에 난감한 기색이 떠올랐다. 그리고 뭐가 그리 급한지 우산도 쓰지 않아 젖은 머리칼을 성마르게 벅벅 넘기며 냅다 소리를 질렀다.

"윤주 누나, 차가 빗길에 미끄러져서 사고 났어. 지금 수술 중이야. 형이 같이 가 줬으면 해."

"무슨…… 얼마나……!"

흠칫 굳어 버린 진하의 안색에 정원이 다시 물었다.

"많이 다쳤어?"

"위독하대. 그래서 왔어. 머리랑 다리랑…… 아, 몰라. 아무튼 아직 수술 중이야. 그러니까 같이 가자고! 윤주 누나까지 이대로 보낼 수는 없잖아. 내 말 안 들려?"

"아저씨."

걱정 가득한 정원의 목소리에 퍼뜩 정신을 차린 진하가 딱 끊어 말했다.

"난, 안 가."

현성이 기가 막힌 얼굴로 멈칫 진하를 노려보았다. 그리고 한 박자 늦게 핏대를 세우며 소리를 질렀다.

"내 말 못 알아들었어? 윤주 누나가……!"

"알아들었어. 그래도 안 가."

어느새 평정심을 되찾은 진하의 눈빛이 더없이 맑고 단단했다. 그 단호함이 안 그래도 성난 현성의 감정을 비수처럼 헤집었다.

"윤주 누나가 지금 죽을지도 모른다고! 무슨 얘긴지 정말 몰라?"

"지금 당장 죽어도! 난 절대 안 간다고 전해."

또박또박 끊어 말하는 목소리가 잔인할 만큼 매섭게 어둠을 갈랐다. 현성이 믿을 수 없는 얼굴로 비명처럼 진하를 다그쳤다.

"형! 진짜 왜 이래! 우리 제발 이러지 말자."

하지만 그 어떤 외침도 이미 마음을 정한 진하를 흔들 수는 없었다. 해야만 한다면 사랑하는 사람을 지키기 위해 그는 더 잔인하고 냉혹해질 수도 있었다. 둘로 나눌 수 없는 마음이 그렇게나 간절하고 참담한 밤이었다.

현성은 끝끝내 움직이지 않는 진하를 붙잡고 한참을 더 몰아붙였다. 하지만 진하는 단 한 마디 변명도 없이 그의 원망을 고스란히 받아냈다.

얼마나 지났을까. 정원에겐 그 잠깐의 시간이 영원처럼 끔찍하게 길기만 했다. 날카로운 침묵에 지친 현성을 애써 돌려세운 정원은 조용히 와인을 비우는 진하의 곁을 지켰다.

끝날 것 같지 않은 긴 밤이 지나고 여명이 밝아올 무렵, 현성의 연락을 받기 위해 켜놓은 핸드폰으로 윤주의 소식이 날아들었다.

"수술 잘 끝났대요. 의식이 돌아와봐야 알겠지만 우선 위험한 고비는 넘겼나 봐요. 한 번 가 봐야 하지 않겠어요?"

정원이 밤새 석상처럼 앉아 있는 진하의 안색을 살폈다. 하얗게 굳은 얼굴로 숨도 쉬지 않는 것처럼 꼼짝 않던 그가 그제야 나직이 중얼거렸다.

"살았으면 됐어."

내심 가슴을 쓸어내린 정원이 다시 한 번 조심스레 말을 꺼냈다.

"그게, 워낙 사고가 크게 나서 의식이 돌아와도 정상 생활이 힘들 수 있대요. 깨어나면 아저씨를 찾지 않을까요?"

"안 간다고 했어."

그가 왜 이토록 잔인하게 잘라내는지 정원도 모르지 않았다. 하지만 사람 목숨이 달린 일이었다. 서로에게 상처로 남을 일은 되도록 줄이고 싶었다.

문득 고개를 들어 정원을 바라본 진하가 아득하게 아픈 미소를 지었다.

"이번에 또 이렇게 넘어가면 더더욱 돌이킬 수 없을 거야. 윤주도 어떻게든 자기 인생 살아야지."

"그건 그렇지만……."

이 와중에도 그녀를 위해 웃어 주는 이 남자를 어찌해야 할까. 그 안타까운 진심에 정원은 눈시울이 시큰거리는 것을 애써 감춰야만 했다. 그가 걱정하지 말라는 듯 조심조심 마음에 담아놓은 말을 털어놓았다.

"나 때문이야. 조금 더 일찍, 아니 처음부터 확실하게 정리를 했어야 했는데. 내가 상처 뒤로 숨는 동안 윤주의 마음도 병들고 있다는 생각을 못 했어. 다 내 잘못이야."

화들짝 놀란 정원이 맥없이 앉아 있는 진하를 덥석 끌어안았다. 그리고 간절한 마음이 그에게 닿기를 바라며 버럭버럭 성질을 냈다.

"아니에요. 그러지 말아요. 아저씨가 왜! 사고는 그냥 사고일 뿐이라고요. 윤주 씨가 어린애예요? 왜 모든 걸 다 아저씨 탓으로 돌려요. 다들 성인이잖아. 각자 자기 뜻대로 선택한 것뿐인걸요. 절대 그런 생각하지 말아요."

"그런다고 내 잘못이 없어지진 않지."

독백처럼 중얼거리는 목소리가 가슴 한편을 시리게 베고 지나간다.

"아니! 내가 알아요. 절대 아저씨 잘못 아니에요. 내 말 못 믿어요? 그러니까 제발 혼자 아프지 좀 말아요. 속상하게, 응?"

"미안하다."

"미안하긴 뭐가 미안해. 아저씨가 뭘 어쨌다고 미안해요."

진하가 그제야 고개를 들어 정원의 눈을 바라보았다. 그리고 그녀의 허리를 끌어안으며 따스한 품에 다시 고개를 묻었다.

"그러게, 그런데 미안하네."

정원이 품에 기댄 그의 머리칼을 살살 넘기며 속상한 마음을 투덜거렸다.

"으이그, 겉만 멀쩡하지 순 물러 터져서."

따스한 손길에 넉넉하게 풀어지는 마음을 추스르며 진하가 나직이 그녀의 이름을 불렀다.

"정원아."

"응?"

"정원아."

"왜요."

차마 입 밖으로 내지는 못했지만 밤새 마음 깊이 부르고 되뇐 이름이었다. 부르면 대답해 줄 그녀가 있어서 뿌리 깊은 트라우마가 다시 덮쳐들 것 같은 깜깜한 밤을 지나올 수 있었다. 진하가 이제 버릇처럼 자연스럽게 새어 나오는 마음을 고스란히 담아 말했다.
"사랑한다."
"나도 사랑해요. 아주 많이!"
햇살 같은 그녀의 목소리가 맑게 갠 아침 하늘처럼 씩씩하게 울렸다.

37. 선물 같은 사랑

"형! 진짜 이럴래?"

오늘도 현성은 격해진 감정을 주체 못 하고 소리를 지르고 있었다. 옆에 앉아 있던 고아한 분위기의 노부인이 고개를 저으며 그의 손을 잡았다. 그리고 진하 앞에 앉아 있던 풍채 좋은 노신사가 간절하게 말을 이었다.

"서 대표, 부탁하네. 우리 딸 목숨 좀 살려 주게."

"제가 할 수 있는 일이 아닙니다. 이러지 마십시오."

"다른 방법이 있으면 이렇게 찾아오지도 않았네. 나도 우리 아이 싫다는 사람에게 굳이 매달리고 싶지 않네. 오죽하면 이렇게 염치없이 부탁을 하겠나. 딸아이 목숨이 달려 있는 일일세. 제발 한 번만 더 생각해 주게나."

현성을 달래며 조용히 지켜보던 부인이 눈물을 찍어내며 다시 한 번 애원했다.

"우리 딸 저러다 죽어요. 서둘러 치료 시작하지 않으면 평생……. 서 대표. 사람 목숨 하나 살리는 셈치고, 제발."

"살아 있지 않습니까. 사람 목숨 그렇게 쉽게 잘못되지 않습니다. 돌아가 주십시오."

잔인하도록 단호한 진하의 대답에 간절하게 매달리던 세 사람 모두 흠칫 숨을 죽였다. 내내 정중하게 부탁하며 읍소하던 노신사가 급기야 버럭 성을 냈다.

"사람이 어찌 이리 매정하고 독할 수가 있나. 이러다 내 딸 잘못되면 자네라고 무사할 성싶은가?"

"여보, 당신까지 왜 이래요. 서 대표, 무작정 밀어내지만 말고 다시 한 번만 생각해 줘요. 오죽하면 이렇게까지 하겠어요."

고상하고 우아한 노부인의 눈가에 처연한 눈물이 맺혔다. 애지중지 소중하게 키운 막내딸이 사경을 헤매다 깨어났건만 마음이 죽어 버렸다. 최소한의 치료도 거부하며 살려는 의지도 없이 매일매일 죽을 날만 기다린다. 부모로서 할 수 있는 일은 다 해 봤지만 마음을 닫아 버린 딸아이는 끝내 돌아오지 않았다.

더 이상 할 수 있는 일이 없어 찾아온 길이었다. 사회적 지위와 체면 따위 자식의 목숨 앞에선 아무것도 아니었다. 하루가 다르게 여위며 현실에서 멀어지는 딸아이를 살릴 수만 있다면 골백번도 더 매달리고 애원할 수 있었다.

하지만 딸아이가 목숨처럼 사랑한다는 남자는 냉정하고 무심하게 자식을 위한 부모의 간절한 마음마저 외면했다. 어르고 달래고 협박하고 회유하고 고개를 숙이고 눈물로 읍소했다. 할 수 있는 모든 것을 다 해 봤지만 눈앞의 남자는 끝내 흔들리지 않았다.

"수천, 수만 번 다시 생각해도 제 대답은 절대 변하지 않습니다. 찾아오지 마십시오."

더 이상 할 말이 없다는 듯 일어서는 남자의 단호함에 애끓는 부모의 마음이 다시 한 번 무너졌다. 도대체 딸아이에게 무슨 일이 일어나고 있는 것일까.

청하지 않은 손님들이 돌아가기를 문 밖에서 노심초사 기다리던 정원이 마침 문을 나서는 진하와 딱 마주쳤다.

"여기서 뭐 해. 들어가 있으라니까."

진하가 아무 일 없었다는 듯 다정하게 웃으며 정원의 어깨를 감싸 안았다. 그녀가 어깨 너머로 카페 안을 들여다보며 걱정스레 물었다.

"어, 혼자예요? 다른 분들은요?"

"이제 가실 거야. 신경 쓰지 말라니까."

"어떻게 신경을 안 써요. 윤주 씨는······."

"괜찮아지겠지."

지난 일주일. 하루가 멀다 하고 윤주의 부모가 찾아와 진하에게 한 번만 만나 달라며 애원했다. 그럼에도 그는 일언지하에 거절하며 버티는 중이었다.

답을 알면서도 정원이 다시 한 번 조심스레 물었다.

"정말 안 가 볼 거예요?"

"안 본다고 했어. 그 문제는 다시 얘기하지 말자."

단호하게 말하며 부드럽게 웃고 있었지만 정원은 속지 않았다. 겉으로 웃는다고 진짜 괜찮다 믿을 만큼 순진하지도 않았다. 그는 지금 모두를 위해 홀로 견디는 중이었다. 윤주가 혼자 힘으로 다시 일어서기를 바라면서, 정원이 그로 인해 다치지 않게 하기 위해서 홀로 모든 것을 떠안고 묵묵히 버티고 있었다.

정원이 곁에 있는 한, 윤주를 찾아가 다시 같은 일을 반복할 사람이 아니었다. 사랑을 지키기 위해서라면 온 세상과 맞서 싸우는 것도 마다하지 않으리라. 끝내 부서지고 무너지더라도 사랑하는 사람에게 등을 보이지는 않으리라.

홀로 모두 떠안고 죽도록 아파도 사랑하는 사람을 위해 기꺼이 감내하는 사람이었다. 하여 정원은 더 마음이 아팠다. 그 마음이 너무나 든든하고 아파서 눈물이 났다.

사랑 하나에 전부를 거는 남자. 결국 정원은 자신이 놓아주기로 마음먹었다. 그녀가 놓아줘야만 움직일 수 있는 사람이었다. 그것만이 모두가 살 수 있는 길이라고 생각했다.

그녀 또한 사랑하는 사람이 눈앞에서 무너지는 것은 절대 보고 싶지 않았다. 그의 상처가 다시금 깊어지는 것도 원치 않는다. 세상에 등을 돌린 채 홀로 고립되는 것도 싫었다.

사랑하는 사람이 아프지 않기를, 슬프지 않기를, 오래오래 행복하기를. 그 따스하고 눈부신 미소를 이젠 그녀가 지켜 주고 싶었다. 사랑하는 사람을 위해 정원이 할 수 있는 일은 그 하나뿐이었다.

 카페가 쉬는 월요일. 정원은 진하 모르게 혼자 윤주의 병실을 찾았다. 일주일 만에 어렵게 중환자실에서 일반 병실로 옮겼지만 윤주의 병실 앞에는 '면회 거절, 절대 안정'이라는 표시가 붙어 있었다. 그래도 현성을 통해 미리 약속을 받은 터라 막아서는 사람은 없었다.
 병실 문을 열자 너른 VIP룸에 윤주 혼자 덩그러니 누워 있었다. 잠깐 안 본 사이 하얀 얼굴이 당장 사라질 것처럼 서걱거렸다. 채 가시지 않은 멍 자국에 온몸에 붕대가 감겨 제대로 움직이지도 못하는 모습이었다. 붕대로 꽁꽁 감싼 머리에도 따뜻해 보이는 손뜨개 니트 모자가 씌워져 있었다.
 하지만 정원이 병실에 들어서는데도 윤주는 반응을 보이지 않았다. 천천히 곁으로 다가선 정원이 말없이 그녀의 반응을 기다렸다. 그제야 흘깃 돌아보는 윤주의 눈동자에 찰나 날카로운 빛이 스쳤다. 하지만 그뿐, 이내 고개를 돌리며 철저하게 외면한다.
 내심 호흡을 고른 정원이 조심스레 입을 열었다.
 "살아 줘서 고마워요."
 "……."
 "아저씨도 윤주 씨가 살아 줘서 고마워해요. 알죠?"
 이어지는 정원의 말에 파리한 입술을 곱씹던 윤주가 급기야 신경질적인 반응을 보였다.

"얼마나 망가졌나 확인하러 왔어요? 그래서? 이렇게 걷지도 못하게 망가진 걸 보니까 마음이 놓여요? 이제 다 끝난 거 같지!"

"그런 말이……."

"그럼? 무슨 말이 더 하고 싶은데! 진하 씨에게 비참하게 버려진 내 꼴을 구경이라도 하려고 왔니? 속이 좀 시원해?"

발작적으로 소리치는 윤주의 눈가에 새파란 독기가 풀풀 묻어났다. 하지만 정원은 그 모습에 오히려 더 마음이 쓰였다.

대체 무엇이 부족해 이다지도 독하게 자신을 몰아붙이는 것일까. 이렇게 스스로를 망가트리면서까지 갖고 싶은 것이 대체 무얼까. 안타까운 마음에 정원의 목소리도 설핏 날이 섰다.

"그렇게 말하면 속이 좀 편해요? 이렇게 자신을 망가트리면 아저씨가 돌아볼 거 같아요?"

"나도 현화처럼 죽어 버리면 기억은 해 주겠지. 이대로 다시 걷지도 못하고 망가져 버리면 두고두고 잊지는 못하겠지."

나락으로 가라앉듯 급격히 떨어지는 목소리가 정말 같은 사람인지 의심스러울 지경이었다. 황량한 눈가에 처연한 미소가 스치듯 지나간다. 답답한 마음에 정원의 목소리가 높아졌다.

"정말 그러고 싶어요? 사랑한다면서요."

"사랑하니까. 죽도록 사랑하니까! 날 이렇게 만든 건 진하 씨야."

"억지 쓰지 말아요. 사랑해 주지 않는다고 다 윤주 씨처럼 되는 거 아니잖아요."

"그 사람이 어떻게 현화를 잊을 수가 있어. 현화가 있는데 어떻게!"

감정이 롤러코스터를 타는 듯, 윤주가 급격한 변화를 보이며 바들바들 손끝을 떨었다. 당장이라도 숨이 넘어갈 것처럼 파리한 안색에 커다란 눈이 기이하게 반짝거린다. 극도로 불안해 보이는 윤주의 모습에 퍼뜩 정신을 차린 정원이 냉정하게 말을 잘랐다.

"말이 되는 소리를 해요. 잊은 게 아니잖아요. 사랑할 수 없게 된 거뿐이에요."

"그 사람은 그러면 안 돼. 그 사람이 그럴 수는 없어."

윤주가 누구한테 하는 말인지 모를 소리를 중얼거렸다. 이젠 눈앞에 있는 정원도 잊은 듯, 초점을 잃은 눈이 점점 멀어져 간다. 그 아득한 외면에 정원은 문득 그대로 두면 안 될 것 같았다. 모질게 마음먹은 그녀가 작정하고 윤주를 흔들었다.

"제발 정신 좀 차려요! 진짜 아저씨를 사랑하기는 해요? 사랑한다면서 어떻게 그런 식으로 말할 수가 있죠?"

"……."

"사랑은 혼자 하는 게 아니잖아요. 혼자 하는 사랑이 어떻게 사랑이에요. 혼자 할 수 있는 사랑은 없어요. 볼 수도, 만질 수도 없는, 이젠 세상에 없는 사람이잖아요. 없는 사람을 어떻게 사랑해요."

그제야 윤주가 멍한 시선을 들어 정원을 보았다. 뒤늦게 현실을 인지한 듯 서걱거리는 눈가에 말간 눈물이 맺혔다.

"나는...... 그래도 나는......!"

다시금 나락으로 떨어지는 윤주의 까만 눈동자에 정원이 아프게 소리쳤다.

"당신, 혼자 하는 사랑이라 아팠다고요? 그래도 그를 보며 행복하게 가슴 떨리던 순간도 있었을 거 아니에요. 그래도 당신은 그 사람을 바라보면서 그리워할 수 있었잖아요. 기다릴 수 있었잖아요. 살아 있으니까."

"......"

"하지만 그 사람은 혼자라고요! 보지도 만지지도 느끼지도 못하는데, 기다린다고 돌아올 것도 아닌데, 실체도 없이 그게 어떻게 사랑이에요. 왜 저 사람에게 그런 사랑을 강요하는 거죠? 당신도 하지 못할 그런 사랑을!"

뼈아픈 정원의 외침에 초점을 잃은 윤주의 눈동자가 조금씩 흔들리고 있었다. 그럼에도 완고하게 닫힌 마음은 여전히 고집스레 고개를 젓는다. 폭주하는 감정을 애써 추스른 정원이 차분하게 진심을 담아 말을 이었다.

"보답 받지 못해도 상대가 있어야 할 수 있는 게 사랑이죠. 변한 게 아니에요. 더 이상 사랑할 수 없게 된 거뿐이라고요. 모르겠어요? 현재를 사는 사람이 과거로 돌아갈 수 있는 방법 따위 있을 리가 없잖아요. 이미 지나간 사랑을 어떻게 잡아요! 당신 그 정도도 모르는 바보였어요?"

"......"

"어떻게 사람이 사람에게 혼자서 사랑하라고 강요할 수가 있죠? 사랑한다면서! 사랑하는 사람에게 왜 이렇게 잔인해요. 왜 그렇게 이기적이에요."

윤주가 차마 할 말을 찾지 못하고 마른 입술을 달싹거렸다. 하지만 정원은 더 이상 윤주로 인해 마음이 아프지 않았다. 안타깝고 안쓰러웠지만 그 마음을 알아주고 싶지도 않았다. 제아무리 죽을 만큼 아파도 사랑하는 이에게 상처를 주는 사람을 용납할 수는 없었다.

정원이 마지막으로 더 없이 냉정하고 단호하게 잘라 말했다.

"그 이기적인 입으로 사랑을 말하지 마세요. 당신은 자기 자신밖에 사랑하지 않잖아요. 그러니까 사랑하는 사람의 상처를 알면서 이렇게 잔인하게 스스로를 상처 내죠. 그게 어떻게 사랑이에요."

송곳처럼 폐부를 찌르는 정원의 질책에 윤주가 입술을 깨물며 고개를 숙였다. 간절한 마음이 조금이나마 전해진 것일까.

솔직히 그녀의 진심을 윤주가 온전히 알아주기를 바라는 것은 아니었다. 이렇게라도 하지 않으면 그의 편은 아무도 없을 것 같아서, 정원은 끝끝내 혼자 버티고 있는 진하를 바라보고만 있을 수가 없었다. 사랑하는 사람이 혼자 아프다.

"정원아, 그만해."
"아저씨, 어떻게 여길……!"

난데없는 그의 목소리에 화들짝 놀란 정원이 석상처럼 굳어 버렸다. 언제 들어왔는지 문 앞에 서 있던 그가 말없이 들어와 아무렇지도 않은 얼굴로 정원의 손을 잡았다.

"가자."

"그게……."

"난 괜찮아. 그러니까 가자."

윤주는 거들떠보지도 않은 진하가 다정하게 다독이며 정원의 손을 잡아끌었다. 창백한 얼굴로 굳어 있던 윤주가 뒤늦게 진하를 불러 세웠다.

"진하 씨."

끝내 외면하고 돌아서던 진하가 멈칫 굳어지는 정원의 눈빛에 어렵사리 입을 열었다.

"윤주 너 때문이 아니라, 이 사람 때문에 온 거야. 착각하지 마."

"진하 씨! 제발……!"

"살아 줘서 고맙다. 이건 진심이야."

윤주를 돌아보지도 않고 말을 마친 진하가 그대로 정원의 손을 잡고 병실을 나섰다. 말없이 그의 눈치를 보며 걸음을 옮기던 정원이 병원을 빠져나오자마자 서둘러 사과를 했다.

"미안해요."

"니가 왜. 나 때문이잖아. 나 때문에 니가……!"

"아니에요. 나 때문이에요. 아저씨 때문이 아니라 내 마음 편하자고 간 거라고요. 그러니까 차라리 왜 그랬냐고 화를 내요."

그제야 정원과 시선을 마주한 진하가 서늘하게 가라앉은 눈으로 다짐하듯 말했다.

"정원아, 네가 괜찮으면 나도 괜찮아. 그러니까 너무 애쓰지 마라."

그녀가 행여 조금이라도 다칠까 전전긍긍 애쓰는 사람은 다름 아닌 진하였다. 당사자인 자신이 제일 힘들면서도 끝까지 정원이 우선이었다. 절대 누구도 건드리지 못하게 스스로 방패가 되어 그녀를 지켜낸다. 그래서 더 속이 상했다.

'그러는 당신은요? 아저씨는 누가 지켜주는데요?'

정원은 차마 입 밖에 내지 못한 말을 쓰게 삼켰다. 지금 그녀가 할 수 있는 일은 그저 지켜보는 것뿐. 하얗게 속으로 말라가는 그를 위해 할 수 있는 일이 없어서 자꾸 눈물이 났다.

'난, 내가 행복한 만큼 아저씨도 행복했으면 좋겠어요. 마음에 짐 같은 거 없이 마냥 행복할 수 있었으면 좋겠어. 그런데 나 때문에 당신이 더 힘들어지는 거 같아서 참 싫다.'

할 말을 하고 나왔는데, 조금이라도 덜어 주고 싶어 한 일인데 왠지 마음은 더 무거워지는 정원이었다.

정원을 데리고 카페 이층으로 올라온 진하가 커피를 내려 말없이 놓아 주었다. 그리고 또 한동안 두 사람은 각자의 생각에 잠겨 있었다. 그저 바라보고만 있어도 알아지는 마음이 깊어서 딱히 말할 필요도 없었다.

깊어진 계절과 함께 어느새 부쩍 길어진 태양이 천천히 넘어가고 깜깜한 어둠이 시야를 가릴 때까지 두 사람은 말없이 서로를 바라보았다.

그리고 또 얼마나 시간이 지났을까. 따듯한 커피가 차갑게 식어가는 동안 조용히 생각을 정리한 정원이 대뜸 말을 뱉었다.

"가요, 진하 씨."

서진하. 정원은 처음 듣는 순간부터 참 예쁜 이름이라고 생각했다. 하지만 그 이름을 이런 식으로 부르게 될 줄은 몰랐다. 이미 예상하고 있었던 듯 진하가 두 번 물을 것도 없이 아득하게 흔들리는 눈으로 나직이 그녀의 이름을 불렀다.

"정원아."

그가 불러 주는 자신의 이름이 좋았다. 그가 다정한 목소리로 그녀의 이름을 부르면 가슴 가득 따뜻한 바람이 일렁거렸다. 정원이 마음 깊이 진심을 담아 그에게 담뿍 웃어 보였다.

"저러다 윤주 씨까지 잘못되면 우리가 어떻게 행복할 수 있겠어요. 빨리 치료 시작하지 않으면 다시는 못 걸을 수도 있다잖아요. 지금은 더 많이 아픈 사람 곁에 있어 줘야 하는 게 맞는 거 같아요. 난 괜찮으니까, 가요. 응? 그렇게 해 줘요."

"정원아."

그가 차마 말을 잇지 못하고 그녀의 이름을 나직이 되뇌었다. 말로 다하지 못하는 그 마음이 너무 깊어서 정원의 눈가에 설핏 물기가 어렸다.

"나 사랑하죠?"

"사랑해. 사랑한다, 은정원."

정원이 붉어지는 눈시울을 애써 감추며 다시 한 번 활짝 웃어 보였다.

"그거면 됐어요. 내가 사랑하는 사람이 날 사랑한다는데 뭘 더 바라겠어요. 난 괜찮아요."

"넌 뭐가 그렇게 맨날 괜찮아."

"괜찮으니까 괜찮죠."

정원의 눈가를 살며시 쓸어내린 진하가 끝까지 절대 하고 싶지 않았던 말을 꺼냈다.

"미안하다."

천천히 고개를 기울여 커다란 진하의 손에 얼굴을 묻은 그녀가 자못 가볍게 빙글거렸다.

"뭐가요."

"그냥 다. 미안해."

가슴 가득 몰아치는 이 감정을 어떻게 해야 할까.

진하는 차마 말로 다하지 못하는 마음이 너무나 커서 숨이 턱턱 막혔다. 눈앞의 사랑이 너무나 간절하고 애틋해서 눈시울이 시큰거린다.

그저 바라보고만 있어도 아까운 사람이었다. 말없이 곁에 있어 주는 것만으로도 세상 무엇보다 큰 힘이 되어 주는 사람이었다. 곁에 없으면 어떻게 숨을 쉬고 살아야 할지 막막해지는, 그에겐 목숨 같은 사람이었다.

이럴 줄 알았으면 좀 더 일찍, 더 많이 사랑할 걸 그랬다. 그 소중한 시간들을 너무나 헛되이 흘려버렸다는 생각에 새삼 마음이 아팠다. 항상 지나고 나서야 깨닫는 진실이 더 무겁게 가습을 친다.

이번엔 정원이 작은 손을 들어 진하의 눈가를 살며시 쓸어내렸다.

"그런 말하지 말아요. 사랑하는데 뭐가 미안해요. 왜 미안해요. 그냥 여기까지만 해요."

"미안하다."

세상 그 어떤 말로도 표현할 수 없는 마음이 너무나 커서 다른 생각이 나질 않았다. 바보처럼 같은 말만 되풀이하는 스스로가 어이없고 기막히다. 그의 마음을 아는지 모르는지 정원이 또박또박 분명하게 다시 말했다.

"미안하다고 하지 말라니까요. 사랑하는 사이에 미안한 게 어디 있어. 그렇게 말하면 내 사랑이 미안한 게 돼 버리잖아요. 내가 당신한테 미안함으로 기억될 거 같아서 싫어요. 그러니까 그런 말 더 이상 하지 말아요."

"그래도……."

"아니. 고마워요. 이런 감정을 알게 해 줘서. 그 따뜻한 마음을 내게 선물해 줘서 고마워요. 진하 씨가 내겐 선물 같았어요. 가슴 벅차게 설레는 선물."

정원이 그의 손에 자신의 손을 포개며 살살 고개를 흔들었다. 그리고 눈물이 날 만큼 예쁘게 자꾸 웃는다.

"정원아."

"당신이 그렇게 내 이름을 불러 주는 게 좋아요. 마음이 가득 따뜻해져."

정원아. 못내 사랑하는 내 사람아. 내가 할 말을 네가 먼저 해 버리면 난 무슨 말을 하니. 왜 그렇게 웃는 거니. 아무것도 해 주지 못하는 내가 더 초라해지게.

차마 뱉어내지 못한 말들이 진하의 눈가에 가득 일렁거렸다. 그리고 한숨 같은 탄식이 이어졌다.

"너를 어쩌면 좋을까."

"어쩌긴 뭘 어째. 나, 괜찮아요. 알잖아. 나 무식하게 씩씩한 거."

"정원아."

미안하다는 말도 차마 할 수가 없어 진하는 어린아이처럼 정원의 이름만 끝없이 되뇌었다. 그런데 정말 그것만으로도 마냥 좋은지 그녀가 배시시 기분 좋게 웃는다. 그리고 뭔가 생각난 듯 번쩍 고개를 들더니 잔소리를 장하게 늘어놨다.

"서진하 씨, 당신 걱정이나 하세요. 나야 어디서든 씩씩하게 잘 살겠지만 당신은 아니잖아. 차가운 척, 무심한 척, 척만 하지. 웃는 법도, 제대로 숨 쉬며 사는 법도, 사람과 어울리고 대화하는 법도 죄 잃어버리고 또 그렇게 스스로를 죽이며 살까 봐 내가 더 걱정이라고요."

진하는 이런 상황에서조차 금세 현실로 돌아와 잔소리를 쏟아내는 그녀의 모습에 퍼뜩 정신이 들었다. 그럼에도 불구하고 은정원다워서, 그럼에도 불구하고 웃음이 나왔다. 진하가 설핏 웃으며 가볍게 고개를 끄덕였다.

"괜찮아."

"정말 괜찮아요? 약속할 수 있어요?"

진하가 저도 모르게 열심히 고개를 끄덕이며 마음을 다해 정원을 안심시켰다.

"괜찮아. 이제 절대 안 그럴 거야."

"또 망가져서 웃지도 않고, 말도 안 하고, 죽은 사람처럼 영혼 없이 살면 두고두고 원망할 거예요. 하늘에 있는 그분도 진하 씨 걱정으로 속이 까맣게 탔을걸요? 내가 그 마음을 너무나 잘 알 것 같다니까."

말을 하다 보니 괜스레 속상해진 정원의 목소리가 한 톤 높아졌다. 그리고 왈칵 치솟는 감정에 아이처럼 진하의 어깨를 퍽퍽 때렸다.

"겉만 멀쩡하면 뭐해. 당신이란 사람이 얼마나 어설픈지 알아요? 바보 같아. 그래서 걱정이라고요. 벌써부터."

"정말 괜찮아. 걱정하지 마."

"믿어도 돼요?"

삐죽 올려다보는 눈망울이 어느새 촉촉하게 젖어 있었다. 빙긋 웃으며 정원의 눈가를 꾹 눌러 준 진하가 짧게 대답했다.

"응."

"내 마음 알죠?"

"응."

"그럼 됐어요. 그걸로 됐어."

아이처럼 삐죽 입술을 내밀며 중얼거린 정원이 냅다 진하의 품을 파고들었다. 그리고 머리를 붕붕 비비며 들릴 듯 말 듯 속삭인다.

"안아 줘요."

순간 긴장한 진하가 설핏 인상을 쓰며 정원을 내려다보았다. 그가 지금 대체 무슨 말을 들은 것일까. 너무나 난데없어서 머리가 급정거를 했다.

"정원아."

진하가 차마 할 말을 찾지 못하고 머뭇거리는 사이 정원이 작정한 듯 밀어붙였다.

"사랑한다면서요. 사랑하면 안고 싶고, 만지고 싶고, 막 그런 거 아닌가? 그러니까 안아 줘요. 사랑하는 사람을 온전히 기억하고 싶어서 그래요. 나한텐 가슴 설레는 선물 같은 첫사랑인데 포장도 뜯어보지 않으면 손해잖아."

"하, 넌 어떻게……."

"왜요? 내가 뭐 틀린 말 했나."

제법 씩씩하게 말은 했지만 새빨개진 귓불이 그녀도 제정신 같지는 않았다. 어떻게 하면 이렇게 용감해질 수 있는 것일까. 품안의 그녀가 너무나 사랑스러워서 심장이 아프다. 먹먹해지는 가슴을 애써 진정시킨 진하가 낮게 가라앉은 눈으로 빙긋 웃었다.

"틀린 말은 안 하지. 상상을 초월하게 엉뚱하기는 해도."

우린 서로에게 선물 같은 사람이었구나. 새삼 생각하니 품안의 사랑이 더욱 간절해진다. 끝까지 피하지 않고 똑바로 마주 보는 눈동자가 오롯이 그의 대답을 기다리고 있었다. 무방비하게 열린 그녀의 시선에 마음과 반대로 순간 고삐 풀린 감정이 왈칵 넘쳐 버렸다.

간절한 마음에 용기 내어 잡았지만 순식간에 훅 밀고 들어오는 사나운 열기에 놀란 정원이 질끈 눈을 감았다. 성마르게 파고드는 숨결이 차마 감당하기 어려울 정도로 뜨거웠다. 우악스러울 만큼 거친 남자의 손이 그녀를 옴짝달싹 못하게 가두고 아찔하게 조여 온다.

"아!"

진하의 옷깃을 붙잡고 간신히 버티고 있던 정원이 떠밀리듯 뒤로 풀썩 넘어갔다. 거칠 것 없는 충동에 휩싸인 남자의 적나라한 욕망이 그녀를 삼켜 버릴 것처럼 무섭게 덮쳐들었다. 정원은 순간 왈칵 두려움이 솟았다. 이렇듯 탐욕스럽고 원초적인 감정의 폭풍은 상상조차 하지 못했다.

정신없이 몰아붙이는 그의 기세에 놀라 바짝 긴장한 정원이 차마 소리도 내지 못하고 가늘게 떨었다. 그제야 퍼뜩 정신을 차린 진하가 고개를 들고 그녀의 안색을 살폈다.

마음의 준비가 충분히 되었다 하더라도 처음은 어려운 법이다. 분위기에 취해 호기롭게 말했지만 그녀라고 다를까.

그 마음이 너무나 예뻐서 떨리는 심장이 진정되지 않았다. 순간 진하는 자신의 자제력을 한계까지 시험당하는 기분이 들었다. 그럼에도 불구하고 그녀가 용기를 냈다는 사실 하나만으로도 충분히 기쁘고 행복했다.

사랑하는 사람이 끝까지 자신을 믿고 내어 준다. 미친 듯이 질주하는 심장을 가까스로 진정시킨 진하가 풀썩 무너져 내리며 정원의 목덜미에 얼굴을 묻었다. 그리고 남아 있는 뜨거운 숨을 거침없이 쏟아냈다. 그 아득한 열기에 그녀가 움찔 놀라며 긴장하는 것이 느껴졌다.

문득 고개를 든 진하가 짙게 가라앉은 눈으로 씩 길게 웃었다. 불량스럽고 은밀한 그 미소가 마치 클림트의 그림처럼 화려하고 퇴폐적이다. 이 남자 단정하고 서늘한 얼굴 어디에 이런 거친 욕망을 꼭꼭 숨기고 있었던 것일까.

정원이 긴장이 채 가시지 않은 눈으로 끔뻑끔뻑 진하를 바라보았다. 슥 옆으로 돌아누운 그가 빙글빙글 웃으며 정원의 귓가에 대고 속삭였다.

"그냥 이렇게 있자. 사실 포장 뜯어 봐야 별거 없을 수도 있거든."

살짝 가라앉은 남자의 나른한 음성이 예민한 귓전을 따라 발끝까지 짜르르 흘러내렸다. 흠칫 놀란 정원이 낮게 비명을 지르며 몸을 옹송그렸다.

"우왓! 뭐예요!"

"응? 왜?"

채 열기가 가시지 않은 까만 눈으로 뻔뻔스럽게 빙글거리는 이 남자는 또 누구일까. 당황한 정원이 자못 의심스러운 눈으로 지그시 그를 노려보았다. 그리고 질 수 없다는 듯 주먹을 그러쥐고 용감하게 그를 도발했다.

"음. 겉으로 보기엔 멀쩡한데? 정말 자신 없어요?"

"하하. 그러는 꼬마 아가씨는 자신 있나?"

정원이 어느새 놀라 떨던 것도 잊고 샐쭉 눈을 흘겼다.

"아, 꼬마, 꼬마 하지 말라니깐! 그리고 사랑을 뭐 자신감으로 해요? 이 아저씨 말 이상하게 하네?"

"으이그! 널 대체 어쩌면 좋니."

정원의 머리통을 덥석 끌어안은 진하가 긴 머리칼을 잔뜩 헝클어트렸다. 그녀가 아랑곳하지 않고 산발한 머리를 삐죽 쳐들며 툴툴거렸다.

"뭘 맨날 어쩐데. 그러는 진하 씨야말로 대체 어쩌고 싶은 건데요?"

성인 남녀가 커다란 소파에 나란히 누워서 나누는 대화가 참 가관이다. 피식 실소한 진하가 그녀를 다시 품안에 덥석 끌어안았다.

"사랑한다."

그녀는 그 어떤 상황에서도 자연스럽게 자기 자신으로 돌아가는 법을 알았다. 맺히고 담아 두는 것 없이 솔직하고 담백하게 모든 것을 있는 그대로 흘러가도록 둔다. 사람을 참 편안하게 해 주는 사람이었다. 그래서 차마 놓고 싶지가 않았다.

그의 품에서 잠시 버둥대던 정원이 억센 남자의 힘에 이내 포기하며 집요하게 따져 물었다.

"아, 진짜! 나도 사랑한다니까요? 그래서 그 다음은? 응?"

이 여자는 대체 뭘 믿고 이다지도 해맑은지 모르겠다. 대체 어쩔 작정으로 이토록 무방비하게 남자 품에 안겨 있는지 알고 싶었다. 자신이 하는 행동이 남자에게 어떤 영향을 미치는지 제대로 알고는 있을까?

절로 애국가가 생각나는 상황에 진하가 어이없는 한숨을 내쉬었다. 그리고 정원과 이마를 쿵 부딪치며 짓궂게 중얼거렸다.

"꼬마 아가씨, 오늘은 좀 참아 주지?"

정원이 배시시 달콤한 눈웃음을 지으며 되물었다.

"오늘만?"

"오늘만."

들릴 듯 말 듯 나직이 속삭인 진하가 살포시 그녀의 이마에 키스를 했다.

그래, 오늘만 이대로 있자. 오늘만 이대로 함께, 긴긴 밤을 둘이 함께, 이 밤을 오래도록 기억할 수 있게, 그렇게 함께 있자.

가슴 저리도록 간절한 마음이 그토록 애틋한 밤이었다.

38. 그대 안의 봄날

 정원이 눈을 떴을 땐 이미 아침 햇살이 너른 창 가득 어른거리고 있었다. 부스스 자리에서 일어나 앉은 그녀가 어리둥절한 눈으로 주변을 휘휘 둘러보았다. 낯설지만 왠지 모르게 낯익은 공간. 잠시 멍하니 하얀 린넨 시트를 바라보던 정원이 한 박자 늦게 화들짝 놀라 벅벅 머리칼을 넘겼다.
 "내가 왜 여기 있지?"
 낯설지만 낯익은 공간. 바로 진하의 침실이었다. 여전히 침대 외엔 별다른 것이 눈에 띄지 않는 휑한 공간에 그녀 혼자 덩그러니 놓여 있었다. 잠시 지난밤을 떠올리던 정원의 얼굴에 난감한 기색이 빠르게 스쳐 지났다.
 "대체 언제 또 잠이 든 거니? 내가 못 살아."
 소파에 나란히 누워 짓궂게 서로를 놀려대며 도란도란 이야기를 나눈 것까지는 기억이 선명했다. 그의 품이 너무나 따뜻하고 아늑해서 눈물이 날 만큼 좋았다. 밤새도록 그 품에서 잠이 들고 싶었다. 매일 그의 곁에서 잠이 들고 아침을 함께 맞이하는 상상을 했다.

1분 1초가 아쉬워 긴 밤 내내 그를 가슴 가득 담아 두자고 생각했다. 그렇게 오래오래 기억하고 싶었다. 그런데 눈을 떠 보니 이 모양이다. 아마도 잠이 든 그녀를 그가 옮겨놓은 모양이었다.

도대체 얼마나 깊이 잠들면 삼층까지 올라오면서 단 한 번을 안 깰 수가 있는지 정원은 자신의 둔감함에 절로 한숨이 나왔다. 그리고 문득 자리에 없는 그가 생각나 다시 한 번 주변을 휘휘 둘러보았다.

조심스레 침대에서 내려온 정원이 버석거리는 얼굴을 벅벅 문지르며 방문을 빼꼼 열었다. 문틈으로 향기로운 커피 향이 솔솔 새어 들어왔다. 반가운 마음에 활짝 웃으며 문을 열어젖히던 정원이 눈앞의 풍경에 멈칫 굳어 버렸다.

번쩍번쩍 광채가 나는 저 남자는 대체 누굴까. 늘씬하고 단단한 라인을 따라 그림처럼 떨어지는 감청색 슈트가 눈이 부시도록 선명했다. 반듯한 이마, 짙고 선명한 눈썹, 깊고 유려한 눈매, 날렵한 콧날, 부드럽고 유쾌한 미소까지. 눈앞의 남자는 있는 그대로 눈을 호강시켜 주는 그림이었다.

"이제 일어났어? 잠꾸러기 아가씨."

"오늘 무슨 일 있어요?"

"우리 꼬마 아가씨한테 잘 보이려고 오랜만에 입어 봤지. 어때? 괜찮아?"

그녀에게 보여 주기 위해 완벽하게 차려입고 환하게 웃는 그의 모습에 괜스레 코끝이 시큰해진다. 내심 당황한 정원이 흔들리는 눈빛을 숨기며 빠르게 고개를 끄덕였다.

"응. 완전 멋져요."

"그래? 다행이다."

두 사람은 지난밤의 따스한 기억들을 되새기며 조용히 커피를 마셨다. 설렘 가득한 아침이 안타깝게도 금세 지나가고 있었다. 커피의 온기가 잦아들 무렵, 진하가 빈 잔을 내려놓으며 정원의 앞에 섰다.

"그럼 다녀올게."

그가 내려 준 커피를 끝까지 다 마신 정원이 활짝 웃으며 담담하게 인사를 받았다.

"응. 잘 다녀와요."

한 걸음 더, 정원 앞으로 다가온 진하가 살포시 입술을 겹쳤다. 꽃잎처럼 보드라운 감촉이 아득하게 멀어진다.

정원을 남겨두고 카페를 나선 진하는 그 길로 윤주의 병실을 찾았다. 그리고 흔들림 없이 단단한 눈으로 분명하게 말했다.

"네가 곁에 있어 달라면 그렇게 하지. 단 그것뿐이야. 다른 약속은 못 해."

까맣게 죽어 있던 윤주의 눈가에 찰나 애잔한 떨림이 번져 나갔다. 언제나 항상 매정하게 등을 보이던 사랑이 처음으로 그녀 앞에 서 있었다. 꿈에도 생각지 못한 상황에 윤주는 진정 꿈이 아닐까 의심부터 했다. 하지만 아무리 다시 봐도 눈앞에 그림처럼 서 있는 남자는 꿈이 아니었다.

커다랗게 열린 윤주의 눈가에 말간 눈물이 가득 차올랐다.

"난 그걸로 충분해요. 다른 건 바라지도 않아."

두 번 생각할 것도 없었다. 눈앞에 내밀어진 그의 손을 잡을 수만 있다면 그것이 무엇이 되었든 다 괜찮았다. 그 간절한 마음이 드디어 그에게 닿은 것일까. 잠시 윤주를 바라보던 진하가 담담하게 말을 이었다.

"그래. 그럼 바로 치료 시작하자. 내가 도와줄게."

"정말이죠?"

윤주가 차마 믿기지 않는 얼굴로 머뭇거리며 진하의 옷소매를 잡았다. 부러질 듯 앙상하게 마른 손끝이 가늘게 떨고 있었다. 천천히 그녀의 손을 잡아 내려놓은 진하가 잠시 생각에 잠긴 얼굴로 진지하게 물었다.

"마지막으로 하나만 묻자. 왜 그랬니."

흠칫 긴장한 윤주가 버석거리는 시트를 움켜쥐며 밭은 호흡을 내뱉었다. 그리고 애써 숨을 고르며 어렵사리 입을 열었다.

"그냥, 눈물이 나서. 순간 앞이 안 보였어요."

"……."

"정말이에요."

재차 강조하는 말과 다르게 마주 잡은 윤주의 손끝이 하얗게 떨고 있었다. 단정한 진하의 시선이 떨리는 그녀의 손에 닿았다. 그리고 윤주의 눈을 똑바로 마주 보며 말없는 침묵으로 그 너머 깊이 숨겨진 진실을 물었다.

윤주가 차마 그의 시선을 피하지 못하고 파리하게 마른 입술을 깨물었다. 그리고 떨리는 목소리로 지금껏 누구에게도 말하지 못한 진심을 털어놓았다.

"현화가, 현화가 보고 싶었어요. 현화한테 너무나 미안해서 보고 싶다는 생각조차 못했는데. 그냥 너무너무 보고 싶었어. 현화가 그리웠어요."

사랑하는 친구를 보내고, 그 친구의 남편이었던 사람을 마음에 품으면서 윤주는 마음껏 울지도 못했다. 자신이 너무나 싫어서, 친구를 떠올리면 죽고 싶을 만큼 미안해서 굳이 생각도 하지 않았다. 그리고 잊고 싶은 만큼 더 간절하게 진하에게 매달렸다.

윤주는 진심으로 그를 행복하게 만들어 주고 싶었다. 사랑하는 친구의 몫까지 마음을 다해 그가 다시 웃을 수 있게, 외롭지 않게 지켜 주고 싶었다. 하여 윤주는 사랑하는 친구 대신이어도 좋았다. 그렇게라도 사랑하는 사람 곁에서 자신의 사랑을 용서받고 싶었다.

그녀는 대체 어떤 지옥 속을 헤매고 있는 것일까. 그 지옥 속에서 빠져나올 수는 있을까. 차마 가늠이 되지 않는 윤주의 상처에 진하가 서글픈 미소를 지었다.

"그 사람을 이제 그만 마음에서 놔줘. 미안해 할 필요 없어. 현화는 이해할 거야. 그런 사람이니까."

"그럴까요."

가늘게 떨고 있는 윤주의 어깨가 당장이라도 부서질 것처럼 흔들렸다. 그 간절하고 아득한 바람에 진하가 천천히 고개를 끄덕였다.

"니가 현화를 사랑한 만큼 현화도 널 사랑했으니까. 너희는 세상에 둘도 없는 친구였으니까. 누구보다 니가 가장 잘 알 텐데."

"그러게요. 그러네요. 내가 왜 그걸 잊고 있었을까요."

흐릿하게 멀어지는 윤주의 시야에 환하게 웃는 현화가 보이는 것만 같았다. 정말 그랬으면 좋겠다. 사랑하는 친구에게 모든 것을 내려놓고 그 아픈 마음을 위로받고 싶은 날이 참 많았다.

그런 친구를 가슴 아프게 잃고 사랑마저 잃을 수가 없었다. 사랑마저 잃어버리고 어찌 살아야 할지 생각이 나지 않았다. 하여 끝을 알면서도 미련스럽게 매달렸다. 그것 말고는 그녀가 할 수 있는 일이 없었다. 그렇게나 간절했다.

그날 이후 카페 <그꽃>에서는 정원을 다시 볼 수 없었다. 말없이 사라진 그녀를 웬일인지 진하도 찾지 않았다. 마치 이미 알고 있었다는 듯 빈 방을 둘러보며 씁쓸한 미소를 지었을 뿐, 그 어떤 내색도 하지 않았다.

그날 밤, 정원은 진하를 보냈고, 진하는 정원을 놓아주었다. 사랑하는 이유로 서로 힘들어 하면서 같이 있을 수는 없었다. 사랑하는 사람이 아파하는 것을 보면서 그냥 내버려 둘 수도 없었다.

 축복받아 마땅한 사랑 뒤에 누군가의 불행이 존재한다면 과연 그 사랑이 행복할 수 있을까. 두 사람은 사랑에 눈먼 채, 그 모든 사실을 외면하고 행복할 자신이 없었다. 누군가의 불행이 나의 행복이라면 그것은 진짜가 아니리라.

 그럼에도 정작 두 사람은 헤어졌다고 생각하지 않았다. 헤어졌지만 마음은 아직 헤어지지 못했다. 함께하지 못해도 사랑할 수는 있었다. 떨어져 있어도 이 세상 어딘가 있는 것만으로도 기쁘게 사랑할 수 있었다. 그러므로 두 사람은 절대 헤어진 것이 아니었다.

 시간이 더 많이 흘러 기억이 희미해지고, 다시 새로운 사랑이 찾아오기 전까지 두 사람은 사랑하는 사이였다. 하여 지금은, 혹은 더 오랫동안 두 사람은 여전히 사랑하고 있었다. 멀리 떨어져 있어도, 서로 마주 볼 수 없어도 아직은 사랑하는 연인이었다.

 석 달 뒤. 카페 <그꽃>엔 꽤나 많은 변화가 있었다. 방긋방긋 환하게 웃어 주던 매니저가 어느 날부터인가 나오지 않았고, 대신 나이 지긋한 꽃중년 지배인이 떡하니 등장했다. 그리고 바리스타 공부를 하는 잘생긴 남자 알바생도 생겼다.

 테라스에만 만개했던 꽃들이 실내까지 진출해 하늘하늘 분위기를 화사하게 만드는 것도 변화 중 하나였다. 예전보다 밝고 가벼워진 분위기에 손님도 부쩍 늘었다. 물론 풋풋한 알바

생과 많이 사람 같아진 꽃미남 마스터 효과도 무시할 수는 없었다.

진하는 오전엔 병원에 들러 윤주의 재활 치료와 심리 치료를 도우며 함께 시간을 보내고, 저녁 시간이 지나면 카페에 출근을 했다. 처음엔 불안정한 심리 상태를 보이던 윤주도 많이 좋아져서 그의 뜻대로 재활 치료에 힘쓰고 있었다.

평소와 다름없는 오후, 단풍이 흐드러지게 물드는 11월의 가을이었다. 오랜만에 병원을 찾은 현성이 윤주의 휠체어를 밀며 산책을 하고 있었다. 진하는 두 사람이 편하게 이야기할 수 있도록 멀찍이 떨어져 앉아 오가는 환자들과 담소를 나누었다. 그 모습을 지켜보던 윤주가 생각에 잠긴 얼굴로 문득 물었다.

"저 사람은 정말 괜찮은 걸까?"

"왜? 뭐 문제 있어?"

현성이 걸음을 멈추고 윤주의 무릎 덮개를 꼼꼼히 여며 주었다. 가볍게 웃어 보인 윤주가 다시 진하가 있는 쪽을 살피며 낮게 중얼거렸다.

"아니, 그런 게 아니라. 그냥 좀 궁금해져서."

처음 병실을 찾아온 이후, 진하는 하루도 빠짐없이 찾아와 윤주의 곁을 지키며 함께 시간을 보냈다. 그럼에도 그녀는 지금도 가끔 꿈을 꾸고 있는 것은 아닌지 불안했다. 그 모든 일에도 불구하고 너무나 평온하게 예전으로 돌아가 일상을 이어가는 그의 모습에 왠지 의구심이 드는 것도 사실이었다.

현성이 낮게 고개를 저으며 불쑥 한숨을 쉬었다.

"참 일찍도 물어본다. 그게 이제 와 궁금해?"

"그러게. 나도 참 어이없지."

"아니 다행이네."

성격대로 직설적인 현성의 반응에 윤주가 멋쩍은 얼굴로 쓰게 말했다.

"너무 그러지 마. 나도 내가 많이 잘못한 거 알아."

"정말 알아?"

못 말리겠다는 듯 고개를 저은 윤주가 짐짓 말을 돌렸다.

"정원 씨는 어떻게 지내? 괜찮아?"

멈칫 굳어지는 현성의 안색에 윤주가 설핏 시선을 피했다.

그날 이후 처음으로 정원에 대해 물은 것이었다. 하지만 현성의 표정은 뭔가 일이 잘못되었음을 말해 주고 있었다.

사실 그녀는 이대로 아무것도 모르고 싶었다. 알고 싶지도 않았다. 진하가 곁에 있으니 그것으로 지난 일은 모두 덮어 버리려 했다.

하지만 그럼에도 불구하고 시간이 지날수록 더욱 선명해지는 기억들이 있었다. 정원을 바라보던 그의 눈빛, 환한 미소, 여유롭고 편안한 분위기. 물론 지금이 나쁘다는 것은 아니었다. 하지만 똑같이 웃고 있어도 그때 정원과 함께하던 그의 미소가 지워지지 않는 이유를 윤주는 알고 싶었다.

생각에 잠긴 얼굴로 잠시 머뭇거리던 현성이 조심스레 입을 뗐다.

"형이 말 안 해?"

"뭘?"

"어이구, 자기가 무슨 부처님이야? 아님, 신선 되려고 도 닦아? 사람 답답하게 왜 말을 안 해."

"대체 무슨 소리야? 제대로 말해 봐."

"정원이 사라졌어."

툭 떨어지는 현성의 대답에 윤주의 심장도 덩달아 쿵 떨어져 내렸다.

"뭐? 언제? 대체 어디로……!"

"몰라. 형이 누나한테 오던 날 감쪽같이 없어졌어."

"어떻게, 어떻게 그런 일이. 그런데 왜……?"

그녀에게 온 이상 정원이 그의 곁에 남아 있으리란 생각은 하지 않았다. 하지만 사라지다니 상상조차 하지 못했다. 대체 두 사람 사이에 무슨 일이 있었던 것일까.

현성이 답답한 듯 머리칼을 벅벅 넘기며 고개를 저었다.

"모르지. 정원이가 떠난 걸 보면 헤어진 거 같은데, 분명하게 대답을 안 하네."

"찾아는 봤어?"

"그럼 안 찾아봤겠냐. 개가 갈 데가 어디 있다고."

버럭 성질을 내던 현성이 문득 한숨을 내쉬며 맥없이 중얼거렸다.

"그런데 우습지. 정작 사라지니까 어디부터 찾아야 할지 모르겠더라. 갈 데가 없으니까, 어딜 찾아야 할지도 모르겠는 거야. 기막히지만 그게 그렇더라고."

"그럼 진하 씨는?"

현성이 돌연 진하를 노려보며 마음에 안 든다는 듯 으르렁거렸다.

"몰라. 저 인간이 무슨 생각을 하는지 내가 알 게 뭐야. 정원이 그렇게 사라졌는데 놀라지도 않고, 찾지도 않고. 도통 속을 모르겠다니까. 아무튼 독해요."

"그런 것 치고는 너무 잘 지내는 거 같지 않아? 정말 아무렇지도 않아 보이잖아."

"아, 그게……."

순간 멈칫 긴장한 현성이 고민스러운 얼굴을 했다.

"그런 말은 하더라. 정원이랑 약속을 했대. 다시는 예전처럼 살지 않겠다고. 다시는 스스로를 방치하지 않겠다고. 언제 어디서든 절대 걱정시키지 않겠다고 약속을 했대. 그래서 더 열심히 살 거라나."

"그러니까 나 때문이 아니라, 그 아이 때문이라고? 지금 저 모습이?"

순간 애써 외면했던 진실이 눈앞에 확연히 모습을 드러내는 기분이었다. 그 아득한 상실감에 윤주의 눈빛이 낮게 가라앉았다.

"형은 정원이가 걱정할까 봐 노력하는 거야. 그게 사랑하는 사람이 바라는 일이니까. 그래도 너무 걱정하지 마. 형이 설마 헤어지지도 않고 누나 곁에 있겠어? 다 괜찮아질 거야."

애초에 진하는 아무것도 약속하지 않았다. 아무것도 기대하지 말라고 처음부터 분명히 하고 곁에 있어 줬다. 하지만 윤주는 어리석게도 시간이 해결해 주리라 믿었다. 흐르는 시간 앞에서 현화와의 사랑도 지나갔으니 정원도 그럴 수 있으리라 생각했다.

하지만 문득 그런 문제가 아닐지도 모른다는 생각이 들었다. 모두가 현화를 잊어라 말할 때, 왜 잊어야 하냐고 당돌하게 묻던 아이였다. 사랑하는 사람을 어떻게 잊을 수 있냐며 소중하고 아름답게 기억하라고 과거를 눈앞에 끌어온 아이였다. 그런 아이를 과연 쉽게 잊을 수 있을까.

윤주가 생각에 잠긴 눈으로 환하게 웃으며 꼬마 환자와 대화 중인 진하를 바라보았다.

"결국 이 모든 게 그 아이를 위해서란 말이지."

현성이 돌아가고 그림자가 길게 늘어지는 오후. 진하가 윤주의 어깨에 담요를 둘러 주며 휠체어를 밀었다.

"윤주야, 들어가자. 바람이 차다."

"진하 씨."

"응."

"나 사랑해요?"

역시나 가슴 한편이 선뜩하게 베이도록 차가운 침묵. 절대 그 어떤 대답도 하지 않는다.

윤주가 서글프게 웃으며 다시 말했다.

"내 옆에 있어 줄 거죠?"

"네가 원한다면."

윤주가 성마른 얼굴로 진하를 돌아보며 조급하게 다그쳤다.

"아니, 그런 거 말고. 당신은요? 당신 마음은 어떤데요?"

"윤주야."

따뜻하지만 감정이 담기지 않은 서늘한 눈매가 단단하고 맑았다. 잠시 진하를 멀거니 바라보던 윤주가 선뜩하니 추워지는 어깨를 웅크리며 고개를 돌렸다.

"아니, 아니에요. 정말 바람이 차네. 들어가요."

창백하게 가라앉은 윤주의 눈가에 스산한 바람이 불었다.

'당신은 끝내 나를 돌아보지 않는군요. 절대 내 사람이 되어 주지 않아. 이렇게 옆에 있는데도 여전히 멀기만 하네요.'

병실로 돌아온 윤주가 베드를 정리하는 진하를 안타까운 눈으로 바라보았다.

"당신, 참 나쁜 사람이야."

멈칫 돌아보는 진하의 눈빛이 순간 깊게 가라앉았다.

"미안하다."

그럼에도 사랑하지 않는다는 말이었다. 그럼에도 절대 사랑할 수 없다는 말이었다. 처음부터 단 한 번도 그녀를 향하지 않았던 외로운 눈이었다. 그 시야에 들어가고 싶었다. 그 외로움을 그녀가 채워 주고 싶었다. 하지만 사람 마음은 마음대로 할 수 있는 것이 아니었다.

새삼스러울 만큼 당연한 사실이 뒤늦게 윤주의 가슴을 쳤다. 사랑하지만 가질 수 없는 사람이었다. 사랑하지만 사랑해선 안 되는 남자였다. 고집스레 잡고 있던 사랑이 더 이상 사랑이 아니었다.

난 지금까지 무얼 보고 있었던 걸까. 당신과 그 아이는 서로 곁에 없어도, 함께하지 못해도, 그저 사랑하는 것만으로도 모자람 없이 가득한데. 서로를 가지지 못해도 흔들림 없이 사랑하는데. 내 사랑은 왜 이렇게 항상 부족하고 가난할까.

그가 환하게 웃어 줄수록 윤주는 더 아득한 나락으로 떨어지는 기분이었다. 아무리 다정하고 친절하게 대해 줘도 마음 한 구석이 여전히 헛헛했다. 그 미소와 친절이 사랑은 아닌 까닭이었다. 그가 친절하게 웃을수록 윤주는 혼자 바라보며 기약 없이 기다릴 때보다 더 외롭고 비참해졌다.

"진하 씨, 지금 행복해요?"

윤주를 침대에 내려놓고 옆에 앉아 책을 읽던 진하가 문득 고개를 들었다. 그리고 아무렇지도 않게 웃으며 가볍게 말했다.

"나쁘지 않아."

그래도 행복한 것은 아니었다. 윤주는 그제야 자신은 절대 그를 행복하게 해 줄 수 없다는 사실을 깨달았다. 곁에 있다고 다 사랑이 아니었다. 저 웃음조차도 결국 그녀가 아닌 그 아이를 위한 것이리라. 뒤늦은 깨달음이 비수가 되어 한숨처럼 깊어지는 밤이었다.

크리스마스를 며칠 앞둔 어느 날. 많은 변화가 있었다지만 카페 <그꽃>엔 크리스마스 장식이 하나도 보이지 않았다. 혼자 오래 지낸 진하로선 크리스마스라고 해서 다를 것이 없었다. 사실 정원이 해놓은 꽃 장식들을 유지하는 것만도 그에겐 큰 변화였다.

저녁 시간, 학교를 마친 현성이 디켄팅한 와인을 기울이고 있었다. 천천히 와인을 비우며 진하를 지켜보던 그가 불쑥 입을 열었다.

"형."

"?"

"대체 여기서 뭐 하고 있는 거야?"

"뭘."

"몰라서 물어?"

정원이 말없이 사라지고 감정적으로 정리가 덜 된 현성은 언제부턴가 진하에게 반항하듯 삐딱하게 굴기 시작했다. 그럼에도 진하는 아무렇지도 않게 그 모든 투정을 받아주고 있었다. 그야말로 말도 안 되는 투정인데도 인상 한 번 쓰지 않고 항상 웃으며 넘어간다.

제멋대로에 철부지 같아도 좋아하는 사람에게는 한없이 약한 현성이었다. 하여 끝끝내 진하를 외면하지 못하고 이렇게 찾아와 남은 감정을 덜어내고 있는 것이다. 그 마음을 너무나 잘 아는 진하는 오히려 현성의 그런 투정이 반가웠다.

"진짜 이렇게 나올래?"

현성이 왜 이러는지 모르지 않았다. 윤주가 재활 치료를 위해 말없이 미국으로 떠난 것이 지난달이다. 그런데도 여전히 카페를 지키고 있는 진하가 현성은 못마땅한 것이었다.

진하가 빈 와인잔을 채우며 담담하게 말을 이었다.

"그냥. 정원이도 윤주도 그렇게 무책임하게 보냈는데. 아무 것도 해 준 게 없는데. 그 마음조차 지켜 주지 못했는데. 기다렸다는 듯이 넙죽. 두 사람 모두에게 그건 아니잖아."

"형은 끝까지 혼자 잘난 척이지! 그럼 정원이는!"

"……."

"그 녀석이 형을 사랑한다잖아. 그걸로 부족해? 형도 사랑한다며! 그 말에 책임을 져야 할 거 아냐! 그런데 찾지도 않는 건 대체 무슨 자신감이야!"

버럭버럭 높아지는 현성의 눈가에 채 지워지지 않은 걱정이 묻어났다. 결국 사랑하는 사람에게 질 수밖에 없는 것이 사랑의 상관관계였다.

정원이 떠나고 나서야 현성은 자신이 그녀를 얼마나 힘들게 만들었는지 돌아볼 수 있었다. 그리고 사랑은 강요할 수 없다는 것도 윤주를 보내며 깨달았다. 하여 아프지만, 죽도록 아프지만 사랑하는 사람의 사랑을 지켜 줘야 한다고 결론 내렸다.

그런데 그 아픈 사랑을 얌체처럼 채간 남자가 끝까지 미적미적 속을 태운다. 정말이지 속에서 천불이 날 만큼 얄미웠다. 그런데 왜일까. 그 느긋함에 싸워 보지도 못하고 진 것 같은 기분이 드는 것은. 아무튼 미워하는 것도 지칠 만큼 재수 없다.

현성의 마음을 아는지 모르는지 진하가 씩 길게 웃었다.

"사랑을 자신감으로 하나. 그건 아니지."

"그럼 형이 지금 이렇게 느긋한 건 무슨 뜻인데?"

혼자 열을 내는 것도 시들해진 현성이 한풀 꺾인 눈으로 진하의 대답을 기다렸다.

"내 욕심으로 또 그 사람을 흔들고 싶지 않아. 그 사람이 앞으로 어떤 선택을 하든, 난 여전히 그 사람을 사랑할 거고, 사랑하겠지. 그것뿐이야. 그래서 이번엔 내가 기다리려고. 그 사람이 마음 편히 선택할 수 있도록."

"당최 무슨 소린지. 어디 있는지도 모르면서 기다리긴 뭘 기다려."

끝까지 툴툴거리며 느긋하게 웃는 진하를 노려본 현성이 버럭 성질을 냈다.

"아, 웃지 마. 정들어."

진주의 한 입시 미술학원. 정원이 후다닥 도망치는 남학생 두 명을 쫓아 나오며 소리를 질렀다.

"니들 죽었어! 거기 안 서!"

"쌤! 쌤이 우릴 잡을 수 있으면 기꺼이 죽어 드리죠!"

도망을 치는 와중에도 꽤 덩치가 있는 녀석들이 정원을 놀려 댔다.

"하하. 우리가 골골하는 꼬마 쌤한테 잡히면 새파란 중딩이 아니지!"

"이것들이 진짜! 오늘 죽어 볼래?"

정원이 씩씩거리며 손에 들고 있는 연필을 휘둘렀다. 벌써 저만치 도망간 녀석들이 신 나게 웃으며 손을 흔든다.

"쌤, 낼 봐요!"

"야! 니들 정말 이리 안 와!"

팔팔 뛰며 소리를 지르는 정원의 뒤에서 불쑥 낯익은 목소리가 끼어들었다.

"그런다고 쟤들이 오겠냐. 그렇게 무섭게 쫓아가면 나라도 도망가겠다."

"어? 강현성! 웬일이야, 연락도 없이."

언제 그렇게 성질을 부렸냐는 듯 돌아보는 정원의 입가에 미소가 환했다. 오랜만에 봤는데도 변함없이 똑같은 그녀의 미소에 현성이 어이없는 얼굴로 고개를 저었다.

"넌 선생이나 돼서 어째 그 모양이냐. 채신머리없이 그렇게 소리를 지르고 싶어?"

"저것들이 먼저!"

"먼저 뭐? 꼬마 쌤이라고 놀려서?"

"내가 어딜 봐서!"

"쟤들 눈이 정확한 거지. 애들이 참 솔직해. 그치?"

"죽을래. 여기까지 그런 소리나 하려고 왔니?"

"아니, 잘 살아 있나 확인하러 왔다. 뭐, 굳이 확인할 필요도 없을 거 같다만."

그가 기어이 정원의 소재를 찾아내 연락을 해 온 것이 며칠 전이었다. 현성은 그녀가 정말 입시 미술을 하고 있을 줄은 몰랐다. 그것도 진주까지 내려와서 말이다.

정원은 서울 생활에 적응이 어렵다며 고향으로 내려간 선배의 입시 학원을 도와주고 있었다. 정작 떠나려고 마음먹고 보니 혼자라는 사실이 오히려 나쁘지 않았다. 매여 있는 곳이 없으니 굳이 서울이 아니어도 될 만큼 선택의 폭이 넓어졌고 혼자라서 움직이기 쉬운 점도 도움이 되었다.

하여 정원은 서울에서 멀다는 이유 하나로 홀가분하게 진주까지 내려올 수 있었다. 물론 입시 미술을 좋아하지는 않았지만 솔직히 가릴 처지가 아니지 않은가.

그 사이 많이 정리된 듯한 현성의 눈빛에 정원이 비실비실 장난을 걸었다.

"강현성이야말로 여전하네. 흠, 어째 더 멋있어진 것도 같고. 뭐 좋은 일 있니?"

"이런 시골구석에 박혀 있으니 이제야 내가 제대로 보이시나? 멋지지? 설레지? 막 아깝지?"

"됐거든? 너 그러다 또 한 대 맞는다. 진짜 무슨 일이야?"

"나, 파리 간다."

불쑥 난데없는 말에 정원의 눈이 휘둥그레 커졌다.

"응? 갑자기 웬?"

"제대로 다시 시작해 보려고."

"지금까지는 뭐 제대로 안 했니, 새삼."

설명하지 않아도 짚어지는 마음에 정원의 눈빛이 살짝 가라앉았다. 현성이 짐짓 모른 척 굳이 여기까지 찾아온 이유를 말했다.

"넌 여전히 형을 기다리는 거야?"

"……."

"그 정도는 물어볼 자격 있다고 생각하는데."

정원이 두 번 생각할 것도 없이 해맑게 대답했다.

"나, 그 사람 사랑해. 그런데 기다리는 건 아니야."

"그럼?"

"그냥. 사랑이 아직 사랑으로 남아 있으니까. 그 사랑이 다할 때까지는 지켜야 하지 않겠어?"

참 일말의 고민도 없이 단순 명료하다. 너무나 은정원다워서 할 말이 없었다. 현성이 피식 낮게 웃으며 정원을 골려댔다.

"땅콩만 한 게 고집은."

"뭐라?"

"됐다. 나도 이제 그만할 거다. 많이 먹지, 고집 세지, 말 안 듣지. 뻑하면 주먹에, 목소리는 또 어찌나 큰지. 나이나 어린가."

"니가 진정 매가 고프구나."

정원이 버릇처럼 주먹을 그러쥐고 현성을 노려보았다. 참 한결같은 그 모습에 현성의 눈빛이 설핏 깊어졌다. 그 점이 못내 좋았었다. 그래서 사랑하게 된 여자였다. 가라앉는 마음을 애써 훌훌 털어낸 현성이 이내 짓궂게 빙글거렸다.

"내가 잠깐 미쳤지 싶다. 누가 널 데리고 갈지 그 인생도 참 불쌍하지."

"현성아."

그의 마음이 진심이었다는 걸 정원은 누구보다 잘 알고 있었다. 그래서 더 마음이 아팠고, 그래서 더 독하게 잘라냈다. 그래서 두고두고 미안할 것 같았다. 하여 정원은 친구로서 두고두고 잘할 생각이었다. 그녀가 빙긋 웃으며 가볍게 진심을 전했다.

"고마워."

"고맙긴. 내가 뭘 했다고 고마워."

"많이 해 줬어. 항상 너무 넘치게 많이 해 줘서 탈이지."

"에이, 김샜다. 그만 갈란다. 괜히 왔네."

휙 돌아서는 현성을 정원이 급하게 잡아 세웠다.

"저녁 먹고 가."

"내가 지금 너랑 밥 먹게 생겼냐, 이 곰탱아."

마지막은 친구로서 쿨하게 정리해 주는 현성의 진심에 정원은 새삼 눈물이 날 것 같았다. 그 마음이 너무 깊어서 차마 아는 척할 수도 없었다. 정원이 코끝을 찡그리며 자연스럽게 말을 돌렸다.

"그래서 언제 떠나는데."

"다음 달."

너무 빠르고, 너무 갑작스러웠다. 하지만 정원은 굳이 말하지 않았다. 그렇게 결정한 데는 다 이유가 있으리라. 그리고 그중에 가장 큰 이유는 그녀가 분명했다. 정원이 두말없이 담백하게 인사를 했다.

"건강해. 입시철이라 배웅은 못 가겠지만 종종 연락하고."

"연락 안 할 거야! 뭐 이쁘다고."

현성이 아이처럼 토라지며 어깃장을 놓았다. 쿨가이 강현성이 은정원 덕분에 참 많이도 망가진다.
정원이 피식 실소하며 아이 달래듯 다시 말했다.
"그래도 해. 궁금하니까."
걱정되니까. 정원은 이어지는 말을 소리 없이 삼켰다. 굳이 말로 하지 않아도 되는 마음이었다. 현성이 삐딱하게 웃으며 툴툴거렸다.
"됐네. 퍽도 궁금하겠다."
"엄허, 왜 이러셔. 누나의 마음이 그런 게 아니란다. 철딱서니 없는 동생 놈이 뭘 알겠냐마는."
대뜸 부정할 줄 알았던 현성이 웬일로 조용했다. 그리고 새삼 생각에 잠긴 얼굴로 그녀의 이름을 불렀다.
"정원아."
형이 널 기다리고 있어. 왜 기다리는지 당최 이해는 안 되지만 널 기다린대. 현성은 입안에 맴도는 말을 그대로 삼키며 나직이 고개를 저었다. 이제 더 이상 두 사람 문제에 끼어들고 싶지 않았다. 사랑에 휘둘려 애써 참고 있지만 강현성은 그렇게까지 친절한 사람이 아니다.
정원이 고개를 갸웃하며 현성의 말을 기다렸다.
"응? 왜? 뭐 할 말 있어?"
"아니야. 잘 지내. 간다."
"응. 너도 잘 지내."
훌쩍 멀어지는 현성의 뒷모습을 말없이 배웅하던 정원이 갑자기 그를 불러 세웠다.

"현성아!"

"?"

"진짜 사랑하는 사람 만나면 연락 안 해도 되니까, 이번엔 좀 제대로 해 봐."

멈칫 돌아보는 현성이 한결 가벼워진 얼굴로 환하게 웃어 보였다.

"됐거든? 너나 잘하세요."

1월 1일. 정원은 언제나 그랬듯 새해 첫날부터 아빠를 찾아가는 길이었다. 날이 날인지라 조용한 공원묘지에는 여전히 사람이 보이지 않았다. 씩씩하게 아빠 선환의 묘까지 올라온 정원이 크게 심호흡을 하며 생긋 웃었다.

"아빠, 오랜만이지? 어째 갈수록 시간 내기가 어렵네. 나 게을러졌나 봐. 미안."

작은 비석 앞에 돗자리를 깔고 털썩 주저앉은 정원이 어깨에 둘러멘 가방을 내리며 주절주절 말을 이었다.

"그래도 제사는 제대로 챙겨서 했다? 장하지? 착하지? 열 아들 안 부럽지? 뭐 음식은 큰엄마가 거의 다 해 주셨지만."

가방에서 간단하게 준비한 차례 음식을 꺼내던 정원이 비석 앞에 놓여 있는 작은 꽃다발에 고개를 갸웃했다.

"응? 프리지어네? 누가 왔다 갔지? 올 사람이 없는데 이상하네."

기일을 양력으로 지내는 건 정원 혼자만의 생각이라 정작 오늘 아빠의 묘를 찾을 만한 사람은 없었다. 그리고 1월 1일이 기일인 사람이 또 있을 것 같지도 않았다.

"그나저나 한겨울에 웬 프리지어."

여전히 이상했지만 오래되지 않은 듯 성성한 프리지어의 향기에 정원은 왠지 기분이 좋아졌다. 거리낌 없이 프리지어 꽃다발을 집어든 그녀가 활짝 웃으며 꽃향기를 맡았다.

"봄 향기 좋다. 아빠 혼자 추울까 봐 이른 봄이 먼저 찾아왔나 봐. 아빠도 기분 좋지?"

정원이 다시 한 번 프리지어 꽃다발의 향기를 맡으며 간단하게 차례를 지냈다. 그리고 둘레둘레 술을 뿌리며 잠시 생각에 잠겼다.

헤어진 사람을 잊는 데 걸리는 시간은 보통 만난 시간의 두 배가 걸린다고 한다. 그를 만나 함께한 시간은 고작 6개월 남짓. 봄에 만나 가을에 헤어졌으니 그나마도 사랑한 시간은 더 짧았다. 그리고 그와 헤어지고 이제 넉 달. 시간은 참 더디게도 흘렀다.

그럼에도 시간이 지날수록 사랑하는 사람의 기억은 나날이 선명해지기만 했다. 아프고 힘들었던 시간들마저도 아릿하게 그리워진다. 그 짧은 사랑도 이토록 가슴 깊이 남아 있는데, 사랑해서 결혼을 하고 아이를 낳고 함께 살던 사람이 어찌 쉽게 잊힐까.

정원이 아빠의 묘를 둘러보며 나직이 중얼거렸다.

"아빠. 아빠가 왜 그렇게 엄마를 잊지 못하고 사랑했는지 이제 좀 알 거 같아. 아빠만큼은 장담할 수 없지만, 나도 그 사람이 마음속에 꽤 오래 있을 거 같거든."

몇 가지 음식을 잘게 부숴 고수레를 외치고 돌아선 정원이 다시 환하게 웃었다.

"그래서 힘드냐고? 아니, 완전 행복해. 그 사람을 좀 더 많이 사랑할 수 있어서. 그 사랑을 오래 기억할 수 있어서 너무 좋아. 아빠도 내 마음 이해하지?"

종알종알 그동안 못 했던 말들을 쏟아내고 휙 돌아서던 정원이 멈칫 굳어 버렸다. 저만치 멀리에 까만 인영이 어른거린다. 그런데 이 낯선 기시감은 무엇일까. 설핏 인상을 쓰던 정원이 퍼뜩 떠오르는 생각에 낮게 소리쳤다.

"아하, 생각났다!"

정확하게 작년 오늘, 똑같은 일이 있었다. 까만 남자, 흩날리는 눈송이, 그리고……

자못 기묘한 우연에 정원의 눈매가 슥 가늘어졌다. 다른 건 기억나는데 정작 남자의 얼굴이 희미하다. 마치 드라큘라(?)처럼 창백하게 싸늘한 이미지? 정원이 기억하는 건 그게 다였다.

그런데 그 남자가 갑자기 정원에게 시선을 돌렸다. 그리고 거침없이 성큼 다가온다.

"뭐, 뭐야. 왜?"

화들짝 놀란 정원이 주춤 뒷걸음질을 쳤다. 그리고 점점 더 가까이 다가오는 남자를 매섭게 노려보았다. 순간 그녀의 눈이 더할 나위 없이 커다랗게 열렸다. 급기야 그렁그렁 말간 눈물이 가득 차오른다.

꿈에서조차 그리운 사람이 성큼성큼 빠르게 다가오고 있었다. 진짜 꿈이라도 되는 양 비현실적인 풍경이 그림처럼 뿌옇게 뭉개진다. 진짜 꿈일까 봐 무서워진 정원이 멀어지는 정신을 부여잡고 냅다 달리기 시작했다.

사랑하는 사람이 그대로 꿈처럼 사라질까, 짧은 순간 오만 생각이 다 들었다. 이번만큼은 그 사랑을 절대 놓치고 싶지 않았다. 사랑하는 사람이 눈앞에 현실이 되어 나타났다.

"아저씨!"

진하가 갑자기 달리기 시작한 정원을 만류하며 소리쳤다.

"정원아, 넘어지겠다. 기다려. 내가 갈게."

진하에게 사랑은 첫눈에 반해 처음부터 사랑이었다. 알 수 없는 그것이 사랑임을 깨닫는 순간, 처음 그때 이미 사랑이 시작되었음도 알게 된다.

첫눈에 그의 시선을 사로잡은 사람. 첫눈에 각인처럼 새겨진 사람. 그리고 운명처럼 사랑하게 된 사람. 그 사람이 지금 눈앞에 있었다.

에필로그

1. 카페 <그꽃>을 부탁해

정원이 소리 없이 종적을 감추고 얼마 지나지 않아 김 이사가 주변을 정리하고 언질도 없이 불쑥 나타났다. 그녀가 떠나기 전, 진하를 부탁한다며 연락을 했단다. 그리고 결국 윤주를 외면하지 못한 진하를 안쓰럽게 바라보며 한숨을 쉬었다.

그리고 며칠 후.

"꺄, 진짜야, 진짜! 어머머, 진짜 똑같아."

"진짜네, 진짜로 있었어."

며칠 사이 부쩍 여자 손님들이 늘어나더니 진하를 흘끔거리며 부산스레 속닥거렸다. 보다 못한 그가 사람들의 시선을 피해 돌아서는데 김 이사가 덥석 붙잡는다.

"어디 가십니까."

"그게, 이층에 잠시……."
"아가씨와 약속하셨다면서요. 아닙니까."
찔끔하며 걸음을 멈춘 진하가 어색하게 말을 돌렸다.
"그런데 정원이가 언제부터 아가씨가 된 겁니까."
"도련님 짝이면 아가씨가 맞지요."
"아저씨."
"전 그렇게 믿을 겁니다. 꼭 그렇게 될 거라고 믿으면 언젠가 좋은 날이 오겠지요."
찰칵.
김 이사와 잠깐 대화를 나누는 사이 다가온 여학생들이 어느새 핸드폰을 들이대고 있었다. 뭔가 이상한 느낌에 진하가 설핏 인상을 쓰며 그녀들을 쳐다봤다.
"뭡니까."
"어머, 뭡니까래. 꺄, 어떡해, 어떡해."
"뭐냐고 물었습니다만."
"어머, 어머, 똑같애, 똑같애. 어머."
그런데 이 여자들 자기들끼리 꺅꺅대며 정신이 없다. 진하가 난감한 얼굴로 다시 말했다.
"저기 계속 이러시면……."
"아, 맞다. 죄송합니다. 그럼 가 볼게요."
"안녕히 계세요."
진하가 대답은커녕 후다닥 도망가는 여학생들을 난감하게 쳐다봤다. 저 이상하고 괴이한 반응은 또 뭐란 말인가. 그런데 이번엔 구석에서 카운터를 지켜보던 커플이 쓱 다가오며 진하를 빤히 쳐다봤다.
"저기요."
"?"
"사진 한 장만 찍어도 될까요?"
"뭐요?"
"사진…… 아니, 아니에요."
자못 매서운 진하의 눈초리에 찔끔한 커플이 흠칫 놀라며 뒷걸음질을 쳤다. 그리고는 여학생들과 마찬가지로 후다닥 도망을 친다.
"지배인님, 제 얼굴에 뭐 묻었습니까?"
진하가 당황스러움을 감추지 못하고 옆에서 구경 중인 김 이사를 돌아보았다. 그가 기다렸다는 듯 빙글빙글 웃으며 종이 한 장을 쓱 내밀었다. 어리둥절한 얼굴로 내용을 확인하던 진하의 목소리가 심각하게 툭 떨어진다.
"이건 또 뭡니까."
"사인하시죠. 그럼 알려드리겠습니다."
"정원이가……?"
고개를 끄덕이는 김 이사의 모습에 진하가 영 마뜩찮은 표정으로 종이에 사인을 했다.
〈각서. 서진하 본인은 앞으로 벌어질 일에 대하여 명예훼손, 초상권 및 사생활 침해 등 모든 법적 책임을 묻지 않겠습니다.〉

내용은 우스울 만큼 짧고 허술했지만 정작 공증까지 받아놓은 각서의 효력은 무궁무진했다. 사인을 하고 다시 내용을 확인한 진하가 미심쩍은 눈으로 김 이사를 바라봤다.

"김 이사님이 도와주셨습니까?"

정원이라면 각서 정도야 쓰고도 남았겠지만 공증은 다른 문제였다. 지극히 현실적인 것 같아도 그 정도로 용의주도하게 사회적이지는 못한 성격이었다. 김 이사가 뻔뻔하게 웃으며 아무렇지도 않게 말했다.

"모두 아가씨를 지켜드리기 위한 방편입니다. 이런 건 확실하게 해 두는 게 좋지 않겠습니까."

도대체 뭘 어떻게 했기에 이 깐깐한 사람이 진심으로 마음을 쓰게 만든 것일까. 아무튼 은정원은 당해 낼 수가 없었다.

"그래서 뭔데요."

"여기. 그럼 천천히 보십시오."

김 이사가 인터넷 블로그 창이 열린 탭을 건네며 자리를 피했다. 영문 모를 얼굴로 블로그를 확인하던 진하의 눈동자가 아득하게 흔들렸다.

<초짜 매니저 정원이의 카페 일기> 블로그 제목이었다. 그리고 그 안에 그녀의 지난 석 달 남짓 카페 일상이 빼곡하게 들어 있었다. 처음 하는 일에 대한 낯선 불안감. 새로운 환경에 적응해 가는 과정. 꽃, 커피, 와인, 그리고 이상한 카페 마스터까지.

페이지를 조금 더 넘기자 이번엔 카페 구석구석 빠짐없이 그

려놓은 스케치들이 나왔다. 카페 풍경과 꽃다발까지, 꽃 이름을 하나하나 짚어가며 참 예쁘게도 그려놓았다. 때로는 섬세하게, 때로는 심플하게. 연필 스케치부터 뎃생, 수채화까지 재료도 느낌도 다양하다.

그리고 또 사람들이 있었다. 카페에서 커피를 마시고, 이야기를 나누고, 즐겁게 웃으며 행복해 하는 사람들의 모습이 따스한 시선으로 그려져 있었다. 그림과 함께 덧붙여진 짧은 글들마저도 너무나 은정원다워서 웃음이 나왔다.

그 중에 가장 많은 것은 다름 아닌 진하였다. 카페에서 처음 만났을 때 실랑이하던 싸가지 마스터부터, 첫 출근 날 말 한 마디 하지 않던 얼음마스터는 물론 인간 담벼락에 벙어리 사촌까지, 사생활이 국가 기밀보다 더 은밀한 이상한 카페 마스터.

시간이 지날수록 블로그 포스트의 대부분은 진하의 이야기로 채워졌다. 그리고 그녀의 이야기가 이어질수록 블로그 방문자 수도 점점 늘어났다. 매일같이 올라오는 포스팅이 아니어서 파워 블로거는 아니었지만 입소문을 타고 알려진 인기 블로그였다.

구체적인 설명도 실제 사진도 없이 그림만으로 채워진 블로그에 사람들은 카페 〈그꽃〉이 실재한다, 안 한다로 의견이 분분했다. 그만큼 카페 〈그꽃〉과 이상한 마스터에 대한 관심 또한 나날이 높아졌다. 하지만 정원은 끝끝내 카페의 실체를 밝히지 않았다.

그리고 그녀가 떠난 그날, 블로그에 새로운 게시판이 하나 더 생겼다. 카페 <그꽃>을 부탁해. 돌연 카페의 실체를 밝힌 정원은 자유 게시판을 만들고 자신이 떠나는 카페 <그꽃>을 사람들에게 부탁했다. <얼음마스터 사용설명서>까지 덧붙여서.

그 결과가 바로 핸드폰을 들고 얼쩡거리는 손님들이었던 것이다. 카페 위치를 공개한 덕분에 실체를 확인하기 위해 하나 둘 사람들이 모여들었고, 그림 속 모습과 똑같은 카페와 마스터를 발견하곤 신기해하며 관심을 보였다.

그리고 하나, 둘 카페 <그꽃>을 부탁해 게시판에 글들이 늘어나기 시작했다. 진짜보다 더 진짜 같은 그림 속의 카페 <그꽃>과 얼음마스터의 하루를 보고하듯이.

그렇게 진하의 그리움도 하루하루 깊어갔다.

2. 그대를 위한 꽃다발

다시 돌아온 정원은 언제 떠났었냐는 듯 아무렇지도 않게 카페로 복귀했다. 솔직히 아이들을 가르치는 건 즐거웠지만 입시 미술은 전혀 즐겁지 않았다며 카페로 돌아온 것을 기뻐했다. 하지만 진하는 문득 마음에 걸리는 것이 있었다.

카페 <그대를 위한 꽃다발>은 현화와의 추억을 생각하며 시작한 일이었다. 물론 언젠가는 좋아하는 일을 하면서 사랑하는 사람과 유유자적하는 삶을 살고 싶었다. 하지만 카페 <그꽃>의 시작엔 여전히 현화의 그림자가 드리워져 있는 것도 사실이었다.

싱글벙글 기뻐하는 정원을 바라보던 진하가 진지하게 물었다.

"괜찮겠어?"

"뭐가요?"

"카페 계속하는 거."

오픈을 준비하며 꽃에 물을 뿌리던 정원이 눈을 동그랗게 뜨며 되물었다.

"나 카페 일 좋아하는 거 알면서, 갑자기 무슨 소리예요?"

"그래도 여기는……. 그러니까 저 꽃들 말인데."

잠시 눈을 굴리던 정원이 그제야 진하의 말을 이해하고 싱긋 웃었다.

"아, 그분을 위한 꽃들이라고요? 그게 뭐요?"

"마음에 걸리지 않아? 정리할까?"

큰마음 먹고 말을 꺼낸 진하가 진심으로 걱정스러운 듯 정원을 빤히 보았다. 그가 이렇게까지 말하는 이유를 모르지 않았다. 그리고 그 깊은 마음이 새삼 고맙기도 했다. 하지만 정원은 그가 생각하는 것보다 더 많이 카페를 아끼고 사랑했다.

그녀가 모른 척 시침을 떼며 빙글빙글 말을 돌렸다.

"에이, 그럼 내가 실망이다. 그게 그렇게 쉬운 문제였어요?"

"그렇지만 정원이 니가……."

"이젠 나를 위한 꽃다발이기도 하잖아요. 아니에요?"

영문 모를 소리에 진하의 눈매가 설핏 가늘어졌다. 그제야 정원이 장난기를 빼고 차분하게 말했다.

"지배인님한테 다 들었어요. 내가 카페를 떠난 다음 날부터 매일 아침 하루도 빠짐없이 우리 아빠한테 갔었다면서요? 그 프리지어 꽃다발이 나를 위한 거였어. 그죠?"

진하가 비밀을 들킨 사람처럼 멋쩍게 웃었다. 말 그대로 진하는 매일 아침 정원을 위한 꽃다발을 들고 그녀의 아버지를 찾아갔다. 시간차는 있지만 현화와 같은 날 돌아가신 그녀의 아버지는 두 사람의 만남을 알고 계셨을까. 현화도 지켜봤을까. 그곳에 갈 때마다 느껴지는 기묘한 인연에 진하는 왠지 혼자여도 마음이 놓였다.

그렇게 진하는 프리지어 꽃다발을 들고 기약도 없이 정원을 기다렸다. 윤주가 떠나기 전에도, 윤주가 떠난 후에도 그는 그 기다림을 멈추지 않았다. 그렇게 마음을 다해 기다리면 그녀가 활짝 웃으며 올 것 같았다. 처음 만났던 그날처럼.

정원이 활짝 웃으며 진하의 허리에 팔을 감았다.

"그리고 카페 안으로 꽃들이 들어왔잖아요. 나처럼 이쁜 꽃도 함께. 헤헤."

거칠 것 없이 정원의 이마에 키스를 한 진하가 나직이 속삭였다.

"고맙다."

"뭐가요?"

"그냥 다."

정원도 화답하듯 그의 입술에 살짜쿵 뽀뽀를 했다.

"나도 고마워요."

"뭐가."

"그냥 다."

그래, 우리 서로 고마워하면서, 고마운 마음으로 살자. 그렇게 서로의 존재를 고마워하면서 행복하게 오래오래 살자. 나중에, 먼 훗날 우리를 사랑했던 사람들을 다시 만나게 되면 떳떳하게 보여 줄 수 있도록 최선을 다해 행복해지자. 그렇게 행복한 하루하루를 가득하게 만들어 가자.

진하가 환하게 웃으며 이번엔 그녀의 입술을 깊게 파고들었다. 달달하고 향기로운 커피 향이 짙게 퍼져 나간다.

3. 살며 사랑하며

다시 평화롭게 평범한 하루하루가 이어지고 있었다. 두 사람은 아무 일도 없었다는 듯, 변함없이 이어지는 일상을 기쁘게 채워 갔다. 그렇게 또 행복한 시간들이 쌓이면 또 다른 내일이 더 큰 행복을 가져다주리라 믿으면서.

평소와 다름없이 한가한 오후. 번거로운 게 싫다며 웬만하면 얼굴을 내밀지 않는 진하가 카운터에 나와 턱을 괴고 앉아 있었다. 주방에서 설거지를 하고 나오던 정원이 자못 낯선 풍경에 그의 옆에 나란히 섰다.

"응? 웬일로 카운터엘 다 나와 있어요?"

"그냥."

고개도 돌리지 않고 말하는 품새가 영 심드렁하다. 의외의 반응에 정원이 삐죽 고개를 내밀었다.

"그냥 뭔데요. 뭘 그렇게 봐요?"

"정원아."

"응?"

"정원아."

"아, 왜요."

불쑥 고개를 돌려 정원과 시선을 맞춘 진하가 아주 진지하게 말했다.

"오빠, 해 봐."

"에?"

난감하도록 당황스러운 울림에 정원의 목소리가 홱 뒤집어졌다. 하지만 진하는 여전히 심각하도록 진지했다.

"오빠, 해 보라고."

"우워, 갑자기 왜 그래요. 무섭게."

흠칫 한 걸음 물러난 정원이 홰홰 손을 저으며 진하를 흘겨봤다. 그런데 이 남자 뭔가 단단히 마음먹은 듯 단호하게 카페 구석을 가리켰다.

"봐라."

"뭘요."

"저기 커플."

한가하긴 했지만 두어 자리에 커플들이 자리를 잡고 시간을 보내고 있었다. 하지만 정원은 대체 그게 뭘 뜻하는지 알 수가 없었다. 낮게 한숨을 내쉰 진하가 논문 발표하듯 비장하게 말을 이었다.

"내가 오늘 종일 관찰해 봤는데, 아저씨라고 부르는 커플은 하나도 없더라. 근데 넌 언제까지 아저씨라고 할래? 내가 그렇게 늙었어?"

기막히고 어이없는 상황에 맥이 탁 풀린 정원이 어깨를 들썩이며 아무렇지도 않게 말했다.

"그럼 진하 씨 할게요."

"그러지 마라. 무섭다."

불쑥 튀어나오는 말이 갈수록 가관이었다. 차마 할 말을 잃은 정원이 짓궂게 삐죽거렸다.

"헐, 윤주 씨한테 이를 거야."

"거기서 윤주가 왜 나오는데."

"윤주 씨가 진하 씨 하고 부르는 거 싫어했잖아. 그 얘기 아니었어요?"

진하가 그제야 고개를 저으며 대뜸 정원의 이마에 꿀밤을 줬다.

딱.

"아야! 왜, 또?"

"윤주가 아니라 너 때문이거든? 니가 카페 떠날 때 부른 진하 씨가 나한텐 트라우마라고."

이번엔 정원이 눈을 휘둥그레 뜨며 빙글빙글 진하의 약을 올렸다.

"어머, 진짜? 남자가 멘탈이 그리 약해서야. 트라우마는 극복하라고 있는 겁니다."

"으이그, 말이나 못 하면. 그나저나 정원아."

"응?"

"우리 오늘만은 한참 전에 지나갔는데 내일은 언제 오냐."

불쑥 오빠 타령이더니 이번엔 뜬금없이 내일 얘기다. 정원이 설핏 인상을 쓰며 그를 매섭게 노려보았다.

"이 남자 보게. 지금까지 그 생각 하고 있었던 거예요?"

"내가 남자란다. 몰랐어?"

느물느물 웃는 모양이 이젠 제법 얄밉기까지 했다. 하여간 남자들이란. 나직이 한숨을 내쉰 정원이 모른 척 고개를 저었다.

"네. 네. 전 여자거든요."

"그래서 내일은 언제 올 건데?"

"아, 몰라욧!"

자못 집요한 진하의 시선에 급기야 정원이 얼굴을 붉히며 팩 돌아섰다. 그리고 슬그머니 물러서며 으름장을 놨다.

"큰아빠가 알면 우리 얼음마스터 다리 부러져요. 조심하시는 게 좋을 걸요."

"지금 오리발 내미는 거? 약속이 틀리잖아."

벌떡 몸을 세운 진하가 성큼 정원을 따라잡았다. 덩달아 한 걸음 더 뒤로 물러난 정원이 뺀질뺀질 도망갈 구석을 찾았다.

"난 약속한 적 없거든요?"

잽싸게 정원을 잡아챈 진하가 돌연 귓가에 나직이 속삭였다.

"그럼 그날 '안아 줘요.' 그건 뭐였는데."

"아, 진짜 자꾸 이렇게 나올 거예요?"

정원이 턱까지 차오르는 두근거림을 애써 가라앉히며 불쑥 다가든 진하의 얼굴을 밀어냈다. 하지만 이미 작정한 바가 있는지 그가 더 바짝 몸을 밀착시키며 더 깊숙이 정원의 귓가에 숨을 불어 넣었다.

"내가 뭐 없는 말 했나?"

순간 짜르르 번지는 전율에 정원이 움찔 허리를 틀었다. 그녀의 반응을 유심히 살피는 진하의 눈빛이 먹이를 눈앞에 둔 야수처럼 날카롭게 빛난다. 바짝 긴장한 정원이 슬금슬금 뒷걸음질 치며 빠르게 중얼거렸다.

"그거야, 그땐 정말 헤어지나 보다 했으니까. 솔직히 언제 다시 만날지 기약이 없었잖아요."

턱. 등 뒤에 닿는 시멘트 느낌에 화들짝 놀란 정원이 빠르게 주변을 둘러보았다. 어느새 사람들 시야가 닿지 않는 커피머신 안쪽까지 밀려온 것일까. 그런데 이 남자 아무렇지도 않게 정원을 구석에 가두더니 불쑥 얼토당토않은 소리를 한다.

"지금, 잡은 물고기한테는 먹이 안 준다, 뭐 그런 건가?"

멈칫 고개를 기울인 정원이 피식 허탈한 웃음을 터트렸다. 대화만 보면 이건 대체 누가 여자고 누가 남잔지 모르겠다. 이 남자 왜 점점 아이가 되어가는 걸까. 찬바람 씽씽 불던 얼음마스터는 아무래도 환상 속의 인물이었나 보다.

"우리 지금 되게 웃긴 거 알죠?"

"몰라. 말 돌리지 말지?"

언제 그랬냐는 듯 긴장이 쑥 빠져나간 정원이 피식피식 웃으며 진하의 가슴을 밀었다.

"아, 진짜. 그만해요. 웃기잖아."

"난 하나도 안 웃기다-아."

어느새 멀쩡한 얼굴로 돌아온 진하가 맥없이 퉁퉁거렸다. 돌이켜보니 그동안 이것저것 정리하느라 정작 두 사람의 관계에 대해선 진지하게 생각해 보지 못했다. 괜스레 미안해진 정원이 장난기를 지우고 자못 진지하게 해명을 했다.

"아무튼 아직은 안 돼요. 집 나와서 혼자 생활한다고 막 마음대로 사고치고 그러는 거 싫어요. 가족들한테 미안하잖아."

"아, 맞다. 미안. 내가 그 생각을 못 했네."

진하도 미처 배려하지 못한 부분에 황망한 얼굴로 고개를 저었다. 그리고 내처 말했다.

"오늘이라도 당장 가자."

"응? 어딜?"

"집에."

"우리 집?"

"응."

난데없는 전개에 놀란 정원이 차마 대답을 못 하고 눈을 깜박거렸다. 그런데 이 남자 아랑곳하지 않고 밀어붙인다.

"지금이라도 가서 인사드리고 허락받자."

후다닥 놀란 정원이 퍼뜩 정신을 차리고 진하를 말렸다.

"워, 마스터 진정, 진정하세요."

"왜? 뭐 문제 있어?"

"이렇게 말도 없이 갑자기 들이닥치면 가족들이 좋아할 거 같아요?"

"아, 그게 또 그런가."

정원이 어이없는 얼굴로 새삼 진하를 빤히 보았다.

"아니, 사려 깊고 차분하고 단정하신 서진하 씨는 대체 어디다 팔아먹었데요? 갑자기 왜 이렇게 급해요."

"내 입장 돼 봐라. 안 급하게 생겼나."

낮게 중얼거리는 진하의 표정이 더없이 진지했다. 이 남자 지금 지극히 진심이다.

그리고 일은 정신없이 일사천리로 진행됐다. 정원은 처음 보는 진하의 추진력에 놀랄 틈도 없었다. 어쩌다 보니 식구들에게 그의 얘기를 했고, 또 정신을 차려 보니 그가 집에 찾아오는 날이었다.

화보처럼 멋지게 슈트를 차려입은 진하가 백화점을 털어왔는지 줄줄이 선물을 싸들고 집에 들어서는데 정원은 정말이지 꿈을 꾸는 건가 싶었다. 이 남자 무섭게 집요하고, 무섭게 빠르다. 그녀가 알던 인간 담벼락 얼음마스터가 맞는지도 의심스러울 지경이었다.

번쩍번쩍하는 그의 등장에 설레며 기다리던 식구들이 순간 얼음처럼 굳어 버렸다. 하지만 진하는 아랑곳하지 않고 넙죽 절부터 하며 씩씩하게 말했다.

"정원이 제게 주십시오. 행복하게 잘 살겠습니다."

도대체 저런 말은 또 어디서 배워온 것일까. 될 대로 되라. 나직이 한숨을 내쉰 정원이 다소곳이 진하의 옆에 앉았다. 그제야 정신을 차린 가족들도 하나둘 자리를 잡고 신기해 마지않는 눈으로 진하를 살폈다.

그나마 제일 빨리 평정심을 되찾은 큰아버지 경환이 먼저 입을 열었다.

"그래, 직업이⋯⋯ 정원이 카페 사장이라고?"

"지금은 카페를 하고 있지만 원래 직업은 작은 투자회사를 운영하고 있습니다."

작은? 정원이 미심쩍은 눈으로 진하를 설핏 흘겨봤다. 그런데 경환의 안색이 덩달아 급격히 흐려진다.

"주식 그거 도박만큼 위험한 건데⋯⋯."

"아, 주식이 아니라 투자 컨설트라고⋯⋯, 그게 그러니까."

경환이 새삼 진하의 차림을 꼼꼼히 훑어 내리며 다시 물었다.

"뭐가 다른가?"

"그쪽 일이긴 한데 조금 다릅니다. 아버님."

"흠, 그래. 뭐 그건 됐고."

진하는 왠지 등 뒤로 식은땀이 흐르는 기분이었다. 뭔가 첫

단추부터 어긋난 느낌이랄까. 분명히 이렇게 하면 된다고 김 이사가 말해 줬건만 아무래도 실수가 있는 것 같았다. 경환이 마뜩찮은 얼굴로 다시 물었다.

"그럼 나이가……."

"서른다섯입니다."

"흠, 조금 많군. 흠흠. 뭐 나이 많은 게 죄는 아니니까. 요즘은 결혼들을 늦게 하기도 하고. 남자가 자리 잡다 보면 늦어질 수도 있는 거고……."

경환이 헛기침을 할 때마다 척추를 따라 식은땀이 쩍쩍 흘러내린다. 처음 겪는 낯선 긴장감에 진하가 옆에 앉은 정원을 보았다. 그녀가 설핏 고개를 저으며 난감한 얼굴을 한다. 심호흡을 한 진하가 미리 매 맞는 심정으로 가장 어려운 말을 꺼냈다.

"죄송합니다. 결혼이 처음도 아닙니다. 상처했습니다."

"뭐!"

놀라 버럭 소리를 지르던 경환이 당황스러움에 연달아 헛기침을 했다. 그리고 정원을 보며 새삼 짙은 한숨을 내쉬었다. 무겁게 내려앉는 정적에 경환의 눈치를 살피던 큰엄마 미숙이 앞으로 나서며 서먹해진 분위기를 풀었다.

"이런, 내 정신 좀 봐. 마실 것도 안 내오고 있었네. 잠시만 기다려요."

"아, 네. 감사합니다."

그제야 숨통이 좀 트인 진하가 가볍게 웃으며 인사를 했다. 거실로 나서던 미숙이 문 앞에서 슬쩍 정원을 불러냈다.

"정원아, 잠깐 나 좀 보자."

흘깃 진하를 돌아본 정원이 그의 손을 한 번 잡아 주고 미숙을 따라 나섰다. 그녀가 거실로 나오자 후다닥 주방으로 끌고 간 미숙이 목소리를 낮추며 속닥거렸다.

"정원아, 저 사람 신원은 확실한 거니?"

예상치 못한 질문에 정원이 고개를 갸웃했다.

"네? 왜요?"

"설마, 결혼 사기 그런 건 아니겠지?"

"네에?"

엉뚱한 데로 튀는 상상에 정원의 목소리가 화들짝 높아졌다. 당황한 미숙이 목소리를 낮추라며 입을 막고 고개를 저었다. 한 박자 늦게 정신을 차린 정원이 고개를 홰홰 저으며 분명하게 못을 박았다.

"절대, 절대 아니에요. 왜 그런 생각을 하셨어요."

"그게 카페 한다면서 다른 직업이라는 건 또 뭐고, 그 직업이란 게 분명치도 않은 것 같고. 생긴 건 또 곱상하니 허여멀건해서는 사업할 얼굴이 아니던데. 어디 이상한 게 한두 가지여야지."

순간 정원은 웃어야 할지, 울어야 할지 제대로 난감해졌다. 이 오해를 대체 어떻게 풀어야 할까.

뭐 이해가 안 되는 것도 아니었다. 그녀도 사실 아직 그가 얼마나 대단한 사람인지 정확하게 알지 못했다. 솔직히 관심도 없었고, 알고 싶지도 않았다. 정원에겐 그저 눈앞에 있는 서진하라는 남자가 전부였다. 기타 등등은 기타 등등. 그 무엇으로도 그 사실은 변하지 않을 것이다.

"절대 아니에요. 그리고 제가 가진 게 뭐가 있다고 결혼 사기를 쳐요. 하하."

정원이 낮게 웃으며 그녀의 오해를 걷어냈다. 하지만 미숙은 여전히 미심쩍은 얼굴로 무작정 정원의 편을 들었다.

"어머, 얘가, 얘가 이렇게 뭘 모르네. 정원이 니가 어디가 어때서? 예쁘지, 싹싹하지, 좋은 학교 나와서 그림도 잘 그리지, 야무지고 생활력 좋지. 너 만한 색싯감을 또 어디서 구해?"

자기 새끼는 무조건 예뻐 보이는 부모의 본능일까. 구구절절 늘어놓는 미숙의 자랑이 그녀의 마음을 따뜻하게 감싸 주었다. 정원이 빙긋 웃으며 간단명료하게 정리를 했다.

"저 사람 되게 큰 회사 대표예요. 진짠데? 완전 부자라니까요?"

그런데 이건 또 무슨 반응일까. 부자라는 소리에 좋아하기는커녕 미숙의 안색이 더 심각해졌다.

"왜 그러세요?"

"너무 차이 나게 기울어도 정원이 니가 부담스럽지 않겠니? 저쪽 집안에서 반대하는 건 아니고?"

"하하, 우리 큰엄마 드라마를 너무 많이 보셨네. 제가 언제 재벌가라고 했어요? 그런 회사가 아니라, 아무튼 좀 달라요."

정원도 정확하게 모르는 금융계열 투자회사를 미숙에게 설명할 수 있을 리 없었다. 내심 고개를 저은 정원이 화제를 바꿔 미숙을 달랬다.

"저 사람도 혼자예요. 그래서 집안의 반대 그런 건 없어요. 그나저나 우리 큰엄마 부자 아들 생기겠네."

"너무 외롭게 자란 것도 안 좋은데. 진짜 괜찮은 사람 맞아? 믿어도 되겠니?"

"저도 외롭게 자랐잖아요. 그래서 이해도 많이 해 주고, 많이 아껴 주고 그래요. 그러니까 믿으세요. 제가 언제 허튼 소리 하는 거 보셨어요?"

"어쩜, 뭐 하나 딱 떨어지게 마음에 드는 게 없니. 정원이 넌 정말 괜찮은 거야?"

"괜찮으니까 집까지 데려왔죠. 걱정 마세요."

그렇게 정원은 한참 동안 미숙을 달래고 설득하는데 공을 들여야 했다. 그리고 진하는 저녁 내내 폭풍처럼 몰아치는 질문들에 진땀을 흘리며 인생에서 가장 어려운 시간을 보냈다.

저녁식사를 간신히 끝낸 그가 반쯤 정신 나간 얼굴로 돌아가고, 뒤에 남은 정원은 또다시 질문 공세에 시달렸다.

너무 멀끔하게 잘생겨도 문제, 능력이 너무 출중해도 문제, 너무 큰 부자여도 문제, 반대하는 부모가 없어도 문제, 이제 보니 이 남자 심각하게 문제투성이다.

그 후로도 한동안 진하는 뻔질나게 정원의 집을 드나들며 식구들과 친해지기 위해 노력했다. 제 아무리 월가에서 이름 높은 투자사 대표라고 해도 정작 평범한 일반인에겐 외계인보다 먼 존재였다. 오히려 카페 사장이라고 알고 있을 때가 더 호의적이었으니 말해 무엇 할까.

더구나 집안, 배경, 외모부터 학력까지 까면 깔수록 가늠하기 어려울 정도로 대단해서 할 말을 잃어버리게 만들었다. 정원도 새삼 알게 되는 사실들에 뭘 더 어떻게 설명해야 할지 난감할 정도였다.

결국엔 김 이사와 현성까지 나서서 진하의 신원 보증을 서게 되는 웃지 못할 사태가 벌어졌다. 그제야 식구들도 드라마에나 나오는 이야기가 실제로 그녀에게 일어났다며 놀라워했다.

그래 봐야 정원에게 진하는 여전히 카페 마스터였다. 그의 말 한마디면 웬만한 기업 하나쯤은 우습게 살리고 죽일 수 있다고 들었지만 그녀와는 상관없는 일이었다.

두 사람은 결혼 후에도 변함없이 카페를 할 것이고, 그들만의 평범하고 소박한 일상을 포기할 생각이 없었다. 사랑하는 사람과 함께 행복한 오늘을 만들고 더 행복할 내일을 준비한다. 정원은 사랑하는 사람과 함께하는 지금이 가장 소중했다.

가까운 미래 어느 봄날.

카페 마당에 만들어 놓은 놀이터에서 흙을 파며 놀던 아이가 무슨 생각이 났는지 반대쪽에서 텃밭을 가꾸는 엄마에게 쪼르르 달려갔다.

"엄마."

"응? 왜, 아들?"

짧은 팔 다리를 열심히 놀려 너른 마당을 가로지른 아이가 다짜고짜 본론을 말했다.

"은우, 동생 주세요."

"동생이 갖고 싶어요?"

"네. 은우는 동생 많이 갖고 싶어요."

부쩍 외로움을 타며 동생을 찾았지만 이제 24개월 갓 지난 꼬맹이의 말이 유난히 구체적이다. 짚이는 바가 있는 정원이 아들을 보며 달콤하게 웃었다.

"아들, 또 아빠가 시켰어요?"

"아니에요. 은우는 정말 동생이 많이 있었으면 좋겠어요."

아이가 고개를 붕붕 흔들더니 팔로 커다란 원을 그리가며 또 박또박 열심히 말했다. 정원이 모른 척 다시 물었다.

"얼마나 많이?"

아이가 생각에 잠긴 얼굴로 오동통하게 살이 오른 짧은 손가락을 열심히 꼽아 보았다. 그리고 이내 환하게 웃으며 쫙 펼쳐 보인다. 엄지를 꾹 접어 넣고 자꾸 고개를 숙이는 새끼손가락을 억지로 펴서 네 개. 순간 정원의 입가에 달달하게 걸려 있던 미소가 쏙 지워졌다.

"아빠주니어, 너 또!"

머리부터 발끝까지 아빠를 꼭 닮아 일명 아빠주니어 서은우. 타고난 머리까지 쏙 빼서 또래보다 말도 빠르고 눈치도 빠르고 성장도 빠르다. 동그란 눈을 깜빡이며 잠시 고민하던 은우가 찔끔 홱 고개를 젖히며 종알거렸다.

"거봐, 아빠. 엄마는 다 알 거라니까."

어느새 내려왔는지 계단 중간에서 두 사람을 지켜보던 진하가 뻔뻔하게 웃으며 은우에게 다시 물었다.

"그래서 은우는 동생이 싫어?"

아이가 벙싯 웃으며 앙증맞은 주먹을 번쩍 치켜든다.

"아니, 좋아!"

"동생이 안 많았음 좋겠어?"

"아니, 많았음 좋겠어."

계단을 내려선 진하가 어이없는 얼굴로 고개를 젓는 정원을 향해 보란 듯 웃어 보였다.

"봐. 내가 시킨 거 아니라니까."

"당신 정말!"

정원이 버럭 인상을 썼지만 진하는 아랑곳하지 않고 은우 흉내를 내며 졸라댔다.

"그러니까 부인님, 아빠주니어한테 엄마주니어도 만들어 주세요."

말똥말똥 두 사람의 대화를 듣고 있던 은우가 문득 진하의 소매를 잡아당겼다.

"근데 아빠, 난 남자 동생이 좋은데. 동생이랑 같이 놀고 싶단 말야."

"왜? 엄마랑 똑같은 여동생도 예쁠 거 같지 않아?"

너무 어려운 질문이었는지 잠시 고민하던 은우가 돌연 활짝 웃으며 정원을 보았다.

"그럼 엄마, 둘 다 주세요."

"뭐?"

예상 못한 대답에 정원이 차마 말을 잇지 못하고 눈을 동그랗게 떴다. 그런데 이 남자 속도 모르고 24개월짜리 아들과 똑같이 신이 났다.

"그거 좋은 생각이다. 역시 내 아들. 잘했어."

허리를 숙여 은우와 하이파이브를 한 진하가 아들과 똑같은 눈을 반짝이며 넙죽 말했다.

"그러니까 둘 다 주라, 여보. 응?"

"둘 다 주세요, 엄마. 응?"

정원은 근래 들어 심각하게 고민 중이었다. 아무래도 그녀에게 아들이 둘 있는 것 같았다. 모르는 사이 크기만 다르고 똑같이 생긴 아들이 둘이 되어 있었다.

그날 저녁 정원은 일찌감치 저녁을 먹고 오랜만에 메일을 보냈다는 현성의 문자에 서재로 향했다.

현성이 파리로 떠나고 벌써 삼 년이 훌쩍 넘었다. 그녀가 결혼할 때 잠깐 들어와 얼굴을 비춘 것이 처음이자 마지막이었다. 이후 현성은 파리를 기점으로 작품 활동에 여념이 없었다.

타고난 재능에 노력이 더해지니 투자한 시간만큼 결과도 좋았다. 최근엔 각종 국제 비엔날레에 초청을 받으며 촉망받는 청년 작가로 주가를 올리는 중이었다.

현성이 다시 연락을 하고 근황을 전하기 시작한 것은 은우를

낯을 즈음이었다. 진하와 정원의 아이라니 신기하고 궁금해서 그냥 넘어갈 수가 없었단다.

하지만 갑자기 생뚱맞게 메일이라니. 평소 전화로 안부 정도는 꾸준히 주고받고 있어서 굳이 메일로 확인할 일이 무얼까 싶었다.

피식피식 웃으며 메일을 확인하던 정원의 얼굴이 돌연 심각하게 굳었다. 그리고 마치 유령이라도 본 것처럼 파리하게 질린 얼굴로 모니터를 노려보았다.

먼 곳에서 날아온 소식

잘 지내지? 아무래도 난 파리 체질인가 봐. 여기가 너무 좋아서 솔직히 들어가고 싶지 않다. 지금은.

그나저나 형은 왜 그런데? 너 알아? 니 이름으로 장학재단 만든다고 아버지랑 얘기 중이더라. 재단 이름도 '정원'이래. 완전 팔불출 나셨어. 좋으냐? 정원에 나무만 있는 게 아니듯 여러 가지 재능과 꿈들을 자유롭게 키울 수 있도록 지원하는 열린 장학재단이라나.

그래, 다 좋아, 좋다고. 그런데 왜 나야! 형이 만드는 재단 쪽 일 좀 도와주라고 아버지가 들어오라 난리셔. 니가 형한테 말 좀 해 봐. 뭘 하든 좋으니 나는 좀 빼 달라고.

아, 그건 그렇고. 내가 간만에 메일을 쓰는 이유는 문득 궁금한 게 생겨서야. 얼마 전에 국제 비엔날레에 출품을 했는데 거기서 한국 작가를 만났거든. 우리 학교 대 선배라는데 한국보다 이쪽에서 더 인정받는 선생님이셔. 작품도 멋지지만 사람도 아주 멋지지. 그런데 처음 그분을 보고 내가 얼마나 놀랐는지 알아? 궁금하지?

사진 파일 첨부해 놨어. 한 번 봐봐. 너도 놀랄걸? 은정원, 너랑 똑같이 생겼거든. 네가 나이를 먹으면 딱 그분 같을 거야. 칼 같은 내 눈썰미 알지?

혹시 먼 여자 친척 중에 해외에서 활동하는 화가가 있나? 아는 거 없어? 세상엔 닮은 사람이 셋은 있다고 하던데, 순간 정말 믿어지더라니까? 물론 성격은 니가 더 단순 무섭지만. 하하.

큰아버지께 한 번 여쭤 봐. 여기 이름은 제니퍼 리, 한국 이름은 이영인. 미모며 분위기며 은정원 업그레이드 버전인데 지금껏 혼자인 게 뭔가 사연이 있는 것도 같고. 내가 대학 후배라니까 한국을 엄청 그리워하더라고.

그래서 성공도 했겠다, 한국으로 돌아가지 못할 이유가 없지 않냐고 물었지. 근데 그냥 말없이 웃는 거야. 그 미소가 왜 그렇게 슬퍼 보이는지. 나답지 않게 이상하게 마음이 쓰이잖아.

하고 싶은 일을 하면서 성공도 했으니 행복하지 않냐고, 미소가 슬퍼 보인다고 했더니. 행복한 시간은 모두 한국에 남겨두고 왔다고 하는 거 있지. 젊은 날 차마 감당할 수 없는 열망에 쫓겨 꿈을 찾아왔지만 그때도 다시는 행복해지지 못할 거라고 생각했대.

무슨 뜻인지 이해가 돼? 그분은 행복하지 못할 것을 알면서 왜 떠나왔을까? 차마 떠나온 행복이 그렇게 사무치게 그리운데 왜 돌아가지 못하는 걸까. 참 생각이 많아지는 밤이야.

아, 그분한테 네 얘길 했거든? 정말 똑같이 닮은 친구가 있다고, 사진도 보여 줬지. 거짓말 안 보태고 기절할 것처럼 놀라시더라. 그리고 절대 안 그럴 것처럼 강한 분인데 문득 눈물을 보이시는 거야. 내가 얼마나 당황했게.

무슨 사연인지는 모르지만 용기내서 한국에 돌아가셨으면 좋겠어. 아무리 성공했대도 여자 혼자 타향에서 살아간다는 건, 정말 녹록치 않거든. 나도 파리가 체질이지만, 그럼에도 언젠가는 돌아갈 거니까.

아들은 잘 크지? 형이랑 똑같아서 아빠주니어라며? 그래, 똑같은 남자 둘이랑 사는 기분이 어때? 행복하냐? 두고 봐. 내가 더 행복해 질 테다! 라고 말하고 싶지만.

친구야, 나 요즘 이상한 스토커한테 시달린다. 세상에 은정원보다 더 독한 애가 있을 줄이야. 역시 세상은 넓더라. 조만간 스토커 피해 잠깐 들어갈지도 몰라. 그때 보든가. 잘 지내라.

엄마다. 메일을 읽는 순간 정원은 알 수 있었다. 이영인. 자신을 목숨처럼 사랑했던 남자와 어린 딸을 버리고 꿈을 찾아 떠난 사람. 하여 정원에게 엄마란 단어조차 낯설게 만들어 버린, 4살 때 죽었다고 믿고 사는 엄마였다.

그래서 정원은 지금껏 영인을 찾지도 않았고, 궁금해 하지도 않았다. 그런데 이렇게 황당하게 그녀의 소식을 듣게 될 줄이야. 차마 믿기지 않는 마음에 정원은 컴퓨터 화면에 떠 있는 메일을 읽고 또 읽었다. 그럼에도 실감이 나지 않는 것은 마찬가지, 딱히 뭔가 해야겠다는 생각도 들지 않았다.

그녀가 서재에서 한참을 나오지 않자, 그새를 못 참고 진하가 불쑥 고개를 디밀었다.

"불도 안 켜고 뭐 해? 메일만 확인하고 온다며. 은우는 당신 기다리다가 잔다."

"아, 미안. 시간이 벌써 이렇게 됐는지 몰랐어요."

평소와 다르게 허둥대는 정원의 모습에 진하가 안으로 들어오며 걱정스러운 얼굴을 했다.

"현성이한테 뭐 안 좋은 소식이라도 왔어?"

"아니, 아니에요. 그냥."

정원이 설핏 고개를 저으며 대답하는데 정체 모를 물방울이 후드득 손등 위로 떨어졌다. 갑작스러운 그녀의 눈물에 놀란 진하가 조명을 켜고 정원의 어깨를 안았다.

"무슨 일이야? 갑자기 왜 그래?"

진하만큼 놀란 정원이 이유도 없이 흐르는 눈물을 황망하게 바라보며 멍하니 고개를 저었다. 심상치 않은 그녀의 표정에 진하가 흘깃 모니터를 훑었다. 빠르게 메일을 읽어 내린 그가 여전히 모를 얼굴로 정원을 보았다.

"별 내용 없는 거 같은데 무슨 일이야. 어디 아파?"

장학재단 일이야 이미 의논이 된 상태였다. 결혼 전, 돈이 많으면 무얼 하고 싶냐는 그의 물음에 정원은 공부 말고 다른 분야도 장학금이 많이 있었으면 좋겠다고 했다.

세상엔 너무나 많은 재능과 꿈이 있건만 공부 말고는 잘 알아주지 않았다. 정원은 어렵게 그런 꿈을 키워가는 친구들을 도와주고 싶다고 했다. 자신이 어렵게 그림 공부를 했던 것처럼.

 진하는 그 꿈을 이뤄 주고 싶었다. 어차피 있어 봐야 그에겐 쓸모도 없는 돈, 그렇게 의미 있게 쓰면 좋을 것 같았다. 그러니 지금 이 반응은 다른 이유가 있었다.

 사뭇 심각해지는 진하의 안색에 애써 마음을 추스른 정원이 생각할 틈도 없이 말을 뱉었다.

 "엄마가."

 "엄마? 큰엄마 말하는 거야?"

 "아니, 내……."

 쉽게 입 밖으로 나오지 않는 그 단어가 새삼 무겁게 가슴을 친다. 다시 왈칵 솟는 눈물에 당황한 정원이 고개를 흔들며 어렵사리 말을 이었다.

 "내…… 엄마요."

 잠시 혼란스러운 눈으로 정원을 살피던 진하가 멈칫 다시금 모니터를 봤다. 그리고 그 안에서 엄마를 연상시킬 만한 내용을 빠르게 걸러 냈다.

 "설마……, 어머님이 혹시 살아 계신 거야?"

 그녀의 어머니는 네 살 때 돌아가셨다고 들었다. 하지만 진하는 문득 그런 어머니의 묘원도 제사도 없는 것이 떠올랐다. 굳이 격식 따져가며 챙기지는 않아도 정원은 아버지를 기억하기 위해 차례를 지내고 가끔 묘원을 찾았다.

현화와 기일이 같은 것도 인연이라며 같이 챙기는 사람이었다. 그런데 하물며 어머니의 기일을 기억 못 할 리가 없는 것이다. 애초에 의심조차 해 보지 않은 것이 이상할 정도였다.

정원이 차마 대답도 못하고 그렁그렁 차오르는 눈물을 애써 삼켰다. 이 남자는 어쩜 이렇게 그녀의 마음을 잘 짚어낼까. 오늘 같은 날 그가 곁에 있어서 정말 다행이었다. 그가 너른 품 가득 그녀를 감싸 안으며 나직이 중얼거렸다.

"괜찮아. 금방 괜찮아질 거야. 나도 있고, 은우도 있고. 이렇게 다 당신 옆에 있잖아."

구구절절 말하지 않아도 깊이 알아주는 마음이 너무나 따뜻해서 시린 어깨에 다시 온기가 돈다. 그 온기에 온전히 기대어 떨리는 가슴을 진정시킨 정원이 나직이 속삭였다.

"고마워요."

궁금한 것이 많을 텐데, 그는 절대 묻지도 따지지도 않았다. 섣부르게 위로하며 이해를 말하지도 않는다. 그저 곁에서 묵묵히 아픈 마음을 받아주는 언제나 고마운 사람이었다.

그래서일까. 문득 마음 깊이 묻어뒀던 감정이 생각지도 않게 흘러나왔다.

"몰랐는데 나도 모르게 원망이 남아 있었나 봐요. 엄마 때문에 그림도 포기하고 싶었거든. 아빠가 너무 좋아해서 차마 그럴 수가 없었지만."

정원이 기억 속의 아빠를 떠올리며 차마 누구에게도 하지 못했던 말들을 털어놨다.

"우리 아빠가 참 미련한 사람이야. 그렇게 매정하게 아빠랑 나를 버리고 떠난 사람인데도 사랑했거든. 그렇게 떠났는데 그 꿈을 응원해 준 사람이에요. 딸인 내가 그 사람을 닮아서 너무 너무 행복하다는, 그런 바보 같은 사람이었어요. 우리 아빠가."

조용히 듣고 있던 진하가 불쑥 정원과 눈을 맞추며 환하게 웃었다.

"아니, 너무 너무 멋진 분이신걸. 남자가 사랑을 하려면 아버님 정도는 돼야지. 얼마나 멋져. 대단한 분이셨네. 그래서 우리 마눌님이 이렇게 예쁜가? 그렇게 많이 사랑받고 자라서?"

"내가 사랑을 좀 심하게 많이 받고 자라긴 했죠. 울 아빠, 자타공인 딸바보였거든."

그제야 피식 헛웃음을 지은 정원이 평소처럼 짐짓 씩씩하게 말했다.

"그런데 행복하지 않다잖아, 그렇게 다 버리고 떠나서도 행복할 수 없었다잖아. 그럼 대체 왜 떠난 건데."

"그 말은 그분도 여기서, 너랑 아버님 곁에서 가장 행복하셨다는 거겠지. 그분도 마찬가지로 평생 잊지 못하고 사랑하신 거잖아."

나직이 이어지는 진하의 말에 정원이 고집스레 입을 꾹 다물었다. 하지만 진하는 아랑곳하지 않고 말을 이었다.

"사람은 누구나 실수를 해. 때로 눈앞의 행복보다 더 큰 무엇을 좇다가 뼈아픈 후회를 남기기도 하지. 사람이니까, 사람이라서 그래."

그의 품에 안겨 잠자코 듣고 있던 정원이 삐죽 고개를 들고 물었다. 피식 실소한 진하가 정원의 이마에 가볍게 키스를 했다. 그리고 새삼 반성문을 쓰듯 이어 말했다.

"나도 당신 위한답시고 미련하게 굴어서 속 좀 썩였잖아. 다행히 정신 차리고 항복하긴 했지만. 당신이 용감하게 잡아 주지 않았다면 나야말로 여전히 뭐가 잘못됐는지도 모르고 바보처럼 살았을걸."

"당신은 그런 게……!"

"아니, 똑같아. 사랑 앞에 솔직하지 못하고, 사랑을 위해 차마 용기내지 못한 건 마찬가지야."

생각해 보면, 현성도 윤주도 진하도 사랑 앞에서 참 이기적이고 나약했다. 사랑 앞에 용감하게 나서기보다 기다리는 우를 범했고, 사랑을 주기보다 받기를 원했고, 사랑을 위한다며 도망쳤다.

결국 사랑 앞에서 가장 용감하고 솔직했던 사람은 정원이었다. 무엇도 바라지 않고 자신이 더 많이 사랑하면 된다며 누구보다 당당하게 사랑을 말했다. 끝까지 놓지 않고 자신의 사랑을 지켜냈던 아버지 선환처럼.

잠자코 듣고 있던 정원이 영 마뜩찮은 얼굴로 삐죽거렸다.

"그래서 용서하라고요?"

"용서해 드릴 거야?"

"몰라요."

애처럼 팩 토라지는 모양이 이미 반쯤은 넘어간 것 같았다.

진하가 가볍게 웃으며 정원의 어깨를 토닥거렸다.

기실 엄마 품이 그립지 않은 사람이 세상에 누가 있을까. 살아 있는데, 만날 수 있는데 그리움을 감추고 멀리하기엔 사랑할 시간도 턱없이 부족하다. 그 부족한 시간을 하루하루 까먹으며 더 줄일 이유가 없었다.

그가 사랑해 마지않는 은정원은 현명한 사람이었다. 사랑이 넘쳐서 사람을 미워하지도 못한다. 하물며 홀로 떠나서 행복하지 않았다는 엄마가 아니던가.

진하가 속편하게 씩 웃으며 불쑥 딴소리를 했다.

"난 뭐, 어떤 선택을 하든 당신 편이야. 그러니까 은우 동생은 둘 다 주는 거다?"

"여기서 갑자기 그 말이 왜 나와요?"

화들짝 놀란 정원이 채 마르지 않은 눈으로 뾰족하게 소리쳤다. 하지만 진하도 이번만큼은 쉽게 물러날 수 없었다.

"난 애들 많은 게 좋아! 식구 많은 건 더 좋아! 당신은 아냐? 나만 그래?"

애처럼 버럭버럭 생떼를 쓰는 모양새가 조금 전까지 너른 가슴으로 넉넉하게 안아 주던 사람과 동일인인지 의심스러울 지경이었다. 황당해진 정원이 찔끔거리던 것도 잊고 미적미적 발을 뺐다.

"그래도 다섯은 너무하잖아. 애는 내가 낳는 거거든요?"

"그래서 은우랑 나랑 손해를 감수하고 둘로 합의해 줬잖아."

"그게 어디 내 마음대로 돼요? 딸만 둘일지, 아들만 둘일지 어떻게 알아?"

진하가 돌연 눈을 반짝이며 위험스레 웃는다.

"좋았어! 뭐가 됐든 둘은 오케이한 거다? 가자."

"어마! 갑자기 무슨."

불쑥 정원을 들어 올린 진하가 어느새 짙게 가라앉은 눈으로 꿋꿋하게 말했다.

"오늘부터 열심히 노력해도 족히 일 년은 기다려야 하잖아. 하루라도 빨리 보고 싶단 말야. 마나님, 웬만하면 예쁜 공주님으로 부탁해."

도대체 밤새 얼마나 괴롭히려고 그러는지 그가 살살 눈웃음을 치며 감질나게 입술을 훔쳤다. 그리고 이내 깊숙이 파고들며 그녀의 숨을 일거에 앗아간다.

언제나 항상 시작하는 연인들처럼 열정적이고 대담하며 탐욕스럽다.

"사랑해."

어느 결에 정원을 침대에 내려놓은 그가 짙게 가라앉은 눈으로 아득하게 속삭였다. 내밀하게 맞닿은 심장 소리가 같은 박자로 미친 듯 빠르게 뛰고 있었다. 진득하게 타오르는 까만 눈동자가 그녀를 태울 듯 천천히 훑고 지나갔다.

정원이 단단한 그의 목에 팔을 감으며 나직이 화답했다.

"사랑해요."

시간이 지날수록 커져만 가는 사랑에 숨이 막힌다.

정원은 문득 이토록 사랑하는 사람을 떠나 홀로 버텨냈을 엄마 영인의 삶을 생각했다. 그리고 그런 영인을 한순간도 놓지 않고 마지막까지 사랑했던 아빠 선환을 떠올렸다.

사랑해도 헤어질 수 있었다. 사랑해서 놓아줄 수도 있었으리라. 그럼에도 사랑하는 사람이 어딘가 살아 있기에 기쁘게 사랑할 수 있었을 것이다.

하여 정원은 더 이상 엄마를 원망하지 않기로 했다. 그럼에도 불구하고 영인에게 사랑받고 있었음을 깨달았기 때문이었다. 떠났다고 해서 사랑하지 않는 것이 아니었다.

정원은 새삼 살아 있음에 감사했다. 그리고 사랑하는 사람 곁에서 더할 나위 없이 행복한 지금이 더없이 소중해졌다. 뜨겁게 열정적으로 더 행복할 내일이 기다리고 있었다.

"당신 또 블로그에 내 얘기 했지? 이번엔 또 뭔데? 뭔데 손님들이 나만 보면 실실 웃냐고. 어떤 학생은 고생한다며 사탕을 다 주더라. 대체 뭐야!"

정원이 잠시 자리를 비운 사이 카페에서 서빙을 하던 진하가 버럭 소리를 지르며 이층으로 올라왔다. 이젠 제법 사람들과 어울리며 가끔 서빙도 하고, 심심하면 아내와 아들 자랑을 늘어놓는 팔불출 남편 되시겠다.

"내가 뭘요? 있는 그대로 보태는 것 없이 솔직하게. 몰라요? 내가 거짓말은 안 하지."

"그 솔직함이 문제잖아. 몰라서 물어?"

정원이 정말 모르겠다는 듯 눈을 동그랗게 뜨고 진하의 염장을 질렀다. 그녀의 솔직한 표현이 사람들의 눈에 어떻게 비치는지는 절대 생각하지 않는다.

요즘 그녀는 똑같은데 크기만 다른 두 아들이 쌍으로 졸라대서 피곤하다고 투덜거리고 있었다. 어떻게 해도 통하지 않는 뻔뻔함에 진하가 급기야 반쯤 협박조로 말했다.

"이보세요, 사모님. 댁 남편이 잘나가는 투자 회사 대표거든요? 이미지 관리 잘못해서 이상한 소문이라도 찌라시에 뜨면 손해가 어마어마합니다. 알고는 계시라고 몇 번을 말합니까."

"흥! 뻥인 거 다 아네요. 지배인님이 말해 줬거든요? 우리 대표님 결혼하더니 필이 충만해서 요즘 점쟁이 수준이라면서요? 당신한테 밉보일까 무서워 사생활 캘 생각은 꿈에도 안 한다던데, 뭘."

그의 한마디면 웬만한 기업 하나쯤 쉽게 무너지고 세울 만큼 영향력이 크다고 들었다. 하여 누구도 그를 적으로 두고는 발 뻗고 잠을 못 잔다던가. 김 이사 덕에 본전도 못 찾은 진하가 버럭 성질을 부렸다.

"아저씨는 대체 누구 편이야!"

"누구 편은. 우리 편이죠. 당신이랑 나, 우리 은우, 그리고 은우 동생들. 그리고 그 대표님이랑 카페 마스터랑 같은 사람이라고 누가 상상이나 하겠어요. 말해도 안 믿을걸?"

할 말이 없어진 진하가 머리를 벅벅 넘기다 멈칫 정원을 보았다.

"근데 당신, 지금 은우 동생들이라고 했어?"

"아무튼 귀신이라니까. 말 한마디 그냥 넘어가는 게 없어."
"정말, 정말이야?"
"글쎄요. 블로그 가지고 잔소리해서 기분 풀릴 때까지 말 안할래요."

정원이 빙글빙글 웃으며 진하의 속을 태웠다. 오늘도 카페 <그꽃>엔 팔불출 마스터와 조련사 매니저가 알콩달콩 행복을 볶아내고 있었다.

『그꽃』 완결